KB041131

Out of Control
통제불능

·

이채영 장편소설

달

통제 불능 1

초판 1쇄 인쇄 2016년 10월 20일
초판 1쇄 발행 2016년 10월 27일

지은이 이채영
발행인 오영배
기획 박성인
책임편집 김보나
표지 · 본문 디자인 권지연
제작 조하늬

펴낸곳 (주)삼양출판사 · 단글
주소 서울시 강북구 도봉로 173
대표 전화 02-980-2112 **팩스** / 02-983-0660
편집부 전화 02-980-2116 **팩스** / 02-983-8201
블로그 blog.naver.com/dan_gul
출판등록 1999년 3월 11일 제9-00046호.

ISBN 979-11-283-9020-3 (04810) / 979-11-283-9019-7 (세트)

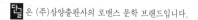은 (주)삼양출판사의 로맨스 문학 브랜드입니다.

ROMANCE STORY

통제불능 1

이채영 장편소설

단글

Out of Control

| 차 례 |

1장

와, 남자가 어떻게 저렇게 생겼지.

록은 바의 끄트머리에 앉아 술을 마시는 남자를 흘깃 바라보며
감탄했다.

짙은 어둠을 부드럽게 잘라 만든 듯한 머리카락, 새하얀 얼굴, 살
짝 웃음기를 머금고 있는 것 같은 붉은 입술, 내리깔고 있는 눈매는
짙었다.

그에겐 은은한 위압감과 동시에 은근한 색기가 느껴졌다. 태어나
자신이 봐 온 남자 중 단연 최고의 외모였다. 여자인 자신의 미모가
부끄러울 지경이었다.

그녀만 그리 생각하는 게 아닌지, 바에 앉아 있던 여자들이 모두
그를 흘깃거렸다.

개중엔 그 남자에게 은근히 신호를 흘리는 여자도 있었다. 남자에게 눈짓을 보낸다거나, 아니면 지나치면서 자신의 연락처를 흘리듯 주곤 했다.

그러나 남자는 여자의 유혹에도 꼼짝하지 않았다. 그는 여자에게 별 관심이 없는지, 눈앞에서 연락처를 보란 듯 둥글게 말아 쓰레기통에 넣었다.

깔끔한 무시에 기분이 상한 여자들이 신경질적인 얼굴로 뒷담화를 늘어놓았지만, 그는 그런 것 따윈 개의치 않는다는 듯 느긋하게 술을 마셨다.

그 와중에 록은 홀로 감탄했다.

와, 어떻게 쓰레기를 버리는 행동까지 우아하지.

어디하나 트집 잡을 곳 없이 완벽했다. 그러다 고개를 든 남자와 눈이 마주쳤다. 록이 저도 모르게 흠칫했다.

남자 때문에 긴장해 본 적 없는데, 저 정도 외모를 보니 저절로 긴장이 됐다. 눈이 마주친 순간 공기의 흐름이 멎은 기분이었다. 머릿속이 멍해졌다.

뭐라도 해야 할 거 같은데, 뭘 해야 할 지 모르겠다. 남자의 입술이 느슨하게 늘어난 순간, 그 생각마저도 할 수 없게 되었다.

"록."

남자를 넋놓고 바라보던 록은 저를 부르는 소리에 움찔하며 돌아섰다. 히카가 계산대에 서서 얼굴을 와락 찌푸리고 있었다.

"어디에 정신을 놓고 있기에 내가 오는 줄도 몰랐어? 뭘 그렇게 보는 거야? 뭐 재미있는 거라도 있어?"

히카가 목을 길게 빼며 록의 시선이 닿은 곳을 바라보았다.

"응? 아니, 뭐. 그냥."

남자를 보다 들킨 게 부끄러운지 록이 말끝을 흐렸다. 히카의 시선이 록이 보고 있던 방향으로 쏠렸다. 그곳엔 한눈에 봐도 훤칠한 미남이 자리하고 있었다.

"저 남자?"

히카가 남자를 쳐다보며 얼굴을 찌푸렸다.

"어? 그냥 뭐. 잔이 비어가길래 추가주문 있을까 싶어서 쳐다본 거지 별 뜻 없었어. 하하."

보다가 들킨 게 민망해 록은 어설프게 웃었다. 그러자 히카가 노골적으로 사나운 표정을 지었다.

"설마 록, 저런 스타일의 남자를 좋아해?"

"응? 아냐. 그냥 쳐다본 거야. 아까 말했잖아. 추가주문 받으려고 쳐다본 거라고."

"진짜야? 거짓말 아니지?"

히카가 닦달하듯 물었다.

"응 아니야. 그리고 뭐…… 또, 저렇게 잘생기면 보기 좋지, 뭐."

록이 접시를 닦다가 결국 이실직고했다. 저만큼 생긴 남자라면 보고만 있어도 배가 부를 것 같았다.

그녀의 뺨이 불그스름해진 걸 본 히카가 다시 한 번 귀퉁이에 앉아 있는 남자를 살펴보았다.

가게의 귀퉁이가 환하게 느껴질 만큼 남자의 외모는 수려했다. 남자에게 일절 관심 없는 록이 관심을 가져도 이상할 게 없어 보이는 정도였다. 히카의 한쪽 입술이 삐딱하게 기울었다.

"남자 외모 따지다가 잘되는 여자 못 봤어. 남자는 무릇 다정하고 한 사람만을 봐줄 줄 알아야한다고. 나처럼. 나는 다른 여자는 절대로 안 볼 거야. 그 여자만 볼 거라고."

"쿨럭—"

"그러니 잘 생각해 봐, 록."

"하하, 뭘?"

히카의 단호한 말에 록은 어설프게 웃었다.

"뭐긴 뭐야. 내 고백 잊었어?"

"하하……."

록이 다시 한 번 어설프게 웃었다. 처음 이와 같은 말을 들었을 때 그녀는 하마터면 접시를 떨어뜨릴 뻔했다.

히카는 자신을 여자로서 마음에 두고 있었다. 그걸 느낀 것은 바에서 근무한 지 한 달이 되던 때였다. 정확히 말해, 록이 자신의 비밀을 히카에게 털어놓으면서였다.

'나는 이곳 사람이 아니야. 그러니까 이쪽 세상 사람이 아니라고. 이런 말 하는 내가 미친 사람처럼 보이겠지만, 사실이야.'

'그럼?'

히카가 무슨 소리냐는 얼굴로 쳐다보았다.

술기운이 올라 있던 록은 고민 끝에 어렵사리 말문을 열었다.

'있지. 히카. 사실 히카한테 말하지 못한 비밀이 있어. 실은 나는 삼 개월 전에 이곳으로 떨어졌어. 이유는 나도 몰라. 하여튼 내가 살던 세상에서 사람들은 이런 능력을 쓰지 못해. 그러니까 이런 능력이 뭘 말하냐면 손에서 불이 나오거나, 사람이 돌로 변하거나, 뭐 이런 능력?'

'뭐? 그럼 사람들은 어떻게 살아?'

히카가 그런 세상이 어디 있냐는 얼굴로 쳐다보았다.

'음, 아주 잘 살아. 무탈하게. 덕분에 과학이 무한대로 발전했지. 여기보다 더 발전되었을 거야. 아니다. 비슷하게 발전되어 있어.'

'아, 그럼 말로만 듣던 인간계라는 건가?'

'응?'

'인간계라는 곳이 있다는 말은 들었어. 영화로도 몇 번 만들어졌고, 책으로도 본 적 있지. 특별한 능력은 없지만 뛰어난 두뇌를 가진 인간들이 과학을 이용해 첨단 세상을 만들었다며.'

'아, 그래. 뭐 그런 거겠지?'

'그럼 록도 초능력을 전혀 못 쓰는 거야?'

'응. 그렇지.'

'힘들었겠다.'

히카의 말에 록은 눈물이 핑 돌았다. 이곳에 떨어져 타인에게 이런 말을 듣는 게 처음이라 무척 고마웠다.

'그렇게 말해 줘서 고마워. 와, 눈물 나려고 하네.'

'이런. 왜 이런 걸로 울기까지 하고 그래. 말한 내가 미안해지게. 앞으로 내가 많이 도와줄게.'

'응. 고마워. 나도 열심히 히카를 도와서 일할게.'

그날, 히카의 눈빛이 묘하게 달라졌다는 걸 느꼈지만 록은 기분 탓이라 생각했다.

그때 그 말을 하지 않는 건데. 그러면 히카가 자신을 더 챙기지 않았을 거고, 그러다보면 좋아하지 않았을 수도 있는데.

록이 씁쓸한 얼굴로 입맛을 다셨다.

히카는 좋은 사람이다. 철저히 초능력의 등급으로 인간의 등급이 형성되는 이 세계에서, 록은 불가촉천민 같은 신세였다.

그녀는 초능력을 쓰기는커녕, 초능력이 뭔지도 몰랐다. 더군다나 집도, 신분증도 없는 난민 중에 난민인 그녀를, 히카는 '거지꼴로 아르바이트를 하겠다니 대범하네? 그런 마음이라면 뭐든 해내겠지.' 라며 고용해 주었다.

그 덕에 그녀는 무사히 이 세계에 적응할 수 있었다. 그러나 고마움과 이성의 마음은 다르다. 록은 히카를 도무지 이성으로 받아들일 수 없었다.

그녀에게도 취향이라는 게 있다. 히카는 그녀의 취향이 전혀 아니었다.

왜소한 체구에 어딘가 예민해 보이는 인상. 아픈 사람처럼 창백한 피부와 헝클어진 헤어스타일은 그녀의 취향이 아니었다.

역시 관둬야하나.

록이 씁쓸한 얼굴로 낡은 바를 둘러보았다. 귀퉁이에 거미줄이 얼기설기 있는 낡고 허름한 곳이지만, 정이 많이 들었다. 막상 떠나려고 하니 덜컥 겁이 났다. 자신이 독립해서 제대로 살 수 있을지 의심스러웠다.

그러나 히카를 생각하면 이곳을 떠나는 게 좋았다. 모아 놓은 돈이 있으니 아끼면 한 달 정도 버틸 수 있을 거다.

"록."

록은 고개를 들어 히카를 보았다.

"응?"

"그 접시 백 번은 닦은 거 같은데, 혹시 닳게 해서 없애버릴 생각이야?"

"아…… 미안."

록은 히카에게 손을 들어 보인 후, 다 닦은 접시를 접시통에 넣었다. 고개를 돌려 다른 접시를 찾던 록은 귀퉁이에 앉아 있던 남자에게 시선이 닿았다.

그녀는 습관처럼 남자의 손등을 바라보았다. 초능력자들의 문양은 대체로 손등에 나타난다. 능력이 강할수록 손등의 문양은 크고 진하다. 그래서 알아보기 쉽고, 그만큼 차별당하기 쉽다. 그러나 남자의 손등은 티 없이 말끔했다.

아, 저 남자도 천민신세인가.

급하게 동질감이 들었다. 시선을 느꼈는지 남자가 고개를 들었다. 눈이 마주쳤다. 남자가 빈 술잔을 스윽 내밀었다.

"이전과 같은 걸로 드릴까요?"

그녀는 쳐다보고 있었다는 걸 들키지 않기 위해 물었다. 그러자 남자가 고개를 끄덕였다.

록은 남자의 빈 술잔에 술을 가득 부어주었다. 히카가 알면 기함할 만큼 많이. 가능하다면 술을 눌러 담아주고 싶었다.

저 외모에 천민 신분이라니.

동정하면 안 된다는 걸 알면서도 자꾸 동정하게 되었다. 남자가 의아한 눈으로 록을 바라보았다. 새삼 마음이 울렁거렸다.

록은 떨리는 마음을 숨긴 채, '힘내세요'라는 의미를 담아 방긋 웃어 주었다.

"록!"

감시하고 있었는지 히카가 날 선 목소리로 불렀다. 남자랑 붙어 있는 걸 경계하고 있었다.

"응."

록은 한숨을 훅 내쉬며 히카를 향해 걸어갔다. 넘치기 직전의 술잔을 앞에 둔 남자가, 멀어지는 록의 뒷모습을 물끄러미 바라보았다.

*　　*　　*

3개월 전, 록은 무척 기이한 경험을 했다.

평소처럼 집에서 세수를 하고 고개를 들어 거울을 바라보았다. 순간 현기증이 일더니 세상이 한 바퀴 빙 돌았다.

기절하듯 쓰러졌던 록이 겨우 정신을 차려 일어났을 땐, 낯선 공중 화장실이었다.

처음엔 꿈을 꾸는 거라 생각했다.

그러나 시간이 지날수록 꿈에서 깨어나기는커녕 점점 더 생생해졌다. 오히려 자신의 이전 삶이 꿈이 아닐까 의심스러울 정도였다.

공중 화장실에서 5분쯤 머물렀던 록은 용기를 내어 길가로 나왔다가 기함했다.

두 사람이 싸우고 있었다. 한 사람 손에서 불이 뿜어져 나오고 있었고, 또 다른 사람의 손은 모래로 변해 흐물거리고 있었다. 영화에서나 나올 법한 장면이었다.

'이 새끼, 네 면상을 오늘 다 지져 버리고 만다.'

'지랄하네.'

육두문자와 함께 두 사람의 손에선 끊임없이 불과 모래가 쏟아져 나갔다.

이게 무슨 길거리 서커스야.

록은 불과 모래의 향연을 보며 넋을 놓았다. 이후 신고를 받고 출동한 경찰이 두 사람의 목덜미를 콱 움켜쥐었다. 두 사람의 손에서 금세 불길과 모래가 사라졌다.

'길가에서 소란을 일으킨 죄, 기물파손죄를 적용하여 두 사람을 체포합니다. 우리는 제압할 권리가 있으며, 제압 과정에서 다치는 것은 모두 그쪽의 책임입니다.'

그들은 기계처럼 줄줄 말하며, 두 사람을 끌고 사라졌다. 이후 보이는 풍경은 가관이었다.

한 아이가 강가에 장난감을 떨어뜨리자, 그의 부모 손에서 개구리 혀 같은 것이 죽 나와 장난감을 잡아챘다.

또 다른 아이가 목이 마르다고 하자, 옆에 있던 아이가 손에서 물을 발사해 주었다. 실컷 다 받아 마신 아이는 친구를 향해 '마실 때마다 느끼는 건데 수질검사 된 물 맞냐?'라고 물었다.

처음엔 당황스러웠고, 그다음엔 섬뜩했으며, 이후엔 밤중 추위에 모든 걸 잊었다. 록은 공중 화장실로 돌아가 세수를 몇십 번이나 더 했다.

여기선 살 수 없을 듯했다. 손에서 불이 나오고, 개구리 혀 같은 게 나오는 세계라니.

이전처럼 고개를 들어 거울 속 자신을 보기도 했다. 그러나 어떤 변화도 일어나지 않았다. 미칠 것 같았다.

두려움에 떨던 록은 화장실의 가장 마지막 칸에 숨었다. 무서웠다. 실제로 울고, 졸고, 깨길 반복했다.

그렇게 공중화장실에서 몇 시간 버티던 록은 청소원에게 쫓겨났다. 잠시 강가에 서서 록은 죽을까 고민했다. 이곳은 자신이 살 만한 곳이 아니었다.

그러나 막상 시꺼멓게 달려드는 강물을 보니 덜컥 겁이 났다. 그곳에 서서 한참을 운 끝에, 록은 침착하게 생각을 정리했다.

살아남자. 죽는 것보단 덜 고통스러울 거야. 일단 뭐라도, 어떻게든 해 보자!

록은 자그마한 주먹에 힘을 불끈 넣으며 다짐했다.

처음엔 경찰서를 갈까했다. 그러나 신분증도 없는 데다, 자신의 황당한 말을 믿어 줄 것 같지 않았다. 더군다나 고압적인 경찰의 행동을 봤을 땐 그다지 도움이 되지 않을 것 같았다. 결국 록은 다른 방향으로 생각을 틀었다.

불행 중 다행스럽게도 그녀는 어렸을 적부터 아르바이트를 해서 무서울 정도로 사회성과 적응력이 좋고 눈치가 빨랐다. 살고자 하니 살 방법이 떠올랐다.

그녀는 곧장 근방을 둘러 아르바이트자리를 찾았다. 그녀는 신분을 확실히 요구하지 않을 법한 가게로 골라 들어갔다.

몇 군데에서 쫓겨났고, 마지막에 찾은 곳이 히카의 가게였다. 히카에겐 집이 근처라고 둘러댄 후 월급을 가불 받을 때까지 공중 화장실을 전전했다. 무서워서 늘 선잠에 들긴 했지만.

히카의 가게에서 일하는 동안 이 세계가 어떻게 돌아가는지 눈치껏 알아챘다.

기본적인 틀은 한국과 크게 다르지 않았다. 사업가, 정치인, 학생 등 직업과 사회를 이루는 법과 규칙이 흡사했다.

다만 이곳의 사람들은 초능력의 세기와 능력으로 인정받았다.

초능력은 선천적인 능력, 후천적인 능력으로 나뉘었다.

선천적으로 타고난 이들이 있는가 하면 시간이 흘러 뒤늦게 발휘되는 사람들도 있었다.

그 때문에 부모들은 제 자식들에게 일찌감치 초능력 개발 교육을 시킨다고 했다.

아주 드물게 피가 나는 노력으로 자신의 초능력을 후천적으로 개발시키는 사람들도 있었다.

그러나 그들도 처음부터 초능력을 타고 나야했다. 미미한 불씨를 크게 살릴 순 있어도, 꺼진 불씨를 창조할 순 없는 노릇이었다.

불행히도 록은 이 세계에서 '꺼진 불씨'에 속했다.

초능력이 없어도, 고급 초능력에 버금갈 만큼 똑똑한 머리가 있거나, 놀라운 상술이 있다면 잘 살 수 있다. 그러나 록은 자신이 그쪽에도 속하지 못함을 알았다.

세수하다가 천민 신세라니.

생각하던 록은 암담한 얼굴로 눈을 내리깔았다. 고아라 보고 싶은 가족은 없지만, 자신을 챙겨주던 친구들이 새삼 그리워 눈물이 났다.

록은 남모르게 코를 훌쩍거렸다.

*   *   *

낡은 바의 끄트머리에 잘생긴 남자가 앉아 있었다. 남자는 벌써 삼 일 째 연속으로 술집을 방문했다. 그는 늘 앉던 자리에 앉아 같은 술을 주문했다. 그럴 때마다 히카는 날선 눈으로 남자를 노려보았고, 록은 그럴 때마다 쓰게 웃었다.

목구멍 끝까지 '히카가 저 남자를 왜 견제해? 저 남자는 나를 신경 쓰지 않아.'라는 말이 치밀어 올랐지만, 굳이 하지 않았다. 저 남자 때문에 자신과 히카가 아웅다웅하는 상황이 우스웠다. 그는 자신과 히카를 일절 신경 쓰지 않기 때문에.

록은 접시를 닦는 척, 끄트머리에 앉아 있는 남자를 보았다.

저 남자와도 오늘이 마지막이구나.

삼 일 째 술을 꽉꽉 눌러 담아주며 나름 동류애가 형성되었는지, 약간의 아쉬움이 느껴졌다.

"많이 드세요."

록은 남자의 빈 술잔에 술을 부으며 말했다. 그러자 남자가 묘한 눈으로 록을 바라보았다. 새삼 두근 가슴이 뛰었다.

아, 왜 술은 꽉꽉 눌러 담아줄 수가 없을까.

괜히 통탄하게 되었다.

"록!"

언제부터 지켜보고 있었던 건지 히카가 록을 소리쳐 불렀다. 그 목소리에 날이 잔뜩 서 있었다. 남자에게서 떨어지라는 경고였다. 요즘 들어 부쩍 히카의 히스테리가 심해졌다.

"하아. 실례하겠습니다. 필요한 게 있으면 또 불러 주세요."

록은 한숨을 내쉬며 눈앞의 남자에게 인사를 한 후, 돌아섰다.

"왜 불렀어, 히카? 시킬 거 있어?"

록이 터져 나오는 한숨을 삭이며 물었다. 그러자 히카가 무뚝뚝한 얼굴로 말했다.

"어. 해야 할 일이 있어. 창고에 있는 쓰레기 좀 밖에 내놔."

"아까 했는데."

"또 생겼어. 얼른!"

"응."

록은 순순히 히카가 시키는 대로 창고로 향했다. 창고엔 자그마한 쓰레기봉투가 놓여 있었다. 록은 군말하지 않고 치웠다.

히카는 이후로도 쓸데없는 일로 자신을 불러, 최대한 남자와 멀리 떨어진 곳의 일을 시켰다.

1시간쯤 흐른 후, 록은 눈치를 살폈다. 손님이라곤 남자만 남아 있었다. 지금이 적당한 때라고 판단한 록이 히카에게 조심스레 다가갔다.

이젠 말할 때가 되었다. 어차피 그러려고 출근했다.

"히카."

록이 조심스럽게 히카를 불렀다. 히카가 고개를 돌려 록을 보았다. 록의 동그랗고 반짝반짝한 눈이 자신을 향하자, 기분이 풀린 듯 이전처럼 희미하게 웃었다.

"왜 불러? 그렇게 귀엽게 쳐다봐도 월급 안 올려 줘."

귀엽게…….

그 말이 마음에 걸렸으나, 록은 애써 못들은 척 했다.

"저기, 할 말이 있는데."

록이 머뭇거렸다.

"뭔데? 무슨 말인데 그렇게 뜸을 들여? 궁금하잖아."

히카의 눈이 기대감에 반짝거렸다. 록은 입 안이 썼다.

"음, 히카한테 이런 말해서 무척 미안하게 생각하는데 그래도 해야 할 거 같아서. 새로운 아르바이트생을 구할래? 나는 이제 여기를 관둬야 할 거 같아."

"뭐?"

"이제 어느 정도 이 세계에 적응했으니 살 방법을 강구해야지. 여행도 좀 다니고 싶고. 여태껏 히카 덕분에 무사히 지낼 수 있었어.

고마워. 잊지 않을게. 새 아르바이트생이 들어올 때까지 일하긴 할 건데 되도록 이달 안에 구해 줬으면 좋겠어."

"록."

"알아. 섭섭한 거. 나도 섭섭해. 그러니 종종 연락도 주고받자. 가게로 전화할게. 아! 그리고 이 목걸이도 돌려줄게."

록이 히카가 주었던 목걸이를 풀기 위해 손을 뒤로 뻗었다.

"안 돼."

히카가 록의 손을 움켜쥐었다. 그의 손가락 끝이 새파랗게 질려 있었다.

"히카. 손 색깔이 이상해. 어디 아파?"

"누구 맘대로?"

히카의 목소리가 무섭도록 낮아졌다.

"어?"

록이 의아한 눈으로 히카를 바라보았다. 순진무구하던 히카의 눈빛이 묘하게 변했다. 검은 눈동자를 타고 흐르는 안광이 섬뜩했다. 록이 움찔했다.

"……히, 히카?"

"누구 마음대로 관두냐고. 넌 여기 못 그만둬. 허락 못 해."

히카의 목소리가 위험하게 낮아졌다.

"무슨 소리야?"

록이 어설프게 웃었지만, 히카는 조금도 웃지 않았다.

섬뜩한 기분에 휩싸인 록은 재빠르게 머리를 굴렸다. 일단 히카의 손아귀에서 벗어나야 했다. 그러기 위해선 일단 히카의 기분을 거스르면 안 된다.

"그래. 알았어. 히카가 그렇게 싫어하면 나도 다시 생각해 볼게. 나도 지금 당장 관두겠다는 건 아니었어. 하하."

록이 히카를 어르고 달래듯 말했다. 그러나 히카는 록의 손을 잡은 채 놓지 않았다. 그는 록의 말을 믿지 않았다. 히카가 눈치 빠르다는 게 기억났다.

이 일을 어쩐담.

그녀는 조용히 가게를 둘러보았다. 다른 손님이 그에게 말을 걸어주길 바랐지만, 안타깝게도 가게엔 잘생긴 남자 그 한 명뿐이었다. 그 한 명도 방금 전 자신이 술을 가득 따라주어 부를 일이 없었다.

록의 머릿속이 빠르게 돌아갔다.

"알았어. 히카, 미안해. 다시 생각해 볼게. 히카가 이렇게 말리는데 그만둘 수 없지."

록이 어설프게 웃는 얼굴로 히카를 설득하려 할 때였다.

톡, 톡—

남자가 카드 끄트머리로 계산대를 두들겼다. 계산해달라는 제스처에 히카의 시선이 마지못해 옆으로 돌아갔다.

그사이 록이 히카의 손아귀에서 벗어났다. 록이 얼른 한 걸음 물러섰다.

"안 그만둘 테니까 걱정하지 마. 계산해. 난 저 테이블 좀 치우고 올게."

남자가 마신 술잔을 치운다는 핑계로 돌아선 록은 조용히 한숨을 내쉬었다.

저 남자 덕분에 살긴 했는데, 그가 돌아가면 다시 문제다. 눈이
돈 히카가 자신에게 덤벼들면 어쩌지. 여자인 자신이 히카의 힘을
이길 수 있을 리 없다.

일단 배가 아프다는 핑계로 화장실 간다고 하고 숙소로 도망쳐야
지. 그 후에 짐을 챙겨 달아나는 거다. 이번 달 월급은 포기해야겠
다.

자신을 구제해 준 히카와 이렇게 헤어지는 게 아쉽긴 하지만, 어
쩔 수 없었다. 위험할 것 같을 땐 피해야 한다.

이런저런 생각을 하며 테이블을 치우던 록의 시선이 무심코 창밖
을 향했다. 무심결에 스치던 시선이 한곳에 머물렀다.

"⋯⋯어?"

후드를 깊게 눌러쓴 남자 한 명이 두 손을 들고 있었다. 손등이
하늘을 향하도록 뻗은 손에서 투명한 액체가 쏟아지고 있었다. 손
바닥에서 쏟아져 내린 투명한 액체가 가게를 에워싸고 있었다.

록은 그 액체가 무엇인지 단숨에 알아챘다. 이곳에 지내면서 몇
번이나 보았던 것이었다.

끈적거리는 액체의 농도는 석유와 유사한 성질로, 불과 합쳐지면
폭발한다. 다만 석유와 달리 냄새가 나지 않아 쉽게 알아챌 수 없었
다.

가게의 문 안으로 투명한 액체가 스멀스멀 흘러들어 오고 있었
다. 꽤 오래전부터 흘리고 있었는지 가게의 바닥이 모조리 축축했
다. 금세 계산대에 서 있는 남자의 발에 닿을 듯했다.

록이 히카를 쳐다보았다. 그는 계산을 하느라 정신이 없어 보였다.

"히카!"

록이 히카를 불렀다. 그러나 그는 그녀의 말을 듣지 못하고 남자와 대화를 나누고 있었다. 히카는 충격을 먹은 듯 얼굴이 굳어 있었다.

록의 시선이 다시 창문으로 향했다. 손에서 투명한 액체를 쏟아내고 있는 남자의 곁에 선 또 다른 남자가 주머니에서 손을 꺼냈다. 그의 손엔 무언가가 들려 있었다.

록의 눈이 가느스름해졌다.

남자의 손에 들린 저게 뭘까.

"포, 폭탄?"

물건의 정체를 알아낸 록의 얼굴이 희게 질렸다. 딱 한 번 우연찮게 길에서 폭탄으로 자살하겠다며 설치던 미친놈을 본 적 있었다. 그때 미리 알아 둘 요량으로 그놈이 손에 들고 있던 물건을 유심히 봐 둔 탓에 알아챌 수 있었다.

석유와 폭탄이라니. 저런 미친놈들을 봤나.

록의 손에서 쟁반이 미끄러졌다.

쨍그랑.

날카로운 소리를 내며 잔이 산산조각 났다. 록의 머리가 차갑게 식었다. 동시에 록의 몸이 반사적으로 돌아섰다.

남자와 히카가 마주 서 있었다. 두 사람 중 한 명만 살릴 수 있었다. 둘 다를 데리고 멀리 도망치기엔 체력이 부족했다.

록은 고민하지 않고 히카에게 달려갔다. 히카가 이상하게 변하긴 했지만, 은인을 이런 식으로 죽게 할 수 없었다.

"피해!"

히카의 손을 잡아챈 록은 있는 힘을 다해 반대편 창문으로 몸을 날렸다.

와장창!

창문을 깨고 나온 록이 바닥으로 데굴데굴 굴렀다. 유리조각이 옷을 뚫고 푹푹 파고들었다. 온몸이 다 쑤셨지만, 록은 히카를 부둥 켜안은 채 최대한 멀리 굴러갔다. 그러고도 부족해 그녀는 있는 힘껏 가게로부터 멀어지기 위해 기었다.

쾅! 파파팍!

간발의 차로 가게가 폭발과 함께 불에 삼켜졌다. 파편이 사방으로 튀었다. 록은 파편이 히카에게 튀지 못하도록 몸으로 막았다.

"으윽."

파편이 꽂혔는지 등이 미치도록 아팠다.

"헉, 헉. 콜록, 콜록! 으으…… 아파……."

록이 숨을 몰아쉬며 기침을 터트렸다. 뒤늦게 불똥이 이리저리 튀었다. 그녀가 비틀거리며 몸을 일으켰다. 유리조각에 긁히고 베인 팔이 따끔거렸다. 그러나 급한 건 이게 아니었다.

"괜찮아? 히…… 콜록, 콜록!"

록은 히카가 있을 곳을 찾아 고개 돌렸다.

"어?"

분명 자신이 데리고 나왔는데 바닥엔 아무도 없었다. 록이 연기를 들이마신 목을 감싸 쥔 채 주변을 살폈다.

어디 간 거야.

록이 기침을 터트리다말고 그 자리에 털썩 주저앉았다. 몸에 힘이 다 풀렸다.

"넌?"

뜬금없이 나긋한 목소리가 들렸다. 록은 제 앞에 멀쩡하게 선 두 발을 보았다. 록이 남자의 다리를 따라 천천히 고개를 들었다.

회색 연기가 거리를 자욱이 뒤덮은 늦은 밤, 새까만 머리의 남자가 싱긋 웃으며 물어 왔다.

"넌, 괜찮아?"

엉망진창의 몰골을 한 록이 느릿하게 눈을 깜빡거렸다.

"……어?"

록이 멍하게 물었다. 그녀는 얼빠진 표정으로 남자를 보았다.

왜 히카가 아니라 이 남자가?

록은 한 박자 늦게 자신이 사람을 잘못 데리고 나왔다는 걸 알아챘다. 록이 입술을 벙긋거리더니 가게로 시선을 돌렸다. 가게는 이미 화염에 휩싸였다. 오래되었지만 꽤 튼튼해 보이던 간판이 속절없이 타들어 가고 있었다.

히카, 히카.

록이 빈 입술을 벙긋거렸다.

그럼 히카는? 히카는 저곳에…….

"아아……."

그렇게 멍하게 가게를 바라보던 록의 눈에 눈물이 차올랐다. 눈물을 흘리기가 무섭게 록이 눈을 감으며 바닥으로 쓰러졌다.

"이런."

원이 짧게 탄식하며 기절한 록을 바라보았다.

크리스와 천이가 가게를 폭파시키기 전, 그는 히카를 마주 보고 있었다.

그에게 마지막 인사를 하려는 찰나, 용케 상황을 알아챈 여자가 제 손목을 잡아챘다. 그러고는 자신을 구해 주었다.

물론 구하지 않았어도 자신은 죽지 않았겠지만.

"뭐해?"

"이건 무슨 상황?"

남의 가게에 불을 지른 사람답지 않게 크리스와 천이가 태연하게 원의 곁으로 다가왔다.

천이가 손을 탈탈 털었다. 크리스도 몸을 두르고 있던 방어막을 거두었다. 그들은 자신들이 불태운 가게보다 이 상황이 더 신기하다는 얼굴이었다.

뒷짐을 지고 선 원과, 그 앞에 비련의 여주인공처럼 쓰러져 있는 여자 하나. 그들은 여자를 눈으로 살폈다.

단발머리에 희고 자그마한 얼굴을 가진 예쁘장한 여자였다. 그러나 이렇게 대놓고 오랜 시간 바라볼 만큼의 미인은 아니었다. 평범한 데서 조금 예쁜 정도였다.

혹시나 해서 여자를 머리부터 발끝까지 훑었지만, 키도 자그마하고 옷차림도 평범했다.

"누구야?"

크리스가 원에게 물었다.

"생명의 은인."

원이 가볍게 대답했다. 그 말에 크리스와 천이는 잠시 할 말을 잃었다.

구할 놈이 없어서 이런 놈을 구하냐.

두 사람은 기절해 있는 여자를 바라보며 혀를 끌끌 찼다.

"이 여자 목숨 부자인가 보네. 널 구하다니. 얼른 돌아가자. 히카도 처리했으니."

"아니."

원이 가볍게 고개를 가로저었다.

"뭐가?"

크리스가 이해 못 하겠다는 듯 쳐다보았다.

"그놈, 안 죽었어."

"뭐?"

"이 근처에 있어."

원이 묘하게 웃었다. 자신이 여자의 손에 끌려 나갈 때, 히카는 분노하며 다른 곳으로 도망쳤다. 순식간에 흩어지던 움직임을 읽었다.

원은 히카가 사라지기 전, 그의 얼굴을 보았다.

여자를 뺏기기도 싫지만, 그렇다고 싸우기엔 실력이 부족해 분한 얼굴이었다.

원은 히카의 그 표정 때문에 기꺼이 여자의 손에 끌려나왔다.

"어디? 내가 없애고 올게."

크리스와 천이가 주변을 둘러보았다. 그러자 원이 고개를 가로저었다. 새까만 머리카락이 부드럽게 흔들렸다.

"왜?"

크리스가 항의하듯 물었다.

"지금은 사라졌어."

멀찌감치 머물던 강한 기척 하나가 소리 소문도 없이 사라졌다. 원은 그 낌새를 읽어냈다.

"어디로 갔어?"

"글쎄. 그건 모르겠는데."

"안 잡고 뭐했어?"

천이가 원을 질책했다.

"그거보다 이 상황이 더 재미있었거든."

원이 대답하며 쓰러져 있는 록을 바라보았다.

"골치 아파질 건데."

"아니. 재미있어질 거야."

원은 무심히 대답하며 무릎을 굽히고 앉아 록을 안아 들었다.

여자의 몸은 한 손으로 들 수 있을 만큼 가벼웠다. 이런 몸으로 방금 자신을 구한 게 용하다고 느껴질 정도였다.

"설마 데려가게?"

크리스가 의아한 얼굴로 물었다.

"어."

"어디로?"

"집으로."

"왜? 그냥 내버려 둬. 보아하니 죽진 않은 거 같은데 그냥 내버려 두면 돼. 아, 혹시 네 얼굴을 봐서 그래? 없애 버릴까?"

"아니. 그러지 마."

평소와 다른 원의 반응에 천이의 미간에 주름이 잡혔다.

"아, 혹시 데려가서 없애게?"

"아니."

"그럼 뭔데! 네가 설마 집으로 데려가서 치료라도 해 주겠다고?"

"어."

"뭐?"

천이가 이해 안 간다는 듯 물었다.

"생명의 은인이잖아."

"……."

"새로운 경험이야. 누가 날 살려 주다니."

죽이거나, 죽이려고 하거나. 그런 삶을 살아왔다. 그런데 자신을 구하려고 몸을 바치다니. 재미있었다.

축 늘어진 여자 하나를 안고도 가벼운 걸음으로 성큼성큼 걸어가는 원의 뒷모습을 크리스와 천이가 바라보다 한숨을 내쉬었다.

그 생명의 은인은 너와 엮이는 걸 원치 않을 텐데.

차마 기분 좋아 보이는 원에게 그 말을 할 수 없었다.

가게에서 튄 불똥이 원에게 날아갔다. 정확히 원의 품에 안긴 록을 향해 떨어지기 직전이었다. 그가 한 손으로 록을 안은 채, 남은 한 손을 들었다.

탁!

불똥이 원의 손바닥에 닿자마자 타닥 소리를 내며 탔다. 그러나 얼마 못 가 불꽃이 힘없이 사그라졌다.

원은 록이 다치지 않도록 품에 꼭 껴안았다.

＊　　＊　　＊

눈을 뜬 록은 곧장 머리를 감쌌다. 머리가 깨질 것처럼 아팠다. 온몸도 욱신거리며 아팠다.

"하아."

잠시 호흡을 고르던 록이 눈을 번쩍 떴다. 불현듯 화염에 휩싸인 가게가 떠오른 탓이었다. 다급히 몸을 일으킨 록은 주변을 둘러보았다.

흰 벽지에 깔끔한 인테리어.

불필요한 물건이 하나도 없는 낯선 방이었다. 호텔도, 병원도 아니라는 걸 직감적으로 알았다.

"여긴 어디야? 히카는? 히카. 히카!"

록은 곧장 히카부터 떠올렸다. 그러다 화염에 휩싸인 가게를 떠올리곤 절망했다. 그가 아무리 초능력자라고 해도, 그 속에서 살아남을 순 없을 거다. 결국 초능력자도 사람이니까.

그럼 히카가 그 불길 속으로…….

록이 손등으로 눈가를 가렸다. 금세 눈물이 주르륵 흘러내렸다. 그러나 이곳이 어딘지 모르는 상황에서, 소리 내어 히카를 찾거나 소란스럽게 구는 멍청한 짓은 하지 않았다. 일단 자신이 살아남아야 히카의 시신이라도 거둘 테니까.

그녀는 곧장 자신의 옷을 확인했다. 편안한 흰 티셔츠에 검은색 고무줄 바지를 입고 있었다. 피가 잘 통하는 편안한 옷차림이었다.

누가 갈아입힌 건지 궁금했지만, 지금은 그게 중요한 게 아니었다. 누가 자신을 병원도 아닌 이런 낯선 곳에 왜 데려왔느냐, 였다.

록이 몸을 일으키려 할 때였다.

끼익, 소리와 함께 문이 열렸다.

"안녕."

록이 다정한 남자의 인사에 멈칫했다. 히카를 구하려다 잘못 구한 그 남자였다.

검은색 니트를 입은 그가 한 손에 컵을 쥔 채 웃고 있었다.

록은 대답 대신 남자를 경계하는 눈으로 바라보았다. 아무리 잘생긴 남자라지만 이런 상황에서 넋을 놓을 만큼 록은 멍청하지 않았다.

원이 가볍게 미소 지으며 록의 침대에 걸터앉았다. 무척 자연스러운 움직임이라 록은 말릴 타이밍을 놓쳤다.

"몸은 어때? 괜찮아?"

한없이 다정한 목소리에 록은 얼결에 고개를 끄덕였다.

"저기, 어떻게 된 거예요?"

록이 조심스럽게 물었다.

"그날, 네가 날 구하고 쓰러지는 바람에 데려왔어."

그가 다정한 목소리로 말했다.

"목마를 텐데 마셔."

원이 록의 손에 컵을 쥐어 주었다. 물을 보자 갈증이 확 일었다. 그러나 록은 물에서 시선을 떼지 않았다.

"물에 독이라도 탔을까 봐? 굳이 그렇게 귀찮고, 번거로운 방식으로 내가 널 죽일 이유 없잖아?"

남자의 말은 설득적이었으며, 묘하게 꺼림칙했다. 마치 너 하나 죽이는 건 일도 아니다, 라고 말하는 듯했다. 보통 사람이 구사할 만한 말투가 아니었기에 록은 조금 긴장했다.

근데 언제 봤다고 반말이야.

록이 남자를 쳐다보았다.

"왜? 반말이 불만?"

록이 흠칫하며 남자를 바라보았다.

이 남자 독심술을 하나.

거짓말을 할까 하다가 록이 무심한 얼굴로 대답했다.

"조, 조금요. 그렇지만 저보다 나이 많아 보이니 넘어갈게요."

그 정도는 이해하겠다는 듯 록이 말하자, 원이 픽 웃었다.

"그래. 이해해 줘서 고마워."

원이 간단히 대답한 후 록을 바라보았다. 그녀는 고민 끝에 잔을 입술에 가져다 댔다. 마실 생각인 모양이었다. 자신이 들고 있을 땐 작던 컵이 록의 손에 들리자 꽤 커 보였다.

꼴깍 꼴깍, 록의 목울대가 오르내렸다. 별것 아닌 그 모습이 시선을 끌어당겼다.

"구해 주셔서 감사합니다. 이제야 말씀드리네요. 물을 마시고 나니 생각나서요."

꽤 목이 말랐는지 물을 다 마신 록이 가볍게 인사를 했다. 빈 물잔을 협탁 위에 올려 둔 후, 록은 남자를 마주 보았다. 가까이서 본 남자의 외모는 역시나 황홀했다.

"아냐. 네 덕에 나도 살았는걸."

남자가 부드러운 입매를 끌어올리며 웃었다.

"저, 실례가 안 된다면 뭐 하나 물어봐도 될까요?"

"응."

남자가 선선히 고개를 끄덕였다.

"그 가게는 어떻게 되었나요? 제가 근무하던 그 가게요."

"불타서 사라졌어."

원이 담백하게 대답했다.

역시나.

록이 암담한 표정을 지었다.

"그럼 그 안에 있던 남자 주인은요? 마지막에 계산해 주던 그 남자, 시신은 찾았나요? 혹시 어떻게 됐는지 아세요?"

록이 고통스러운 얼굴로 물었다. 그러자 원이 고개를 기울였다.

"못 찾았어."

"아."

역시.

록의 얼굴이 우울하게 물들었다. 심장이 쿵하고 내려앉더니 눈앞이 아득해졌다.

마지막엔 조금 이상해지긴 했어도, 히카는 꽤 좋은 사람이었는데. 괜히 가족을 잃은 것처럼 마음이 싱숭생숭했다.

"결국 히카가…… 그렇게 되었군요. 못 찾았다는 걸 보니 시신도 다 타버렸나 보군요."

록이 금세라도 울 것처럼 굴자, 원이 덤덤하게 말했다.

"못 찾을 수밖에. 안 죽었으니까. 어디론가 사라졌어."

"안…… 죽어요?"

록이 믿을 수 없다는 듯 물었다. 머릿속으로 화염을 떠올리던 록이 고개를 가로저었다.

그럴 리 없다. 그 화염 속에서 살아날 사람이 있을 리가. 그럼 그건 사람이 아니다. 초능력자라도 그런 폭발에서 살아남는 건 무리가 있을 텐데?

잠시 고민하던 록은 그가 자신이 어떤 계통의 초능력자인지 알려주지 않았다는 걸 깨달았다.

그럼 그 기술로 살아남은 건가.

"유난히 운이 좋은 사람들이 있잖아."

원의 말이 미심쩍었지만 록은 일단 고개를 끄덕였다.

"하아, 그렇군요. 어쨌든 다행이네요. 히카가 살아서요."

록의 표정이 금세 풀렸다. 마지막에 이상해지긴 했지만 히카가 죽길 바란 적 없었다. 그가 살아있다니 그걸로 됐다.

"다행이지. 다시 잡을 수 있으니까."

"네?"

"아냐. 아무것도."

원이 가볍게 웃으며 고개를 가로저었다. 록은 원을 흘깃 쳐다보았다. 원은 이 방에 들어올 때부터 시종일관 웃고 있었다. 미소가 몹시 자연스럽고 부드러웠지만, 어딘가 서늘했다.

웃고 있는데도 만만하기는커녕 무슨 생각을 하는지 알 수 없어서 더욱 어렵게 느껴졌다.

초능력자도 아닌데, 이 위압감은 어디서 분출되는 거지?

이런저런 생각을 하던 록은 자신이 원을 빤히 쳐다보고 있음을 깨닫곤, 얼른 시선을 거두어들였다.

"어쨌든 덕분에 살았어요. 감사합니다. 그럼 저는 이만 가 볼게요. 옷은 좀 빌려 입을게요. 연락처 주시면 다음에 옷은 가져다드릴게요."

록이 괜히 남자의 시선을 의식해 옷깃을 여미며 말했다.

"더 쉬는 게 좋을 텐데?"

남자가 고개를 비스듬히 기울이며 말했다.

"아니에요. 가 봐야죠. 염치없이 계속 신세질 순 없잖아요."

록이 이불을 거둔 후, 침대 아래로 발을 내렸다. 몸을 일으켜 한 발 내디뎠다.

"아!"

록이 발을 헛디뎌 몸이 아래로 허물어졌다. 원이 록의 양쪽 어깨를 잡았다. 원에게 반쯤 안기다시피한 자세가 되었다. 좋은 향이 코끝으로 스쳤다.

"거봐."

록이 고개를 들었다. 이전보다 원과 더욱 가깝게 얼굴을 마주했다. 록은 입술을 깨물었다. 외모는 껍데기일 뿐이라지만, 껍데기가 우월하면 흔들릴 수밖에 없다. 록이 슬쩍 시선을 옆으로 흘렸다.

"가, 감사합니다."

"더 쉬어."

"그래도 이렇게 신세지는 건 좀…… 초면인데."

"초면인데 목숨 신세진 나도 있잖아?"

그가 웃음기를 머금은 채 말했다.

"가서 경찰 조사도 받아야 하고요."

"벌써 이틀이나 지났어. 참고인 자격으로는 이미 내가 다녀와서 네가 갈 일은 없는데."

"으음."

"더 문제 될 건?"

원이 물었다. 록은 원을 바라보았다. 가장 큰 문제가 하나 있다.

"날 믿어도 될까, 생각하는 거야?"

남자가 생각을 꿰뚫어 보자, 록이 흠칫했다.

"말했잖아. 해치거나 나쁜 짓 할 거였으면 진작했다고."

이 남자, 무서운 말을 몹시 다정하게 하는 습관이 있는 모양이었다. 록이 잠시 고민했다.

"혹시."

록이 힘겹게 말문을 열자, 원이 그녀를 물끄러미 바라보았다.

"혹시 살아 있는 사람을 괴롭히는 취미가 있다든가, 뭐 그런 건 아니죠?"

록은 묻고 나서야 아차 했다. 범죄자가 자신을 범죄자라 말할 리 없었다. 아무래도 바닥을 구르다가 머리를 다친 모양이다.

원의 입술이 느슨히 늘어났다.

"그럼 진즉에 깨워서 지하방에 가둬놨겠지. 꼼짝도 못 하게 양손과 양발에 족쇄를 달아서. 이렇게 친절하게 옷을 갈아입혀 주고, 치료해 주고, 물까지 가져다주진 않지. 아, 혹시 그렇게 괴롭힐 정도로 시간이 남아도는 변태로 보여?"

"아뇨."

원의 말에 록은 더 이상 반박할 수 없었다. 그가 굳이 그럴 것 같지는 않았다.

"다른 질문은?"

원이 고개를 기울이며 물었다.

"그럼 조금 뜬금없는 질문이긴 한데 제 옷은 누가 갈아입힌 거예요?"

"그게 중요해?"

"조금요."

"……."

"실은 몹시 중요해요."

그녀는 태어나 처음 외간 남자에게 자신의 몸을 보여 주었느냐 아니냐의 기로에 서 있다. 록의 얼굴이 불그스름하게 물들었다. 이런 말을 하는 것 자체가 민망한 얼굴이었다.

커다란 눈을 꽤 귀엽게 굴리는 록을 보며, 원이 픽 웃었다.

"내가……."

"윽!"

록이 주먹을 꽉 움켜쥐었다. 못 들을 소리를 들은 얼굴이다. 록의 격양된 반응에 원이 픽 웃었다.

"시켜서 여직원이 갈아입혔어."

"……하아, 다행이네요."

록의 자그마한 얼굴에 안도감이 서렸다.

"더 질문할 건?"

"없어요."

록이 얼른 고개를 가로저었다.

"그럼 걱정하지 말고 편하게 쉬어."

"으음."

원의 권유에 록이 고민했다. 아무래도 모르는 사람의 집에서 신세를 지는 게 염치없이 느껴졌다.

"내게 은혜 갚을 기회를 주지 그래?"

"으음. 그렇게까지 말씀하신다면야……."

록이 말끝을 흐렸다. 어차피 지금은 다리 통증이 극심해서 조금도 움직일 수 없었다. 오히려 이 남자가 나가라고 내쫓으면 곤란한 쪽은 록이었다.

당장 수중에 택시비는커녕 버스비조차 없다. 더군다나 여기가 어딘지도 모른다.

일단 며칠 묵으면서 몸이 낫는 동안 돌아갈 방법을 강구하는 게 좋을 듯했다. 그사이 원은 록을 침대에 도로 앉혔다.

"생각 정리했어?"

원이 다정하게 물었다. 그는 꼭 대답을 듣고 나가겠다는 의지를 보였다. 록은 두 손을 곱게 모아 아랫배에 가져다 댔다. 그러고는 원에게 고개를 숙였다.

"그럼 염치없이 신세 좀 지겠습니다. 꼭 신세 갚을게요."

그 때문에 보지 못했다.

픽 웃으며 잘됐네, 라고 말하는 원의 입술 움직임을.

*   *   *

침대 헤드에 등을 대고 앉은 록이 큰 눈을 굴려 침대에 걸터앉아 있는 원을 흘깃 보았다.

불편하다. 더할 나위 없이 불편하다.

록이 숟가락으로 죽을 휘휘 내저었다.

"왜? 음식이 입에 안 맞아?"

원이 고개를 비스듬히 기울이며 물었다.

"아뇨."

"못 먹을 만큼 뜨거워?"

"아뇨."

"그럼 왜 그렇게 못 먹어?"

그쪽이 그러고 있는데 음식이 목구멍으로 넘어갈 리가요.

록은 차마 못 할 말을 눈에 담고서 원을 보았다.

저녁 시간이 되자 원이 직접 음식을 가지고 왔다. 그러고는 친절하게 쟁반을 무릎 위에 올려놓더니, 침대에 앉아 그녀를 빤히 쳐다보았다.

혼자 먹을 수 있다는 말로 나가라는 말을 돌려 표현했지만, 남자는 꼼짝도 하지 않았다.

"같이 먹어요."

록이 숨 막히는 침묵을 뚫으며 쟁반을 내밀었다.

"난 저녁 먹었어."

원이 칼같이 대답했다.

"아, 그러시구나."

다시금 침묵이 흘렀다. 숨 막히는 분위기를 견디지 못한 록이 말했다.

"실은 혼자 먹으려니 좀 어색해서요."

"네가 원한다면 내일부터 여기서 저녁을 먹을게."

"……."

음, 그런 말 한 적 없는 거 같은데. 나가달라고 말한 건데.

록은 묘한 기분에 휩싸였으나, 내색하지 않고 숟가락으로 죽을 한입 떠 넣었다. 죽은 부드럽고 담백했다. 놀란 속을 달래기에 제격이었다. 죽을 반 그릇쯤 비운 록이 원에게 물었다.

"저기, 이름이 뭐예요? 며칠만이라도 불러야 하잖아요."

"이름?"

"네."

"알아도 괜찮겠어?"

원이 턱을 괴고서 싱긋 웃었다. 묘한 웃음이었다. 이 상황이 재미있다는 듯, 그러나 마냥 가볍지 않은 미소였다.

뭔가 불안했다. 그러나 록은 설마, 라며 자신의 불안함을 떨쳤다. 이름 하나가지고 무슨 일 있을까.

"네. 이름을 알아야 다음에 신세를 갚죠. 혹시 이름을 알려 주기 곤란하신 거라면 안 알려 주셔도 돼요. 대신 연락처를 알려 주세요."

"보통 원이라고 불러."

"……."

"본 이름은 심우원."

그가 이름을 말했다. 록은 고개를 끄덕이며 심우원, 이라는 이름을 한 번 더 곱씹었다. 어쩐지 한국 이름 같아 정겹게 느껴졌다.

"좋은 이름이네요."

록이 싱긋 웃었다.

"그렇다니까 다행이네."

그사이 원이 소리 없이 다가왔다. 그는 휴지를 들어 록의 입술에 묻은 죽을 닦아 주었다. 록의 얼굴이 벌게졌다.

"입술에 묻었어."

"제, 제가 닦을게요."

"괜찮아. 생명의 은인한테 이쯤이야."

원이 웃는 목소리로 말했다. 그는 꼼꼼하게, 그러나 어딘가 묘한 손길로 록의 입술을 지분거리다 떼어 냈다. 원의 손길에 록의 뺨이 후끈 달아올랐다.

"가, 감사합니다."

"별말씀을."

그때까지만 해도 록은 그 이름이 불러올 파장 같은 건 전혀 알지 못했다.

　　　　*　　　*　　　*

　이 남자, 뭘 해도 성공할 것 같다. 물론 집의 규모를 보면 이미 성
공한 것 같지만.

　록은 이튿날 아침, 자신의 아침식사까지 챙겨온 원을 바라보며
생각했다. 남아일언중천금을 이토록 잘 실천하는 남자라니.

　그와 함께 식사하는 게 어색하긴 하지만 싫지 않았다. 원이 오지
않으면 록은 쭉 홀로 있었다. 마치 입 안에 거미줄을 치는 기분이었
다. 있는 거라곤 책과 음악뿐이라 입을 열 일이 없었다. 원이 오면
그나마 대화라는 걸 나눌 수가 있으니 좋았다.

　"혹시 사업하시나요?"

　록이 죽을 휘휘 내저으며 물었다. 이제 그녀는 이런 상황이 익숙
해진 듯 편하게 움직였다.

　"사업이라고 볼 수 있지."

　애매한 대답이었지만, 록은 이상함을 느끼지 못했다.

　"그러시군요. 힘들겠어요."

　"뭐가?"

　"초능력 없이 사업하려면요."

　원이 대답 대신 록을 바라보았다. 록은 원의 시선을 느끼지 못한
채 숟가락으로 죽을 휘휘 내저었다.

　이 세계에 온 지 삼 개월밖에 되지 않았지만, 초능력이 이 세계에
서 어떤 존재인지 안다.

　초능력은 돈보다 더 값진 것이었다. 그런 그가 혈혈단신의 몸으

로 초능력 없이 사업해서 성공했을 생각을 하니 안타까웠다.

초능력 있는 히카도 그런 남루한 술집을 운영했는데, 하물며 이 남자는 얼마나 힘들었을까.

"아, 혹시 제가 콤플렉스를 건든 건가요?"

록이 아차 한 얼굴로 원의 얼굴을 살폈다. 그녀의 얼굴이 걱정으로 경직됐다.

"아니."

그는 웃고 있었다.

"그럼 다행이네요. 실은 이미 눈치채셨겠지만, 저도 없거든요. 초능력 못 써요. 그게 뭔지도 모르고요. 보세요. 손등 깨끗하죠?"

록이 변명하듯 말하며 자신의 깨끗한 손등을 보였다. 그러자 원이 손끝으로 록의 손등을 스윽 쓸었다. 어떤 것도 발현되지 않았다. 모든 걸 확인했음에도 원의 손끝이 록의 손등을 헤맸다.

"그러게."

그는 말하면서 내내 만졌다. 묘하게 야한 손길이었다. 기분이 이상해졌다. 록이 조용히 손을 거두며 아무렇지 않은 척 말을 이었다.

"그래서 그 기분을 잘 알아요. 초능력 없이 사는 기분. 그렇게 산 지 얼마 되지 않았지만 굉장히 불합리하더라고요. 힘들기도 하고요."

록이 씁쓸하게 웃었다.

사람들은 록이 무능력자라는 걸 알아채곤 업신여기기 일쑤였다. 가게에서 일하다가 이유 없이 욕설 듣는 경우도 있었다. 여자라서 길 가던 중에 안 좋은 일을 당할 뻔한 적도 있었다.

그때 히카가 나서서 처리해 주지 않았다면 곤경에 처했을 거다.

히카를 생각하자 다시 우울해졌다.

그는 괜찮을까. 혹시 크게 다친 건 아닐까.

록은 가라앉으려는 기분을 애써 추스르며 원을 바라보았다.

"힘내세요. 좋은 분이니까 하늘에서 복을 내려줄 거예요. 그 나이에 이런 집을 소유한 것만 봐도 이미 복을 받고 있는 것 같지만요."

록이 주먹을 불끈 쥐었다. 그 위로에 원의 표정이 미묘해졌다. 마치 못 들을 걸 들어서 어이없는 얼굴이었다. 록은 자신이 실수한 건가 싶어 눈치를 살폈다.

"고마워. 힘이 되네."

마침내 원이 웃으며 말했다.

"그렇다면 다행이고요."

록은 씩씩하게 웃으며 죽을 크게 한입 떠 넣었다. 그런 그녀를 원이 신기한 듯 빤히 쳐다보았다.

* * *

록이 제자리 뛰기를 반복했다.

쿵, 쿵. 몇 번 뛴 후 록은 흡족한 얼굴로 웃었다. 며칠 만에 발목이 모두 나았다. 이 세계에 넘어온 후로, 이상하게 상처가 빨리 나았다.

귀가해도 될 정도로 몸이 나았다는 것을 안 록은 벽에 걸린 시계를 보았다.

새벽 6시 5분.

원이 오려면 2시간이 남았다. 그를 기다릴 것인가, 찾으러 나갈 것인가 고민하던 록은 문고리를 잡았다.

찾으러 나가야겠다. 이틀간 그에게 극진한 보살핌을 받았으니 고맙다는 인사는 직접 찾아가서 하고 싶었다. 겸사겸사 다 나은 발목도 보여 주고 싶었다.

방문을 열자 긴 복도가 보였다. 양 쪽으로 큰 창문이 번갈아 자리하고 있었다. 복도를 따라 걸어가던 록은 얼마 못 가 혀를 내둘렀다.

집의 규모가 가히 상상을 초월했다. 자신의 방문과 이어진 복도로 한참 걷자, 길게 이어진 또 다른 복도와 마주했다.

복도엔 드문드문 방문이 자리하고 있었다. 수많은 방 중에 그의 방을 찾는 게 가능한지 의문스러운 때에 때마침 지나가던 남자와 마주쳤다.

"저기요!"

록의 부름에 남자가 멈춰 섰다. 큰 키에 자그마한 얼굴을 가진 그의 머리카락은 곱슬곱슬했다. 그는 면 티셔츠에 청바지를 입고 있었다.

소년에 가까운 남자는 록을 발견하고는 멈춰 섰다. 그녀를 아래위로 스윽 훑은 남자는, 무슨 일이냐는 듯 록을 쳐다보았다.

"실례하겠습니다."

록이 남자에게 인사를 건넸다. 신세 지는 입장에 인사성이라도 좋아야지, 라는 생각 탓이었다.

"응. 안녕."

"……."

이 동네는 외국인가? 왜 한결같이 반말이지?

록은 슬쩍 기분이 상했으나, 신세를 지는 입장이라 참았다. 그러나 이어지는 남자의 말은 가관이었다.

"눈뜨니 봐줄 만하구나? 그땐 길바닥에 쓰러져 있어서 거적때기 같더니."

"……."

록은 뾰쪽한 눈이 되려는 걸 억지로 참았다.

자신이 신세진 거에 비하면 저 정도는 참을 만했다. 거기다가 말하는 걸로 봐선 이 남자도 자신을 구하는데 일조한 모양이다.

"네. 덕분에 사람 꼴이 되었어요. 저, 실례지만 하나 물을 게 있어서요."

"뭐?"

"원……."

록은 그 이름을 말하다가 멈칫했다. 단순히 그 이름만 말해선 사람들이 모를 확률이 컸다. 록은 다시 말했다.

"원, 그러니까 심우원 씨의 방은 어딘가요? 아니, 심우원 씨는 일어났나요? 어느 쪽으로 가면 볼 수 있죠?"

"……너, 방금 뭐랬어?"

방금 전까지 장난기 가득하던 소년의 얼굴이 딱딱하게 굳었다.

"네?"

말실수를 한 건가. 혹시 이곳의 사장님인가? 이름을 막 불렀다고 화난 걸까?

"어, 음. 심우원 씨는 기상하셨어요?"

록이 얼른 정정했다. 그러나 여전히 소년의 표정이 좋지 않았다. 록의 눈이 데굴데굴 굴렀다. 동시에 그녀의 머리가 빠르게 움직였다.

"기침하셨나이까, 라고 물어야하나요? 아니면 사장님이라고 불러야하나요?"

"……."

"사장님은 기침하셨나이까?"

록이 눈치를 살피며 조심스럽게 물었다. 그러나 돌아온 질문은 의외였다.

"네가 그 이름을 어떻게 알아?"

"네?"

"심우원이라는 이름을 어떻게 아냐고."

소년에게서 위압적인 기운이 넘실넘실 흘러나왔다. 자칫 잘못하다간 목이 확 졸릴 것 같았다. 록은 여차하면 뛸 요량으로 등 뒤의 공간을 확보하며 입을 열었다.

"그, 그분이 알려 줬어요."

록의 말에 남자의 눈동자가 흔들렸다.

"뭐? 심우원이?"

천이가 믿을 수 없다는 듯 되물었다.

심우원은 타인에게 자신의 이름을 알려 주지 않았다. 심우원이라는 이름을 알게 된 사람은 그의 사람이거나, 죽거나 둘 중 하나였다.

그는 이 나라에선 이름 대신 '탄'이라 불렸다. 그를 직접적으로 아는 사람들은 그를 '원'이라 부르기도 했다.

그런데 심우원이 이 여자에게 자신의 이름을 직접 알려 주었다.

이 여자를 죽일 생각인 건가. 그럴 거면 뭐하러 거둬서 며칠간 돌본 거지?

심우원의 의중을 파악하려 했으나, 천이는 그 생각을 금세 접었다. 심우원의 생각을 파악하는 것보다 심해를 확인하는 게 더 빠르다. 그만큼 심우원의 생각은 알기 힘들었다.

"탄이 직접 이름을 말했단 말이지?"

천이가 의심스럽다는 목소리로 물었다.

"탄?"

"이건 또 몰라?"

"네."

"하……."

무언가 생각하던 소년은 기가 막히다는 듯 웃었다. 그러더니 픽 웃으며 손끝으로 아래를 가리켰다.

"지하로 가 봐. 탄이 있을 거야."

소년의 웃음은 묘했다.

"네."

"감당할 수 있으면 가. 재수 없이 가다가 죽지 말고."

"예?"

남자는 록의 물음에 대답하지 않고 휙 돌아섰다. 저만치 멀어지는 남자의 뒷모습을 보며 록도 걸음을 돌렸다.

여긴 집단적으로 예의가 없다. 기분이 상했지만 록은 애써 마음을 툭툭 털어 냈다. 록은 남자가 가리킨 곳을 향해 걸어갔다. 죽는다는 말이 찝찝했지만, 농담이라 생각했다. 설마 죽을 리가.

"탄."

록이 가는 동안 그 이름을 중얼거렸다. 어딘가 익숙한 이름이다. 어디서 들어봤는지 고민했지만 좀처럼 떠오르지 않았다.

지하로 이어지는 길은 몹시 구불구불했다. 자칫하다간 넘어질 수도 있을 것 같았다. 점차 어두워져서 눈이 적응하는데 시간이 꽤 걸렸다.

지하로 들어가자 굳건히 닫힌 문이 보였다. 그곳도 거미줄처럼 복잡한 복도로 이어져 있었다.

록이 복도를 따라 쭉 걸어갈 때였다. 지하실 끄트머리에 문이 세 개 보였다.

"저긴가."

록이 중얼거리며 그곳으로 걸어갔다.

쾅—!

거친 소리와 함께 지하의 문짝이 날아갔다. 생존 의지가 투철한 록이 반사적으로 옆의 복도로 몸을 날렸다.

어렸을 적부터 꾸준히 해 온 운동의 반사 신경이 이렇게 쓰일 줄 몰랐다. 발목이 낮지 않았다면 크게 다칠 뻔했다.

"윽……! 뭐, 뭐지?"

록이 쿵쿵 뛰는 심장을 쥔 채 몸을 벌떡 일으켰다.

"내가 이렇게 끝날 거 같아! 아니, 절대로 아니지!"

누군가가 악을 썼다. 록이 움찔하며 고개를 내밀었다.

시선이 닿은 곳에, 피투성이가 된 남자가 복도 중간에 서서 벌벌 떨고 있었다. 남자의 눈엔 핏발이 서 있었다.

그가 부수고 나온 문 너머로 희뿌연 연기가 넘실넘실 흘러나왔다. 안은 불이라도 났는지 시뻘건 기운이 가득 차 있다.

그녀는 숨을 멈춘 채 그 모습을 지켜보았다. 저곳에 원이 있다면 죽었을 거다.

또 누군가가 자신의 앞에서 죽는 건가. 어떻게 해야 하지? 도망가야 하나? 아니면 지금이라도 원을 구하러 뛰어가 봐야 하나? 그럼 저 남자는 어떻게 하고?

다른 사람에게 도움을 청해야겠다는 생각에 록이 발을 움직이다 힘이 빠져 휘청거렸다.

바닥으로 넘어진 록이 움찔하며 뒤를 돌아보았다. 남자가 자신을 알아챘는지 확인하기 위해서였다.

그때, 록의 눈이 차츰 벌어졌다.

문 안을 꽉 메우고 있던 불꽃이 모조리 다 사라져 있었다. 회색 연기가 넘실대는 가운데 검은 실루엣이 보였다. 원이었다.

원이 회색 연기 틈으로 여유롭게 걸어 나왔다. 투명한 막에 쌓인 것처럼 원의 곁에 회색 연기가 닿지 못하고 붕 떠 있었다.

원을 발견한 남자의 몸이 부들부들 떨렸다.

"이익! 괴, 괴물새끼! 죽어! 죽어!"

피투성이의 남자가 고함을 내지르며 원에게 불덩어리를 집어 던졌다. 시뻘건 불덩어리가 원을 향해 날아갔다.

록은 누군가에게 도움을 청해야 한다는 걸 알면서도 발이 바닥에 붙은 것처럼 꼼짝도 할 수 없었다.

그사이 원이 손을 들었다. 불덩어리가 원의 손바닥을 향해 방향을 꺾었다. 불덩어리가 원에게 닿은 순간, 푸시식 소리를 내며 불덩어리가 공기 중으로 순식간에 사라졌다.

"이익!"

남자가 비명을 지르며 더 많은 불덩어리를 쏟아 냈다. 그러나 그 모든 불덩어리들이 원에게 닿자마자 공기 중으로 사라졌다.

남자가 힘이 다한 듯 털썩 무릎 꿇었다. 남자는 뒤늦게 도망가기 위해 몸을 돌려세웠다. 그러나 힘이 빠져 걷지 못하고 네발로 기었다.

원은 느릿하게 남자에게 다가가 그의 뒷덜미를 잡았다.

"으윽! 너, 너, 넌 대체 뭐야……!"

남자가 공포에 질린 눈으로 원을 바라보았다. 분명 자신의 불덩이가 원의 몸에 닿았다. 그런데 순식간에 사라졌다. 이런 능력은 들어 본 적이 없다.

"심우원."

"뭐, 뭐?"

극심한 공포에 질린 듯 남자의 턱이 딱딱 소리를 내며 맞부딪쳤다.

"네가 물었잖아. 내 이름."

방금 전 불덩어리를 얻어맞았다고 예상 못 할 만큼, 원은 멀쩡했다. 오히려 평소처럼 여유롭게 웃고 있었는데, 그게 남자의 공포심을 더욱 가중시켰다.

"다른 이름으로는 탄."

"……타, 탄……."

남자가 그 이름을 듣자마자 눈을 부릅떴다.

"네가 왜 여기까지 잡혀왔는지, 왜 이 꼴을 당하고 있는지 이제 충분히 알겠지? 그러니 돌아가자."

원이 상냥한 설명을 마침과 동시에 남자의 뒷덜미를 잡아 집어 던졌다. 남자가 박살 내고 뛰어나온 그 문이었다. 문 안으로 쿵 소리와 함께 억, 하는 비명 소리가 들렸다.

문 안으로 걸음을 옮기던 원이 우뚝 멈춰 섰다. 무언가 느낀 듯 천천히 고개를 돌렸다. 복도가 갈라지는 한 지점을 빤히 쳐다보던 그가 다시 고개를 돌렸다.

달칵—

문이 완전히 닫히는 소리를 듣고서야 록은 그 자리에 주저앉았다. 입술을 틀어막고 있는 손이 바들바들 떨렸다. 커다랗게 벌어진 눈동자가 정신없이 흔들렸다.

이제야 생각났다.

탄!

왜 그 호칭을 잊고 있었을까.

히카가 그토록 잊지 말라며 신신당부했었는데.

꽤 오래전, 탄에 대해 들었던 이야기를 떠올리던 록의 얼굴이 희게 질렸다.

                    *   *   *

  '탄이 나타났다.'

  누군가가 퍼트린 이 말 한마디에 낡은 술집이 술렁거렸다.
  동네의 귀퉁이에 있는 커다란 건물이 화염에 휩싸였는데, 사람들
은 이것을 탄의 소행이라 생각했다.
  사람들은 두려움에 덜덜 떨었다. 덩치가 자그마한 남자는 겁이
나서 술잔까지 떨어뜨렸다.

  '히카. 사람들이 왜 이렇게 무서워하는 거야? 탄? 그게 뭐야?'

  당시 아무것도 모르던 록은 천진난만한 얼굴로 히카를 보며 물었
다. 히카는 평정심을 유지하는 척했으나, 그의 눈이 사정없이 흔들
리는 게 보였다.

  '미친놈이야.'
  '응?'
  '아주 미친놈이야.'
  '아, 그게 사람이야?'
  '어.'

  히카가 다급하게 고개를 끄덕였다.

대체 어떤 사람이기에 히카가 이름만 듣고도 두려움에 떠는 걸까.

록은 탄의 정체를 듣기 전에 그에게 반감부터 생겼다. 히카는 낡은 행주로 접시를 닦으며 말했다.

'건물 하나 불태우는 걸 대수롭지 않게 생각하는 놈이야. 불태우기만 할까? 폭탄 던져서 없애는데 취미가 들린 미친놈이야.'

'건물 하나를?'

록이 깜짝 놀라 되물었다.

'어. 눈 하나 깜빡 안 하고 없애버려. 보통은 흔적을 안 남기려고 불태우더군.'

'서, 설마. 누전으로 인한 화재일 수도 있잖아.'

'그 건물엔 유능한 초능력자들이 제법 있었어. 누전 정도 처리 못 할까 봐? 그들을 제압하고 불을 지를 수 있는 놈은, 그놈뿐이야.'

'잠시만. 건물 안에 있는 사람들까지 불태웠다는 거야? 지금?'

'그놈 성격에 그랬을 거야. 단순히 건물만 불태우는 걸로 만족할 놈이 아니니까.'

히카의 눈빛이 불안함과 동시에 반감으로 새빨갛게 물들었다.

초능력자들은 각기 다른 능력을 갖고 있다. 무수한 그 능력들에게 영향을 받지 않는다면 그보다 상위의 능력자라는 소리였다.

이후 히카에게 들은 '탄'의 이야기는 어마무시 했다.

살아 있는 사람을 1초 만에 죽인다더라, 살인은 취미라더라, 심심하면 건물 하나 폭파시키는 건 일도 아니라더라.

여기까지는 그럭저럭 들을 만했다. 이런 미친놈이 흔하진 않지만, 자신이 살던 세상에도 드문드문 있긴 했으니까. 그러나 이어진 단골손님의 설명이 록을 겁에 질리게 만들었다.

'들리는 말로 살아 있는 놈을 잡아서 피부도 뜯어 버린대. 생긴 건 눈만 마주쳐도 오줌 쌀 만큼 징그러운 외모라고 하더군. 나의 친구의 먼 친척의 친구가 직접 봤다더군. 그놈을.'

친구의 먼 친척의 친구라면 타인이나 다름없었지만, 이야기에 홀린 록은 목격자의 말에 신빙성이 있다고 판단했다.

그녀는 사람들에게 이야기를 들은 탄의 이미지를 떠올렸다.

눈만 마주쳐도 토악질이 나올 만큼 징그럽고 무서운 생김새에, 덩치가 몹시 크며, 손가락은 기형인데다, 취미는 건물 폭파, 특기는 살인, 잔인한 성격의 소유자.

죽기 전까지 마주치고 싶지 않은 그런 류의 사람이었다.

사람들이 하얗게 질린 얼굴로 입 모아 욕하는 탄의 이야기를 듣던 록이 히카에게 물었다.

'고위 공무원들이 나서면 되지 않아? 우월한 능력을 가진 사람

들이 많다며.'

'신출귀몰한 놈이라 잡을 수가 없나 봐. 흔적을 남기지 않으니 그렇다는데, 한심해. 무능한 정부 같으니. 어쩔 수 없다는 이유로 방관하고 있으니…… 쯧.'

히카가 이를 바득 갈았다.

'그, 그래? 조심해야겠다.'

'그래. 조심해. 밤늦게 외출하지 말고. 이상한 사람이 보이면 무작정 도망쳐야해. 알았지?'

'응.'

록이 있는 힘껏 고개를 끄덕였다. 그러나 록은 그 이야기를 금세 잊었다.

현실감 없는 탄의 이야기는 귀신 이야기 같은 거였다. 들을 때 소름 끼치게 무섭고, 하루 동안은 공포감을 유지시키지만, 이튿날 되면 싹 잊게 되는 그런 류.

거기다가 탄은 건물 하나를 폭파시킨 뒤, 오랫동안 잠잠했다. 사람들은 탄이 동네를 떠났다고 판단했다. 미친놈이 그토록 긴 기간 동안 가만히 있을 리가 없다는 게 그들의 추측이었다.

사람들은 금세 탄을 잊고 자신의 삶을 살았다. 록도 자연스럽게 탄을 까먹었다.

그때까진 몰랐다. 탄을 잊어버린 걸 이렇게 미친 듯이 후회하게 될 줄은.

록은 지하실 복도에서 벗어나 얼른 1층으로 올라왔다. 그러고는 다급하게 자신의 방문을 걸어 잠갔다.

"까먹는 게 아니었는데! 아니, 어떻게 그걸 까먹었지?"

록이 하얗게 질린 얼굴로 제 머리를 쥐어뜯으며 비명을 내질렀다. 그러다 누가 들을지도 모른다는 생각에 입을 틀어막았다.

어쩔 줄 몰라 방에서 우왕좌왕하던 록이 멈춰 섰다.

이럴수록 진정해야 한다. 록이 손톱을 깨물었다. 생각에 잠길 때 나오는 그녀의 버릇이었다.

일단 그가 '탄'이 맞을까. 항간에 떠도는 괴물 같은 생김새는 아니었다.

그럼 탄이 아닌가? 탄이 아니었으면 좋겠다.

그렇지만 어떤 미친놈이 감히 '탄'의 행세를 하고 다닌단 말인가.

아니, 오히려 '탄' 흉내를 내면 더 위험한 거 아닌가.

"하아……."

머리를 굴리던 록이 생각을 멈췄다. 저놈이 탄인지 아닌지 따위는 중요하지 않다. 탄이라도 문제고, 탄이 아니라도 문제다. '탄' 행세를 하는 미친놈도 제정신이 아닐 거다.

록이 과감하게 창문을 열어젖혔다. 시원하게 불어 들어오는 바람을 쐬며 그녀는 다부지게 생각했다.

일단 튀고 보자.

*   *   *

똑똑―

원의 긴 손가락이 방문을 두들겼다. 내부에선 어떤 목소리도 들리지 않았다.

그는 다시 한 번 손끝으로 방문을 두들겼다. 역시나 어떤 답변도 돌아오지 않았다.

원의 등 뒤에 서 있던 크리스가 한 발 물러섰다. 오늘 원의 기분이 몹시 좋지 않다. 두 번 두들겨 보고 답이 없으면 저 문을 부술 확률이 컸다. 그것도 아주 산산조각.

그러나 원은 예상 외로 문고리를 돌렸다. 지극히 정상적인 행위를 하자 크리스는 더욱 가슴이 내려앉았다.

이 미친놈이, 왜 갑자기 멀쩡한 짓을 하지?

원은 문고리가 잠긴 것을 확인하고는 고개를 갸웃거렸다.

"록."

원이 록을 불렀다. 문 안이 잠잠했다. 그가 투시하듯 문을 바라보았다. 그의 검은 눈동자가 금세 가늘어졌다.

"없는 것 같네. 대답이 없어."

"어?"

크리스가 되묻기 무섭게, 원이 문고리에서 손을 뗐다.

쾅!

그러고는 금세 문고리를 손바닥으로 내리쳐 박살 냈다. 크리스는 그럴 줄 알았다는 듯, 오히려 저렇게 행동하는 게 당연했다는 듯 평연한 표정을 지었다.

너덜너덜해진 문이 끼익 소리를 내며 힘없이 열렸다. 원이 무표정한 얼굴로 방을 가로질러 들어갔다.

활짝 열린 창문에서 시원한 바람이 불었다. 느릿하게 눈을 감았다 뜬 원이 방 안을 살폈다. 문 너머에서 느꼈던 것처럼 방에선 어떤 인기척도 느껴지지 않았다.

"어? 저거 봐. 메시지 같은데?"

크리스가 바닥에 나뒹굴고 있는 종잇조각을 가리켰다. 원이 손을 뻗어 종이를 집어 들었다.

은혜를 베풀어 주셔서 감사합니다. 제대로 감사인사를 드리고 떠나는 것이 예의지만, 급한 사정이 생겨 이렇게 메모만 남기고 갑니다. 잊지 않겠습니다.

"이런."

등 뒤에서 메모를 훔쳐 읽고 있던 크리스가 짧게 탄식했다. 정중한 내용과 달리, 글씨체는 허겁지겁 흘려 쓴 듯했다.

창문 쪽으로 걸어간 원이 차창 너머를 확인했다. 창틀에 사람이 움직인 미세한 흔적이 남아 있었다.

"고맙다면서 창문으로 도망친 건 뭐야? 그 여자애, 네가 누군지 안 거 아냐?"

크리스가 툭하고 말을 던지며 원을 바라보았다. 그의 표정엔 어떤 변화도 없었다. 다만 그의 분위기가 미묘하게 변했다. 오래도록 함께 지낸 크리스만이 알 정도의 미세한 변화였다.

"어떻게 할 거야?"

크리스가 조심스럽게 물었다.

"어떻게 하긴."

알지 않느냐는 식으로 툭 던지는 원의 말에 크리스는 고개를 절레절레 흔들었다.

* * *

원의 집은 예상 외로 경비가 허술했다. 벽에 바짝 붙어 서서 도주하는 모양새가 민망하리만큼 정원도 텅 비어 있었다. 다만 담이 몹시 높아서 타고 올라갈 수 없었다.

드나들 수 있는 곳은 오로지 대문뿐이었다. 그러나 대문도 걱정한 것과 달리 누구도 감시하지 않았다. 그녀가 힘을 주어 밀고 나갈 때까지 누구도 저지하지 않았다.

록은 거대한 집에서 나와 산길을 타고 무작정 달렸다. 온몸이 흠뻑 젖고 나서야 겨우 도로에 도착했다. 몇 번의 히치하이킹을 시도한 끝에, 그녀를 불쌍하게 여긴 나이 든 아주머니의 차를 얻어 탈 수 있었다.

이제 됐다.

긴장이 풀린 록의 몸이 시트 위로 축 늘어졌다.

"감사합니다. 정말 덕분에 살았어요."

그 와중에도 록은 생명의 은인에게 감사의 인사를 잊지 않았다.

"다행이네요. 무슨 일이 있었어요? 어휴, 땀 좀 봐요."

아주머니는 에어컨을 틀어 송풍구를 그녀 쪽으로 돌려 주었다.

"감사합니다."

"산에서 길을 잃은 거예요?"

"네? 네."

당황한 록이 대충 고개를 끄덕였다.

"그 차림새로요?"

아주머니가 의아한 눈으로 록의 옷을 살폈다. 흰색 면 티에 검은 색 넉넉한 사이즈의 면바지로 왜 산을 탔냐고 묻는 얼굴이었다.

"어쩌다 보니 그렇게 되었네요. 저도 산을 타는 줄 모르고 따라왔다가 일행을 잃었어요."

"어머, 일행한테 연락할래요?"

아주머니가 휴대폰을 록에게 내밀었다.

"아뇨. 괜찮아요."

"정말요?"

"네. 집에 가서 따로 연락하면 돼요. 하하……."

록은 어색하게 웃음으로 대답을 대신했다. 아줌마는 의아하다는 눈으로 록을 바라보다, 시선을 거두었다. 이런 차림새의 자그마한 여자가 자신을 해칠 리 없다고 판단한 모양이었다.

"어디에 데려다주면 되죠?"

"어디로 가시나요?"

"나는 로다로 가요."

"저도요!"

록은 구세주를 만난 얼굴로 소리쳤다. 로다는 그녀가 머물던 옥

탐방이 있는 곳이었다.

"잘됐네요."

"감사합니다."

그 후로 아주머니는 드문드문 날이 선선하네요, 몇 살이에요, 같은 사소한 질문을 던졌다.

록은 아주머니의 손등을 보았다. 그녀의 손등에 작은 무늬가 있었다. 소소한 초능력을 쓸 줄 안다는 뜻이었다. 다만 어떤 초능력인지는 본인에게 물어야만 알 수 있었다.

록은 반쯤 긴장을 푼 채 흘러가는 풍경을 바라보았다. 아주머니는 상냥하고, 좋은 사람이었으나 운전이 서툴렀다.

10분 만에 그녀의 차를 세 대가 추월했다. 이러다가 오늘 안에 로다에 도착할지 의문스러웠지만, 록은 조용히 기다렸다.

비틀비틀. 직선으로 이어진 차선을 달리면서 그녀의 차가 술에 취한 것처럼 흔들렸다.

"어머, 미안해요. 차가 고장 났는데 고치질 못했지 뭐예요? 호호. 그래도 괜찮아요. 이래봬도 이 차 튼튼한 편이니까요."

상냥한 아주머니의 사과를 들으며 록은 생각을 고쳤다.

이러다가 로다가 아니라 저승에 먼저 도착하는 건 아닐까.

*　　*　　*

"도착했어요."

아주머니가 차를 세우며 말했다. 다행히 아주머니의 목적지가 그녀의 집과 가까웠다. 어두컴컴한 밤하늘 아래 눈에 익은 간판을 보는 순간, 록은 하마터면 눈물을 흘릴 뻔했다. 실제로 눈 끝에 눈물이 맺혔다.

신이 아직 나를 버리지 않았구나. 저 차를 타고도 무사히 살아남다니.

록은 두 손을 마주 쥐고서 고맙습니다, 라며 연신 기도했다.

"고맙습니다. 정말 고맙습니다."

록이 차에서 내리기 직전, 아주머니에게도 허리를 굽혀 연거푸 인사했다.

"고맙긴요."

"복 받으실 거예요. 이 은혜 절대로 잊지 않겠습니다."

"어머, 말만 들어도 고맙네요."

"제가 드릴 건 없고 이거라도 받아주세요."

록이 주머니를 뒤적거려 자신의 주머니에 있는 돈을 모두 꺼냈다. 원이 그녀가 입고 있던 옷 안에 들어 있던 돈이라며 건네준 것이었다. 외식 한 번 겨우 할 법한 적은 돈이었지만, 이거라도 드리고 싶었다.

"어머, 이러지 않아도 돼요."

"기름값도 안 되지만 받아주세요. 이거라도 드려야 마음이 편할 것 같아요."

록이 몇 번이나 권유하자, 아주머니가 마지못해 받았다. 그러면서도 그녀는 몹시 부담스럽다는 표정을 지었다.

"고맙습니다."

록이 내리기 전 한 번 더 인사했다.

"그래요. 다음에 산행 갈 땐 더 준비해서 가도록 해요. 예쁜 아가씨가 길에 혼자 다니면 큰일 나요. 혹시 알아요? 탄이 나타나 아가씨를 잡아갈지? 호호."

아주머니의 말에 록의 얼굴이 희게 질렸다. 저 이름을 또 들을 줄이야.

"어머, 농담이에요. 그렇게까지 놀랄 줄 몰랐네요. 조심히 가요."

"네."

가까스로 대답한 록은, 멀어지는 차를 바라보았다.

이 나라에서 탄은 전래동화 호랑이급인가. 조심하지 않으면 호랑이가 잡아간다가 아니라 탄이 찾아온다 이건가. 대체 어떻게 살았기에.

그녀는 고개를 절레절레 흔들며 집으로 발길을 서둘러 옮겼다.

옥탑방에 도착한 록은 굳게 잠긴 문과 마주하고서야 자신이 열쇠를 갖고 있지 않음을 알아챘다.

급한 마음에 빈 몸으로 뛰어나왔다. 그녀의 집 열쇠는 가게 안 가방에 있었다. 지금은 불길에 휩싸여 버렸겠지만.

"에효."

록은 씁쓸한 얼굴로 긴 한숨을 내쉬었다. 그녀는 주변을 둘러보다가 벽돌을 집어 들었다.

"하나, 둘, 셋."

록은 문고리를 향해 벽돌을 집어 던졌다. 두 번쯤 내리치자 문이 부서졌다.

그녀는 한숨을 내쉬었다. 이렇게 허술한 문을 믿고 살았다니. 험한 일 당하지 않은 게 고마웠다.

집 안으로 들어선 록은 또 한 번 한숨을 흘려야 했다.

이런 집에서 어떻게 살았지?

원의 고급스러운 집에서 살다 보니 자신의 집이 볼품없어 보였다. 자신이 살던 집은 혼자서 돌아다니기도 버거울 만큼 좁았다. 그래도 익숙한 곳에 오자 안심이 되었다.

아무리 날고 긴다는 탄이라도 이 좁고 낡은 집까지 알아채지 못할 거다.

집으로 돌아온 록은 일단 큰 가방은 모두 다 꺼내, 꼭 필요한 물품을 챙겼다.

갈아입을 옷 네 벌, 신발 두 켤레, 물통, 지갑, 지도, 혹시 모를 때 사용할 호신 용품 등.

몇 개 챙기지 않았는데 큰 가방이 금세 다 찼다.

"보자. 제일 중요한 게 빠졌네."

화장실로 쪼르르 달려간 록은 낡은 수건 사이로 손을 쑥 밀어 넣었다. 두툼한 봉투가 손끝에 잡히자 록의 표정이 단박에 밝아졌다. 봉투를 꺼내 돈을 확인하던 록은 안심했다.

월세와 문을 부순 값을 제하고도, 이 정도 돈이면 다른 곳에 가서 보름쯤 머물 수 있을 거다. 머물면서 근처에서 일할 곳이 있는지 찾으면 될 것 같았다.

끼익—

한창 희망적인 미래를 꿈꾸던 록이 낯선 소리에 움찔했다.

설마하던 록이 얼른 고개를 가로저었다. 그럴 리 없다. 탄이 자신의 집을 찾아올 리가 없다. 아무래도 나가떨어진 문이 바람에 흔들린 모양이었다.

록이 돈을 꽉 움켜쥔 채 가벼운 손놀림으로 화장실 문을 열었다. 그러다 그대로 얼음처럼 굳었다. 화장실 문 앞을 누군가가 가로막고 있었다.

집의 천장이 낮아 고개를 숙여야 할 만큼 큰 키에 유난히 검은 머리카락에 눈에 띄었다.

"어……."

록은 저도 모르게 멍한 소리를 냈다. 그러고도 자신이 소리를 낸지 몰랐다. 눈앞이 아득해졌다.

꿈인가. 눈 뜬 채로 이런 악몽이라니.

그러나 꿈이 아니라, 실제였다. 그는 바지 주머니에 손을 넣은 채 싱긋 웃고 있었다.

"기분 좋아 보이네."

단조로운 목소리로 건넨 말에 록의 몸이 뻣뻣하게 굳었다.

혀가 마비된 것 같다. 심장은 멎은 것 같고.

록은 반사적으로 머릿속으로 자신의 화장실 구조를 떠올렸다. 공교롭게도 손바닥만 한 창문밖에 없다. 그곳으로는 자신의 팔 하나도 제대로 내밀 수가 없다. 고로, 도망칠 곳이 없었다.

록은 침착한 표정을 지었다.

"여긴 어, 어떻게 오셨어요?"

록이 웃으며 화장실에서 나왔다. 예상 외로 그는 순순히 몸을 비켜 길을 내주었다.

그녀는 자신의 짐을 향해 걸어갔다. 아무렇지 않은 척 가방을 챙기며, 돈 봉투는 바지 주머니에 쑤셔 넣었다.

여차하면 가방은 버리고 돈만 챙겨 갈 생각이었다.

"데리러 왔지."

그의 목소리에 록의 가슴이 철렁 내려앉았다.

이렇게 잘생긴 남자가 데리러 왔다는데 무섭다니.

기이한 일이다.

"저, 절, 왜, 왜요?"

록이 어색하게 웃었다.

"왤까?"

원이 웃으며 도로 질문을 던졌다.

네 이름을 안 나를 죽이려고, 나를 해치우려고, 나를 처치하려고.

모조리 암담한 답변밖에 떠오르지 않았다. 그러나 록은 꾹 참았다. 오히려 온 힘을 다해 웃었다. 이 상황에서 소리를 지르거나 감정적으로 대처하면 안 좋은 결과만 생길 것 같았다.

"아, 맞아. 인사를 못 하고 가서 그렇죠? 죄송해요. 더 신세지려니 죄송해서요. 바쁜 일이 떠오르기도 했고. 여기까지 오실 필요 없는데요. 하하."

"얼마나 바쁘길래 문을 놔두고 창문으로 나가?"

원이 이유나 들어 보자는 듯 고개를 기울였다. 그가 한 발 다가왔다. 록이 마른침을 삼키며 한 걸음 물러섰다.

"응?"

원이 대답을 재촉했다.

"제가, 제, 제가 그랬나요? 기억이 잘 안 나네요. 이제 인사는 다 했으니, 가 볼게요. 다시 한 번 은혜를 베풀어 주셔서 감사합니다. 조심히 가세요."

록이 인사를 마치자마자 가방을 낚아 뛰었다. 그러나 한 발자국 그 이상 나아가지 못했다. 원이 그녀의 가방을 낚아챘다.

"어디 가?"

"저는 그만 가 볼 곳이……."

"말했을 텐데. 데리러 왔다고."

"저, 절 왜요?"

혹시 방금 말실수한 건가? 실은 저승으로 데려다줄 거라는 말을 하려던 거 아니야?

록은 불안한 표정을 지었다.

"은혜를 갚겠다고 했잖아. 이 세상은 네가 생각하는 것보다 훨씬 위험해. 그냥 아무데나 다니다가 크게 다칠 수도 있다고."

그쪽이 안전하다는 보장은 있나요? 아니, 그쪽이 세상에서 제일 위험한 거 같은데요.

록은 그 말이 혀끝까지 치밀어 올랐으나, 뱉지 않았다. 아무리 두려움에 머리가 마비되었다고 하나 그 정도 눈치가 없는 건 아니었다. 록이 고민 끝에 표정을 고쳤다.

아깝지만 어쩔 수 없었다. 록은 쥐고 있던 가방을 놓고, 무작정 문 쪽으로 달렸다. 가방을 포기했다.

계단으로 빠르게 내려가던 록은 1층에 세 명의 남자와 서 있는 집주인 아저씨를 보았다.

"아저씨! 아저씨!"

록은 다급하게 주머니에서 돈 봉투를 꺼냈다. 아무리 바빠도 문부순 값은 지불해야겠다는 생각이 들었다.

돈을 꺼내 집어 던지려는 찰나, 집주인이 눈을 반짝하더니 록을 가리키며 소리쳤다.

"저 여자예요! 그 가게에서 일하던 여자! 이제 나랑은 상관없죠? 날 풀어 줘요!"

집주인과 함께 서 있던 남자 셋이 록을 보았다. 록이 움찔하며 그 자리에 멈춰 섰다. 남자들에게서 흘러나오는 기운이 예사롭지 않았다.

그때, 남자들의 손등에 자리한 문양이 발현되기 시작했다. 뭔가 일이 잘못 돌아가고 있었다. 오감이 도망치라고 소리쳤다.

"잡아."

남자 한 명이 명령했다. 빠르게 돌아선 록이 다시 계단 위로 올라가다 멈춰 섰다.

"거봐, 무사하지 못할 거라고 했잖아."

원이 팔짱을 낀 채 아래를 내려다보고 있었다. 계단의 아래에 처음 보는 남자 셋이, 계단의 위엔 팔짱을 낀 채 서 있는 원이 있었다.

"하……."

록이 계단 중간에 서서 허탈하게 웃었다.

이런 걸 지옥과 지옥 사이라고 하나.

"구해 줄까?"

원이 상황에 맞지 않게 느긋한 목소리로 물었다. 록은 울 것 같은 얼굴로 그를 바라보았다. 저승사자한테 '살고 싶냐?'라는 말을 들은 기분이었다. 록이 아무 대답 못 하는 사이, 원이 느긋하게 계단을 밟으며 내려왔다.

"구해 줄까, 라고 묻잖아."

"……."

록은 아무 말도 할 수 없었다.

"누구냐? 너도 이카루한테 감정 있는 놈이냐?"

"누구냐고 묻잖아!"

계단 아래에 서 있던 남자들이 원을 보며 물었다. 그러자 원이 고개를 비스듬히 돌려 남자를 보았다.

"내가 누군지 대답하면 알아? 책임질 순 있고?"

원이 빙긋 웃었다.

"움직이지 마라."

남자 한 명이 경고했다.

"왜?"

원이 웃으며 물었다. 남자들은 원의 손등을 확인하지 못해 답답한 얼굴이었다. 그사이 록은 계단 난간 너머로 뛰어내릴 생각을 했다. 죽느니 차라리 도전이라도 해 보는 편이 나았다.

"움직이지 마."

그때 원이 경고했다. 난간을 쥐던 록이 멈칫했다. 원은 계단을 터덜터덜 내려가며 록의 어깨를 툭 쳤다. 어디 가지 말라는 듯이.

"저놈, 잡아."

중간에 서 있던 남자가 원을 향해 턱짓했다. 눈 깜짝할 새에 남자 둘이 원에게 달려들었다.

그들의 손에는 환한 빛이 머금어져 있었다. 창살 모양의 빛을 들고 달려오는 남자 둘의 기세에 록이 굳었다.

몸이 뚫린다!

록이 눈을 질끈 감았다.

"으윽!"

누군가의 고통에 찬 비명 소리가 퍼졌다. 몸에 자잘한 소름이 돋아 올랐다. 록이 감았던 눈을 슬그머니 떴다. 고개를 돌린 록은 보이는 풍경에 눈을 부릅떴다.

원이 무표정한 얼굴로 두 남자의 목을 쥐고 있었다. 남자들이 원에게 꽂으려고 했던 빛의 창살은 원의 몸을 꿰뚫지 못했다. 창살은 원의 몸에 닿은 부분만 사라져 있었는데, 닿은 그 끝부분이 무언가에 튕겨 나간 듯 미약하게 꺾여 있었다.

남자들은 목을 잡히고도 이 상황이 이해가 안 간다는 얼굴이었다.

저만치 서 있던 록은 원의 얼굴과 남자들의 목을 번갈아 보았다. 그러다 손등을 확인했다. 여전히 그의 손등은 깨끗했다.

원은 두 남자의 목을 거머쥔 채, 계단 아래에 서 있는 남자를 보았다. 그의 손에 불꽃이 머금어져 있었다.

능력을 발현시키긴 했으나, 움직일 수가 없었다. 자신이 잘못 움직이면 동료들이 크게 다칠 것이다. 그것이 아니더라도 발길이 떨어지지 않았다.

조금 전, 부하가 던진 빛의 창살은 남자의 몸을 뚫지 못했다.

저런 능력은 들어 본 적이 없었다. 덜컥 겁이 났다.

"이카루, 그러니까 히카 건들지 마."

원이 아래에 서 있는 남자에게 말했다.

"걘 내 거야. 머리부터 발끝까지 차근차근 지옥으로 보내버릴, 내 거."

느릿하게 던지는 말이 섬뜩했다.

우드득—

원의 손에서 기이한 소리가 흘렀다. 원에게 목이 잡혀있던 남자들이 간헐적으로 몸을 떨었다. 원은 손에 쥐고 있던 두 놈을 아래로 집어 던졌다. 두 남자의 몸이 바닥 위를 데굴데굴 굴렀다.

갑작스레 벌어진 상황에 집주인은 주저앉은 지 오래였다. 원이 마지막 남은 남자에게 다가가려 하자, 그가 홱 돌아섰다.

동료들을 거두지 않고 자신만 살겠다고 도망쳤다. 남자가 도망치는 모습을 원은 지켜보기만 했다. 갑자기 골목이 썰렁해졌다.

원이 느릿하게 집주인을 쳐다보았다.

"계속 보고 있을 거야?"

원이 묻자 덜덜 떨던 집주인이 무릎으로 기어 자신의 집으로 들어갔다. 덜컹하고 문이 닫히더니 여러 번 덜컥거리는 소리가 났다. 모든 잠금장치를 다 활용한 듯했다.

원이 돌아서서 록을 보았다. 록은 넋이 나간 얼굴을 하고 있었다.

"무슨 생각해?"

원은 조금 전까지 싸운 사람답지 않게 덤덤한 목소리로 물었다.

록은 그런 그를 쳐다보기만 할뿐, 아무 말도 할 수 없었다.

싸움을 전혀 모르는 록이 보기에도 원의 압도적인 우세였다. 그래서 더욱 암담해졌다.

저 남자가 '탄'이 확실하구나.

록은 기절할 것 같았다. 그러나 기절도 마음대로 할 수가 없었다.

"저, 저 남자…… 도망갔는데요."

그러니 어서 잡으러 가라는 듯이 록이 골목길을 가리켰다. 그녀의 손끝이 덜덜 떨렸다.

"걔한테는 관심이 없어."

그러면서 원이 록에게 한 발자국 다가섰다. 그녀가 마른침을 꼴깍 삼켰다. 심장이 미친 듯이 뛰었다. 남자를 보면서 이토록 심장이 뛴 적은 처음이다.

그녀는 가열하게 머리를 굴리더니 금세 환하게 웃었다.

"와, 이번에는 절 구해 주셨네요. 감사합니다. 덕분에 살았어요. 자, 그럼 이제 서로 한 번씩 구해 줬으니 이걸로 끝낼까요? 서로 남은 빚도 없는데."

"내 이름이 뭐지?"

"네?"

"내 이름."

그의 얼굴이 무표정했다. 대답하지 않으면 가만두지 않을 것 같은 분위기에 저절로 입이 벌어졌다.

"심우원."

"이런. 기억하고 있구나. 안 되겠네. 난 내 이름을 아는 사람은 죽이거나, 옆에 두거나 둘 중 하나거든."

그제야 원의 얼굴에 미소가 돌아왔다. 무척 미미하긴 했지만.

"잊어버릴게요."

록이 핼쑥한 얼굴로 답했다.

"잊을 수가 없겠지. 탄의 이름이 심우원이라는 걸 아는데 어떻게 잊어?"

"전 정말로 몰랐어요. 탄의 이름이 심우원인지."

"방금 알게 됐잖아."

"잊어버릴게요."

"거짓말."

"……."

"가자."

원이 록에게 손을 내밀었다. 처음부터 답은 정해져 있었다. 이 남자는 어떻게든 자신을 집으로 데려갈 생각이었다.

록은 울고 싶어졌다. 아니, 저절로 눈에서 눈물이 뚝뚝 떨어졌다. 입술을 꾹 다물었으나, 눈물이 하염없이 떨어졌다.

"흐흡……."

기어코 입술 새로 서러운 흐느낌마저 흘러나왔다.

"왜 울어? 누가 보면 내가 울린 줄 알 거 아냐. 나쁜 놈으로 오해 받기 싫은데."

때려놓고 아프냐고 묻는 놈보다 이 남자가 더 나쁜 것 같다. 그리고 어느 덜떨어진 놈이 지금 이 상황을 지켜보고 있을까? 신고를 하든가 도망을 쳤겠지.

록이 훌쩍거리며 손등으로 눈물을 닦았다. 힘겹게 울음을 삼킨 그녀가 원을 바라보았다. 그는 환한 햇살 아래에 눈부시게 빛났다.

"부탁 하나만 할게요."

"뭔데?"

"아프지 않게 한 방에 죽여 주세요. 이왕이면 아프지 않게 마취해 주시면 더 고맙고요. 부탁드릴게요."

록이 간절한 눈으로 원을 바라보았다.

"그렇게 죽고 싶어?"

원이 눈을 가늘게 뜬 채 물었다.

"아뇨. 죽고 싶지 않죠, 당연히."

록이 그럴 리 있겠냐는 듯 다급하게 고개를 가로저었다.

"그런데 왜 자꾸 죽는대?"

"절 죽일 거니까요."

"내가 그런 말을 했어? 언제?"

"죽일 거…… 아닌가요?"

록이 눈물범벅이 된 얼굴로 물었다.

"그럴 리가. 아직은 그럴 계획 없어."

"……"

"생명의 은인을 그렇게 막 다루는 그런 나쁜 놈 아니야."

그러니까 생명의 은인이라 목숨을 유보시키겠다, 이거야? 고맙다고 해야 하는 건가.

머릿속이 복잡해지자 눈물이 쏙 들어갔다.

"가자."

이제 할 말 끝났으면 가 보자는 듯, 원이 손을 내밀었다. 록이 한숨을 내쉬며 화가가 정성스럽게 그린 듯한 흰 손을 바라보았다.

"마지막 질문이 있는데 해도 될까요?"

"해."

"저를 왜 이렇게 데려가려고 하시는지 여쭤 봐도 될까요?"

"그야."

"……."

"네가 날 살렸으니까."

"……."

"몸을 던져 날 구한 여자는 처음이거든. 은혜는 갚아야겠는데, 네가 내 이름과 얼굴을 알아버렸잖아. 죽일 순 없고. 어쩌겠어. 데리고 있어야지. 안 그래?"

원이 눈을 사르륵 접으며 웃었다. 새까만 머리카락, 흰 얼굴에 그려진 미소가 황홀했다. 누가 봐도 마음을 빼앗길 그 아름다운 미소를 보며, 록은 한없이 우울해졌다.

넌 은인한테 이따위로 보답을 하냐? 그럼 이름을 물을 때 대답을 하지 말든가.

록은 울컥했지만 내색할 수 없었다.

"네."

록이 자포자기한 듯 대답하며 생각했다.

과거의 자신을 만날 기회가 단 한 번이라도 주어진다면, 록은 그를 구한 그날로 돌아가 제 손가락을 부숴 버리겠다, 라고.

2장

본래 머물던 방으로 끌려온 록은 자신의 방이 달라졌음을 알았다. 이전의 방이 심플하고 깔끔한 분위기였다면, 이번 방의 분위기는 화사했다.

새하얀 벽지에 드문드문 연분홍의 꽃무늬가 박혀 있다. 커튼도 하늘거렸고, 침대 시트의 끄트머리엔 레이스가 달려 있다. 적응이 안 되는 공주풍 디자인들이었다.

"방을 새로 꾸몄어."

원이 말했다. 록이 가방을 든 채 원을 바라보았다. 그는 팔짱을 낀 채 그녀를 바라보고 있었다. 가볍게 미소 짓고 있는 얼굴이 소년처럼 맑았다.

조금 전 일말의 고민도 없이 가볍게 남자들 목을 부수는 걸 보지 않았다면, 저 선한 얼굴을 그대로 믿었을지도 모른다.

"이전 방도 좋았거든요. 그런데 왜 굳이 이렇게 온통 꽃 천지로…… 하하."

록이 힘겹게 마주 웃으며 물었다.

"그래? 창문으로 막 뛰어나가길래 이 방이 지긋지긋한 줄 알았지."

"……하……하하."

록은 할 말이 없어서 힘없이 웃었다. 본인의 문제를 방 탓으로 돌리다니. 세상 참 편하게 사는 스타일이구나 싶었다.

"방은 마음에 들어?"

원이 물었다.

"그럼요. 몹시……."

반사적으로 나가던 록의 말이 뚝 끊어졌다. 록의 시선이 닿은 곳으로 원이 고개를 돌렸다. 쇠창살로 창문이 막혀 있었다. 쇠창살의 간격은 정확히 록의 몸이 빠져나가지 못할 만큼 좁았다.

"아아. 저거? 문으로 다니라고. 창문으로 출입하는 건 위험하니까. 안전을 위한 결정이야."

그쪽이 제일 위험한 거 같은데?

록은 그 말이 턱 끝까지 차올랐으나 참았다.

"그럼요. 네. 위험하죠. 잘하셨어요."

록은 원의 기분을 거스르지 않으려고 싱긋 웃으며 고개를 끄덕였다. 록은 일이 이렇게 된 이상 그에게 동조하는 척하기로 했다. 그러다 외출하게 되면 기회를 봐서 도망칠 생각이었다.

탄은 다행스럽게도 자신의 생각보다는 이성적인 사고를 갖고 있는 것 같긴 했다. 나름 대화가 통하고, 그는 자신을 살려두는 관용을 베풀었다.

그렇다고 하더라도 위험한 건 마찬가지였다. 아무리 생각해도 건물 하나를 불 지르고 사람들 죽이는 걸 예삿일로 여기는 사람과는 함께 있을 수 없었다.

기분 나쁘다고 자신부터 죽이겠다고 달려들면 어쩔 건가. 그땐 꼼짝없이 죽는 것밖엔 안 된다. 자신은 그렇게 될 생각이 없었다.

"더 필요한 건?"

원이 물었다. 록은 고개를 가로저었다.

"없어요. 충분해요."

"그래?"

"네."

록이 고분고분하게 대답했다.

"앞으로 하루에 두 번씩 청소담당이 와서 청소해 줄 거야. 그리고도 혹시 필요한 게 있으면 전화기에 1번을 눌러. 필요한 걸 말하면 가져다줄 거야. 음식이든, 뭐든 상관없어."

"네."

"그리고 급할 땐 0번을 눌러."

"0번이요?"

그건 또 무슨 번호인가, 하는 눈으로 원을 보았다.

"내 방으로 바로 연결되는 번호야."

"……."

록은 0번은 죽을 때까지 쓰지 않아야겠다고 생각했다.

"혹시나 해서 말해두자면 그 두 개의 번호 말고 사용 안 돼. 앞으로 필요하다면 번호를 늘여 나갈 순 있겠지만 말이야."

"……네."

그녀는 그럴 거라 예상했기에 크게 실망하지 않았다. 침묵이 흘렀다. 록은 원이 나가길 기다렸으나, 그는 움직이지 않았다.

록이 고개를 들어 원을 보았다. 눈이 마주쳤다. 원의 시선 방향이 그녀의 목을 향하고 있었다. 록의 목에 자잘한 소름이 돋아 올랐다.

이 남자, 목 페티시인가. 목만 보면 흥분해서 막 조르는 그런 스타일인가.

록이 지금이라도 당장 티셔츠로 목을 가릴까 생각할 때였다. 저벅저벅 낮은 발소리를 내며 원이 록에게 다가왔다. 느린 걸음이었는데 순식간에 코앞에 당도했다. 록의 몸이 딱딱하게 굳었다. 원이 손을 뻗어 록의 목걸이를 잡았다.

"이건, 누구 거지?"

원의 관심이 목걸이를 향해 있다는 걸 알자, 록은 안심했다. 그러나 완전히 마음을 놓을 순 없었다.

"히카 거예요."

"왜 네가 갖고 있지?"

"빌려줬어요. 가게 열쇠이기도 하거든요. 피치 못할 사정으로 히카가 출근하지 못하면 저라도 나와서 가게를 열어야 하니까요."

원은 록의 목에 걸린 목걸이를 보았다. 열쇠 모양의 펜던트 중간엔 손톱만 한 큐빅이 박혀 있었다. 빛의 각도에 따라 색깔이 달라졌다.

원의 손이 큐빅에 닿았다. 그러자 큐빅의 색이 사라졌다. 그의 눈이 가느스름해졌다.

원이 목걸이를 살피는 사이 록은 조마조마했다.

"혹시…… 이 목걸이 마음에 드세요?"

"글쎄."

그가 모호하게 대답했다. 좋다는 건가, 아니라는 건가.

"그럼 드릴까요? 잘 어울릴 것 같은데. 어차피 가게도 불타서 이 열쇠는 더 이상 필요 없을 것 같거든요."

"……."

"아, 싸구려는 안 하시나요? 하긴 좀 특이하긴 해도 열쇠에 불과하니까요."

원이 대답 대신 록을 바라보았다. 눈이 마주치자 록은 반사적으로 웃었다. 그러나 입만 죽 찢어지는 웃음이라 어색했다.

원은 느슨하게 웃으며 목걸이를 내려놓았다.

"아니. 갖고 있어. 너한테 잘 어울려."

싸구려라서 나한테 잘 어울린다는 건가?

록은 조금 울컥했다. 그러나 티내지 못하고 그저 웃었다. 이런 자신이 싫지만, 어쩔 수 없었다.

"그래야 히카가 냄새를 맡고 다시 널 찾아오지."

원이 낮은 목소리로 중얼거렸다.

"네?"

"아냐. 쉬어."

원이 가볍게 웃으며 돌아섰다. 그가 완전히 방문을 열고 나가서야, 록은 긴 한숨을 내쉬며 침대 위로 쓰러졌다. 잠시 가만히 있던 그녀는 다시 방문으로 다다다 달려가 문고리를 걸어 잠갔다.

그러자 아주 조금, 손톱의 때만큼 안심이 되었다.

*   *   *

창문 사이로 들이친 햇살이 얼굴을 가로질렀다. 이리 뒤척 저리 뒤척거리던 록은 더 이상 못 버티고 자리에서 일어났다.

그녀는 부스스한 머리를 정리하지 않은 채 멍하게 앞을 바라보았다.

"하아."

긴 시간 잤음에도 피로가 여전했다. 눈을 뜨면 원이 남자들의 목을 조르고 있는 모습이 생각나서 힘들었고, 잠에 들면 원이 자신의 목을 조르는 꿈을 꾸었다.

탄이라는 존재는 의식과 무의식을 오가며 괴롭히는 특별한 능력까지 갖고 있는 모양이었다.

억지로 몸을 일으켜 침대에 걸터앉은 록은 손바닥으로 제 얼굴을 짝짝 때렸다.

"후우, 정신 차리자. 호랑이한테 물려가도 정신만 차리면 살 수 있다잖아. 계속 이렇게 무기력하게 있을 게 아니라 정신을 차려야 한다고. 이소록. 그러니까 정신 차리자."

록이 중얼중얼 거리며 애써 정신을 차리려 할 때였다.

똑똑. 문을 두드리는 소리에 록이 고개를 들었다.

"네."

대답과 동시에 문이 열렸다. 록은 자신이 방문을 잠갔다는 사실을 생각해 냈다. 그러다 잠결에 화장실인 줄 알고 문을 한 번 열고 닫았다. 그때 열린 모양이었다.

"일어났네."

흰 티셔츠를 입은 원이 가볍게 웃으며 방을 가로질러 들어왔다. 근사한 원을 바라보던 록의 얼굴이 창백해졌다.

아, 차라리 호랑이한테 물려가는 게 낫겠다. 호랑이가 이렇게 실시간으로 찾아와서 피를 말리진 않잖아.

록이 뒤늦은 후회를 했지만, 이미 그는 자신의 방 한중간이었다.

"안녕히 주무셨어요?"

록은 내색하지 않고 마주 웃었다. 어린 시절부터 아르바이트를 통해 습득한 사회성을 이렇게 처절하게 활용하게 될 줄 몰랐다.

"응. 넌?"

"저는 이제 막 일어나서요. 하하. 머리도 엄청 뻗쳤네요."

록이 어깨에 닿을락 말락한 머리카락을 손으로 쓸어 넘겼다. 그러곤 능숙하게 한 갈래로 묶었다. 그 모습을 원이 물끄러미 바라보았다.

록은 그 시선이 부담스러워 고개를 돌렸지만, 꾸준히 따라오는 시선이 느껴졌다. 록은 순간 가슴이 뛰었다.

설마 지금 눈으로 초능력을 쓰고 있는 건 아니겠지. 생각을 간파한다거나.

록은 상상만으로 섬뜩해져 얼른 입을 열었다. 이렇게라도 침묵을
깨 버리고 싶었다.

"그런데 이렇게 이른 시각에 어쩐 일로 오셨어요?"

"아침식사에 초대하려고."

"아. 저는 혼자 먹어도 괜찮아요."

굳이 같이 먹어서 체하고 싶지 않습니다.

록은 그 뒷말을 있는 힘을 다해 삼켰다.

"내려와. 자리 비워뒀으니까."

"……."

그러나 원은 록의 의견 따윈 처음부터 들을 생각이 없었다. 록은
힘없이 고개를 끄덕였다.

"네."

"식당은 이 복도 끝이야. 모르겠으면 0번으로 전화해."

"네."

원이 돌아서려다 걸음을 멈추었다. 동시에 그가 가는 줄 알고 안
도하고 있던 록의 심장이 같이 멈췄다.

원이 빙글 몸을 돌려세워 손가락으로 록을 가리켰다.

"늦지 않게 와. 안 먹고 기다릴게."

"그러지 마시고 먼저 드세요. 배고프실 텐데 굳이 저 때문에 그러
실 필요는……."

"기다릴게."

그가 못 박듯 말했다.

"……네."

록이 자포자기한 듯 고분고분하게 대답하자, 원이 웃으며 돌아섰다.

"안녕히 가세요. 나중에 뵙겠습니다."

죽을상을 한 록은 그에게 인사했다.

*   *   *

원이 떠나기가 무섭게 록은 방에 딸린 욕실로 달려갔다. 순식간에 샤워를 마친 후, 허겁지겁 옷을 챙겨 입었다.

원이 식탁에 앉아 시간을 재고 있을 생각을 하니 점점 피가 말라갔다.

록은 살고 싶었다. 왜 살아야 하는지 모르지만, 죽는 것보단 나을 거라는 생각이 들었다.

그러니 개똥밭에 굴러도 이승에 사는 게 낫다는 속담이 있는 거겠지.

거기다가 죽기 직전의 고통도 두려웠다. 그러니 최대한 열심히 살아남자가 모토인데, 왠지 불가능할 것 같다.

호랑이가 뜬금없이 방을 찾아오고, 아침 먹을 준비를 하는 동안 이렇게 피가 말라서야 제명에 못 살 것 같다.

모든 준비를 마친 록이 식당에 도착했을 때 그녀의 얼굴은 이전보다 핼쑥해져 있었다.

식당의 커다란 앤티크 식탁에 남자 셋이 둘러 앉아 있었다.

원을 중심으로 좌측에 앉아 있는 금발머리 남자, 우측에 앉아 있는 검은 곱슬머리 남자가 보였다.

록은 그들이 원과 함께 일하는 사람이라는 걸 알아챘다. 오며 가며 보아서인지 그들의 안면이 낯익었다.

"안녕하세요."

록이 두 손을 공손하게 모아 고개를 숙여 인사했다. 긴 금발머리를 한 갈래로 묶고 있는 남자는 대답 대신 고개를 까딱였고, 검은 곱슬머리는 턱을 괴고서 장난스럽게 고개를 갸웃댔다.

"살아 있네."

"네?"

"그날, 지하실에 안 내려갔었어?"

곱슬머리 남자인 천이의 물음에 록은 흘깃 원을 보았다.

지하실에서 본 풍경이 떠올랐다. 피투성이의 남자를 바라보던 원의 눈은 지독하게 권태로웠다. 자신의 눈앞에서 사람 하나 죽어도 크게 달라지는 것 없이 무감각해 보였다.

"네."

록은 그날 상황을 봤다고 말하면 안 될 것 같아 저도 모르게 대답했다.

"그래?"

"네. 지하 복도가 어둡더라고요. 어두운 곳을 싫어해서 안 갔어요."

"그랬구나. 아쉽네. 재미있는 거 볼 수 있었을 텐데."

천이가 장난스럽게 눈을 찡긋했다.

대체 어떤 면이 재미있는 거지?

록은 한숨이 나오려는 걸 참았다.

"두 사람, 구면이야?"

원이 록과 천이를 번갈아 보며 물었다.

"응. 얼마 전에 복도에서 한 번 만났어."

"그랬어?"

원이 록을 쳐다보았다. 그의 표정이 미묘해졌다. 뭔가 마음에 안드는 얼굴이었다. 눈치가 빠른 록이 금세 긴장했다.

"앉아."

의외로 원은 아무 말 하지 않았다. 록은 자신의 가까이에 있는 빈자리로 걸어갔다. 천이의 바로 옆자리 의자를 잡았다.

"실례하겠습니다."

록의 말에 천이가 흥미롭다는 얼굴로 바라보며 고개를 끄덕였다.

"그래."

록이 의자에 앉으려는 찰나였다. 의자를 짚은 록의 손 옆으로 낯선 손이 놓였다. 그 손이 의자를 움켜쥐고서야 록이 고개를 들었다. 어느새 코앞에 원이 있었다.

시야의 절반이 원의 얼굴로 가득 찼다. 가까이서 보자 위압감이 어마어마했다. 록이 저도 모르게 마른침을 삼켰다.

"제가 무슨 잘못이라도……?"

"거기보단 다른 자리가 좋겠는데?"

"네? 어디요?"

원은 대답 대신 웃으며 의자를 들었다. 두 손으로 끌어야 할 만큼 묵직한 의자를 원은 한 손으로 가뿐하게 들었다.

그가 성큼성큼 걸어갔다. 탁 소리가 나며 의자가 내려졌다. 크리스와 천이는 묘한 표정을 지었고, 록은 넋을 놓았다.

"여기가 좋을 것 같은데."

원의 옆자리였다. 그것도 바로 옆이었다. 조금만 잘못 움직이면 어깨가 닿을 만큼 가까웠다.

록이 터져 나오려는 기침을 삼켰다. 이제 호랑이가 함께 식사하자고 한다. 아무래도 저 남자는 자신의 피를 말려 죽이려는 게 틀림없었다.

"어서."

원이 부드럽게 웃으며 의자를 가리켰다. 그러나 그의 인내가 다해 가고 있는 것이 보여 록은 냉큼 의자로 달려갔다. 그사이 나지막하게 한숨을 내쉬었다.

록이 의자에 착석하는 걸 확인한 후, 원도 자리에 앉았다. 생각만큼이나 가까웠다. 록은 자신을 빤히 쳐다보는 두 사람의 시선을 느꼈다. 크리스와 천이었다.

나도 이 사람이 왜 이러는 건지 몰라요. 그러니까 쳐다보지 마세요.

록은 다시 한 번 터져 나오려는 한숨을 꼭 참았다.

"소개를 해야겠지? 여기에 있는 두 사람은 나를 돕는 사람들이야. 여기는 크리스."

원이 금발머리를 가리켰다.

"저기는 천이."

원의 손이 반대편에 앉아 있는 곱슬머리를 가리켰다.

"네. 반갑습니다."

얼굴이 시들어 가는 와중에도, 인사성 밝은 록은 두 사람에게 잊지 않게 인사했다.

"너에 대해선 직접 소개하는 게 어때? 나도 너에 대해선 자세히 모르니까."

원이 록을 바라보며 말했다. 얼굴만 놓고 보면 한없이 다정했다. 눈빛도 더할 나위 없이 깨끗했다.

문제는 저 다정하고 깨끗한 얼굴로 아무런 죄책감 없이 사람을 죽일 수 있다는 거였다. 더 큰 문제는 그 대상이 자신이 될 수 있다는 거였다. 록은 새삼 암담해지는 기분을 억지로 털어 없앴다.

"음, 안녕하세요. 저는 이소록이라고 해요. 이곳에서는 록이라고 불리고요. 그러니 그냥 록이라고 부르시면 돼요. 얼마 전까지 술집 아르바이트를 하다가 이분을 구하게 된 인연으로 여기서 신세지고 있습니다. 갈 곳도 없고, 돈도 없거든요. 지내는 동안 잘 부탁드리겠습니다. 감사합니다."

록은 자신이 원해서 이곳에서 신세를 지고 있다는 뉘앙스를 풍겼다. 상대방이 믿든 말든 중요하지 않았다. 자신이 그렇게 생각하고 있음을 피력하는 게 중요했다. 그래야 상대방의 감시가 조금은 줄어들 테니까.

"'이곳에서는'이라니? 말이 이상한데? 다른 나라에서 온 거야?"

크리스가 예리하게 물었다.

"아뇨."

"그럼?"

"전혀 다른 곳이요."

"다른 세계에서 왔다는 소리야?"

크리스의 뼈 있는 질문에 록은 잠시 고민했다.

사실대로 말할 것인가, 말 것인가.

히카는 다른 사람들에게 말하지 말라며 신신당부했다. 그러나 록은 사실대로 말하기로 결정했다.

이들이 자신에 대해 다 알면서 떠보는 걸 수도 있다. 자신의 집까지 알아낸 사람들이 아닌가. 이때 먼지만큼 쌓인 신뢰가 마이너스로 변할 수도 있다.

그리고 자신은 아직 이 세계에 대해 완벽하게 파악하고 있지 못하다. 자신도 모르게 실수할 수 있기에 미리 언급할 필요가 있었다.

"네. 저는 원래 초능력이 없는 곳에서 왔어요."

"음? 그래? 조금 더 자세히 말해 봐."

천이가 관심을 드러냈다.

"이곳과 같이 문명, 과학, 법률, 의학 등 모든 게 다 있지만 딱 하나 초능력만 없어요."

"인간계에서 왔구나."

크리스가 명쾌한 목소리로 말했다.

"아하. 인간계! 그런가 보네. 설명만 들어 보니 인간계네. 오랜만이네. 인간계 인간은."

천이가 알아들었다는 듯 고개를 끄덕였다.

"그게 무슨 말이에요?"

록이 크리스를 보며 물었다.

"인간계에서 왔다면 이 세계가 어떻게 돌아가는지 전혀 모르겠구나?"

"네."

"그럼 모르는 채로 살아."

크리스의 말에 록이 입술을 깨물었다. 감칠맛 나는 장면에서 끊긴 드라마를 본 기분이었다.

애도 성격 참 별로네.

"설명해 줘."

원의 요구에 크리스가 고개를 홱 돌렸다. 그러자 원이 느긋하게 웃었다. 웃는 얼굴과 달리 테이블을 두드리는 원의 손끝에는 은근한 경고가 묻어 있었다.

"밤새 뛰어다닌 내가 설명할까?"

원의 얼굴에서 차츰 웃음이 사라지려 했다.

"내가 할게."

크리스가 자진해서 나섰다. 한숨을 내쉬며 록을 바라보았다. 록은 금세 고개를 숙였다.

"번거롭게 해 드려서 죄송합니다. 딱 한 번만 설명해 주시면 기억해 두겠습니다."

록이 예의 있게 나오자, 크리스의 표정이 한결 누그러졌다.

"간단히 설명하자면 인간계를 중심으로 몇 가지 세계가 나누어져 있어. 우리처럼 초능력을 쓰는 세계가 있고, 들리는 말에 의하면 정령을 쓰는 세계도 있다더군. 도깨비가 있는 세상도 있고. 다른 능력을 쓰는 곳도 있다는데 그곳에 대해서는 알려지지 않았어. 아직 미지의 세계."

"……다른 세계가 있다고요?"

록이 놀란 얼굴로 물었다.

"어. 그렇지만 우리도 가 보진 못했어. 우리가 가 볼 수 있는 세계는 오로지 인간계. 그것도 루트를 소유한 사람들에 한해서 가 볼 수 있어. 대부분 그 루트는 정부가 소유하고 있지. 까다롭고 복잡한 절차를 통해 넘어갈 수 있어. 그렇지 않으면 이 세계에 있는 미친놈이나 각종 범죄자들이 인간계로 넘어가서 문제를 일으킬 테니까."

너희들은 죽을 때까지 못 가겠구나.

록이 속으로 생각했다. 크리스의 설명이 이어졌다.

"인간계로 넘어가도 초능력은 일체 금지야. 물론 인간계에선 초능력이 쉽게 발휘되지도 않아. 그곳은 초능력을 쓰기에 척박한 환경이거든."

"저 그럼 인간이 이 세계로 넘어오는 이유는 뭔가요?"

"너 같은 경우를 말해?"

"네."

"그건 나도 몰라."

"……."

"내가 알기로 인간계에서 갑자기 이 세계로 떨어진 사람들은 역사적으로도 몇 없다고 알려져 있어. 알려지지 않은 건지, 떨어지자마자 죽은 건지는 모르겠지만. 정부 쪽에서는 인간계에서 넘어온 인간을 별로 신경 쓰지 않아. 처음엔 관심을 가졌는데 무능력한데다 그들이 할 수 있는 건 별로 없었다고 하더군. 그리고 인간이 정히 궁금하다면 인간계에 직접 가서 확인하면 되니까, 굳이 이쪽으로 넘어온 인간들에게 관심을 가질 필요 없지."

대놓고 무능력하다는 취급을 받으니 마음이 싸해졌다.

"그럼 그 몇의 경우에 대한 사례를 알 수 있을까요?"

록이 애절한 얼굴로 물었다.

"그건……."

"없어."

크리스의 말을 원이 잘랐다. 록이 원을 바라보았다. 크리스도 무슨 말이냐는 얼굴로 원을 쳐다보았다.

아니잖아, 라고 크리스가 얼굴로 항의했으나, 원은 신경 쓰지 않았다. 오히려 원은 태연하게 말을 이었다.

"떠도는 말처럼 그런 사람이 있다더라, 정도만 있을 뿐이야."

"그럼 일단 여기서 인간계로 넘어갈 수 있는 방법은 있는 거죠?"

록이 들뜬 얼굴로 원에게 물었다.

"있어."

그의 확답에 록의 얼굴이 활짝 폈다. 록은 원을 쳐다보았다. 그의 눈치를 살폈다. 이 이야기를 하는 게 맞을까, 아닐까. 잠시 고민하던 록이 입을 열었다.

"정부에서 인간계와 이곳을 연결하는 통로를 관리한다는 거죠? 제가 정부에 민원을 넣으면 가능하지 않나요? 제가 본래 인간계 사람인데 어떤 이유에서인지 여기로 떨어졌다고 하면 돌려보내 주겠죠?"

"……."

왜인지 원은 대답하지 않았다. 록이 다급하게 말을 이었다.

"인간계로 가게 되면 쥐 죽은 듯이 살게요."

그러니 보내 달라, 라고 록은 표정으로 청했다. 희망을 발견한 듯 두 눈이 초롱초롱 빛났다. 원은 그 눈을 바라보며 픽 웃었다.

"그래. 보내 줄게."

원의 대답에 록의 눈이 크게 벌어졌다.

"와, 감사합니다."

"백 년 후에. 그때까지 네가 살아 있다면."

"……네?"

"한 세계를 넘나드는 건 백 년에 한 번씩 가능해. 한 번 넘어가면 적어도 삼 일 안에 본 세계로 넘어와야 하지. 넌 이미 이곳에서 머문 지 삼 일이 지났으니 백 년 후에나 갈 수 있겠네. 그동안 여기서 편하게 지내."

원의 말에 크리스와 천이의 표정이 점점 일그러졌다. 그러나 정신적인 충격으로 인해 록은 두 사람의 표정을 알아채지 못했다.

백 년? 백 일도 아니고 백 년?

록은 한없이 암담한 자신의 신세를 생각하다 실소를 터트렸다. 그러나 그마저도 푸스스 사라졌다.

"죽 먹어. 입맛 없다고 해서 부드러운 죽으로 부탁했어."

원이 록에게 죽 그릇을 내밀었다. 록은 반사적으로 '감사합니다'라고 인사를 하곤 숟가락을 들었으나, 힘이 쭉 빠져 숟가락이 헛돌았다. 그러자 원이 록의 손에 숟가락을 쥐어 주었다.

록이 흠칫하며 그의 손을 보았다. 겹친 손이 부드럽게 자신의 손을 어루만졌다. 아름다운 손의 표상이라 부를 만큼 예쁜 손이었지만, 그녀는 잘게 소름이 일었다.

"제, 제가 먹을게요."

록이 힘겹게 숟가락을 들었다.

"넌 여기 있는 게 싫나 봐."

"네?"

"백 년 후에 보내 준다는 말에 죽을상이네."

그의 목소리가 묘하게 낮아졌다.

"아, 아뇨. 그런 거 아니에요. 여기에서 머무는 게 싫은 건 아니고, 그냥 전에 살던 곳이 그리워서요. 갑작스레 사는 세상이 바뀌어서 혼란스럽거든요. 그리고 여기서 계속 신세지고 있을 게 죄송스럽기도 하고요."

록이 입술을 억지로 늘이며 웃었다. 정말이지 울고 싶었지만, 최선을 다해 지은 미소였다.

"그래?"

"네."

확실하다는 듯 록이 고개를 끄덕였다.

"그럼 더 열심히 먹어야겠네. 백 년 후까지 살려면. 죽기 전에 살던 곳은 봐야 할 거 아냐."

원이 웃으며 죽 그릇을 들이밀었다. 록은 백 년, 백 년, 그 말을 중얼거리는 제 입에 죽을 쑤셔 넣었다.

만약 백 년 후에 돌아가게 된다면, 기네스북에 최고령자로 이름을 올리겠구나 라는 실없는 생각이 들었다.

　　　　*　　　*　　　*

　잠시 낙담했던 록은 억지로 기운을 차리려고 노력했다. 뜬금없이 이곳에 떨어졌던 것처럼, 언젠가 뜬금없이 돌아갈 수 있을 거라는 희망을 놓지 않기로 했다.

　희망만이 살길이니까. 그 전에 이곳에서 계속 목숨을 부지한다면 말이었다.

　록은 죽을 천천히 먹으며 식탁 위를 살폈다. 생김새에 맞춰 크리스는 양식을, 천이와 원은 한식으로 아침식사를 하고 있었다.

　크리스는 잘생긴 미국인의 얼굴이었고, 천이의 얼굴은 전형적인 동양인이었다. 원은 동양인과 서양인을 섞어놓은 혼혈의 얼굴을 갖고 있었다.

　"저어, 궁금한 점이 있어요."

　록이 원을 바라보며 조심스레 말을 꺼냈다.

　"해 봐."

　"어제 저를 잡으려던 남자들은 누군지 아시나요?"

　"이카루. 그러니까 네가 히카로 알고 있는 그 남자에게 원한이 있는 사람들이었어. 이카루가 머물던 곳이 밝혀지니 달려온 거지. 그러다가 거기서 일하고 있는 너에 대해 알게 된 거고. 널 잡으면 이카루에 대해 알게 되겠다고 판단했던 모양이야."

　"히카는 다른 사람들한테 원한을 질 만한 사람이 아닌데요."

　록이 고개를 갸웃거리며 말했다. 그 말에 원이 수저질을 멈추고 록을 쳐다보았다.

"그 말을 책임질 수 있어?"

"음, 어느 정도는요."

"히카에 대해 얼마나 알아?"

"몇 달간 같이 지내봐서 알 만큼은 아는 것 같아요."

록이 자부한다는 듯 말했다. 자신을 좋아하면서부터 집착이 늘어서 문제긴 했지만, 기본적으로 좋은 사람이었다. 그러니 혈혈단신인 자신을 그토록 챙겨주었지.

"그래?"

원의 목소리가 미묘하게 올라갔다. 그 목소리가 비웃는 듯해서 록은 조금 기분이 상했다. 그래서 고개까지 끄덕이며 힘차게 대답했다.

"네."

"그럼 히카가 자신의 초능력에 대해 말해 준 적 있어?"

"그건……."

록의 말문이 막혔다.

"어디서 태어났는지는?"

"……."

"본 직업에 대해선?"

"……낡은 술집을 운영했어요."

"그거 말고 본래 하던 일."

록은 아무 대답도 하지 못했다. 히카가 본래 하던 일이 있는 줄도 몰랐다. 히카에 대해 잘 안다고 생각했지만, 실은 그에 대해 아는 것이 하나도 없었다.

"꼭 그런 것들을 다 알아야 할 필요는 없잖아요."

록이 항변하듯 말했다.

"그래? 그럼 네가 아는, 꼭 알아야 하는 것들에 대해 설명해 봐."

"마흔쯤 되는 나이, 생김새, 체격, 서글서글하고 농담을 좋아해요. 모르는 사람도 잘 돕고, 좋은 사람이에요. 가게 운영 능력은 좀 부족하지만요. 좋아하는 옷 스타일은 멜빵바지예요. 그리고……."

이래저래 말을 잇던 록이 입을 다물었다.

자신이 아는 것이 모두 외형적이며 가변적인 것들뿐이라는 걸 깨달았다. 더불어 원이 물었던 것보다 더 자질구레하고 필요 없는 사실이었다.

록이 원을 쳐다보자, 이제 알겠냐는 듯 원이 눈썹을 들어 보였다.

"네가 설명한 사람은 이 세상에 수도 없이 많아. 지금도 나가서 당장 잡아올 수 있어."

곁에 있던 크리스가 못 박듯 이야기했다.

"그러네요."

록이 조금 우울한 얼굴로 시인했다. 그러다 원을 보며 물었다.

"그런데 히카가 무슨 잘못이라도 했나요? 어쨌든 제가 보기에 히카는 그럭저럭 착하게 살아왔거든요. 적어도 누군가가 가게에 불을 지를 만큼 나쁜 일을 한 거 같진 않았어요."

"가게에 불만 지른 거면 다행인 거지."

원이 가볍게 웃었다. 록은 뼈 있는 그의 말에 잠시 고민했다. 가게에 불만 지른 게 다행일 정도로 나쁜 놈이라는 말이었다.

"저, 그럼 히카는 어떤 사람이죠?"

"도둑이지. 그것도 상당한 대도."

"네?"

"왜 그렇게 놀라? 그럴 사람이 아니야?"

원이 눈을 가늘게 뜨며 물었다.

"아뇨. 대도인데 왜 그렇게 가난하게 사나 싶어서요. 더한 대도를 만난 건가요? 그래서 전재산을 다 빼앗겼나요?"

뜬금없는 대답에 원이 픽 웃었다. 황당한 건 크리스와 천이도 마찬가지인 듯했다. 원은 더 이상 식사를 이어갈 생각이 없는지 숟가락을 내려놓았다.

"아니. 감추고 산 거지. 히카의 본명은 이카루. 나이는 마흔. 몇 번이나 복역할 만큼 악질 범죄자. 과거에 각종 대형 범죄에 연루되어 있었다고 하더군. 능력은 도둑질. 타인의 능력을 뺏는 게 이카루의 능력이야."

"……네?"

록이 제 귀를 의심하는 표정을 지으며 되물었다.

"알려진 것만 해도 이카루한테 능력을 강탈당한 사람이 스무 명이 넘어."

"헙. 그럼 엄청난 능력자 아닌가요? 스무 개의 능력을 갖고 있다면……."

말을 하던 록의 입이 쩍 벌어졌다. 그러자 원이 고개를 가로저었다.

"아니. 능력을 한 번 훔치면 이전의 능력은 사라지게 되어 있어.

결국 하나의 능력만 갖고 있는 거지. 그리고 그 하나의 능력도 강탈해 온 거나 다름없기 때문에 본 능력치의 80% 정도밖에 사용 불가능해. 자신보다 강한 사람의 능력은 빼앗을 수 없고. 능력계 쪽에도 나름의 룰이라는 게 있거든."

원이 의외로 상세하게 설명해 주었다.

"그럼 능력을 빼앗긴 사람은 어떻게 되는 거죠?"

"고자 되는 거지. 초능력 고자."

곁에 있던 천이 불쑥 끼어들었다. 다시는 되찾지 못하게 되거든, 이라며 그가 뒷말을 덧붙였다.

"하……."

록이 기가 막히다는 듯 한숨을 내쉬었다. 세상에 믿을 놈 없다더니. 더할 나위 없이 선량해 보이던 히카가 알고 보니 사람들을 고자로 만들고 다녔단다.

"그럼 히카, 그러니까 이카루를 왜 잡으려고 하시는 거예요? 혹시……."

록이 저도 모르게 원을 위아래로 훑었다.

너도 ……?

록의 표정이 미묘해졌다.

"혹시 능력을 빼앗겼냐고?"

"네."

"아니. 난 아냐. 물론 그 비슷한 일이 있긴 했지만. 이카루를 잡는 가장 큰 이유는, 정부에서 의뢰가 들어왔거든."

원의 덤덤한 말에 크리스가 '원!'하고 비명처럼 소리쳤다. 일급비밀이었던 모양인지, 능글거리고 있던 천이까지도 멈칫했다. 록은 재빨리 귀를 감쌌다.

"전 아무것도 못 들었습니다."

록의 현명한 대처에도 불구하고, 원은 그녀의 손을 잡아 내렸다.

"정부에서 의뢰가 들어왔어."

그는 친절하게, 굳이 알려 주지 않아도 될 사실을 못 박아 주었다. 이제 빼도 박도 못 하게 못 들었다는 말을 못 하게 되었다. 록이 원망하는 얼굴로 바라보았다.

"저한테 정말 왜 그러세요?"

록이 울 것 같은 얼굴을 하자, 원의 미소가 한결 진해졌다.

"네가 물었잖아. 그러니 대답을 해 줘야지."

"대답하기 곤란한 질문은 안 하셔도 돼요. 저도 굳이 이곳의 비밀까지 알고 싶진 않아요. 그러니까 제 말은 저 때문에 원이 난처해지는 걸 원치 않는다는 말이에요."

록은 원을 원망하고 싶은 마음을 꾹 삭인 채, 최대한 말을 예쁘게 하기 위해 애썼다.

"곤란하지 않아. 어차피 우린 서로 목숨까지 구해 주는 가까운 사이잖아. 안 그래?"

어디 가서 그런 말 하지 마. 널 향할 총알이 날 향할까 무서우니까.

록이 부들부들 떨었다. 그가 정보를 직접 알려 주는 이유는 단연 하나였다. 이런 수많은 정보들로 자신의 발목을 잡으려고 하는 게 분명했다.

"정부에서 직접 처리하면 되잖아요."

록이 우울한 얼굴로, 이제는 자포자기했다는 듯 궁금한 점을 물었다. 이왕 이렇게 된 거 죽을 땐 죽더라도 궁금한 건 해결해야 할 것 같았다.

"귀찮은 거지. 법적 절차를 차근차근 밟아 가기엔 인력소모가 크니까. 그들이 해결 못 할 만큼 강한 놈들도 있고. 해외에서 들어온 놈들도 있으니까."

"그럼 정부의 뒷일을 봐주는 조건으로 자유롭게 다니시는 건가요?"

록이 조심스럽게 물었다. 탄의 능력이 무척 우월한데다 신출귀몰하다고 소문이 났기에 사람들은 정부가 무능해서 그를 잡지 못하는 거라 판단했다. 록 또한 그렇게 생각했다. 그런데 지금 들어 보니 정부의 뒤를 봐주는 대신 원은 자신의 안전을 확보 받은 건가 싶었다.

그러나 헛짚은 건지 탄이 픽 웃었다.

"그러니까 정부의 뒤를 봐주고 혜택을 받는 거냐고 지금 묻는 거야?"

"네. 아닌가요?"

"왜 우리가 정부의 눈치를 그렇게까지 본다고 생각해? 우린 애초부터 범죄자가 아닌데? 우리가 살인하는 걸 본 사람이 한 사람이라도 있던가? 건물을 폭파하는 건? 그게 정말 우리라고 생각해? 그럼 왜 나의 본명이 아닌 '탄'이라는 허상의 이름이 세상에 떠도는 걸까? 그걸 못 알아낼 만큼 이 나라의 정부가 무능해서? 개인의 비밀을 캐내지 못할 만큼 한 나라의 정보력이 그토록 하찮을까? 그리고 왜 '탄'은 매번 다른 공격 패턴을 갖고 있는 걸까? 한 집단이라면 미세하게나마 동일한 공격패턴이 있어야해. 그런데 전혀 그렇지 않잖아."

"그건……."

록이 말을 하다 말고 말문 막힌 얼굴로 원을 쳐다보았다.

그들이 저지른 범죄가 아니라면, 타인이 저질러서 그들에게 덮어씌운다는 건데 그게 누구지? 그보다도 그들은 왜 이토록 멀쩡한 거지? 왜 본명이 아니라 '탄'이라는 호칭이 떠도는 거지?

록이 혼란스러워하는 사이, 원이 말문을 열었다.

"우린 국적이 없어. 어디에도 소속이 되어 있지 않아. 그런데 여기에서 무탈하게 머무를 수 있는 이유가 뭘까?"

원이 다시금 느긋한 목소리로 물었다.

"설마."

머리를 굴리던 록이 하얗게 질린 얼굴로 굳었다.

"똑똑하네."

원은 록이 알아챘다는 걸 알곤 칭찬했다.

"우린 이 나라에 스카웃된 거야. 수십 개의 나라가 물밑작업을 했고, 우린 가장 재미있어 보이는 이 나라를 택한 거야. 원하는 걸 다 지원받는다는 조건하에."

"……"

"약간의 불법이 필요한 이 나라의 정부가 직접 '탄'에 대한 소문을 퍼트린 거야. 그러곤 정부가 직접 탄의 이름으로 각종 범죄자와 위험한 자들을 처리하고, 우리는 그중에 가장 위험하거나 그들이 처리하기 곤란한 일들만 골라서 하는 거고. 이를테면 히카같이 훔친 초능력을 봉인해서 타국에 팔아넘기려는 놈들 처리하는 것 정도?"

"위험한 거 아닌가요? 스카웃에 실패한 나라들은 위험 요소를 두고 보느니 없애는 쪽을 택할 텐데요?"

"역시 똑똑해."

원의 칭찬에도 록의 얼굴이 풀어지지 않았다. 방금 들은 엄청난 이야기로 머리가 굳은 기분이었다.

"그건 내가 설명할게."

가만히 듣고 있던 크리스가 나섰다. 원이 더 깊은 비밀을 꺼낼까 봐 경계하는 얼굴이었다. 원은 기꺼이 크리스에게 양보한 채 등받이에 등을 댔다.

"우리의 본래 일은 나라의 각종 정보를 수집, 관리하는 거야. 거기에 하나 더하자면 무기 설계와 무기상을 하고 있어. 원이 이 나라를 택하기 직전에 모든 나라의 원수에게 공평하게 연락을 했어. 우리 집단을 와해시키려 하거나 해하려고 하는 세력이 있다면 딱 두 배로 갚아 주겠다고. 그 나라와 대치 중인 나라에게 80% 개발을 마친 무기 설계와 필요한 모든 정보를 제공하겠다라고. 이 이야기를 듣고도 공격할 미친놈은 없지. 위험 요소를 없애자고 극도로 위험한 상황을 만들 순 없으니까."

록은 원을 물끄러미 바라보았다.

무기개발에, 무기상, 거기다가 각국의 정보관리까지 한다고?

지금 보이는 건 고작 세 사람이지만, 이 세 사람 아래에 얼마나 많은 사람이 퍼져 있는지 가늠이 되지 않았다.

이 세 사람은 빙산의 최정점에 불과했다. 이 사람들이 잘못되면 각국에 퍼져 있는 수많은 사람들이 함께 일어난다.

어쩌면 웬만한 나라보다 더 영향력 있는 사람이 이 사람일지도 모른다는 생각이 들었다. 자신이 눈치챈 이 사실을 다른 나라 원수라고 모를 리 없었다. 그러니 그를 두고 보는 것이겠지.

식탁 아래 가려진 록의 손가락이 덜덜 떨렸다.

"그리고 하나 덧붙이자면, 우린 살인을 즐기지 않아."

원이 평온한 얼굴로 말했다. 그 얼굴이 무척 차분하고 고요해서 록은 하마터면 그 말을 믿을 뻔했다.

가까스로 정신을 잡은 록이 질문을 재확인했다.

"하긴, 하나요?"

"대부분 죽이기 직전에 멈추는 편이지. 그 후에 죽은 건 그 사람의 명이 끝난 거지. 안타깝게도."

"……"

그게 더 잔인한 거 같은데.

록은 원이 목을 부순 두 남자를 떠올렸다. 그러고 보니 그 남자들도 바닥에 떨어져 있을 때 살아 있었다.

원은 그때 '치료하면 나을 거야. 물론 1분 안에 병원에 도착해야 한다는 전제하에.'라는 말을 덧붙였었다.

그녀는 목이 바짝 타 앞에 놓인 물 잔을 들었다. 벌컥벌컥 다 비우고도 여전히 목이 말랐다. 차라리 조폭이나 마피아가 훨씬 더 안전할 것 같다.

대체 왜 이런 위험한 집단에 자신이 끼이게 된 건가.

"식사 마쳤으면 일어나자."

크리스가 먼저 자리에서 일어났다. 더 위험한 이야기가 나오기 전에 식사 자리를 파하는 게 낫다고 판단했다.

"아, 배불러."

뒤따라 천이가 일어났다. 원과 록도 뒤따라 일어났다.

"맛있게 잘 먹었습니다. 먼저 가 보겠습니다."

록이 세 사람에게 꾸벅 인사한 후, 그들을 바라보았다. 크리스가 가 보라는 듯 턱짓을 했다.

그녀는 그들이 잡을세라 재빨리 식당을 벗어났다. 긴 복도를 걷던 록이 참았던 숨을 몰아쉬었다.

"하아, 하아."

한숨을 다 내쉰 록은 기침까지 터트렸다. 지나치게 거대한 이야기를 듣다 보니 현실감이 전혀 없다. 그런데 이상하게 몸이 떨렸다. 정신보다 몸이 먼저 공포감을 느낀 듯했다.

정부들이 어찌 못 할 만큼 거대하지만, 그만큼 위험한 집단이 이곳이었다. 그들은 무서운 게 없어 보였다. 무서운 게 없다는 건 저들을 통제할 수 있는 게 없다는 뜻이기도 했다. 무질서만큼 위험한 게 있을까.

원이 지금은 살인을 즐겨하지 않는다지만, 후에 살인을 즐기게 되더라도 통제할 수 있는 사람이 없어지는 셈이었다. 능력에 대해 듣지 못했지만, 그들은 몹시 강한 것처럼 보였다.

"괜찮아?"

등 뒤에서 들린 목소리에 록이 흠칫했다. 돌아서자 원이 팔짱을 낀 채 서 있었다. 이 사람은 발소리도 없는 모양이었다.

"예. 아무 이상 없습니다."

록이 입꼬리를 끌어올리며 반사적으로 웃었다. 이전보다 더 어색한 웃음에 원의 눈이 접혔다.

"먼저 가세요."

록이 지나쳐 가라는 듯 복도 쪽으로 손짓했다.

"널 따라온 건데"

"저, 절요? 무슨 일로요?"

록이 소스라치게 놀랐다.

"밥을 먹었으면 차를 마셔야지."

식사 후 티타임이라니. 범죄자보다 무서운 놈이 우아하니까 더 무섭다.

"네 방으로 갈까?"

"……방이요? 아뇨. 정리가 안 되어서 엉망진창이거든요. 찻잔도 없고요. 그러니까 차는 다음……."

"그럼 다른 곳에서 마실까?"

원이 록의 말을 잘랐다. 그가 대답을 요하듯 록을 물끄러미 바라보았다. 그저 쳐다보기만 했을 뿐인데, 온몸이 묵직해졌다.

눈빛에도 무게를 실을 수 있는 능력이 있는 건가. 그럼 자신의 능력은 '이런 척박한 환경 속에서도 가까스로 연명하고 사는 힘'인 건가.

울고 싶다.

"……어디가 좋을까요?"

록이 결국 원의 눈빛에 굴복해 물었다. 그는 그 대답이 나올 줄 알았다는 듯 입꼬리를 끌어올리며 웃었다.

"내 서재."

록은 원의 대답을 못 들은 척했다.

"음, 방금 그 식당 좋던데요. 창문도 아주 큰 게 바람도 잘 통하고 보이는 것도 많고요."

"왜? 또 뛰어나가려고?"

원이 웃으며 물었다.

"아뇨. 출입은 문으로 해야죠."

록이 절대로 그러지 않겠다는 듯 정색한 채 고개를 가로저었다.

"다행이네."

"네. 그땐 제정신이 아니었어요. 하하. 그러니 방금 그 식당에서 차를 마시죠."

록이 방금 나온 문을 가리켰다. 방금 보았던 거대한 네모 테이블에 마주 보고 앉아 있으면 적어도 숨은 쉴 수 있을 것 같았다. 거리가 제법 떨어져 있으니까.

"내 서재."

그러나 그는 아닌 모양이었다. 원은 조용하고도 힘 있는 목소리로 서재만을 고집했다.

"서재가 좋겠어."

"……."

"조용하고 아담하거든."

"……."

"따라와."

서재에 대체 뭐가 있기에.

원이 먼저 돌아섰다. 록은 아주 잠깐 이 자리에서 쓰러지는 연기를 할까 고민했다. 지금은 혼자 생각할 시간이 필요했다.

잠시 고민하는 사이, 원과 눈이 마주쳤다. 누군가 버튼을 누른 것처럼 두 발이 제멋대로 움직이기 시작했다.

원은 울 것 같은 눈으로, 웃고 있는 록을 보며 픽 웃었다.

*　　　*　　　*

서재가 조용하고 아담하다는 말은 일부분 틀렸다.

조용하다는 말은 옳았다. 그가 서재에 들어서자마자 귀가 멍할 만큼 사위가 고요했다.

다만, 서재는 아담하다는 말과 달리 거대했다. 식당보다 작을 뿐, 현재 자신이 머물고 있는 방보다 조금 컸다. 한 사람이 쓰기에 결코 아담한 규모가 아니었다.

서재라는 이름이 무색하게도 있는 가구는 커다란 창가 옆에 놓인 원목 책상뿐이었는데, 그 책상에도 태블릿 PC 하나가 전부였다.

거대한 책장과 빽빽하게 들어찬 책을 떠올렸던 록은 역시나 하는 눈으로 원을 바라보았다.

책은 전혀 안 읽는 모양이다.

"앉아."

원이 책상과 마주 보는 티 테이블을 가리켰다. 아담한 건 티 테이블이었다. 의자는 제법 큰데 테이블이 작았다.

그녀는 의자에 앉으며 슬며시 뒤로 물러났다. 그의 기분을 거스르지 않을 만큼 티나지 않게, 그러나 최대한 그와 거리를 둘 정도로 멀어졌다.

"뭐 마실래?"

원이 물었다. 록은 순간 카페에 온 줄 알았다. 잠시 고민하다가 대답했다.

"아무거나요."

"그래. 그럼. 맥주 두 캔이면 되겠군."

"……."

차 마시자며. 맥주가 언제부터 차였지?

록은 얼른 '저는 녹차가 좋습니다.'라고 말했다. 맥주 마시고 그에게 실수하면 곤란해진다. 괜히 다리 꼬여 그의 쪽으로 넘어졌다가 그 죄로 목숨이라도 잃으면 어쩔 건가.

원은 주머니에서 휴대폰을 꺼내 녹차 한 잔과, 맥주 한 캔을 주문했다. 원이 마주 앉았다. 제법 떨어졌다고 생각했는데 아니었는지 거리가 제법 가까웠다.

"서재에 손님이 자주 오나 봐요. 티 테이블이 있는 걸 보면요."

"아니. 오늘 아침에 가져다 놓은 거야. 너랑 차 마시려고."

"하, 하하. 굳이 그러실 필요야."

록의 등에 식은땀이 흘러내렸다.

"생명의 은인을 귀하게 대해야지."

"그건 한 번씩 구한 걸로 퉁치지 않았나요? 그러니까 제 말은 더이상 제가 목숨을 구해 줬다는 거에 큰 의의를 두지 말라는 뜻이었어요."

"나한테는 큰 의미라 잊히지가 않아."

잊어라, 좀.

록은 튀어나오려는 말을 삼키며 빙긋 웃었다. 대신 '그러시다면야. 하하.'라고 웃었다.

"그리고 네 입장에선 내가 그 빚을 잊지 않는 게 좋을 텐데?"

원이 넌지시 던진 말에 록이 그를 쳐다보았다.

"날 구해 준 빚이 사라지면, 네가 우리 집에 멀쩡하게 있을 이유가 없잖아. 안 그래?"

"……."

"목숨 연장의 이유인데 꾸준히 이어가야지."

그의 현실적인 설명에 록은 소름이 끼쳤다.

아, 그랬구나. 나는 원에게 구해 주었다는 사실을 연거푸 인지시켜 줘야 하는 입장이구나.

록은 자신의 입장을 새롭게 깨달았다.

주문한 지 얼마 되지 않아 직원 한 명이 맥주와 따뜻한 녹차 한 잔을 가지고 왔다.

"감사합니다."

록이 깍듯하게 인사를 하며 잔을 받아 들었다. 직원이 가볍게 미소를 머금은 후, 돌아섰다.

"원래 그렇게 인사성이 좋아?"

원이 맥주를 한 모금 마신 후 물었다.

"그러려고 노력하는 편이에요."

"왜?"

원이 의외라는 듯 물었다.

"음, 그야 저한테 뭔가를 해 주는 게 고맙고, 제가 실수하면 미안하고 그러니까요."

물론 눈앞의 이 남자는 경험해 본 적 없겠지만.

"이해가 전혀 되지 않지만, 그렇다고 생각할게."

"네."

대답한 후 침묵이 이어졌다. 어색하다. 숨이 막힌다. 이 넓은 방에 있는데 숨이 막히다니. 록은 마른침을 삼키며 애꿎은 녹차만 마시길 반복했다.

"저를 왜 보시자고 하신 건가요?"

결국 견디다 못한 록이 조용히 자신을 부른 이유에 대해 물었다.

"하나 확인할 게 있어서."

"네."

"히카와 어떤 사이지? 그러니까 내 말은, 연인 사이였냐고 묻는 거야."

록은 자신이 녹차를 마시고 있지 않아 다행이라고 생각했다. 만약 마시고 있었다면 저 하얗고 깨끗한 얼굴에 녹차를 뿜을 뻔했으니까.

"절대로 아니에요."

"아닌 거 같았어. 그럼 히카가 일방적으로 널 좋아하는 거였군."

"네. 뭐, 그랬어요."

원은 카페에서 이야기를 들었는지 대충 짐작하는 얼굴이었다.

"그에게 호감이 있어?"

원이 차를 마시며 넌지시 물었다. 록은 직감적으로 그의 이 질문이 몹시 중요하다는 것을 알았다.

아니라고 해야 하나. 맞다고 해야 하나.

잠시 고민하던 록은 대답했다.

"인간으로서의 호감은 있어요. 물론 지금은 흔들리긴 하지만요. 그렇지만 이성적인 호감은 전혀 없었어요. 히카가 혼자 저를 좋아했어요. 이유는 모르겠지만."

"몰라? 난 알겠는데."

"네?"

록이 원을 물끄러미 쳐다보았다.

설마 이 세계에서 미의 기준이 이런 얼굴인 건가. 그래서 미친놈으로 명성이 자자한 눈앞의 이 남자도 유난히 자신에게 상냥한 건가.

"수집한 정보에 의하면 히카는 특이한 걸 좋아해. 타인에게서 빼앗은 능력도 대체로 특이하고 이상한 능력들이었지. 햇볕을 보면 키가 크는 능력, 생각대로 몸을 바꿀 수 있는 능력 등등. 대체로 공격력을 높이는 능력보다 본인의 취향에 따라 능력을 빼앗아. 금방 실증내서 바꾸기도 자주 바꿨고. 그런 놈이 가장 가고 싶어 하는 곳이 있었어."

"어딘데요?"

"인간계."

"……."

"그런데 갑자기 눈앞에 인간계 여자가 떨어졌어. 얼마나 흥미롭겠어? 변태적인 기질을 가진 놈이라, 침대에 눕히면 어떻게 반응할까도 꽤 궁금해 했을 거야."

"서, 서, 설마요."

록이 소스라치게 놀랐다.

"못 믿겠으면 히카한테 데려다줄까? 어떻게 되는지 경험해 볼래?"

"아뇨. 아뇨!"

록이 다급하게 손을 내저었다. 그래서 자신에게 인간계에 대한 질문을 자주 한 건가.

돌이켜 생각해 보면 히카는 인간계에 관심이 아주 많았다. 자신이 갖고 온 물건이 없다는 걸 알자 노골적으로 실망하기도 했었다. 그래서 그런 히카를 위해 인간계가 어떤지 그림을 그려 보여 주곤 했다. 그러면 히카는 그 그림을 들여다보며 진심으로 좋아했었다.

원의 설명을 듣자, 히카가 왜 자신에게 집착했는지 착착 이해가 되기 시작했다.

"그런데 왜 절 그냥 뒀을까요?"

록이 소름 끼친다는 얼굴로 물었다.

"글쎄. 그 녀석 생각 패턴대로 보자면 망가뜨리기 전에 쓸모가 있었던 것 같은데."

"쓰, 쓸모요?"

"응."

원은 뭔가를 아는 얼굴이었지만 더 이상 설명하지 않았다. 대신 그는 나른한 얼굴로 맥주잔을 바라보았다. 그사이 록의 머리가 바쁘게 돌아가기 시작했다.

히카가 실은 범죄자고, 그를 쫓는 무리들이 꽤 많다. 이번 폭발 사고로 그 무리들에게 자신 또한 한패로 인식되어 있었다. 그게 아니라면 히카에 대한 정보를 얻기 위해서 자신을 납치할 수도 있겠지.

그렇다면 이 남자가 자신을 데리고 있는 이유는 히카 때문일 수도 있었다. 그가 자신을 찾아올지도 모르니까.

그제야 모든 것이 착착 맞물려 돌아갔다. 동시에 조금 마음이 누그러졌다. 그도 일단 자신이 필요하다. 그러니 자신을 당장 죽이지는 않을 거다. 그리고 그는 살인을 막 하는 스타일이 아니라고 했다.

미친놈이긴 하지만, 아주 막 미친놈은 아니라는 소리였다.

이런 사실에 안도하는 스스로가 조금 슬펐지만, 록은 애써 슬픔을 눌렀다.

차를 홀짝거리던 록이 고개를 들었다. 그러다 눈을 내리깔고 있는 원의 얼굴을 보았다. 저절로 숨이 들이마셔졌다. 긴 속눈썹이 드리운 눈은 무척 매력적이었다.

그의 얼굴만 보고 있자면 그의 직업 따윈 까맣게 잊히고 그저 감사한 마음이 들었다.

그러다 눈이 마주쳤다. 몰래 훔쳐보고 있다 들킨 거라 민망해졌다.

"흐, 흠. 히카는 왜 찾으시는 거예요?"

록이 서둘러 입을 열었다.

"빚을 좀 졌어."

그의 말에 싸한 기분이 들었다.

"그놈이 우리 형의 초능력을 빼앗아갔거든."

"이런……."

록이 진심으로 안타깝다는 표정을 지었다. 이 세계에서 초능력은 지위, 성공을 아우르는 중요한 성질의 것이었다. 그것을 빼앗겼다니. 천이의 속된 말로, 하루아침에 고자 된 셈이었다.

"마음 아프시겠어요."

"어. 그때 외할머니 댁에 있었는데 그놈이 쳐들어오면서 그 집에 불을 질렀거든. 덕분에 이틀 내리 밖에서 잤어. 그때 다짐했지. 이렇게 만든 놈을 잡아야겠다, 라고."

"……."

분노의 포인트가 잘못된 것 같다. 그는 형이 초능력 고자가 됐다는 사실보다 밖에서 이틀간 잤다는 사실에 더 분노하는 것처럼 보였다.

대화를 하던 중, 록은 원의 형이 갖고 있던 초능력이 무엇인지 알았다. 눈으로 사진을 찍어 머릿속에 남겨 두었다가 그대로 그림으로 표현할 수 있는 능력이라고 했다.

"능력이 없어지고 나서 형님이 많이 힘들어하셨겠어요."

"잘은 기억 안 나지만 그랬던 것 같아."

록은 혹시 형님도 그런 성격이냐고 물어보고 싶었지만, 참았다.

"그럼 그때 할머니는 무사하셨어요?"

"어. 그때 옆집에 계셨거든."

"아, 다행이다."

록이 가슴을 쓸어내리며 환하게 웃었다. 원이 의아한 얼굴로 쳐다보았다.

"남의 할머니가 무사한 게 너한테는 다행인 일인가?"

"다치셨다는 소식보다는 좋죠."

"왜?"

"예?"

"왜 그게 좋은데?"

원이 도저히 이해 못 하겠다는 듯 쳐다보았다. 록은 잠시 할 말을 잃었다.

"그야 다른 사람들도 행복하고, 무사했으면 좋겠으니까요."

록이 당연한 거 아니냐는 듯 말했다.

"이해가 안 돼. 더 설명해."

원이 눈을 찌푸리며 물었다. 정말로 이해를 못 하겠다는 얼굴이었다. 되레 록이 당황했다. 그러나 차분하게 말을 꺼냈다.

"음, 다른 사람이 나를 보고 웃으면 어떤 생각이 드세요?"

"저 새끼가 날 보고 웃네? 입을 찢어야 하나, 손가락을 부숴야 하나, 뭐 이런 평범한 생각들?"

원이 평온한 얼굴로 말했다. 음소거 해 놓고 영상만 보자면 우아하고 기품 있는 사업가의 인터뷰로 착각했을 정도였다.

아니야, 그건 평범한 생각이 아니야.

록은 울고 싶어졌다. 애초부터 보통 사람들과 전혀 다른 방식으로 개념이 잡힌 이 사람에게 어떻게 설명해야 할지 감이 잡히지 않았다. 그러다 설명하길 포기했다. 그저 자신이 느끼는 바만 이야기를 하기로 했다.

"그럼 설명하지 않고 제 느낌만 말씀드릴게요. 저는 다른 사람들이 저를 보고 웃으면 좋아요. 행복한 에너지가 넘어오는 것 같거든요. 그래서 전 저도 행복하고, 다른 사람들도 행복했으면 좋겠어요. 행복하려면 아프지 않고, 무사하고, 좋은 일이 가득해야 하잖아요. 그래서 저는 다른 사람들이 아프지 않고 늘 무사했으면 해요."

"처음 보는 생각의 패턴이군."

원은 전혀 이해하지 못한 얼굴이었다.

"네. 그러게요."

록은 포기한 듯 고개를 주억거렸다. 어느새 녹차가 바닥을 드러냈다. 그에 비해 원의 맥주는 반이나 남아 있었다. 록은 먼저 일어나겠다는 말도 못 한 채 가만히 앉아 있었다. 주변이 조용했다. 진공 상태 같았다.

"흐, 흠. 그럼 히카를 찾으면 어쩌실 거예요?"

록은 침묵도 깰 겸 아까 전부터 궁금하던 바를 물었다. 그는 살인을 하지 않는다고 했으니 다른 방식으로 해결을 할 거라는 생각이 들었다.

"어쩌긴. 덕분에 밖에서 추위에 떨며 잠들었는데 돌려줘야지. 그 새끼도 지옥의 바닥에 처박아 재워야지. 그게 공평하잖아. 안 그래?"

"······."

원은 고저 없는 목소리로 차분하게 말했다. 록은 이 남자에게 티끌만큼의 실수도 하지 않아야겠다, 라고 다시 한 번 다짐했다.

* * *

"원!"

천이가 방문을 부수다시피 열고 들어와 버럭 화를 냈다. 서재의 창가에 서 있던 원이 감고 있던 눈을 느릿하게 떴다.

"그렇게 시끄럽게 들어오면 놀라잖아."

"그렇게 말하는 놈이 웃고 있냐? 내가 오는 줄 알고 있었잖아!"

"발소리를 그렇게 내는데 모를 리가."

"원래 모르는 게 정상이거든? 너 같은 놈만 아는 거야!"

천이가 버럭 화를 내며 들고 있던 칼을 집어 던졌다. 빠른 속도로 공간을 가로지르던 칼이 순식간에 사라졌다. 어느새 원이 칼의 손잡이를 잡고 있었다. 천이는 분한 듯 이를 바득바득 갈았다.

원에겐 어떤 능력이 통하지 않는다는 걸 알면서도 이럴 때마다 얄미웠다.

"이런 거 위험한데. 다치면 어쩌려고 이런 걸 막 던지고 그래?"

그가 칼을 핑그르르 돌리며 말했다.

"위험? 위험한 건 지금 이 상황을 보고 말하는 거지! 왜 내가 네 일까지 다 해야 해?"

"서로 돕고 돕는 거지. 요즘 몸이 안 좋아서."

얼굴색 하나 변하지 않은 채 능글거리며 말하는 원을 보곤 천이가 이를 악물었다.

"다른 놈이면 몰라도, 네가 아프다는 건 말이 안 되지. 네가 어떤 놈인지 내가 뻔히 다 아는데. 너, 태어나서 아픈 적은 있냐?"

"글쎄. 기억이 안 나는데."

"하아."

천이가 질린다는 얼굴로 원을 바라보았다.

"그렇게 보지 마. 나도 옛날 같지 않으니까."

"옛날 같지 않은 놈이 어젯밤에 루브에 가서 거길 쑥대밭으로 만들어 놓고 오냐?"

어제 오후, 정부가 공식적으로 도움을 요청했다.

루브의 산간오지에 모인 범죄자들을 와해시켜 달라는 정부의 요구에 원은 수락했다. 그리고 몇 시간 만에 정부는 연락을 받았다. 웬 미친놈 하나가 한 시간 만에 루브를 초토화 시켰다는 거였다.

민간인을 비롯한 무의미한 희생이 없었다는 건 다행이지만, 문제는 범죄자들이 모인 이유조차 알 수 없게 전부 박살이 난 거였다.

정부가 원에게 항의했다.

'와해시켜 달라고 했지, 누가 없애 달라고 했습니까!'

정부원의 피맺힌 고함에 원은 눈 하나 깜빡하지 않고 답했다.

'오해하시나 본데, 난 없앤 적 없습니다. 지들끼리 죽였을 뿐.'

범죄자들이 모두 모인 비밀 기지의 출입구를 봉쇄해 불을 끈 후, 원은 딱 세 명을 팼다. 이후 자신들 사이에 배신자가 있다고 생각한 범죄자들이 살아남기 위해 주변 사람들을 공격했다. 그 덕에 알아서 싸움이 벌어졌다.

원이 다시 불을 켰을 땐 딱 한 놈만 살아남아 있었다. 그마저도 목숨이 끊어질 듯 말 듯한 위태위태한 상태였다.

그는 그 모습을 사진에 남겨 정부에게 보내 준 후, 그 자리를 유유히 떠났다.

"아무리 그래도 그렇지. 하아, 한 놈이라도 살려놨어야지."

천이가 한숨을 내쉬었다.

"내가 죽인 게 아니라니까."

"하아, 넌 대체 거긴 왜 갔냐?"

"이카루가 있나 보러 갔지."

"없었어?"

"어."

원이 픽 웃으며 들고 있던 칼을 핑그르르 돌렸다. 위험천만하게 칼날을 잡아 돌리는 원의 모습을 보며 천이는 한숨을 훅 내쉬었다.

딱 한 대만 때릴 수 있으면 소원이 없겠다. 그러나 슬프게도 원이 자신의 초능력을 가동시키고 있는 한 때릴 수 없다.

원의 능력은 타인의 공격을 무위로 돌리는 것이었다. 어떤 물건도 무기로 만드는 자신의 능력을 포함해 다른 이의 어떤 능력도 통하지 않았다.

그는 몹시 질기고 튼튼한 막에 둘러싸여 있는 거나 다름없었다. 유일한 약점은 잠에 들어 있을 때 능력이 가동되지 않는다는 건데, 그마저도 없는 거나 다름없다.

짐승에 가까울 정도로 발달된 오감에 육감까지 터득해 먼발치에

서 오는 타인의 움직임을 읽을 수 있었다.

아주 작은 기척도 감지해 다가온다 싶으면 그는 금세 눈을 떴다. 그럼 자연스럽게 초능력이 가동되었다.

거기다가 신체적인 능력도 우수해 그 때문에 그를 다치게 하는 건, 그가 원하지 않는 이상 불가능이었다.

"내가 너랑 무슨 말을 하냐."

천이가 한숨을 훅 내쉬었다. 그의 어깨가 축 늘어졌다. 원을 이길 수 없다는 게 분했다. 그렇지만 이미 익숙해진 사실이다. 그러다 무언가를 발견한 천이의 얼굴이 확 구겨졌다.

"저게 왜 저기 있어?"

천이가 못 볼 걸 본 사람처럼 창가 쪽에 있는 티테이블을 가리켰다.

"차를 마시려고."

"요새 그런 짓도 하냐?"

"왜? 안 돼?"

원의 말에 천이가 얼굴을 확 찌푸렸다.

"설마 나랑 마실 건 아니지?"

"관심 있어?"

"아니. 절대로 아니. 죽을 때까지 아니!"

"걱정 마. 넌 아니니까."

원의 말에 천이는 한 사람을 떠올렸다.

얼마 전 원에게 잡혀와 그의 관심을 지대하게 받는 여자 하나. 안 구해 줘도 될 놈 다쳐 가며 구했던 그 미련한 여자.

"애도를 표한다."

천이가 혀를 끌끌 차며 중얼거렸다.

*　　　*　　　*

어색한 아침 식사를 마친 후, 록은 조금이라도 빨리 자리를 뜨려했다. 그러나 간발의 차로 원에게 잡혀 함께 차를 마시자는 소리를 들었다.

거절하고 싶었으나, 그럴 용기가 없어 원에게 끌려왔다, 티타임의 장소도 꼭 그의 서재에 있는 좁은 티테이블이었다.

이 고급스러운 집에 티테이블이 이런 작은 것밖에 없는 건가.

그러나 그런 걸 따질 입장이 아닌지라 꾹 참았다.

록은 찻잔을 감싼 채 고개를 슬쩍 들었다. 원의 얼굴이 보였다. 역시 이 티테이블은 지나치게 좁다. 서로가 조금만 상체를 숙이면 코끝이 닿을 듯했다.

덕분에 원의 얼굴이 자세히 보였다. 그의 얼굴은 아침 햇살에 한결 환하게 빛났다.

초능력자들은 피부 관리가 자동으로 되는 건가, 하는 의심이 들만큼 깨끗한 피부였다. 그 때문에 눈매가 한결 더 짙어 보였다. 슬쩍 올라간 입꼬리는 야하게 느껴졌다.

그가 시선을 느꼈는지 느릿하게 시선을 돌렸다. 눈이 마주치자 심장이 쿵하고 내려앉았다. 그의 강인하면서도 묘하게 야릇한 눈빛 탓도 있지만, 오늘 아침 식사자리에서 들은 이야기의 영향이 컸다.

그는 이틀 전, 범죄자로 드글드글하던 어떤 마을 하나를 혈혈단신으로 박살 내고 돌아왔다고 했다. 그런 그는 포럼에 참석했다가 돌아온 사람처럼 단정했다. 그래서 더 무서웠다.

"할 말 있어?"

원이 시선을 맞추며 조용히 물었다. 그는 별 다를 것 없는 이 상황이 재미있는지 입꼬리에 웃음을 머금고 있었다.

"아뇨."

"필요한 건?"

"어, 음."

록이 잠시 고민했다.

"편하게 말해."

그의 말에 록은 없던 용기를 짜내 입을 열었다.

"저, 그러면 외출을 하면 안 될까요?"

"……외출?"

그가 건조하게 대꾸했다. 그의 입매가 살짝 굳는 듯했다.

"아뇨! 대문 밖으로 나가는 외출이 아니라, 이 집을 둘러볼 정도의 외출이요. 그러니까 방 밖으로 나가고 싶어서요."

"여태껏 방에만 있었어?"

"네. 식사 시간을 제외하곤 늘상 방에 있었어요."

"왜?"

그가 이해 못 하겠다는 듯 고개를 기울이며 물었다.

"……"

네가 창문에 쇠창살까지 만들어 놨는데, 내가 어떻게 방문을 막 열고 나가냐? 나가다 무슨 변을 당할 줄 알고!

록은 울컥해서 목구멍으로 치솟은 말을 억지로 삼켰다.

"싫어하실 것 같아서요."

"그런 것까진 통제하지 않아. 돌아다녀도 돼."

"감사합니다."

록은 모처럼 편안하게 웃었다. 이틀 내리 방에만 있느라 답답해 죽는 줄 알았다.

"편하게 다녀도 돼. 단, 지하실은 빼고. 거긴 청소가 안 되어 있거든."

원이 느슨하게 입꼬리를 올리며 웃었다. 언젠가 똑똑히 보았던 장면이 불현듯 생각났다.

남자가 비명을 지르고, 그 남자를 원은 태연자약한 얼굴로 집어던졌다. 그러나 록은 그 광경을 본 것을 내색하지 않으려 애썼다.

"네. 알겠어요."

"더 필요한 건?"

원이 느긋하게 찻잔을 들며 물었다.

"없어요. 신경 써 주셔서 감사합니다."

그녀는 두 손을 다소곳하게 모은 후 꾸벅 인사했다. 30분 정도의 티타임 시간이 끝난 후, 록은 한결 가벼운 움직임으로 자리에서 일어났다.

"그만 가 보겠습니다."

록이 두 손을 다소곳하게 모은 후 인사했다. 그녀는 이곳을 벗어나 후련한 얼굴이었다. 그 얼굴이 마음에 들지 않은 듯 원의 눈이 갸름해졌다.

"데려다줄까?"

"네?"

록이 흠칫했다.

"데려다줄게."

"아뇨. 집 안인데요, 뭘. 방까지 가깝기도 하고요."

"길을 잃을지도 모르잖아."

"하하. 아뇨. 혼자 찾아갈 수 있어요. 집도 돌아보고 싶고요."

록이 다급하게 손을 내저었다. 꼭 혼자 가고 싶다는 의지를 강력하게 표출하는 그녀를 보며 원은 느긋하게 고개를 끄덕였다.

"그래, 그럼."

"가 보겠습니다."

록은 원이 잡을세라 빠르게, 그러나 그런 뜻을 들키고 싶지 않다는 듯 조용히 걸어 나갔다.

문이 닫힌 후, 원은 그 문을 물끄러미 바라보았다. 멀어져 가는 기척이 느껴졌다. 사뿐사뿐 걸어가던 걸음걸이가 신난 듯 통통 뛰었다. 벗어난 게 신이 난 모양이다.

방금 전, 데려다줄게 라는 자신의 말에 얼어붙는 록의 얼굴이 떠올랐다.

픽.

원의 입술이 느슨하게 늘어났다.

놀리는 재미가 있었다.

3장

원이 이카루를 본 것은 11살 때였다. 욕실이 유난히 소란스럽다 싶어 갔을 땐, 이미 이카루의 손이 형의 머리를 훑은 후였다.

기절하듯 형이 쓰러졌고, 이카루는 손에 쥐고 있던 무기를 원에게 날렸다. 원이 저도 모르게 반사적으로 피하자, 그는 창문 밖으로 도망쳤다. 이후 목격자와 범죄 상황을 지우려는 듯 집에 불을 질렀다. 미리 준비해 둔 것인지 다섯 군데에서 산발적으로 불길이 치솟았다.

원은 자신보다 덩치가 큰 형의 멱살을 쥔 채 집 밖으로 뛰어나왔다. 그들이 벗어나자마자 펑 소리와 함께 집이 폭발했다. 옆집에 빌린 물건을 가져다주러 가셨던 외할머니는 뒤늦게 그 상황을 발견하고 그 자리에 주저앉았다. 순식간에 집을 잃었다. 그리고 그의 형도

능력을 잃었다.

그 당시엔 본래 있던 능력이 사라지는 일은 몹시 드물었다. 히카 같은 범죄자가 없던 탓이었다. 동네에선 그의 형을 부정 탄 사람이라 욕했다. 그들을 받아주는 곳이 없었다.

할머니를 잘 알고 지내던 이웃만이 할머니를 받아들였다. 대신 손자들을 제외한 할머니만이었다. 원은 손자들을 두고 가지 않겠다는 외할머니를 설득해 이웃에 모셨다.

외할머니는 자신이 아프면 짐이 될 것을 알기에 울면서 이웃집에서 머물렀다. 원은 형과 함께 길거리에서 잠들었다. 형이 불쌍해서라기보다는 남의 집에서 신세를 지고 싶지 않았다. 그들의 경계심가득한 시선 받는 것도 싫었다. 물론 그들을 받아 주는 이웃도 없었다.

낮이면 할머니가 갖다 주는 음식을 먹었다. 그렇게 이틀간 바닥에서 자던 중, 형이 사라졌다. 본인이 짐이 되는 걸 알기 때문에 떠난 거라고 할머니는 추측했다. 원은 보호시설에서 함께 머물자는 할머니의 청을 거절하고 거리를 전전했다.

형이 그립거나 애틋해서가 아니었다. 원은 한시라도 빨리 그놈을 잡고 싶었다. 자신의 삶을 엉망진창으로 만든 놈을 찾아 찢어놓고 싶었다.

그러려면 1초라도 더 밖에서 머무르면서 지켜보아야 했다. 그놈의 눈에 아주 잘 띄도록. 분명 목격자인 자신을 살려 두지 않을 테니까. 그러나 1년이 흐르도록 히카는 나타나지 않았다.

그러던 중 12살의 어느 날, 몹시 뜨겁고 고통스러운 감각 속에 능력이 깨어났다. 그러나 자신의 능력이 정확히 어떤 것인지 확실히 깨달은 것은 그로부터 삼 년이 더 흐른 후였다.

동네에 살인마가 숨어들었다. 마을 사람들이 이유도 없이 잔인하게 죽어 나갔다. 그의 손에 원은 외할머니를 잃었다. 장례식을 홀로 치르던 원에게도 위협의 그림자가 드리웠다.

원은 자신에게 다가오는 남자의 기운을 읽었다. 자연스럽게 그곳을 향해 고개를 돌린 순간, 투명한 벽에서 칼이 튀어나왔다. 기민한 원조차도 피하지 못할 만큼 날렵한 움직임이었다.

'악!'

'으악!'

할머니의 장례식 자리를 지키고 있던 동네 사람들이 비명을 내질렀다. 그러나 그들의 비명은 길게 이어지지 않았다.

원의 몸을 관통해야 할 칼이 반으로 휘어져 있었다. 원은 너무도 자연스럽게 반쯤 휜 칼을 바라보았다.

'아아, 이거네.'

자신의 능력을 확인한 원은 그다지 놀라지 않았다. 그저 대충 짐작하고 있던 사실을 확인했다는 표정이었다.

놀란 살인마가 다시 한 번 칼을 휘둘렀다. 그러나 그 칼은 더 일그러질 뿐, 원에게 닿지 않았다. 눈이 시커멓게 죽은 원은, 살인마에게서 칼을 빼앗았다.

서걱―

건조하면서도 날카로운 소리였다. 그 소리 한 번에 살인마의 손가락이 잘렸다.

'으악!'

살인마의 손가락에서 피가 튀었다. 바닥에 떨어진 손가락이 흉물스럽게 나뒹굴었다.

'여기 있었네.'

원이 피가 흘러내리는 살인마의 손을 잡았다. 투명하던 살인마의 몸이 드러났다. 제 모습이 드러나자 살인마가 투명 능력을 쓰려 했으나 꼼짝도 할 수 없었다.

'너, 넌 뭐야!'

살인마가 질린 얼굴로 원을 바라보았다.

'글쎄. 나도 잘 모르겠네.'

원이 덤덤하게 대꾸했다.

'으윽!'

살인마가 원의 손을 밀어내려 했으나 밀리지 않았다.

'으으으아악!'

눈이 뒤집힌 살인마가 기이한 비명을 내지르며 원에게 달려들었다. 살인마가 원에게 가차 없이 주먹질을 했다. 그러나 퉁퉁 튕겨 나갔다.

지친 살인마가 도망치려 몸을 돌려세웠다. 원은 낫처럼 휘어진 칼을 집어 던졌다. 살인마의 다리를 관통했다. 절뚝거리며 도망가려는 살인마의 뒤통수를 거머쥔 원이 그대로 벽에 내리쪗었다.

쾅! 쾅! 쾅!

수없이 머리를 들이박은 살인마가 기절했다. 원은 그대로 살인마의 뒤통수를 거머쥔 채 동네를 지키는 보호소로 걸어갔다.

보호소에 도착한 원은 살인마를 집어 던졌다. 그로 인해 동네는 살인마의 공포로 벗어났다. 그러나 원을 바라보는 동네 사람들의 시선이 바뀌었다.

'어린 게 잔인해 가지고.'

'말도 마요. 그 살인마가 쟤 손에 죽었대요.'

'세상이 어떻게 돌아가려고.'

'무슨 능력이래요?'

'능력이 안 통하는 능력이라는데…….'

'어머, 세상에나. 저런 애한테 그런 능력이라니. 위험한 거 아니에요?'

'그러게.'

'혹시 쟤가 제 형을 불능으로 만든 거 아닐까요? 왜 그 있잖아요. 쟤 형이라는 애. 갑자기 집에 불나고 능력을 잃었다는 애. 알고 보면 쟤가 뺏은 걸지도 몰라요.'

'어머, 그러게.'

마을사람들이 수군거렸다. 원의 귀에 들어올 정도로 그들은 개의치 않고 떠들어 댔다. 그러다 원이 쳐다보면 귀신 바라본 얼굴로 도망쳤다.

초능력자들은 능력에 민감했다. 그들은 자신들의 능력이 통하지 않는 사람이 있다는 것을 두려워했다. 그들은 살인마를 대하던 원의 잔혹성을 두려워했다. 마른 들판에 불길이 번지듯, 동네 사람들의 두려움이 점차 커졌다.

심우원은 어느새 함께 동네에서 자란 아이가 아니라, 살인마보다 더 무서운 동물이 되었다. 동네 사람들은 그에게 떠나기를 종용했으나, 원은 거부했다.

이곳은 자신이 태어나 살던 곳이다. 형이 돌아올지도 모르고, 형의 능력을 앗아 간 녀석이 되돌아올지도 모르니 기다려야 했다.

원이 떠나지 않고 버티자, 그들은 위험한 싹을 제거한다는 명목하에 잠들어 있던 원을 죽이려 했다. 원이 잠에서 깨어나면서 가까스로 벗어날 수 있었지만, 살해위협은 끝없이 이어졌다. 결국 그는 잠을 자던 중 심하게 얻어맞아 온몸에 피멍이 든 채로 동네를 도망쳤다.

그곳을 벗어나 더 큰 사회에서도 원은 이방인이자, 제거되어야 할 싹이었다.

그 이후 다른 곳에선 친근하게 다가온 사람들이 그에게 약을 먹이려 했다. 효과가 높은 수면제였다. 그들은 그가 잠들었을 때 살해할 생각이었다. 인신매매범들이었다.

꽤 운이 좋아 인심 좋은 마을에 안착하더라도 그의 능력을 안 사람들은 그를 내쫓았다.

원은 더 이상 사람을 믿지 못하게 되었다. 그럴수록 그는 짐승처럼 감이 발달했고, 어느새 능력도 자유자재로 제어할 수 있게 되었다. 그런 그가 할 수 있는 일은 범죄밖에 없었다. 먹고 살기 위해 범죄조직에 들어가기 직전인 때였다.

그런 그에게 찾아온 것이, 그의 아버지였다.

'어떤 위험한 새끼가 나타났다더니 그게 내 새끼일 줄이야.'

태어나 처음 본 아버지는 무심하게 원을 보며 중얼거렸다. 그의 능력은 전방 1m 안에 있는 사람의 기억을 읽는 것이었다. 원을 제거

하러 왔다가 무심코 그의 기억 속에 익숙한 사람들을 본 것이었다.

급습을 당해 한 섬에서 쓰러졌을 당시, 3년간 그의 곁에 있어 준 여자와 그 여자의 어머니. 여자는 그를 사랑했지만, 그에게 여자는 한때의 휴식 같은 거였다. 그는 몸이 낫자마자 어마어마한 금액의 위자료를 준 후, 미련 없이 그 곳을 떠났다. 자신처럼 위험한 일을 하는 사람에게 그 여자는 어울리지 않다고 판단했었다. 그렇게 잊고 살았다.

그러다 새삼스럽게 자신의 아들을 이렇게 만나게 되었다. 그의 아버지는 고민 끝에 원을 제거하지 않고 데려왔다.

심우원의 아버지는 각국의 정보를 수집, 관리하는 일을 했다. 간단히 자신이 하는 일을 설명한 그는 우원에게 처음이자 마지막 당부를 했다.

'내가 해 줄 수 있는 건 여기까지다. 내가 널 살리는 건 널 위해서가 아니라, 그 여자에 대한 마지막 위자료라고 해두마. 내 자리는 언제나 열려 있다. 네가 아니라도 갖고자 하는 놈들이 꽤 많지. 그러니 내 자리가 갖고 싶으면 철저하게 싸워서 이겨라. 난 살아남은 놈에게 내 자리를 줄 거다.'

애석하게도 원은 아버지의 자리에 관심 없었다. 문제는 그의 아들이 나타났다는 소문이 다른 사람들을 자극했다. 그들은 수장이 자신의 자리를 아들에게 물려줄까 두려워했다.

담합하여 원을 죽이기로 했고, 원치 않게 원은 또 한 번의 전쟁에 휩쓸렸다. 30분도 깊게 잠들지 못했다. 감은 더욱 무섭게 발달해 문밖에 서 있는 사람의 수를 파악하기에 이르렀다.

잠들어도 주변의 기척에 금세 깨어났고, 사람 하나 집어 던지는 건 예삿일이 되었다. 그렇게 살기 위해 차근차근 제거하다 보니 어느새 아버지의 제1 후보가 되어 있었다.

스물셋이 된 원이 아버지의 자리를 물려받아 '원'이 되었다. '원'이 된 그는 거대화된 조직을 소규모로 줄였다.

꼭 필요한 크리스와 천이를 남겨 놓고 모두를 각국으로 파견 보냈다. 이후 그가 한 것은, 열한 살에 자신의 인생을 바꾼 남자를 찾는 일이었다. 그들이 갖고 있는 모든 정보를 뒤져 그가 누군지 알아냈다.

이카루. 타인의 능력을 빼앗는 능력. 각국에서도 잡으려고 하는 1급 범죄자. 빼앗은 능력을 가공해 판매하는 것으로 추정되는 범죄자.

금방 잡힐 것 같은 그는 생각 외로 잡히지 않았다. 그는 몹시 조심스러운 남자였다. 타인의 초능력을 뺏는 능력이 발각되면 살해당할 확률이 높기 때문에, 어린 시절부터 몸에 익힌 습관이었다.

그는 숨 쉬는 것만큼 손쉽게 정체를 잘 감추었다. 이름, 나이, 헤어스타일은 물론 하다못해 신발 사이즈, 옷 스타일을 카멜레온처럼 바꾸었다.

그런 그의 꼬리가 밟혔다. 누군가가 능력을 도둑맞았다. 원은 이카루로 추정되는 사람의 뒤를 티나지 않게 밟았다. 일주일 만에 그가 어디서 지내는지 알아냈다.

그는 아주 낡고 오래된 술집을 운영하고 있었다. 원은 그곳을 매일 찾아 이카루를 보았다. 자신의 기억에 남은 젊은 시절의 이카루와 몹시 달랐다. 덩치, 머리 스타일, 머리색, 모든 게 다 달랐다. 하마터면 원도 다른 사람이라고 생각할 뻔했다.

'록.'

그가 가게에서 아르바이트하는 여자를 보는 눈빛을 보지 않았더라면 그가 아니라 판단했을 수도 있었다.

기이한 이채가 서린 파란 눈빛. 탐욕으로 한껏 차 있는 그 눈빛은 어린 시절 보았던 눈과 같았다.

'록'

며칠간 지켜본 결과, 이카루는 '히카'라는 이름으로 불렸다. 그는 한 능력자를 죽이고 그의 삶을 대신 살고 있었다. 그는 예상대로 자신을 전혀 기억하지 못하는 듯했다. 11살 때의 얼굴과 지금의 얼굴이 판이하게 달라졌으니, 그럴 만했다.

히카는 왜인지 본인의 가게에서 일하는 '록'이라는 여자에게 집착하고 있었다. 그녀가 자신에게 다가오면, 이카루는 불쾌함을 노골적으로 드러냈다. 자신의 것을 빼앗기기 싫어하는 눈빛이었다.

원은 록을 관찰했다. 그의 눈에 록은 별다를 게 없는 여자였다. 조금 특별한 게 있다면, 자신에게 유난히 술을 많이 따라준다는 것과 묘하게 슬픈 눈으로 바라본다는 것 정도였다. 그리고 굳이 하나를 더 꼽자면 인사성이었다.

'안녕하세요.'

'어서오세요.'

'안녕히 가세요.'

평범한 그 인사를 들어오는 모든 이들에게 꼬박꼬박했다. 타인이 하는 술주정 같은 말도 곧잘 들어 주었다. 동글동글한 눈으로 '아,

정말요?'라며 맞장구도 잘 쳐주었다.

술집에서 일하는 종업원들이 보이는 기본적인 서비스 정신과 달랐다. 그녀는 진심으로 주변 사람들의 말을 즐거운 마음으로 듣고 있었다.

'내가 말이야. 카악! 왕년에 손바닥으로 비행기도 부수던 사람이야! 나이가 들어서 이제 좀 시들시들해서 그렇지 어마어마했단 말이지!'

'정말요? 비행기를 부숴요? 와.'

취객의 허풍을 그녀는 진심으로 믿는 표정을 지었다. 말하는 사람을 기분 좋게 하는 리액션이었다. 그래 봤자 그뿐이었다. 록이라는 여자는 조금의 흥미로운, 그러나 그 이상은 되지 못하는 사람이었다.

그 여자가 자신을 구하기 직전까지는.

당시 이카루가 갖고 있는 능력은 2m 내의 자유로운 공간이동이었다. 그것을 무력화할 수 있는 사람은 원뿐이었고, 그는 기꺼이 이카루를 직접 불에 태워 죽일 계획이었다.

끔찍하고 고통스럽게 죽는 모습을 가장 가까이에서 지켜볼 생각이었다.

그가 불에 타 재로 사라지는 모습을 보려고 이카루의 목에 손을 뻗을 때였다. 그런 그에게 록이 달려왔다. 이카루에게 닿기 직전인 원의 손을 록이 낚아챘다. 꽤 재빠른 손놀림이었다.

이 여자가 자신의 손을 잡을 거라 생각지 못했기에 붙잡혔다. 어떤 능력도 튕겨 나가지 않은 걸로 봐선 무능력자가 순수한 힘으로 잡은 듯했다.

'도망쳐!'

록이 소리쳤다. 원이 록의 미미한 힘에 끌려갈 리 없었다. 그러나 순간 이카루의 눈에서 불이 튀었고, 이를 아득 갈았다. 다른 남자의 손을 잡는 것만으로도 그는 못 견뎌 하고 있었다.

원은 픽 웃으며 록의 손길에 기꺼이 딸려 갔다. 느리고, 둔하지만, 록은 정말 사력을 다해 뛰었다. 강한 공격에도 쉬이 다치지 않는 자신을 두고 온몸으로 유리를 깨는 정성까지 보였다. 유리 잔해에 여자의 온몸이 다쳤다.

사뿐하게 착지한 그와 달리 록은 정신없이 바닥을 굴렀다. 깨진 유리창 위를 나뒹굴어 온몸에 자잘한 상처가 생긴 그녀는 숨을 헉헉 댔다.

그 모습을 지켜보던 원은 감탄했다. 세상에 이렇게 미련한 사람이 있다니. 그 짧은 찰나에 혼자 도망치기도 힘들었을 텐데, 다른 사람까지 구하다니. 그것도 바로 자신을. 몰랐으니 그랬을 테지만, 원이 보기엔 황당한 상황이었다.

바닥에 드러누워 있던 록은 기침을 뱉으며 바들바들 떨었다. 등 뒤로 도망치는 이카루의 움직임이 보였다. 그는 먼발치에 서서 지켜보고 있었다. 그가 움찔거리며 다가올 듯 말 듯했다. 그는 자신의 기척이 읽히고 있는 생각은 추호도 못 하는 듯했다. 다만 그는 자신의 것을 빼앗겼다는 사실에 깊이 분노하고 있었다.

원은 짧은 시간 깊게 고민했다. 이카루가 보는 앞에서 이 여자를 없애고 이카루를 불태워 죽일 것인가.

본래라면 자신의 계획을 망친 이 여자를, 특히 이 상황을 목격한

이 여자를 없애야 했다.

원은 느긋하게 웃으며 여자에게 다가갔다. 여자는 누군가를 찾아 두리번거리다가 자신을 보곤 멈칫했다. 커다란 눈동자가 충격으로 굳었다. 그러다 금세 정신을 잃었다. 원은 쓰러진 록을 구경했다. 몹시 평범하고 작은 여자였다.

원에게 사람은 네 종류였다.

자신을 죽이려는 사람, 자신이 죽여야 하는 사람, 자신에게 빌빌 거리는 사람. 자신에게 이득인 사람.

그중에 이 여자는 어디도 속하지 않았다.

무능력한 주제에, 처음 본 자신을 살리려 노력한 사람.

원은 록에게 바짝 다가갔다. 이카루의 분노가 느껴졌다.

이 여자가 자신과 함께 있다는 사실만으로도 저토록 분노하는데, 자신을 좋아하게 된다면 어떻게 될까. 이 여자를 완전히 가져 버리면?

원은 바닥에 누운 록을 바라보며 웃었다. 평온한 웃음 속에 잔인 함이 새어 나왔다.

재미있겠네.

*　　　*　　　*

록은 방으로 돌아와 한 시간쯤 잠에 들었다. 원과 갖는 15분의 티 타임시간이 15시간 동안 벌 서는 것처럼 느껴졌다. 찌뿌둥한 몸을 길게 늘이며 방문을 열고 나섰다.

그녀는 자신의 방 창문에서 보이던 정원으로 향했다. 보기에 가

까웠는데, 걸어가니 한참이었다. 빈 마당을 가로질러 한참을 걸어
간 끝에 정원을 보았다.

"와아."

록이 보이는 풍경에 감탄했다. 자그마한 정원을 시작으로 숲길이
이어져 있었다. 숲길은 집을 에워싸고 있었는데, 그 길의 귀퉁이엔
다양한 색깔의 꽃이 아담하게 피어 있었다.

그녀는 숲길을 천천히 걸었다. 이곳에 서 있으니 잠시 모든 고민
이 사라졌다.

"하아, 좋다."

숨을 깊게 들이마셨다가 내뱉었다. 난생처음으로 이곳이 꽤 괜
찮다는 생각이 들었다. 천천히 걸어가던 록은 화단 앞에 멈춰 섰다.
무지개가 핀 것처럼 화사한 꽃밭이었다. 무릎을 접고 앉은 록은 꽃
잎사귀를 만지작거렸다. 생화였다.

"와아. 꽃에 총질할 것 같은 성질머리였는데, 의외네."

록이 순수하게 감탄했다.

"누가?"

"흡."

록이 일순 숨을 들이마셨다. 툭. 손에 쥐고 있던 잎사귀가 떨어졌
다. 마치 제가 다친 것처럼 록의 얼굴이 와락 일그러졌다. 그러나 곧
같은 신세가 될지 모른다.

그녀는 고개를 들어 자신을 내려다보고 있는 원과 눈이 마주쳤
다. 역광에 의해 그의 얼굴이 자세히 보이지 않았지만, 그가 웃고 있
는 듯했다.

"제, 제가요."

록이 재빠르게 머리를 굴렸다.

"총질 좋아해? 의외로 잔인하네."

지금 누가 누구더러 잔인하대. 살다 보니 별의별!

록은 울컥했으나, 생존 본능이 한발 앞섰다.

"무, 물총이요."

이를 드러내며 웃는 록을 바라보던 원이 픽 웃었다. 그도 느낀 듯
했다. 자신이 개소리를 하고 있다는 것을. 자신도 이토록 생생하게
느껴지는데, 저 남자가 모를 리가. 록은 금세 암담한 표정을 지었다.

"그래. 화단엔 물총이 필요하지."

원이 더 짙게 웃었다.

"네."

그가 비웃는 것 같아, 록이 시무룩한 얼굴로 고개를 끄덕였다. 원
의 얼굴에 미소가 좀 더 짙어졌다.

"외출할 거야. 준비해."

"저랑요?"

록이 저를 가리키며 물었다.

"그럼 내가 지금 화단이랑 이야기하는 거 같아?"

"아뇨."

"준비해."

"저어, 어디를 가는지 물어봐도 되나요?"

외출이라니 반갑긴 했지만, 갑작스레 그가 동행을 요구하니 불안
했다.

"가 보면 알겠지?"

"아, 네."

"10분 후에 방으로 데리러갈게."

"10분요?"

10분이라는 짧은 시간에 록이 놀란 얼굴로 되물었다. 10분이면 여기서 방까지 가서 숨 돌리면 끝날 시간이었다.

그러자 원이 가볍게 웃으며 '역시 십 분은 길지? 오 분 후에 봐.'라고 말하는 통에, 록은 있는 힘을 다해 방까지 뛰어야 했다.

역시 저놈은 화단에 총질하고도 남아! 라는 험한 말을 눈물과 함께 속으로 삼키면서.

*　　*　　*

"이 목걸이로 말할 것 같으면, 어마어마한 양의 물이 쏟아지는 놀라운 제품입니다. 여행을 좋아하는 분들이 주로 챙기는 제품이죠."

부의 냄새를 맡은 상점 주인이 두 눈을 초롱초롱하게 빛내며 설명했다. 상점 주인은 원의 곁에 서 있는 록을 쳐다보지 않았다. 그녀가 있는지 모르는 얼굴 같기도 했다.

그녀는 몇 리터의 물이 들어가고 물의 세기가 어떻게 되냐고 묻는 원을 쳐다보다 상점 내부로 고개를 돌렸다.

이곳은 능력을 목걸이에 담아 팔았다. 판매하는 능력은 국제적 기준에 의해 안전성을 검증받은 것으로, 만 18세 이상의 성인들에 한해 생활에 도움이 될 만한 능력만 팔았다.

가공으로 만들어 낸 능력이라 대부분 1회성이었으나, 고가품은 3회 이상 사용이 가능했다. 구매자의 대부분은 무능력자들이지만, 간간이 여행을 가거나 혹은 다른 목적이 있을 땐 능력자들도 구매하러 온다고 했다.

"어때?"

원이 록에게 물었다. 그의 손엔 물이 나오는 목걸이가 들려 있다. 록이 고개를 끄덕였다.

"여행갈 때 좋을 것 같습니다."

"그럼 이건?"

그가 다른 목걸이를 들었다. 이전에 설명 들은 1시간 정도 유지되는 체력 강화 능력 제품이었다.

그쪽은 거기서 더 강해지면 안 될 거 같은데요?

그러나 록은 고개를 끄덕였다. 저런 짐승 같은 놈이라도 힘들 때가 있긴 하겠지, 라는 생각이 들었다.

"그것도 좋아 보여요."

"그럼요! 저분이 안목이 있으시네요! 이게 얼마나 좋은지 모릅니다! 특히 중년 남성분이 많이들 사러 오시죠! 이 능력이 고루고루 다 영향을 미치거든요. 남자들한테 참 좋은데 뭐라 설명할 방법이 없네요. 하아, 거참."

상인이 진심으로 안타깝다는 듯 혀를 찼다. 록은 중년 남성과, 고루고루, 라는 말에서 무얼 뜻하는지 알아들었다. 그러나 못 알아들은 것처럼 얼른 고개를 돌렸다.

"어쨌든 두 분에게 행복한 밤의 시간을 갖도록 해 줄 겁니다."

상인이 음흉한 얼굴로 유난히 '밤의 시간'을 강조해 말했다. 록이
하얗게 질린 얼굴로 고개를 홱 돌려 상인을 쳐다보았다. 록이 아니
라고 하려는 찰나였다.

"괜찮네."

원이 짤막하게 답하며 목걸이를 거머쥐었다.

뭐가 괜찮아! 그리고 넌 왜 그걸 사려고 하시는데요?

록이 하얗게 질리다 못해 쓰러질 것 같은 얼굴로 원과 목걸이를
번갈아 보았다. 그러나 원에게 따져 묻지 못했다. 이후에도 원은 꾸
준히 목걸이를 보았다.

"이건 어때?"

원이 목걸이를 들자, 곁에 서 있던 상인이 1시간가량 차가운 바람
이 나오는 능력이라고 설명했다. 아주 미미하고 별것 아닌 능력이
었다.

물론 무능력한 록의 눈에 저만한 것도 대단했지만, 원이 사용하
기엔 미미해 보였다.

원은 록이 괜찮다고 한 다섯 개의 목걸이를 추려 상인에게 넘기
며 한 목걸이로 압축시켜 달라고 요구했다.

"그럼 굉장히 비싸지는데요."

상인이 난처한 얼굴로 말했다.

"금액은 상관없으니 해 주세요."

원의 시원한 대답에 상인의 입술이 헤벌쭉 늘어났다. 그는 원을
단골로 만들어야겠다고 생각했는지, 연신 입에 발린 칭찬을 늘어놓
았다. 그 소리를 듣다못한 원이 무표정하게 쳐다보고서야, 상인은

입을 다물었다.

"흐, 흠. 이건 누가하십니까? 목걸이 줄을 조절해야 해서요."

원이 손끝으로 록을 가리켰다. 그러자 록이 놀란 얼굴로 원을 쳐다보았다.

"제, 제, 제 거요?"

"그럼 설마 저런 게 내 거겠어?"

말이 되냐는 얼굴로 원이 록을 쳐다보았다.

"저는 당연히 그런 줄 알았죠. 저한테 사 줄 이유가 없으니까요. 그런데 저는 저런 물건들이 필요가 없을 것 같은데요?"

"화단에 물총질할 때 써."

원이 상냥하게 웃으며 말했다. 저게 얼만지 다 들었기에 록은 차마 그걸 그렇게 쓸 수가 없었다.

"아, 아, 하하. 마음만 받을게요."

록이 어색하게 웃었다.

"마음도 받고, 이것도 받아."

"아니. 저는 굳이 필요가 없는데요."

"그래도 해."

원이 더 말하게 하지 말라는 얼굴로 쳐다보았다.

"……네."

결국 록이 조용히 대답했다.

"아이구, 이게 섞여 들어왔네요. 이건 남자분이 하셔야죠."

상인이 체력 강화되는 목걸이 하나를 뺐다. 그러자 원이 목걸이를 다시 상인에게 밀었다.

"난 괜찮은데, 저 여자가 문제라서."

"아이구. 그래요? 하긴 남자분 튼튼하셔서 이런 거 필요 없겠습니다. 좋으시겠습니다, 우리 여성분!"

뭐가. 대체 뭐가? 내가 뭐가 좋아야 하는데!

도저히 더는 듣고 있을 수가 없어서 록이 아니라고 하려 할 때였다. 원이 몸을 돌려세워 상인과 계산하기 시작했다. 말할 기회를 놓친 록의 표정이 암담해졌다.

"자, 목걸이 길이를 재겠습니다."

상인이 목걸이 줄의 길이를 맞추겠다며 매대를 돌아 나왔다. 원이 상인의 앞에 가로막고 섰다.

"주시죠. 제가 할 테니."

"네. 그럼 부탁드리겠습니다."

원은 자신이 하겠다며 목걸이를 챙기더니 록을 향해 성큼성큼 걸어왔다. 록이 어쩔 줄 몰라 했다.

"돌아 서."

"네?"

"이게 좋은가?"

록은 얼마 못 가 뒤돌아서지 않은 것을 후회했다. 원이 마주 보는 자세에서 록의 목에 목걸이를 둘렀다. 마치 원이 록의 목을 반쯤 끌어안는 자세가 되었다.

쿵, 쿵, 쿵.

록의 심장이 거세게 뛰었다. 호랑이 아가리에 머리를 넣은 듯한 두려움이었다. 동시에 이상하게도 기분이 미묘해졌다.

인정하기 싫지만 원의 생김새는 멀쩡하다 못해 우수했다. 그런 남자가 마치 껴안은듯이 제 앞에 마주서 있으니, 두려움과 별개로 심장이 뛰었다.

"아휴, 잘 어울리십니다."

상인이 짝짝짝 박수를 쳤다.

"이 길이는 어때?"

원이 물었다. 록은 뻣뻣하게 굳어 움직이지 않는 손을 들어 목걸이 길이를 가늠해 보았다.

"네. 괜찮습니다."

빨리 끝내고 싶은 마음에 록은 무조건 고개를 끄덕였다. 그러자 원이 아닌 거 같은데, 라며 목걸이 길이를 조정했다.

살갗에 금속의 차가움이 스르륵 밀려 내려오는 게 느껴졌다. 자잘한 소름이 돋아 숨을 흡 들이마시던 록은 흠칫했다.

그에게서 좋은 향기가 났다. 피 냄새가 철철 날 줄 알았는데, 은근히 시원하고 깨끗한 향기였다. 아주 잠깐 마음이 풀어졌다.

마음이 놓인 록이 흘깃 고개를 들었다가 원과 눈이 마주쳤다. 그의 검은 눈동자는 이 상황이 즐거운 듯 반짝이고 있었다.

목걸이를 보고 있을 줄 알았는데, 언제부터 자신을 보고 있던 거지?

두려움과 아주 미약한 설렘이 록의 가슴을 정신없이 두드렸다. 록이 이대로 심장마비로 죽을 수도 있겠구나 라고 생각할 즈음 그가 떨어졌다. 원은 상인에게 이 정도가 좋겠다며 목걸이를 건네주었다.

"사이가 몹시 좋아 보이십니다."

상인의 오해는 끝이 없었다. 결국 가게를 나오던 중, 그는 '좋은 남자 친구를 두셨습니다'라는 망발을 했다. 그리고 왜인지 원은 그답지 않게 상인을 가만히 두었다.

록은 길가에 나와 잠시 상상해 보았다. 저런 남자 친구라니. 재력, 외모, 능력이 모두 출중하다. 다만 가장 중요한 성격이 몹시 엉망진창이었다. 그러니 절대 안 된다.

록이 고개를 절레절레 내저었다.

"무슨 생각해?"

원이 여유로운 목소리로 물었다.

"아무 생각도 안 했어요."

자신이 무슨 상상을 했는지 말할 수가 없는지라 록이 어색하게 웃으며 말끝을 흐렸다.

"타."

원이 상점 앞에 세워 놓은 차를 가리켰다. 록이 조수석에 탔다. 그녀는 차를 빙 둘러 운전석에 앉은 원을 바라보았다.

"감사합니다만, 제가 이런 걸 받아도 될지 모르겠네요.."

"걱정 마. 빚이니까."

"네?"

"전에 그랬잖아. 네가 한 번 구해 주고, 내가 한 번 구해 줬으니 우리 사이에 빚은 제로라고. 이제 빚이 생긴 거야. 난 어떤 식으로든 그 빚에 대한 값을 돌려받을 수 있고."

"……."

록이 목걸이를 물끄러미 바라보았다.

이게 목걸이인 줄 알았는데, 수갑이었구나. 역시 그럴 줄 알았다. 그래서 안 받으려고 한 건데.

"저, 저는 안 받아도 되는데요. 여기 떨어져서 이런 거 없이도 잘 살았고, 앞으로도 그럴 것 같고요."

인증번호가 찍혀 있는 목걸이를 조용히 내려놓았다. 록이 마른침을 꼴깍 삼켰다.

"받아. 여기선 적당한 보호 장비가 없으면 못 살아. 한낮에 머리 위로 우박이 수십 개씩 떨어지기도 하거든. 네가 그렇게 허무하게 죽으면 내가 얼마나 곤란하겠어?"

"조심히 다닐 수 있습니다."

"이미 인증번호 끝에 네 이름도 이미 새겼어."

록이 얼른 목걸이를 뒤집어 보았다. 그의 말대로 그녀의 이름이 새겨져 있었다. 두려움이 왈칵 밀려들었다.

사채업자와 다를 게 뭔가. 강제로 빚을 지게 해서 차근차근 이자를 불려 받겠다는 것. 갚을 힘도 없는 소상인 같은 나한테 왜 이러는 거지?

록은 숨을 깊게 들이마시며 한숨을 내쉬었다. 그러고는 차분하게 생각하기 시작했다. 이대로 끌려가서는 안 된다. 그는 자신의 상상보다 상당히 이성적인 사람이니 대화를 통해 해결해야겠다는 판단이 섰다.

"저어."

록이 힘겹게 말문을 열었다. 운전을 하던 중, 원이 고개를 돌려 그녀를 보았다.

"말해."

원이 부드럽게 말했다. 록은 용기를 얻어 입을 열었다.

"저를 데리고 있으신 이유가 탄이라는 정체 발각 때문에 그러신 거죠? 그렇다면 제가 다른 나라의 아주 평화로운, 그러니까 법 없이도 살 것 같은 마을에서 숨어 산다면 괜찮지 않을까요? 절대로 아무 말도 안 할게요. 할머니들만 있는 마을이라도 괜찮아요. 사람 교류가 없고 인적 드문 마을에서 소식과 운동, 적당한 노동을 하면서 백 년 정도 살다가 인간계로 소리 소문 없이 사라질게요. 그러니까……."

"그러니까 보내 달라?"

원의 목소리가 낮아졌다.

"저를 계속 데리고 있기도 귀찮으시잖아요. 아! 그리고 히카, 그러니까 이카루가 저를 찾아오면 연락드릴게요. 여러모로 신세도 졌으니까요."

록이 있는 용기를 다 짜내 원에게 말했다. 원에게선 어떤 대답도 돌아오지 않았다. 록이 흘깃 원을 바라보았다. 백미러를 보는 그의 얼굴이 몹시 차갑게 굳어 있었다. 화가 난 얼굴이었다.

아, 괜한 입방정으로 목숨줄 당긴 건가.

"안전벨트, 꽉 잡아."

"네?"

록이 원 쪽으로 고개를 홱 돌렸다. 창문 너머로 이 차를 향해 돌진하는 덤프트럭이 보였다. 록이 흡— 하고 숨을 멈췄다. 저절로 안전벨트를 거머쥐게 되었다.

간발의 차로 덤프트럭을 피했다. 덤프트럭이 곧장 벽을 들이박았다.

얼마나 빠른 속도로 달렸던 건지 부딪친 벽이 와르르 무너졌다. 덤프트럭의 보닛에서 흰 연기가 피어올랐다.

덤프트럭에서 사람들이 내렸다. 그들은 처음부터 차를 부술 생각이 아니었다. 사람들이 들이닥치지 못하게 통행을 막았다. 산길로 들어가는 통로가 완전히 차단되었다.

넷이 넘는 사람들의 손등에서 빛이 발현되고 있었다. 한 남자의 손에서 쇠사슬이 튀어나왔다. 록은 숨을 흡 들이마셨다.

"운전할 줄 알아?"

놀란 록은 대답하지 못하고 고개를 가로저었다. 목이 졸린 것처럼 아무 말도 나오지 않았다. 끼익 소리와 함께 차가 거칠게 멈춰 섰다. 어둑한 오후에 이리저리 흔들리는 나무의 잎사귀가 무섭게 느껴졌다.

"그럼 얌전히 기다려."

그가 가볍게 목을 풀며 중얼거렸다.

"그냥……!"

그냥 도망치는 게 낫지 않느냐고 묻고 싶었다. 그러나 이미 원이 차에서 내려 달려오는 사람을 향해 몸을 틀었다. 원이 남자들 틈으로 가는 건 순식간이었다. 초능력이 아닌 게 맞나 의심스러울 만큼 빨랐다.

그들에게 순식간에 당도한 원은 금세 자신에게 달려든 남자의 허리를 발로 걸어찼다. 쓰러진 남자를 가뿐하게 밟고 넘어갔다. 그러나 정확히 허리를 밟힌 건지, 남자의 몸이 가늘게 경련하더니 쓰러졌다.

남자들은 원의 정체를 모르는 듯했다. 그들은 자신들이 쏟아부은 초능력이 무위로 돌아가자 크게 당황했다. 포진이 흐트러졌다. 틈이 벌어지자 원이 무어라 중얼거렸다. 그 소리에 반응한 남자들이 일제히 굳었다.

그러다 한 사람이 소리를 지르며 손을 크게 변신시켜 원의 몸을 집어삼키려 했다. 그것을 가뿐하게 피한 원은, 순식간에 남자의 목을 잡았다. 그러고는 곧장 날아오던 쇠사슬 쪽으로 남자를 밀었다. 쇠사슬이 손이 커진 남자의 목뼈를 후려쳤다.

"쿠흡!"

손이 커진 남자가 바닥에 털썩 쓰러지더니 바들바들 떨었다.

"으아아악!"

쇠사슬을 움직이던 남자는 동료가 죽자 비명을 내질렀다. 그도 얼마 못 가 바닥에 얼굴을 들이박는 신세가 되었지만.

원은 가장 가까이에 있는 사람의 허리를 뒤로 꺾어 숲으로 집어던졌다. 그렇게 순식간에 셋을 처리한 원은 마지막 남자의 머리채를 잡았다.

남자가 바들바들 떨며 원에게 무언가를 이야기했다. 비는 것 같기도 했고, 이실직고하는 것처럼 보였다.

두 사람의 대화가 끝나 갈 무렵, 원의 뒤에 쓰러져있던 남자가 비틀거리며 일어났다. 그리고는 손에 꽉 쥐고 있던 흉기를 치켜들었다. 날카로운 날이 빛을 받아 섬뜩하게 빛났다.

록이 눈을 질끈 감았다.

"안 돼!"

푸욱—

섬뜩하게 살을 가르는 소리가 희미하게 이곳까지 들렸다. 질끈 눈을 감았던 록이 숨을 멈췄다. 눈앞이 아득해지면서 손끝으로 피가 다 빠져나가는 기분이었다.

이 소리는 누구 꺼지. 원이 죽으면 어떻게 되는 거지.

록은 터질 것 같은 심장 위에 손을 댄 채 바들바들 떨었다. 그녀가 느릿하게 고개를 들었다. 남자의 흉기가 누군가의 배를 관통하고 있었다. 원과 대화를 나누고 있던 남자는 흉기로 배가 뚫린 채 피를 뿜어내고 있었다.

"흡."

록이 부릅뜬 눈으로 숨을 들이마셨다.

"으아아아악!"

흉기로 동료의 배를 찌른 남자가 비명을 내질렀다. 록은 묶인 것처럼 꼼짝도 할 수 없었다. 그 순간 원의 입술이 달싹거렸다.

'이건 네가 죽인 거야.'

원은 배가 찔려 죽은 남자를, 흉기를 든 남자에게 집어 던졌다. 뒤엉킨 남자 두 사람이 저만치 벽에서 나뒹굴었다.

건장한 남자 다섯이 순식간에 처리되었다. 심심하리만큼 압도적으로 끝난 그 싸움은, 지독하게 잔인했다. 록의 입술이 가늘게 떨렸다.

"내가, 내가, 대체 뭐랑 엮인 거야."

록이 머리를 움켜쥐었다. 원이 무서운 남자라는 건 알았지만, 이토록 지독할 줄은 몰랐다. 입 안의 침이 모조리 마른 기분이었다.

뒤를 바라보고 있던 록은 창문을 사이에 놓고 원과 눈이 마주쳤다. 그는 태연자약하게 옷을 털었다. 핏방울이 옷을 타고 또르르 흘러내렸다.

들릴 리 없건만, 느릿하게 다가오는 그의 발소리가 들리는 듯했다. 록은 짧은 시간 갈등했다.

도망칠까. 어디로? 도망칠 순 있을까. 방금 남자들에게 달려가는 속도로 봐서는 1초 만에 잡힐 텐데! 그래도 시도라도 해 보는 게 낫지 않을까?

달칵. 록의 고민이 끝나기도 전에, 문이 열렸다.

피 냄새가 확 몰려들었다. 원은 누구와 통화를 하고 있었다.

"이 지점 찍어 보낼 테니까 싹 청소해."

그러겠다는 남자의 대답을 듣자마자 그는 들고 있던 휴대폰을 주머니에 챙겨 넣었다. 그는 헐떡이지 않았다. 마치 잠시 산책을 나갔다 온 사람처럼 평온했다. 그의 손에 묻은 피가 아니었다면, 록은 자신이 꿈을 꾸고 있는 거라 믿을 뻔했다.

"인기 많던데?"

원이 아무 일 없었다는 듯 차를 몰며 말했다.

"네, 네?"

록이 바짝 굳어 되물었다. 원은 대답 대신 주머니에 넣어 둔 사진을 꺼내 내밀었다. 얼결에 받아 든 록은 자신의 사진을 보고 눈을 크게 떴다.

"난 또 내 광팬인 줄 알았는데, 알고 보니 네 팬이더라고."

"저, 저, 저요?"

록이 더듬거리며 물었다.

"용병들이던데."

"……."

"이카루를 죽이고 싶어 하는 놈들이 푼 용병이던데? 이카루 팬이 네 팬이 되었나 봐."

록이 마른침을 꼴깍 삼켰다.

"저, 저는 지은 죄가 없는데요."

"이카루의 가게에서 일한 죄가 크지. 유일하게 이카루의 최근 행적과 모습에 대해 잘 아는 사람이고."

일전의 히카 가게 폭파 사건으로, 그를 뒤쫓고 있던 사람들은 록의 존재까지 알아챘다.

"저…… 만약 제가 저 남자들한테 잡혔으면 어떻게 되는 건가요?"

"살려 달라는 말을 백만 번쯤 하다가 죽게 되겠지."

"저, 저는 정말 아무것도 모르는데요."

"아까도 말했을 텐데. 이카루의 최근의 행적에 대해 네가 가장 잘 안다고. 이카루를 죽이고 싶어 하는 애들은 이카루에 대한 자그마한 정보도 놓치고 싶지 않아 하거든. 그런데 네가 아무것도 모른다? 그럼 뭐, 분풀이로 죽일 수도 있지."

원은 남의 사소한 안부를 전하듯, 단조롭게 대답했다. 자신의 사진을 들여다보던 록의 눈이 가늘게 떨렸다.

아무래도 자신의 평화는 끝이 난 듯했다.

록이 멍한 얼굴로 원을 바라보았다. 머리를 굴리고 싶은데 아무

것도 떠오르지 않았다. 그저 어쩌다가 내 신세가 이 꼴로 되었나, 하는 생각뿐이었다.

히카를 만난 게 잘못인건지, 이 남자를 구한 게 잘못인 건지, 그게 아니면 둘 다 잘못인건지 모르겠다.

"자, 그럼 하던 이야기마저 해 볼까?"

"……."

"그러니까 보내 달라, 라고 말했지?"

원이 콕 집어 말했다. 그러나 록은 머리가 멍해져 그의 말이 들리지 않았다. 그저 방금 전 보았던 살육의 현장만 눈앞에서 뱅뱅 돌았다.

"그 생각 아직도 유효해? 네 팬들이 얼마나 열정적이고, 열광적인지 봤을 텐데?"

"……."

"대답을 안 한다는 건 긍정적이라는 건가? 나보다 그 새끼들이 더 낫다 이거지?"

그가 손끝으로 핸들을 까딱거렸다. 그는 이 상황이 몹시 마음에 안 드는 얼굴이었다.

*　　　*　　　*

록이 한 손에 목걸이를 든 채, 차에서 내렸다. 다리가 후들거려서 그 자리에 주저앉았다가 한참 만에 일어났다. 그녀는 차창에 비친 제 얼굴을 보고는 흠칫했다. 누가 봐도 몇 대 얻어맞아 넋이 나간 얼굴이었다.

대답을 안 한다는 이유로 원은 산길을 시속 200킬로가 넘게 밟아
댔다. 결국 록이 무심결에 들었던 대화의 내용을 떠올리곤 '저를 그
집에서 머물게 해 주세요! 제발 부탁드립니다! 그 집에서 안전하게
지내고 싶습니다!'라고 싹싹 빌고 나서야 시속 150킬로로 겨우 줄어
들었다.

록은 차창에 비친 제 손을 보았다. 동아줄이라도 되는 것처럼 목
걸이를 꽉 움켜쥐고 있었다. 몇 분 전만 해도 이런 목걸이 필요 없다
고 생각했는데 지금은 간절히 필요했다. 물이라도 튀어나오는 무기
라도 있어야 살 확률이 높아질 테니까.

"감사합니다."

록은 두 손을 포갠 채 운전석에서 내리는 원에게 인사했다.

"뭐가?"

원이 차에 포갠 두 팔에 턱을 대고서 물었다.

그러게. 뭐가 고마운 거지.

그녀에게 고맙다는 말은 습관적이었다. 잠시 고민하던 록이 말했
다.

"데려다주셔서요."

"여기 우리 집인데? 아니면 본인 집처럼 편안하게 느껴져?"

원이 픽 웃으며 말했다.

설마. 그럴 리가.

록은 단호하게 부정하고 싶은 마음을 눌렀다.

"음, 이 목걸이 주셔서요."

"그건 빚으로 달아둘 건데."

"그럼 그 남자들한테서 구해 주셔서요."

"그것도 빚이야."

"⋯⋯."

그래, 인생 뭐 있나. 빚 좀 지고 살면 되지.

록이 자포자기한 듯 속으로 중얼거렸다. 그렇게 생각했지만 록의 마음은 점차 무겁게 가라앉았다. 결국 록은 '모든 게 감사할 따름입니다.'라고 말했고, '긍정적이게 사네.'라는 대답을 들은 후에야 풀려날 수 있었다.

방으로 돌아온 록은 지친 몸을 침대에 파묻었다.

"하."

기가 막혀 헛웃음이 나왔다.

히카에 이어 원이라.

일생에 만나기 힘든 미친놈을 연달아 두 번 만나다니. 그것도 자신의 삶에 막강한 영향력을 행사하기 시작했다. 이제 어디서부터 잘못되었는지 스스로에게 묻기도 질렸다. 록은 시트에 얼굴을 파묻은 채 숨을 골랐다.

어떻게 해야 영민하게 대처하는 걸까.

평소 잔머리가 잘 돌아가고 처신 잘하기로 유명한 그녀지만 섣불리 대답할 수 없었다. 어쩌면 이런 상식 밖의 일에 이성적인 대처라는 게 불가능할지도 모른다.

괴로워하던 록은 결국 눈을 질끈 감았다.

　　　　*　　　*　　　*

"크리스한테 들었는데 아주 신나는 일이 있었다며?"

천이가 옷을 갈아입고 있는 원을 보며 물었다.

원이 록과 외출했다가 괴한들에게 급습을 당했다는 소문이 집 안에 파다하게 퍼졌다. 천이는 흥분했다. 원을 급습하다니 드디어 목숨이 세 개 이상인 능력자가 태어난 건가, 라며 놀라워했다.

그러다 그를 급습한 괴한 다섯이 부지불식간에 목숨을 잃었다는 소문을 들었을 때, 천이는 그럼 그렇지 라며 힘 빠진 고개를 주억거렸다.

"시시했어."

원이 급습 당한 소감을 간결하게 대답했다. 그러자 천이가 고개를 주억거렸다.

"그랬겠지. 크리스가 뒤처리 아주 깔끔하게 해 놨다고 하더라. 대체 몇 년 만에 당하는 급습이야? 옛날 생각나지? 좀 아련했겠다?"

천이가 씩 웃었다. 원은 아무 대답하지 않았다. 옷을 모두 갈아입은 그는, 거울 앞에 섰다. 원의 침묵에도 천이는 익숙한 듯 주절주절 떠들었다.

"근데 그 여자는 왜 자꾸 챙기는 거야? 정말 은인이라고 챙기는 건 아니잖아."

감성을 파는 곳이 있다면 사서 탑재해 주고 싶을 만큼 원은 이성적이고 건조했다. 과거 고통스러운 삶이 한몫했겠지만, 유전적인 이유도 있었다.

그의 아버지는 감정적인 동요가 거의 없는 사람이었다. 필요에 의한 관계, 관계에 따른 의무와 책임감만 있을 뿐이었다. 그건 부인이든 자식이든 마찬가지였다. 그런 마음으로 원을 거뒀기에, 어떤 애정이나 사랑을 표현하지 않았다.

그 핏줄을 원이 고스란히 물려받았다. 그는 어떤 결정을 할 때 감정적으로 대처하는 법이 없었다. 그런 원이 하루가 멀다하고 그 여자를 들여다보러 다니고, 챙기니 이상했다.

"록이 날 좋아하면 어떨까?"

원이 나른한 목소리로 중얼거렸다.

"미친 거지."

천이가 지체하지 않고 대답했다. 그걸 말이라고 하냐는 표정까지 잊지 않았다.

"이카루의 입장에선?"

"그야…… 아, 넌 정말."

그의 생각을 읽은 천이는 할 말을 잃었다. 이카루를 살려 둔 이유가 있었다. 하나에 꽂히면 그걸 갖기 위해 온갖 수를 다 쓰는 이카루의 성격을 이용하고 있었다.

이카루는 록에게 꽂힌 상황. 더군다나 여자에게 꽂힌 건 처음 있는 일이었다. 원이 그녀를 가지면 이카루는 더욱더 집착의 고통 속으로 떨어진다. 원이 록을 살려두는 결정적인 이유였다.

"이카루가 오늘도 열심히 따라오더군. 중간에 사라지긴 했지만. 난 정말 인자하지. 아직까지 록을 볼 수 있게 살려두잖아."

"고통스럽게 만드는 거지."

"그래도 살려두는 게 어디야."

"무서운 놈."

"별 말씀을."

원은 습관처럼 미소를 지으며, 천이를 지나쳐 갔다.

"대화 중에 어디 가?"

천이가 투덜거리듯 물었다. 원은 '길들이러.'라며 드레스룸을 나섰다. 그의 발걸음이 평소보다 가벼웠다.

*　　*　　*

옷도 갈아입지 않은 채 침대에 엎드려 있던 록은 그 자세 그대로 잠에 들었다.

처음엔 몹시 평온한 꿈이었다. 친구들과 함께 생일 파티를 하고 있었다. 눈물이 날 정도로 행복했다.

록은 친구들에게 이상한 꿈을 꿨다며 초능력 세계에 대해 설명했다.

'푸하하하. 정말 웃기다. 그게 뭐야!'

'요새 네가 피곤한가 보다.'

'그런데 그 남자가 그렇게 잘생겼든? 얼마나 잘생겼는지 궁금하다.'

친구들의 말을 들으며 록은 가슴을 쓸어내렸다.

아, 그렇구나. 나는 몹시 지겹고 어두운 꿈을 꾼 거구나.

눈물이 핑 돌았다. 악몽에서 깨어났다는 사실에 즐거워진 록은,

친구들에게 신이 나서 원의 생김새에 대해 설명했다. 외모와 풍기는 분위기까지 설명하자 친구들은 그런 사람이 어디 있냐며 그녀를 타박했다. 록은 답답했지만, 어쩔 수 없다고 생각했다. 자신의 표현력으로 원을 설명할 방법이 없었다.

친구들과 1차로 간단히 식사를 한 후, 쇼핑을 했다. 살림살이가 팍팍해 되도록 옷과 화장품을 구입하지 않았던 그녀지만, 꿈에서만큼은 거침없이 샀다.

이후 술집으로 자리를 옮겼다. 매우 익숙한 가게였다. 허름하고 낡은 가게로 들어서고 나서야 록은 이곳이 히카의 가게라는 걸 알았다. 반사적으로 록이 한 발 물러서자, 친구들이 그녀의 손목을 잡았다.

'어디 가! 예약해 뒀어! 들어와!'

'그래! 주인공인 네가 가면 안 되지.'

'아니. 난 들어가기 싫은데? 놔 줘. 난 먼저 집에 갈게. 다음에 보자. 얘들아.'

'에이. 섭섭하게 그게 무슨 소리야?'

친구들은 어마어마한 힘으로 그녀를 끌어당겼다. 록이 가게에 들어가기 싫다는 듯 그 자리에 주저앉자, 그녀들은 엄청난 힘으로 록을 번쩍 들었다. 사지가 들린 흉한 자세로 가게에 끌려들어간 록은 히카와 마주쳤다.

히카는 갑자기 그녀의 손목을 잡고서 '놔주지 않아.'라고 소리치기 시작했다. 그가 점점 자신을 삼키러 다가왔다. 두려움이 왈칵 밀려들었다.

"으, 으으, 으윽."

록이 신음을 흘리며 몸을 뒤척거렸다.

"으윽!"

록이 고통 속에 몸을 비틀다 벌떡 일어났다. 록의 얼굴이 땀으로 축축했다.

"하아, 하아."

록이 손등으로 이마를 닦으며 안도의 한숨을 흘렸다.

꿈이구나. 정말 다행이다.

록이 가슴을 쓸어내릴 때였다.

"괜찮아?"

갑작스레 낯선 목소리가 들렸다. 흠칫한 록이 고개를 들었다. 원이 침대 맡에 서서 자신을 물끄러미 바라보고 있었다.

"어⋯⋯."

지나치게 놀라니 비명도 나오지 않았다. 그저 왼쪽 가슴 위에 손을 올린 채 행동을 멈췄다.

이것도 꿈이었으면 좋겠다.

록은 간절히 바랐다. 그러나 불행히도 원은 실재했다. 그의 유난히 까만 머리카락, 섬세하게 그려진 얼굴, 다부진 체격도 그대로였다.

록은 철렁 내려앉은 가슴을 다잡으며 몸을 일으켰다.

"여긴 어쩐 일로 오셨어요?"

록은 빠르게 상황에 적응해 웃는 얼굴로 표정을 고쳤다.

"문을 두드렸는데 답이 없어서 무슨 일이 있나 해서."

"보다시피 자고 있었어요. 깊게 잠들었나 봐요. 기다리게 해서 죄송해요."

"괜찮아. 볼 만했어."

"뭐, 뭐가요?"

"이런저런 거."

"……"

이런저런 게 뭘까. 록의 표정이 미묘하게 구겨지려 했다. 자신이 잠자다 흉한 꼴을 보여 주었나 싶었다.

"걱정하지 마. 별건 아니었으니까. 자, 그럼 대화를 해 볼까?"

원이 가볍게 웃으며 자연스럽게 침대에 걸터앉았다. 꽤 가까운 거리에 록은 슬그머니 엉덩이를 뒤로 뺐다.

"무슨 대화요? 일단 물이라도 드릴까요? 잠시만요."

록이 자연스럽게 침대에서 벗어나려 움직였다. 원이 그녀의 손목을 잡아챘다.

"일단 이야기부터."

"아, 예."

록은 냉큼 자리에 앉았다. 되도록 그의 기분을 거스르지 않는 편이 좋았다.

"빚 청산을 받으러 왔어."

"버, 벌써요?"

"그럼 1년 후에 받을 줄 알았어?"

원이 웃으며 물었다.

"적어도 제가 빚을 갚을 능력이 생기면 받으실 거라 생각했죠. 아시다시피 지금은 가진 거라곤 하나도 없으니까요. 하하."

록이 어색하게 웃었다.

"그럴까 했는데 지금 받을 게 생각나서."

원의 눈이 가름하게 접혔다. 까만 초승달처럼 빛나는 그의 눈이 묘하게 야했다.

"뭐, 뭔가요?"

뭔데 그렇게 눈에서 끼를 철철 흘리니.

록은 불안했다. 슬그머니 불안한 정도가 아니라, 심장이 터질 것 같았다. 해가 저문 밤에 여자가 혼자 지내는 방에 찾아와 빚을 갚으라고 요구할 게 뭐있겠는가.

그녀는 이불이 방패라도 되듯 움켜쥐었다. 원의 시선이 바스락대는 이불에 닿았다. 록은 얼른 이불을 놓았다.

주위가 고요해졌다. 원의 시선이 느릿하게 록의 팔을 타고 올라왔다. 마침내 눈이 마주쳤다. 순식간에 주변의 공기가 사라졌다. 숨이 멎었다.

"좋아해."

나지막한 원의 목소리가 침묵을 깨트렸다. 록의 머리가 일순 텅비었다. 심장 박동도 멈췄다.

"좋아해."

그가 나지막한 목소리로 한 번 더 말했다. 이로써 록은 못 들었다거나 잘못 들었다고 생각할 수 없게 되었다. 록이 아무 말 하지 않자, 원이 다정하게 그녀의 머리카락을 쓸어 넘겼다.

"이렇게 하루에 두 번씩 나에게 말해."

"……네?"

록이 넋 나간 얼굴로 되물었다. 이건 또 무슨 신종고문이야. 록은 힘겹게 흐트러지려는 정신을 다잡았다.

"좋아, 그러니까 그 말로 빚을 갚으라는 말씀이신가요?"

차마 좋아한다, 라는 말을 하지 못해 록이 둘러 물었다.

"어."

"왜 그걸로 빚을 갚으라고 하시는지 이해가 안 돼서 그러는데 설명을 해 주시겠어요?"

질문을 하던 록은 귀를 지분거리는 원의 손길을 느꼈다. 귓바퀴를 돌아내려온 손끝이 예민하게 귓불을 건드렸다. 온몸으로 짜르르한 감각이 퍼졌다.

심장은 무서워 날뛰고, 몸은 알 수 없는 감각으로 요동쳤다. 이렇게 기절하면 좋을 텐데, 불행히도 그녀는 쌩쌩했다.

"생각해 봤는데, 우리가 친해질 필요가 있는 것 같아서."

"……"

"나는 그쪽이 몹시 마음에 드는데, 그쪽은 아니잖아. 섭섭하더라고. 난 그쪽이 날 긍정적으로 생각해 줬으면 하거든."

원이 불쌍한 표정을 지었다.

"아뇨. 저, 저도 대단한 분이라고 생각하고 있습니다. 그러니까 대단히 긍정적으로 생각하고 있어요."

원은 파르르 떨리고 있는 록의 눈끝을 바라보았다.

거짓말.

자신의 손이 닿자마자 여자의 몸이 돌처럼 굳었다. 다른 여자들처럼 알아서 파고들 거라 생각하진 않았지만, 이렇게 대놓고 거부

반응을 일으킬 줄은 몰랐다.

기분이 상해 원은 일부러 록의 뺨을 감쌌다. 그러자 록이 흠칫하더니 숨을 들이마셨다. 이후 내쉬질 않았다. 그녀의 얼굴이 눈에 띄게 희게 변해 갔다.

이러다 죽겠다 싶어서 원은 그녀의 얼굴을 놓았지만 조금 화가 났다. 원은 적당히 장난치려던 마음을 거두기로 했다.

"그래? 그럼 편하게 좋아한다고 말할 수 있겠네."

"……."

"마주칠 때마다 하면 두 번은 금방 하겠어."

"……내일만 하면 되나요?"

내일만 해도 된다면 기필코 술을 구해 볼 생각이었다. 술의 요정이 없으면 할 수가 없는 일이었다.

"아니. 우리가 친해질 때까지."

"저는 이미 친하다고 생각합니다."

록이 지체 없이 얼른 대답했다.

"그럼 오늘 여기서 자고 가도 되겠네?"

"네? 아, 그럼 침대에서 주무세요. 제가 바닥에서 자겠습니다."

"따로 잘 거면 여기서 안 자지."

"……."

록이 대답을 못 하자, 원이 픽 웃었다. 평소보다 싸한 웃음이었다.

"거봐."

"친함과 동침은 별개 같습니다만."

엄청난 위기감을 느낀 록은 평소라면 꿈도 못 꿀 말대답을 했다.

"난 같아."

"……."

"여자랑 남자가 친해지는 건 그런 거지."

"……."

"내가 여기서 편하게 자고 가도 될 만큼, 우리 사이가 가까워졌으면 좋겠어. 억지로 하기엔 내키지 않고, 알아서 네 마음이 열리길 기다렸거든. 그런 마음으로 여러 배려를 했는데, 네가 도통 반응이 없어서 말이야. 그러니까 하루에 두 번, 친해질 때까지 해."

그러니까 억지로 잡아먹으려니 내키지 않는다. 그러니 알아서 잡아먹힐 준비가 될 때까지 좋아한다는 말을 하라 이거 아닌가.

"빚 때문이라면 모, 목걸이를 바, 반납하겠습니다."

록이 덜덜 떨었다.

"네 이름 새겼다니까."

"제가 원한 게 아니잖아요."

록이 처음으로 대놓고 반항했다.

"그래? 그럼 오늘 네 광팬들로부터 구해 준 빚을 이걸로 받을게."

"그, 그건!"

"뭔가 오해하나 본데, 나는 자선사업가 아냐."

"……."

빠르게 오가던 대화가 원의 말에 의해 뚝 끊어졌다.

"네 목숨이 지금까지 유지되고 있는 이유가 뭐라고 생각해?"

그가 차가운 시선으로 물었다. 록은 잠시 입을 다물었다. 반박하고 싶지만 그의 말이 옳았다.

어쨌든 그의 도움으로 자신의 목숨이 유지되고 있었다. 그게 아니었다면 진즉에 죽었을 거다.

그렇지만 이건 아니잖아!

"다른 걸로 갚을 방법은 없나요?"

록의 자그마한 얼굴이 절박함으로 물들었다. 동그란 눈엔 어느새 눈물까지 차올라 있었다. 꽤 귀여운 얼굴이었다. 자꾸만 괴롭히고 싶어지게.

원이 픽 웃었다.

"뭐로 갚을 수 있는데? 돈? 능력? 이미 차고 넘치게 갖고 있는데?"

"……."

"그러니 난 너한테 받을 게 없어."

"……."

"그러니까 입 아프게 더 떠들게 하지 말고, 하라면 해."

그가 못 박았다.

아니, 네가 몇 마디 더 한다고 아플 입이 아니잖아. 손으로 사람 집어 던지는 게 예삿일이면서.

록은 항변하고 싶었으나 원의 눈빛이 냉담하게 바뀐 걸 알고 입을 다물었다. 성격 파탄자인 그가 자신에게 이만큼 설명해 준 것도 대단한 일이었다.

"내일 봐."

록이 고분고분하게 입을 다물자, 원의 입술이 느슨하게 늘어났다.

"여기서 더 놀다가고 싶지만 얼굴색이 안 좋아 보이네. 쉬어."

자리에서 일어난 원은 문을 열고 나가며 '내일이 기대돼서 잠이 올지 모르겠네.'라고 중얼거렸다. 아마 저 말도 들으라고 한 것이리라. 문이 닫힌 후 홀로 남은 록은 멍하게 앞을 바라보았다.

오늘 낮잠을 자기 전까지만 해도 '이 이상으로 미친 일이 생기진 않을 거야.'라고 생각했다. 그런데 그 이상의 미친 일이 일어났다.

"와, 진짜, 와, 저 새끼!"

좀처럼 욕을 하지 않는 록의 입에서 육두문자가 쏟아져 나올 때였다. 불현듯 원이 듣고 있을지도 모른다는 생각이 들었다. 그러고도 남을 사람이었다.

"……고양이 같은 분을 봤나."

살아남기 위해 현실과 타협한 록은 비참함에 베개에 얼굴을 파묻었다.

*   *   *

원이 복도를 가로질러 걸었다. 복도의 양쪽 창문에서 환한 햇살이 치고 들어왔다. 록이 온 후, 하루도 빠짐없이 걸어가는 복도지만 오늘은 기분이 조금 달랐다.

"어디가?"

지나가는 원을 목격한 크리스가 다가왔다.

"아, 하긴 네가 이 시간에 가는 곳이 하나밖에 없지. 기분이 좋아 보이네. 걸음이 가벼워 보이는 걸 보니. 좋은 일 있어?"

크리스의 말에 원은 가볍게 고개를 끄덕였다.

"나쁘진 않아."

"좋은 일은 공유하지?"

"공유할 만한 일은 없고, 물어볼 건 있는데."

"뭔데?"

"내가 새끼 고양이 같은가?"

"뭐?"

이 미친놈아?

하마터면 뒷말이 나올 뻔했다. 직설적이고 생각 없는 천이라면 곧바로 '새끼고양이가 뭔지 모르냐?'라며 비아냥댔겠지만, 크리스는 참았다. 원은 함께 일하는 동료라고 해서 봐주거나 하는 게 없었다.

"누가 그러더라. 내가 새끼고양이 같다고."

원이 즐겁다는 듯 눈이 휘어지도록 웃었다. 신이 빚어 만든 것 같은 황홀한 얼굴이 이토록 기이해 보이는 날이 올 줄은 몰랐다.

"어떤 미친…… 아니, 누가 그래? 누군지 모르겠지만 그 사람이랑 가까이 지내지 마라."

상황 판단력과 분별력이 없는 게 틀림없었다. 원은 픽 웃을 뿐, 누군지 말하지 않고 걸어갔다.

크리스는 오늘따라 유난히 가벼운 걸음걸이로 멀어지는 원의 뒷모습을 바라보았다. 이 집안에서 원이 어떤 일을 하는 사람인지 아는 사람은 아닐 거라 생각했다.

크리스가 낮게 혀를 끌끌 찼다.

* * *

똑똑.

원이 정중하게 문을 두드렸다. 잠시 기다렸지만 어떤 반응도 없었다. 원이 다시 한 번 문을 두드렸으나, 여전했다.

그는 세 번쯤 더 두드리다가 방문을 빤히 쳐다보았다. 어떤 기척도 느껴지지 않았다.

원은 방문을 열고 안으로 들어갔다. 예상대로 방 안이 텅 비어 있었다. 원은 침대로 걸어가 이불 사이에 끼여 있는 쪽지를 들었다.

산책 가요. 오늘 아침은 속이 좋지 않아서 안 먹어도 될 것 같아요.

덧. 도망친 건 절대로 아니에요. 좋은 하루 보내세요.

힘주어 쓴 글씨였다. 원은 이불 아래로 손을 쑥 넣었다. 차가웠다. 도망친 지 꽤 됐다는 걸 확인한 원이 쪽지를 반듯하게 접어 침대로 던졌다.

"숨바꼭질이라."

성격상 숨을 만한 곳을 부수는 게 직성에 풀리지만, 오늘은 기분이 좋으니 함께 놀아줄까 싶었다.

＊　　＊　　＊

"이게 무슨 고생이야."

동이 트기도 전에 방에서 도망쳐 나온 록은 숨을 곳을 찾아 헤맸다. 도무지 맨 정신으로 원에게 좋아한다는 말을 할 자신이 없었다.

더군다나 그와 친해지면 무슨 일이 벌어지는지 아는 터라 더욱더 겁이 났다. 주변을 한참 둘러보던 그녀는 숨기에 적합한 곳을 찾았다. 낡은 책이 수북하게 쌓인 서재였다.

자신을 목격할 사람이 없는 곳, 적당히 시간을 보낼 수 있는 곳의 조건이 들어맞는 장소였다. 록은 읽고 싶은 책을 몇 권을 챙겨 서재의 귀퉁이에 자리를 잡고 앉았다.

"보자. 뭘 먼저 읽을까."

록은 챙겨온 책들을 손끝으로 스르륵 긁어내리다가 한 권을 골랐다.

[인간계]

록은 책을 펼쳤다가 얼굴을 구겼다. 최신 내용으로 간디에 대해 기술되어 있었다. 무려 책 속에서 간디는 살아서 행적을 쌓는 중이었다.

"이게 대체 언제적…… 하아."

록은 한숨을 내쉬며 뒷부분을 대충 훑었다. 이 책은 인간계와 이 세계에 대한 차이가 아니라, 오로지 인간계의 역사만 담고 있었다. 그녀의 눈에는 세계사와 다를 바 없었고, 결국 다른 책을 집어 들었다. 여러 책을 펼치고 덮길 반복한 끝에 록은 마음에 드는 책을 발견했다.

……인간계를 중심으로 각기 다른 세계가 나뉘어져 있다. 인간계는 각기 다른 세계의 중심임으로, 인간계에서의 평화는 무엇보다 중요하다. 현재 인간계는 이 세계가 존재하다는 걸 모르고 있다.

인간은 겁이 많고 불안을 대비하려는 속성이 강해 그들에게 노출되지 않는 편이 좋다. 그 때문에 우리 세계에서는 인간계의 출입을 엄격히 금하고 있다.

인간계를 제외하고 초능력을 쓸 수 있는 정령을 소환할 수 있는 정령계가 있다는 사실이 확인되었다. 그러나 왕래가 불가능해 어떤 세계인지 확인하지 못했다.

다만 인간계에서 정령 소환사들을 만난 이들의 목격담에 의하면 우리들과 크게 다르지 않다는 것을 확인했다. 이 목격담으로 다른 세계들도 인간계와 유사한 사회를 유지하고 있을지 모른다는 가설에 힘이 쏠리고 있다.

정령계를 제외하고 가장 존재할 확률이 높다고 알려진 곳은 도깨비계로, 이곳 역시 거울을 통해 드나들고 있다는 가설이 제기되고 있다. 이로 인해 총 알려진 세계는……

이전에 크리스가 설명했던 부분과 많은 부분이 겹쳤다.

정령을 쓴다는 건 판타지 소설에서 나올 법한 이야기인 줄 알았는데, 실제로 존재했다니. 거기다가 도깨비까지.

그녀는 앉은 자리에서 빠른 속도로 책을 읽어 내려갔다. 그 아래엔 초능력자에 대한 내용이 기술되어 있었다.

초능력자들은 딱 하나의 초능력만 갖고 있을 수 있었다. 확실히 밝혀진 바는 없으나, 성격과 성질에 따라 초능력을 타고 난다는 가설이 우세했다.

그리고 초능력끼리 상충하는 성질이 있었다. 이를테면 '유동적 움직임'과 '단단함'의 성질은 특히 공존할 수 없는 다른 성질이었다. 초능력의 상충성질에 따라 성격이 안 맞는 경우가 많다고 했다.

한편 잘못 알려진 성질이 있는데 그것이 물과 불이었다. 불에 대립하는 성질은 모래였다.

자연현상과는 약간 다른 차이점이 있다고 되어 있었다. 능력간의 우세함의 차이가 있으나, 절대적이지 않았다. 개인의 힘과 능력이 더 우세할 경우 자신에게 불리한 능력이라도 무효화 시킬 수 있었다.

한 권의 책을 순식간에 읽은 록이 탁 소리 나게 덮었다. 개인의 능력과 성질에 따라 초능력이 타고 나는 거면, 원은 무슨 성격인거지…… 다 부수고 없애는 성질머리가 초능력으로 발휘된 건가.

록은 자신이 읽었던 책의 내용을 머릿속으로 차근차근 정리할 때였다. 스윽하고 서재의 문이 열렸다.

쿵—

서재의 문이 달칵 소리 나게 닫혔다. 소리를 들은 록은 마른침을 꼴깍 삼켰다. 책장 너머로 걸어오는 발소리가 들렸다. 록이 다리를 안쪽으로 말아 넣었다.

"좋아해."

갑작스레 터져 나온 남자 목소리에 록이 움찔했다. 지금은 누가 '좋'만 이야기해도 심장이 내려앉았다. 록은 드디어 올 게 왔구나 싶어 숨을 들이마신 채 긴장했다.

뭐라고 변명하지?

변명거리를 찾아 머리를 가열하게 굴리던 록은 눈을 감았다. 차라리 잠든 척하자. 때려 깨우진 않겠지.

아니, 때려 깨울 거 같은데. 가만, 그 힘이면 때려 깨우는 게 아니라 때려죽이는 거 아냐?

록이 눈을 번쩍 떴다. 초조하게 손톱을 깨물었다. 마땅히 좋은 생각이 떠오르지 않았다. 그러나 다행스럽게도 발소리가 더 이상 들리지 않았다.

"좋아해. 아, 이거 아닌가. 좋아해요. 아닌데. 좋아해. 좋아해? 좋아해!"

무언가를 박박 닦는 소리가 들렸다. 자세히 들으니 원의 목소리와 판이하게 달랐다. 그녀는 슬그머니 자리에서 일어났다. 세 개의 책장을 지나쳐 조심스럽게 밖을 내다보았다.

"좋아해. 이 톤이 아닌 거 같은데."

직원 유니폼을 입은 남자가 손끝을 움직이자, 책장에 놓인 다섯 개의 걸레가 동시에 움직였다.

앳되어 보이는 남자는 청소 중에 골똘히 고민에 잠겨 있었다. 그러다 청소를 멈추더니 걸레를 하나 잡아 돌돌 말더니 털썩 무릎을 꿇었다.

"좋아해!"

남자가 허공을 보며 소리쳤다. 록은 남자가 보고 있는 쪽으로 고개를 돌렸다. 그곳에는 당연히 아무것도 없었다.

아주 잠깐 '죽은 연인을 위한 고백'인가 고민했다. 그러다 그가 누군가에게 프로포즈할 준비를 하고 있다는 걸 알았다.

남자는 시무룩하게 앉아 있더니 다시 걸레를 돌돌 말아 허공에 치켜들었다.

"내 영혼의 절반을 가져! 아니, 내 영혼을 다 줄게! 가져! 난 널 위해 다 할 수 있어!"

남자가 환희에 차서 소리치자 나머지 걸레가 허공으로 치솟았다가 털썩 떨어졌다.

어느 여자한테 고백할 건지 모르겠지만, 저런 식이면 곤란할 것 같았다. 그러나 이 사실을 모르는 남자의 멘트는 도를 넘어갔다.

"난 네 거야! 태어날 때부터 그랬어! 난 뱃속에서부터 알았어! 널 만나기 위해 태어났다는 사실을!"

록은 책장을 꽉 움켜쥐었다. 손가락이 저절로 안으로 말려들려는 걸 가까스로 참았다. 그녀는 애써 모르는 척하려 했다. 그러나 록은 자신의 이곳 삶이 원하는 대로 돌아가지 않는다는 걸 잠시 잊고 있었다.

꼬르륵.

록이 서둘러 배를 움켜쥐었으나, 이미 소리는 새어 나간 후였다.

"누구세요? 거기 사람 있어요?"

남자가 깜짝 놀라 소리쳤다. 록은 눈을 질끈 감았다. 되는 일이 참 없다. 어쩔 수 없이 록은 책장 사이에서 삐쭉거리며 나왔다.

"하하. 안녕하세요."

책장 사이로 쑥 나온 록을 발견한 남자가 경계했다.

"누구세요?"

그가 걸레를 움켜쥐었다. 여차하면 집어 던질 기세였다.

"음, 저는⋯⋯."

록이 서둘러 자신의 정체에 대해 설명하려 했다.

"아! 안녕하세요."

다행히도 록이 소개하기 전에 남자는 그녀를 알아보았다. 록에 대해 직원들 사이로 소문이 파다하게 퍼졌다.

그 때문에 록을 전혀 볼 일이 없는 구역의 사람들도 그녀에 대해선 알고 있었다.

"여긴 왜 계시는 거예요? 아니, 그보다도 설마 제 고백을 다 들으신 건가요?"

남자의 얼굴이 불그스름해졌다. 동시에 걸레들이 허공에 살짝 떠올랐다. 록은 걸레가 자신에게 달려들까 싶어 한 걸음 물러섰다.

"하하, 어쩌다 보니 그렇게 되었네요. 먼저 말씀드리지만 몰래 들으려고 한 건 아니에요. 책 읽다가 소란스러워서 나왔는데 그러고 계시더라고요. 모르는 척하려고 했는데 들켰네요. 아하하."

"아, 그러셨구나."

"예. 음, 저, 그러면 마저 하시고 저는 책 보러 들어갈게요. 그리고 부탁 하나만 드리자면 제가 여기 있는 거 비밀로 해 주시면 안 될까요?"

"왜요?"

"조용히 책 읽고 싶어서요."

"네."

앳된 소년은 별다른 의심이나 경계 없이 고개를 끄덕였다. 록은 어색하게 웃으며 다시 책장 사이로 몸을 돌렸다.

"저기요. 그런데요."

그러나 한 발자국도 못 가 그 앳된 소년에게 붙잡혔다.

                    *   *   *

일이 왜 이렇게 흘러가는 거지.

록은 자신의 앞에 서 있는 앳된 소년을 보며 생각했다.

그는 유호라고 했다. 능력은 물건을 자유자재로 움직이는 건데, 10Kg이상은 움직일 수 없다고 했다.

그는 스물이 되어 이곳에서 일하게 되었다고 했다. 아버지가 이전부터 이곳에서 근무해 자연스럽게 입사할 수 있게 되었다고 했다.

그는 근무한 지 1년 만에 한 여자를 좋아하게 되었다고 했다. 그게 바로 록을 돕고 있는 야미였다.

처음의 대화는 무척 사소했다.

'야미에 대해 잘 아세요?'

록은 '잘 알지는 못해도 몇 번 대화는 나누었어요.'라고 답했다. 그때부터 대화가 물꼬를 텄다.

'야미는 어때요? 늘 그렇게 상냥하나요? 혹시 애인은 있다고 하던가요?' 등등.

이야기를 듣던 록이 '야미를 좋아하시나 봐요.'라고 하자, 유호의 얼굴이 터질 것처럼 붉어졌다.

'그, 그, 그걸 어떻게 아셨어요?'

'……이 정도 대화를 주고받았는데도 모른다면 그게 더 이상할 거 같은데요. 하하.'

'비, 비밀로 해 주세요.'

'네.'

록은 여기서 대화를 끝내고 싶었다. 대화소리를 듣고 원이 찾아올까 봐 무서웠다. 짐승 같은 감각의 소유자니 충분히 가능했다.

그러나 유호는 록을 놔줄 생각이 없었다. 1년간 끙끙 앓았던 짝사랑이 얼마나 힘들었는지 토로했다.

전전긍긍하던 록은 유호가 눈물을 보이자, 결국 도망치기를 포기했다. 이런 사람을 두고 도망치려니 마음이 불편했다. 그의 이야기를 들어 주었다. 여기까진 그럭저럭 괜찮았다.

"괜찮으시다면, 제가 고백하는 걸 봐 주시겠어요? 아무래도 남자인 저보다는 여자가 여자 마음을 더 잘 안다고 하잖아요."

이 부분에서 록은 잠시 정신이 흐려졌다.

"그러니까 저보고 고백 코치를 해달라는 건가요?"

"네!"

왜 일이 이렇게 되어 가고 있지?

록이 고개를 가로저었다.

"제가 도와줄 만한 일이 아닌 것 같아요. 제가 좋아하는 방식이 야미에게 먹힌다는 보장도 없고요."

"그래도 도와주시는 게 더 나을 것 같은데…… 역시 무리겠죠? 힘든 부탁을 해서 죄송합니다."

유호가 눈물을 그렁그렁하게 매단 채 사과했다. 그러자 주변에 놓여 있는 걸레들까지 시무룩해 보였다.

록은 마음이 약해졌다. 저렇게 사람이 좋아서 청소하다 말고 무륜까지 꿇는데.

"그만 가 보겠습니다."

"저기요."

"네?"

"별로 도움이 안 될 수도 있어요. 괜찮아요?"

적어도 '내 영혼을 가져' 따위나, '널 만나기 위해 태어났나 봐' 같은 엄마분노유발발언 같은 것만 참으면 어느 정도 확률은 있을 듯했다.

상냥하고 다정한 야미와 깨끗한 소년의 이미지를 가진 유호는 잘 어울렸으니까.

"네! 네!"

유호는 신난 얼굴로 고개를 끄덕였다. 강아지 같았다. 저도 모르게 손이 올라가려 했으나, 꾹 참았다.

"그래요, 그럼. 최선을 다해 볼게요."

록의 말에 유호의 얼굴이 금세 환해졌다.

*　　　*　　　*

30분간의 연애 강습이 시작되었다. 록은 글로 배우고 친구들의 대화를 통해 깨달은 연애 상식을 모두 풀었다. 말이 이어질수록 유호는 점차 놀랍다는 듯 입술을 벌였다.

"와, 정말 연애에 대해 잘 아시나 봐요."

"네, 뭐, 알기만 잘 알죠. 이론적으로는요."

록은 씁쓸하게 대꾸했다. 인간계에서 살 때 록에게 고백한 남자가 여럿 있었다. 먹고 살기가 빠듯해 모두 거절했지만. 물론 개중에 마음에 드는 사람도 별로 없었다. 록은 애써 떠오른 생각을 접고서 진지하게 충고했다.

"그러니까 고백할 때 상대를 부담스럽게 하지 않되, 진심이 느껴지게요. 그리고 다른 여자가 아니라 너라서 하는 고백이다 라는 뉘앙스를 풍겨야 해요."

"널 만나기 위해 태어났나……."

"아뇨."

록이 다급하게 손을 내저었다. 그러자 유호가 왜 그러냐는 듯 쳐다보았다.

"그건 부담스럽잖아요. 이런 고백은 처음이라는 듯, 정말 너라서 한다는 듯, 그렇지만 그런 메시지는 눈과 몸짓으로 보여 주고 멘트는 담백하게 진심만을 담아 던져야 해요."

"널 위해서 죽을 수도 있……."

"아뇨! 아뇨!"

록이 다시 한 번 손을 내저었다.

얘는 왜 이렇게 사랑과 목숨을 결부 지어서 말하나. 태어난 이유도 이 여자, 죽어야 하는 이유도 이 여자라니.

록은 몇 번이나 유호의 고백 멘트를 손봐 주었다.

"이렇게 하면 되겠죠?"

유호가 고친 멘트를 확인하더니 두 눈을 반짝거리며 물었다.

"네. 솔직히 말하면 확신은 못 해요. 좋은 멘트로 사람 마음을 다

가질 수 있으면 이 세상에 짝사랑 같은 건 없을 테니까요. 대신 후회 없이 잘 고백했다, 라고 생각하면 마음이 편하지 않겠어요? 그러니 가서 자신 있게 고백하세요."

"네!"

유호가 두 눈을 반짝거리며 고개를 끄덕였다. 그에게 록은 연애의 신이자, 연애교과서였다.

"정말 감사합니다."

"뭘요. 별거 아닌데요."

"저도 뭔가 보답을 해야 할 것 같은데…… 필요한 거 있으세요? 물론 없으시겠지만요. 원이 다 해 주실 테니. 좋으시겠어요. 원처럼 능력 있는 남자를 만나서요."

"네?"

대화가 이상하게 흘러가고 있다는 걸 감지한 록이 유호에게 되물었다. 그러자 유호가 되레 의아한 얼굴로 록을 쳐다보았다.

"원이랑 좋은 만남을 가지는 사이시잖아요. 그러니까 사랑하는 사이?"

"아뇨. 절대로 아닙니다."

록이 정색한 얼굴로 대답했다.

"어? 그래요? 원이 애지중지한다는 소문이 확 퍼졌던데……."

"하하. 하. 하하."

록이 허탈하게 웃었다. 그러나 그들의 오해가 이해되긴 했다. 갑작스레 원이 데려와 어떠한 대가 없이 해 주기만 하는데, 그럴 수밖에. 록은 새삼 자신이 무능하게 느껴졌다.

"절대로 아니라고 소문 퍼트려 주시겠어요? 전혀 그런 사이도 아니고, 그럴 사이도 아니라고요. 그냥 채무관계예요. 빚을 지고, 그 빚을 갚아야 하는 사이 정도요."

"아, 그래요? 그런데 오늘 크리스가 왜 찾고 다니셨지?"

유호가 중얼거리며 물었다.

"크리스가 절 찾아요?"

"네. 정확히는 크리스가 아니라 원이 찾는 것 같았어요."

"……."

"여기서 봤다는 말씀은 안 했어요. 그러니 제가 비밀을 지켰다는 사실도 비밀이에요."

유호가 쩔쩔맸다.

"그럼요. 절대로 아무 말 안 할게요. 그리고…… 좀 무리인 줄 아는데 부탁 하나만 해도 될까요?"

"네. 뭐든 말하세요. 제가 도울 수 있으면 도울게요."

유호는 걱정 말라는 듯 힘주어 고개를 끄덕였다.

*　　*　　*

"음, 좋다."

록이 베개에 얼굴을 파묻은 채 비비적거렸다. 한 시간 전, 그녀는 유호에게 부탁해 담요 넉 장을 얻었다.

두 장은 서재 바닥에 깔고 한 장은 덮고, 한 장은 둘둘 말아 베개 삼았다. 그러자 아늑한 잠자리가 마련되었다. 유호는 록이 여기서 잘 거라고 하자 의아한 눈으로 물었다.

'혹시…… 원께 무슨 잘못이라도 하셨어요?'

'아뇨. 음, 조금 복잡한 사정이 있어서요. 걱정하지 않아도 돼요.
고백 멘트는 잊지 않았죠? 오늘 잘하고 와요.'

'네!'

록이 말을 돌리자, 순진한 유호는 곧장 록의 이상행동에 대해 잊
고서 방긋 웃었다. 오늘 밤, 유호는 야미를 따로 불러 고백할 거라
했다.

"하아, 좋겠네. 고백이라니."

천장을 바라보며 중얼거리던 록은 한 사람을 떠올렸다.

그는 복학생 선배로, 머리카락이 무척 짧았으나 꽤 잘 어울렸다.
성실한 얼굴에 큰 키, 누구나 호감을 가질 법한 외모를 갖고 있었다.
학회를 하면서 제법 친해졌다. 함께 있으면 즐겁고 좋았다. 그러나
그뿐이었다.

학교를 다니면서 아르바이트를 2~3개씩 하는 그녀에게 연애는
사치이자 시간 낭비였다. 그래서 남자 선배의 고백을 거절할 수밖
에 없었다.

얼마 후, 남자 선배는 다른 여자 후배와 교제를 시작했다는 소문
을 들었다.

새삼 유호를 보니 그때의 상황이 떠올랐다. 선배도 저런 마음으
로 고백했을까.

아무리 생각해 봐도 모르겠다. 자신은 고백하고 싶을 만큼 절절
하게 누군가를 사랑해 본 적이 없으니까.

다만, 좋아하는 사람이 생기면 그 사람에게 '좋아한다'라는 고백을 하고 싶었다. 강제로 마음 없이 '좋아한다'라는 말을 하는 게 아니라.

"그나저나 오늘은…… 포기했겠지?"

록은 잠시 원을 떠올렸다. 오늘은 포기해도 내일까지 포기하진 않을 거다. 한다면 하고야 말 남자다. 그러니 내일은 '좋아한다'라는 말을 해야 한다. 갑자기 가슴이 갑갑해졌다.

"아, 몰라. 내일 일은 내일 생각하자."

록은 중얼거리며 담요를 목 끝까지 끌어올렸다. 눈을 감기가 무섭게 록은 깊은 잠에 빠졌다.

*　　　*　　　*

탁, 탁, 탁.

검지가 테이블 끄트머리를 일정한 박자에 맞춰 두드렸다. 오랜 시간 두드려 테이블 끄트머리가 움푹하게 파였으나, 원의 시선은 시계에서 떨어지지 않았다.

[12시 31분]

자정이 넘었음에도, 록의 침대는 비어 있었다.

콰직—

테이블 끄트머리가 결국 버티지 못하고 깨졌다. 원의 무감한 시선이 테이블에 닿았다.

위잉. 원의 휴대폰이 울렸다. 크리스였다.

"어."

—록을 봤다는 사람이 없어. 나간 흔적도 없고. 아마 집 안 어딘가에 숨어 있나 본데? 대체 무슨 짓을 했기에 록이 쥐새끼처럼 숨어?

크리스는 낮게 혀를 끌끌 찼다.

"록의 방에 있는 테이블 바꿔."

—왜? 얼마 전에 바꿨잖아.

"내가 방금 부쉈어."

—…….

크리스는 할 말을 잃었다.

—그래. 알았다.

겨우 대답한 크리스가 서둘러 통화를 끝냈다. 원은 휴대폰을 테이블 위에 아무렇게나 던져 놓았다. 그러고는 뚫어져라 빈 침대를 바라보았다.

"감히, 외박을 해?"

원의 입술 사이로 뚝뚝 끊어진 목소리가 서늘하게 새어 나갔다.

*   *   *

"록, 록."

저를 다급하게 깨우는 소리에, 록이 힘겹게 눈을 떴다. 유호가 제 머리맡에 쭈그려 앉아 있었다.

흠칫한 록은 이불을 목 끝까지 끌어올렸다. 흐트러진 옷차림을 다른 남자한테 보이기 민망해서였다.

"놀라셨죠? 미안해요."

유호가 두 손을 들어 사과했다.

"괜찮아요. 무슨 일이에요?"

록이 몸을 일으키며 물었다. 모처럼 푹 잔 덕에 몸이 노곤했다.

"어제 고백했어요! 궁금해 할까 봐 알려 주러 왔어요!"

"그래요?"

록이 눈을 번쩍 떴다.

"모레 야미와 함께 데이트하기로 했어요! 이게 다 록 덕분이에
요!"

"와, 잘됐네요!"

록이 유호의 등을 두들겨 주었다. 고작 여섯 살 어린데도 불구하
고 유호는 막내 동생처럼 귀여웠다.

"헤헤. 고마워요."

"그것참 다행…… 콜록, 콜록."

"사레들렸어요? 잠시만요!"

유호가 벌떡 일어나 문 쪽으로 뛰어갔다.

"아니, 저기!"

말릴 틈 없이 유호가 서재를 빠져나갔다.

괜찮은데.

유호가 물을 챙겨오는 동안 록은 자리에서 일어나 창가에 비친
제 모습을 보았다. 밤새 뒤척인 건지 머리가 부스스했다.

그녀는 머리를 한 갈래로 단정히 묶은 후 자리를 정리했다. 그사
이 유호가 헐레벌떡 뛰어와 물 한 잔을 내밀었다.

"고마워요."

"고맙긴요. 덕분에 제가 살았죠. 정말 원은 여자 복이 많은 것 같아요."

"푸흡!"

록이 잘 삼키던 물을 뱉었다. 록이 다급하게 고개를 가로저었다.

"괜찮아요?"

"괜찮아요. 원, 그러니까 그분이랑 저는 아무 사이 아니라니까요. 무서운 남자는 제 취향이 아니라서요."

록이 손등으로 입술을 닦으며 중얼거렸다.

"그래요? 정말 아무런 사이도 아닌 거예요? 서로 좋아하면서 눈치만 보는 게 아니고요?"

"절대요."

"흐음. 원이 무뚝뚝하고 일에 관해선 철두철미해서 무섭긴 하지만, 좋은 분 아닌가요."

"……뭐라고요?"

록은 제 귀를 의심했다.

이 세계의 '좋은 사람' 기준이 자신과 알던 것과 다른 건가 하는 의심이 들었다. 그게 아니라면 사람을 집어 던지는 걸 예삿일로 생각하는 사람을 어떻게 좋은 사람이라고 할 수 있는가.

거기다가 '사랑해서 동침하자'도 아니고 '친해져서 동침하자'라는 말도 막 하는데.

록이 복잡한 심경으로 유호를 쳐다보았다.

"물론 무뚝뚝하고 저희랑 이야기도 잘 안 하는 편이지만, 이만한 복지를 제공하는 곳이 없어요. 물론 원이 하는 일이 아주 살짝 거칠긴 하지만요."

"저기, 미안한데 그분이 무슨 일을 한다고 생각해요?"

"어? 록 님. 모르셨어요? 그럼 충격 좀 받으실 텐데. 뭐, 곧 알게 되실 거니까요. 사채업하세요."

"……."

"조금 무섭죠? 그래서 지하실에서 가끔 험한 일이 있긴 한데 죽이진 않으세요. 다른 사채업자들처럼 손가락을 자르거나, 그러진 않고 살짝 위협만 한다고 들었어요."

"……."

손가락 자르기 대신 죽어라 집어 던지던데.

록은 대화를 통해 유호가 원에 대해 대단한 착각을 하고 있다는 사실을 깨달았다. 그는 유호의 직업이 사채업자이며, 대단히 점잖은 성격이라고 알고 있었다.

록은 사실을 이야기하려다가 입을 꾹 다물었다. 함부로 입을 놀렸다가 지하실에 갇히는 수가 있다. 록은 씁쓸하게 웃었다.

"그래요, 뭐. 하하."

록은 말끝을 흐리며 쓰게 웃었다. 차라리 자신도 유호처럼 알고 싶다. 불편한 진실을 아는 것보다 달콤한 거짓을 아는 게 나을 수도 있으니까.

"어제 어떻게 고백했어요? 야미는 뭐래요?"

록은 유호가 가져다준 물을 홀짝거리며 물었다.

"한번 보실래요?"

유호는 신난 표정을 지었다. 그 동글동글한 얼굴이 귀여워 록은 저절로 픽 웃음이 나왔다.

거절하면 울 것 같아, 록은 한 번 해 보라는 듯 고개를 끄덕였다. 그러자 유호가 마른침을 꼴깍 삼키더니 록을 바라보았다.

"흠, 흠. 요즘 고민이 생겼어. 입맛이 없어. 청소할 때 힘도 안 나고, 초능력도 되었다가 안 되길 반복해. 가끔 멍하게 가다가 뒷마당을 다섯 바퀴 돈 적도 있어. 왜 그런 줄 알아? 네가 생각나서 그래. 눈 떠서 눈 감을 때까지 네 생각밖에 안 나. 진짜 이러다 죽겠어."

유호가 무릎을 꿇었다. 그러더니 손을 내밀었다.

"좋아해. 나랑 사귀자. 내가 잘해 줄게. 나 좀 이 병에서 구해 줘. 정말 좋아해."

절절한 고백이었다. 심금을 울리는 고백이라는 게 이런 거구나, 싶었다.

"와아."

록이 진심으로 감탄할 때였다.

"외박을 왜 했나 했더니."

책장 사이에서 목소리가 들렸다. 록이 입을 벌린 채 굳었다.

귀를 파고드는 낮고 부드러운 목소리.

록이 힘겹게 목을 들었다. 낡은 로봇처럼 끼익, 끼익 듣기 싫은 쇳소리가 나는 듯했다.

마침내 유호의 어깨 너머에 시선이 닿았다. 그곳에 팔짱을 낀 원이 서 있었다.

문소리도 안 내고 어떻게 여기까지 도착한 건지, 이젠 궁금하지

도 않았다. 저 남자라면 충분히 가능하다. 그걸 잊은 자신의 잘못이
었다.

"앗! 안녕하세요."

원을 발견한 유호가 반가운 얼굴로 고개를 숙였다. 원이 유호의
앞에 바짝 붙어 섰다. 유호가 숨을 들이마신 채 굳었다. 점잖고 다
정한 원에게서 살벌한 기세가 뻗어 나왔다.

"분명 크리스를 통해 '록을 본 사람이 있으면 그 즉시 알리라'라는
통보를 받았을 텐데, 그 말을 무시한 건 잘리고 싶다 이건가?"

"아, 아뇨. 죄송합니다."

유호의 얼굴이 순식간에 희게 질렸다.

"바, 방금 만난 거예요!"

록이 다급하게 원의 팔을 잡았다. 그가 유호를 집어 던질 것 같았
다. 그러다 원의 시선이 손에 닿았다. 그녀는 소스라치게 놀라며 얼
른 놓았다.

"방금 만난 사이에 고백을 주고받았다? 그럼 첫눈에 반했다는 건
가?"

원이 느긋한 표정과 달리 목소리엔 날이 섰다. 첫눈에 반했다라
고 대답하면 그 눈을 빼버릴 것 같았다.

록이 마른침을 삼켰다. 한눈에 보기에도 원의 인내심이 뚝뚝 떨
어지고 있었다. 저 인내심이 바닥을 치는 순간 이곳에서 한 사람은
죽어 나갈 것 같았다.

자신이야 빌어먹을 운명 탓으로 돌리면 되지만, 유호는 아니다.
자신을 돕다가 무슨 꼴이란 말인가.

자신 때문에 유호가 다치는 걸 보고 싶지 않아, 록이 없는 용기를 짜냈다.

"아뇨. 저한테 한 게 아니라 고백연습을 봐주고 있었어요. 이전부터 몇 번 오고 가면서 얼굴을 본 사이거든요. 유호가."

"이름까지 친근하게 부르는 사이네?"

원의 한쪽 눈썹이 위험하게 치켜 올라갔다. 눈치 빠른 록이 단번에 손을 내저었다.

"아, 아뇨! 그러니까 저 직원이 저를 돕는 여직원을 좋아하거든요. 그래서 그걸 돕고 있었어요. 저 직원은 아무 죄가 없어요. 그러니까…… 제 탓이에요!"

모조리 내 탓이요 기술을 시전하는 록을 보며 원은 입술에 힘을 주었다.

원의 시선이 스르륵 옆으로 흘러갔다. 유호의 얼굴은 여전히 창백했다. 원에게서 나오는 힘이 얼마나 강한지 몸소 체험한 후 질린 듯했다.

"나가."

원에게서 축객령이 떨어지자, 유호가 흘깃 록을 보았다. 그녀를 걱정하는 눈이었다.

"시선 떼고 나가."

원의 차가운 말에, 유호가 꾸벅 인사를 하곤 뒤도 돌아보지 않고 뛰어나갔다. 록은 안도의 한숨을 흘렸다.

그녀의 어깨가 느슨하게 늘어진 걸 지켜보던 원의 눈이 가늘어졌다. 그녀의 시선이 유호가 나간 문으로 향하고 있었다.

원이 한 발 다가가 록의 시야를 모조리 가렸다. 그제야 록은 원을 바라보았다. 자신의 몸을 덮는 검은 그림자에 숨이 턱 막혔다.

"아, 안녕히 주무셨어요. 하하."

록이 분위기를 부드럽게 해 볼까 싶어 친근하게 인사를 건넸다.

"아니. 안녕 못 해. 밤을 샜거든."

"하하. 어, 어쩌다가. 요즘 일교차가 커서 잠이 잘 안 오긴 하죠."

"누가 빚을 지고 도망쳤거든."

"이런. 바쁘셨겠……."

말을 하던 록이 잠시 멈추었다. 그 누가 누군지 알 것 같았다.

"빚 받으러 갔다가 밤새도록 기다려서 기분이 상당히 안 좋아."

눈에 띄게 굳은 록의 얼굴을 빤히 쳐다보며 원이 픽 웃었다.

"눈치는 있어 가지고."

원이 손으로 록의 얼굴을 감쌌다. 원의 긴 손가락이 록의 귀와 뺨의 경계선을 스르륵 타고 흘러내렸다.

부드러운 움직임에 자잘한 소름이 돋아 올랐다. 록은 도망쳐 볼까 했으나, 사방이 책장으로 에워싸져 있어 옴짝달싹할 수 없었다.

"하하, 기다리시는 줄 알았으면 기필코 방으로 돌아갔을 텐데, 제가 미처 몰랐네요. 하하. 죄송해요. 우연히 이 서재를 찾았거든요. 책을 읽다보니 밤을 샜네요. 아무래도 제가 이곳 상식이 부족하다 보니 모든 책이 다 재미있더라고요. 저기 보시면 아시겠지만, 아직 다 못 읽은 책이 가득 있어요."

책을 읽은 게 확실하다, 라는 의견을 피력하기 위해 록이 바닥에 쌓인 책을 가리켰다. 그러자 원의 시선이 흘깃 아래로 향했다.

"담요는 어디서 났어?"

원이 발에 밟히는 담요를 보며 물었다. 애먼 곳으로 불똥이 튀었다.

"바, 바, 방에 있던 거 들고 왔어요."

"아하."

원이 가볍게 감탄했다. 그러나 그는 믿는 얼굴이 아니었다. 록은 어색하게 웃으며 시치미를 뗐다. 살길은 이것뿐이었다.

그사이 원의 손가락이 뺨을 타고 내려와 목으로 내려왔다. 록은 두 배로 긴장했다.

"죽여 버릴까."

"……."

"아니면 가둬 버릴까."

"흐읍."

록이 숨을 들이켜며 바짝 긴장했다. 원의 손이 부드럽게 록의 목을 감쌌다. 한 손에 잡혔다. 부드럽고 따스한 느낌이 손바닥에 전해졌다. 방금 전까지 독하게 올라왔던 마음이 조금 가라앉았다.

"어젯밤 내내 고민했는데, 역시 그러기엔 아깝지. 우린 친해져야 할 사이니까."

"……."

"그래도 그냥 넘어갈 순 없지. 우습게 보이면 안 되잖아. 안 그래?"

"전혀, 절대로, 우습게, 보이지 않습니다."

"그건 네 생각이고, 내 생각은 좀 다르거든."

원이 픽 웃으며 대꾸했다. 록이 이자가 무엇인지 물어보려 할 때였다. 원이 록의 턱을 잡아 벌렸다. 입술이 벌어짐과 동시에 시야가 가렸다. 원의 얼굴이 코앞에 자리했다. 뜨거운 입김이 입술 새로 훅 몰려왔다. 입술 위로 뜨겁고 부드러운 느낌이 몰려들었다. 입술 사이로 뜨겁고 부드러운 무언가가 쑥 들어와 순식간에 입 안을 잠식했다. 몽글몽글한 그 느낌 사이로 야릇한 기운이 퍼졌다.

어, 이거……?

그 순간 따끔한 통증이 느껴졌다.

"읏!"

록이 얼얼한 입술을 감쌌다. 원이 혀로 제 입술을 핥았다. 록이 멍한 얼굴로 원을 쳐다보았다.

"이건 이자야. 5분 내로 방으로 돌아가. 그리고 점심 식사 시간에 늦지 말고 와."

상냥하게 웃는 얼굴로 돌아선 원이 걸어가며 손에 닿는 대로 책을 쓰러트렸다.

툭, 툭, 툭.

들어가는 내내 책 떨어지는 소리가 이어졌다. 문을 열고 나온 원은 복도 끄트머리에 숨죽이고 있는 인기척을 느꼈다. 반대편으로 가려던 원의 걸음이 그곳으로 향했다.

"히익!"

계단에 숨어있던 유호가 제 앞을 가로막은 원을 보고서 숨을 들이켰다.

원은 서늘한 눈동자로 유호를 바라보았다. 록이 제 앞에서 말도 안 되는 거짓말을 하며 이 남자를 감쌌다. 그 사실이 그를 굉장히 기분 안 좋게 만들었다.

죽여 버릴까.

원은 진지하게 고민했으나, 이내 관두었다. 이 집에서 근무 중인 사람을 죽이면 크리스가 잔소리를 할 거다. 거기다가 록은 자신을 더 무서워할 거고. 갑자기 내키지 않았다.

"이름."

"유호입니다!"

유호가 바짝 긴장한 채 대답했다.

"1시간 후에 서재 청소해. 혼자서."

"네, 네!"

원이 계단을 걸어 내려갔다. 유호가 후들거리는 다리를 주체하지 못하고 털썩 주저앉았다. 잠시 마주 서서 이야기를 나눴을 뿐인데 진이 빠졌다.

정확히 1시간 후, 서재 청소를 하러 간 유호는 쏟아져 엉망진창이 되어 있는 책을 보곤 절망했다. 책을 제자리에 꽂는 일은 초능력으로 할 수 없는 일이었기 때문이었다.

"날 새겠네."

유호가 한숨을 내쉬었다.

*　　*　　*

록이 우울한 얼굴로 침대의 이불보를 바라보았다. 자신의 입술에 손을 가져다 댄 록은 긴 한숨을 내쉬었다.

그녀는 강제로 첫 키스를 당한 후 넋이 나갔다. 물론 첫 키스에 대한 환상이 있진 않았다.

다만, 이렇게 허술하게 빼앗길 줄은 몰랐다.

'정신을 차려 보니 입술이 물려 아프다.'가 첫 키스의 감상이라니.

더군다나 상대가 심우원이었다.

"후우. 좋아하는 사람이랑 하고 싶었는데……."

록이 다시 한 번 한숨을 내쉬었다. 우울한 얼굴로 고개를 든 록은 시계를 확인하곤 더 절망했다. 점심시간이 코앞이었다. 이번 점심시간까지 늦으면 입술을 아예 다 뜯겠다고 덤빌지 모른다. 마지못해 몸을 일으킨 록이 장롱으로 걸어갔다.

"나한테 왜 그러냐, 진짜. 내가 뭘 그렇게 잘못했다고. 나를 좋아하는 것도 아니면서. 쭉쭉빵빵 예쁜 언니들도 많을 텐데 왜 나한테……."

록이 우울하게 중얼거리며 옷장을 열었다.

직원들이 가득 채워놓은 옷을 스윽 바라보던 록은 가장 펑퍼짐하고 섹시함을 어필하지 않는 옷을 골랐다.

옷을 갈아입은 록은 무거운 발걸음을 움직였다.

체크무늬 바닥에 흰색 테이블이 놓여 있었다. 크리스와 천이가 가벼운 얼굴로 대화를 나누고 있었다.

"정보 훔쳐간 새끼는? 잡았어?"

천이가 묻자, 크리스가 대답했다.

"잡았지. 그럴 줄 알고 가짜 정보를 놔뒀는데 그 미끼를 덥석 물다니. 우리를 얼마나 허술하게 본 건지."

이후 정보를 훔치려다가 걸린 타국의 첩자를 어떤 방식으로 처리할 건지에 관한 살벌한 논의가 오갔다.

록은 등줄기에 땀이 흘러내리는 걸 참으며 조용히 자리에 착석했다. 그들은 록이 오는지 마는지 신경 쓰지 않았다.

그녀는 애피타이저로 나온 죽을 물끄러미 바라보았다. 자꾸 깨물린 입술이 신경 쓰였다.

개한테 물린 거다. 그래, 그냥 그렇게 믿자. 길 가다가 인간만큼 큰 개한테 물린 거다. 이건 키스가 아니라 사고다. 얼굴 전체를 안 물린 게 어디야?

록이 머릿속으로 세뇌를 할 때였다.

"록, 입술이 왜 그래?"

천이가 불쑥 물었다.

"개한테 물려서 그래요."

딴 곳에 정신이 팔린 록이 무심결에 대답했다.

"개?"

"네. 개요. 엄청 잘생겼는데, 성격은 빌어먹게 더럽……."

자기가 무슨 소리를 하는 줄도 모른 채 죽만 휘젓던 록이 멈칫했다. 그러다 하얗게 질린 얼굴로 고개를 들었다. 크리스와 천이가 무슨 소리를 하냐는 얼굴로 빤히 쳐다보고 있었다.

"꿈꿨어?"

천이가 비죽이 웃으며 고개를 갸웃거렸다.

"아뇨, 저기."

록이 정정하려 했으나, 그들의 관심은 이미 록을 떠났다.

개 주제에 엄청 잘생겼대, 근데 성격이 빌어먹게 더럽다니, 우리가 아는 놈이랑 닮았네, 등등 그들이 대화를 나누었다.

록이 끼어들려고 해도 끼어들 수가 없었다. 그사이 원이 식당으로 걸어왔고, 천이는 곧장 원에게 물었다.

"원, 우리 집에 개 있냐?"

"그건 집을 관리하는 크리스가 잘알지. 그건 왜?"

원이 다가오며 되물었다. 그러자 천이가 천진난만한 얼굴로 말했다.

"록이 그러던데. 개한테 입술 물렸다고."

"아뇨! 제가 물었다고요! 제가 저를 물었다고요!"

록이 살고자 다급하게 소리쳤다. 그러나 이미 원의 차가운 시선이 록에게 못 박혔다.

어쩜 좋아.

록이 입술을 꽉 깨물었다. 저절로 눈에 눈물이 고였다. 원이 당장이라도 다가와 자신을 집어 던질 것 같았다. 그러나 그런 예상을 깨고, 원은 느긋하게 자리에 앉았다.

"개는 없지."

그가 우아한 자세로 스푼을 들었다.

"잘못 말했어요! 제가 저를 물었어요!"

록이 목숨을 걸고 항변했다. 그제야 록의 말을 들은 천이가 고개를 끄덕였다.

"아아, 록이 잘못 말했대. 난 또. 어? 근데 왜 방금 엄청 잘생기고 성격 더러운 개한테 물렸다고 한 거야? 본인을 그렇게 생각하고 있던 거야? 개같이?"

의외로 기억력 좋은 천이 때문에 록이 마른침을 삼켰다.

"제, 제가 그랬나요? 그런 헛소리를 하다니. 잠이 덜 깼나 봐요. 하하."

"그래? 난 또 재미있는 일이 있나했지."

천이가 무심히 죽을 휘휘 내저었다. 원이 식탁에 앉은 후, 식탁엔 정갈한 식사가 차려졌다. 록은 원의 눈치를 흘깃 살폈다.

"그래도 조심해."

침묵을 깨는 원의 말에 록이 눈을 슬쩍 크게 떴다. 그가 느릿하게 고개를 돌리더니, 록의 입술을 빤히 바라보았다. 록이 슬그머니 입술을 말아 넣는 걸 보며, 원이 말했다.

"혹시 알아? 네 눈에만 보이는 그 개가 미쳐서 잡아먹겠다고 달려들지."

원의 말에 록은 웃지도 울지도 못하는 얼굴로 아하하, 하고 어색하게 웃을 뿐이었다.

*   *   *

식사하는 내내 원은 크리스, 천이와 대화를 나누느라 록에게 관심을 두지 않았다. 그녀는 도저히 알아들을 수 없을 만큼 복잡한 대화가 오갔다.

어느 나라의 어느 구역에 내전이 일어날 것 같다는 둥, 초능력자들이 비정상적으로 많이 태어나는 위치에 대한 토론이 이어졌다.

그래서 록은 모처럼 평온하게 식사를 할 수 있었다. 자신의 몫으로 나온 모든 음식을 모두 다 먹었다. 그녀는 흡족한 얼굴로 티슈로 입가를 깔끔하게 닦았다.

"다 먹었네?"

어느새 원이 록을 쳐다보며 말했다.

"네. 맛있게 잘 먹었습니다."

록은 흠칫했지만 내색하지 않고 웃었다. 새삼 입술이 따끔거리는 기분이 들었다.

"다행이네."

"네. 저는 그만 가 보겠습니다. 말씀 나누세요."

록이 의자를 뒤로 밀었다.

툭―

무언가 부딪치는 소리가 났다. 록은 고개를 갸웃거리며 의자를 좀 더 힘껏 뒤로 밀었으나 꼼짝하지 않았다.

고개를 돌린 록은 제 의자를 막고 있는 긴 다리를 보았다. 발 하나로 의자를 막고 있었다.

"그냥 가게?"

"제가 뭔가를 해야 하나요? ……아!"

록이 얼른 자신이 먹은 접시를 차근차근 포갰다.

"뭐해?"

"뒷정리요."

"내가 말한 게 그게 아니라는 걸 알 텐데?"

아, 이거 안 먹히네.

록이 삐쭉거려지려는 입술을 꾹 참았다.

"할 말 있다며. 나한테."

"아."

원이 콕 집어 말하고서야 록은 기억나는 척 연기를 했다. 록은 마른침을 삼켰다. 어쩔 줄 모르는 록을 보던 원이 싱긋 웃었다.

"일어나서 하려고? 편할 대로 해."

원이 의자에서 발을 뗐다. 그러고는 발끝으로 의자를 툭 건드렸다. 의자가 뒤로 훅 밀려났다. 엉겁결에 자리에 선 록은 한숨을 내쉬었다.

그녀는 고개를 슬쩍 돌려 원을 바라보았다. 그가 팔짱을 낀 채 이곳을 빤히 쳐다보고 있었다. 햇빛이 타고 흘러내리는 수려한 외모가 아름다웠다. 슬쩍 끌어올린 입꼬리와, 가느스름하게 뜬 눈이 여유로웠다.

그래. 저건 마네킹이다. 마네킹이야. 엄청 잘생긴 마네킹. 마네킹인데 성격이 왜 저따위지?

세뇌가 점점 비극에 달했다. 록은 마른침을 삼킨 후, 주먹을 불끈 쥐었다. 숨을 깊게 들이마신 후, 비장하게 외쳤다.

"좋.아.해.요."

마침내 록의 입에서 고백이 흘러나왔다. 제 입에서 나왔음에도 타인의 목소리처럼 생경했다. 동시에 소름이 끼쳐 귀 뒤를 박박 긁어버리고 싶은 기분이 들었다.

식당 안이 고요했다. 의자를 뒤로 젖혀 까딱거리던 천이 그 상태 그대로 멈췄다. 크리스 또한 제 귀를 의심하는 얼굴이었다.

"방금 '전화해요'라고 말한 거 맞지? 아니면 '저리 가요'라고 한 거야?"

크리스는 자신이 잘못 들은 게 확실하다는 얼굴로 물었다.

"아니지."

그러자 천이가 격하게 고개를 가로저었다.

"그럼?"

"좆같아요, 라고 한 거야. 확실해. 내가 들었어."

천이가 확신한다는 듯 정색한 얼굴로 말했다.

"아, 그게 더 현실적이네."

크리스가 고개를 주억거렸다.

"그래. 쟤가 원한테 할 말은 그것뿐이지. 살려났더니 여기까지 끌고 와 감금시키는 놈한테 할 말은 저것밖에 없지."

천이가 확실하다는 듯 다시 한 번 고개를 끄덕였다.

"그렇긴 한데, 설마 그 말을 원이 얼굴 보면서 하는 놈은 없잖아. 죽으려면 곱게 죽지, 굳이 개죽음을 당할 필요 없잖아. 원이 성격이야 빤한 거니까. 안 그래?"

크리스가 뭔가 석연치 않다는 얼굴로 원에게 물었다.

"뭐라고 한 건지는 본인한테 직접 물어봐."

원은 가볍게 웃으며 턱짓으로 록을 가리켰다. 크리스의 금색 눈동자가 록을 향했다.

록은 '그냥, 뭐. 제가 할 말이 뭐가 있겠어요. 하하.'라고 말을 아꼈다. 그러자, 크리스가 얼굴을 찌푸렸다.

"대체 뭐라고 한 거야? 설마 좋아해요 따위의 말은 아니지?"

그들에게는 '좋아한다'라는 말보다 '좆같아요'라는 말이 더 현실적인 듯했다. 그러나 이대로 뒀다간 원까지 오해할 것 같아, 록이 고개를 가로저었다.

"아뇨. 조, 좋아한다고 한 거예요."

"아, 저런."

크리스가 짧게 탄성을 내지르며 고개를 가로저었다. 천이는 '하, 미쳤군. 내보내야겠어. 아니면 병원으로 보내든지.'라며 덩달아 고개를 가로저었다.

그들은 록을 향해 불쌍하다는 시선을 거두지 않았다.

그러지 마. 이미 나도 내가 불쌍해.

"어쩌다가?"

천이가 혀를 끌끌 차며 물었다.

"그러게요."

록은 체념한 얼굴로 대답했다.

"원이 잘생기긴 했지."

"그래. 드문 외모지. 성격도 드물어서 그렇지. 힘도 드물지. 마을 하나쯤이야 가뿐히 없애버리니까."

그들은 록이 원의 화려한 외모에 넘어갔다고 생각했다. 록은 그들의 오해를 풀 힘이 없었다. 대신 원을 바라보았다. 이왕 이렇게 된 거 하루치는 다 해야겠다는 생각이 들었다.

"좋아해요."

"알아."

"……."

"방금 말했잖아."

원이 웃자, 눈이 가느스름해졌다. 느슨한 움직임에선 여유로움과 평온함이 가득했다. 깨끗하고 선량한 청년의 얼굴을 한 그를 보던 록은 숨을 들이마셨다. 성격만 좋았다면, 좋아했을지도 모르겠다는 생각이 들었다.

"그럼 저는 이만 가 볼게요."

록이 슬그머니 뒷걸음질을 쳤다. 원이 잡을세라 재빠르게 식당을 빠져나온 록은 곧바로 방으로 향했다. 복도를 향해 자박자박 걸어가던 걸음이 점차 빨라졌다.

"으흑!"

록이 부끄러움을 견디지 못하고 두 손에 제 얼굴을 파묻고 있는 힘을 다해 달렸다. 마침내 방에 도착한 록은 문부터 걸어 잠갔다. 원이 오는 것을 사전에 차단할 생각이었다.

"흐아!"

록이 침대에 벌러덩 드러누웠다. 십 년 묵은 피로감이 느껴졌다. 천장을 멍하게 바라보던 록은 이불을 꽉 움켜쥐었다. 그러고는 이불을 걷어차기 시작했다.

"내가 미쳤지! 좋아해요는 무슨! 으흑!"

누가 들을까 봐 록은 비명을 속으로 꾸역꾸역 삼켰다.

따르릉— 따르릉—

올드한 벨소리에 록이 흠칫하며 몸을 일으켰다. 록의 머리가 이리저리 삐쭉 솟아 있었다. 그것이 창가에 훤히 비쳤지만 록은 아랑곳하지 않았다. 정신이 미칠 지경인데, 머리 스타일쯤이야.

"여보세요."

록이 전화기를 귀에 가져다 댔다.

—나야.

전화기 너머 부드러운 목소리가 귀를 감쌌다. 낮고 고요한 목소리. 무슨 말을 하든 믿어버리고 싶은 목소리였다.

그러나 록은 이 목소리의 주인이 누군지 곧바로 알아채곤 흙빛이 되었다.

"……네."

—안 반갑나 봐.

"방금도 봤잖아요. 하하."

—섭섭하네. 난 방금 헤어져도 반가운데?

"……아, 네. 네. 갑자기 저도 반갑네요."

이제 자동반사적으로 거짓말할 수 있게 되었다. 록의 말에 원이 가볍게 웃었다.

—못 한 말이 있어서. 고백은 1일 3회, 8시간 간격으로 해 줘. 자정부터 자정까지 세 번만 하면 돼. 시작은 오늘부터.

"네? 8시간 간격이요? 아니. 하루에 두 번이라면서요."

—세 번이 좋겠어. 두 번은 너무 적어서.

"……."

록은 하마터면 욕을 뱉을 뻔했다. 심호흡으로 가까스로 참은 록이 조용히 물었다.

"그럼 아까 제가 두 번 말한 건……."

—한 번으로 치는 거지.

"……."

─하루에 세 번 잊지 마.

"아니, 무슨 고백이 식후 디저트도 아니고 이렇게 강제로 막 하시면…….

울컥한 록이 웅얼거리며 반항했다.

─어떻게 알았어? 나한테는 식후 디저트인데. 안 들으면 식사를 마친 기분이 안 들어.

"……."

미친놈인 줄은 알았지만, 이토록 타고 난 미친놈일 줄이야. 거기다가 미친놈들이 으레 그러하듯 종잡을 수도 없다. 제일 무서운 건 이런 놈이 잘생기고, 돈도 많고, 힘도 세다는 거다.

이 세계는 어찌 돌아가려고 이러는 건가. 이곳의 신도 무정하지.

─기다릴게.

돌아온 목소리는 치명적으로 달콤했다. 느슨하게 웃고 있을 모습이 자동적으로 떠올랐다.

"저기요."

─원이라고 불러.

그렇게 다정하게 부르고 싶지 않아.

록이 입을 꽉 다물었다.

─어서.

원이 다정하게 채근했다. 록은 울고 싶어졌다.

"워, 원."

─응.

"혹시 편지는 안 되나요?"

그 얼굴을 보고 직접 말하느니, 편지를 써서 주는 게 낫겠다 싶었다.

—아아, 러브레터?

아니. 그렇게 말하지 마.

록이 얼굴을 와락 찌푸렸다.

—난 직접 듣는 걸 좋아해서.

"그럼 통화로 하는 건요?"

—그것도 곤란할 것 같은데. 네가 어떤 새끼를 앞에 놓고 그런 말 할지 모르잖아. 안 그래?

"……아, 예."

그럼 그렇지.

통화를 마친 후 록은 끊어진 전화기를 멍하게 바라보았다.

아무리 노력해도 원이 무슨 생각인지 모르겠다. 수많은 정보를 관리한다는 건 그만큼 머리가 비상하다는 건데. 그럼 머리 좋은 미친놈이라는 건가. 더 우울하다.

록은 기절하듯 침대에 드러누웠다. 원과의 통화는 열 시간의 육체노동보다 더 힘든 것 같다.

4장

원은 모니터에 떠 있는 정보를 스윽 훑었다. 내전이 일어난 나라에 대한 정보였다.

내전 중인 정부가 그들에게 무기와 반정부군의 정보를 사고 싶다고 연락해 왔다.

그날 오후, 반정부군에게도 요구가 왔다. 정부군의 정보와 그들이 주력으로 사용하는 무기에 관한 내용을 팔라는 것이었다. 요구 조건은 반정부가 좋았으나, 반정부군이 그 금액을 제대로 지불할 수 있을지 확인해 볼 필요가 있었다.

삼백장의 정보를 보는 데 1시간도 채 걸리지 않았다.

"어떻게 생각해?"

크리스가 원이 넘긴 자료를 건성으로 훑어본 후, 천이에게 넘겼다.

"오늘밤까지 기다려 보고 정부군에게 팔아."

"역시."

크리스가 같은 생각을 했는지 고개를 끄덕였다.

"왜? 조건은 반정부 쪽이 훨씬 좋은데? 그리고 반정부 쪽도 무기 거래할 만큼 재력이 되는데?"

이해를 못한 천이가 얼굴을 찌푸리며 물었다.

"오늘 밤, 정부군이 반정부군의 우측을 침공한다는군."

"근데? 우측은 별거 없잖아. 그래 봐야 허허벌판인데."

"그 들판 지하에 그들이 거래하는 대량의 마약이 있거든. 그걸로 무기 자금을 댈 수 있다고 하는 것 같은데, 오늘 밤 폭발하면 다 끝이잖아."

"……그런 정보는 없는데?"

천이가 정보를 한 번 더 살펴보며 얼굴을 찌푸렸다. 앞으로 훑고, 뒤로 훑고, 혹시나 해서 옆으로 보기까지 했지만 아무것도 없었다. 나만 모르는 비밀이 있나. 울컥한 천이가 원을 노려보았다.

"내가 니들보다 좀 멍청하다고 없는 말 지어낸 거지?"

"있었어. 1년 1개월 전에 A—35파일에 23쪽. 판다 들판 아래에 농부로 가장한 이들이 마약을 모으고 있다."

"……그게 기억나냐?"

천이가 질린다는 얼굴로 크리스와 원을 번갈아 보았다.

"그럼 기억 안 나?"

크리스가 묻자, 천이가 울컥했다. 그가 들고 있던 종이를 화르륵 태워 없애더니 눈을 뾰쪽하게 떴다.

"야! 내가 정상이야! 니들이 비정상이고! 지금 니들이 다수라고 나를 이상하게 보는 모양인데 보통은 1년 2개월 전에 본 파일 같은 거 기억 못 하는 게 정상이라고!"

"1년 1개월. 정확히 1년하고도 28일 전이지."

크리스가 차분하게 정정해 주자, 천이가 악하고 소리 질렀다.

둘의 대화에도 원은 아랑곳하지 않고 벽에 걸린 시계만 바라보고 있었다. 11시 28분이었다.

"자정이 되어가네."

자신이 화를 내든 말든 날뛰든 말든 전혀 아랑곳하지 않는 원을 보며 천이는 질린다는 표정을 지었다.

결국 천이는 '나도 두뇌개발할 거야!'하고 뛰어나갔고, 크리스는 고개를 절레절레 흔들었다. 원은 턱을 괴고서 시계를 주시했다.

11시 32분.

자정까지 얼마 남지 않았다.

들을 고백이 아직 남아 있는데.

원의 입술이 느슨하게 늘어났다.

*　　*　　*

"록한테 무슨 짓을 한 거야?"

천이가 내팽개치고 간 서류를 챙긴 크리스는 그것을 소각시키며 물었다.

"무슨 짓을 한 것처럼 보여?"

원이 빙긋 웃으며 물었다. 크리스가 원을 쳐다보았다.

얼굴만 수려한 놈. 본성을 보지 않았다면 저 멀끔한 미소에 속았을 거다.

"록 입술, 네가 그런 거지? 그건 그렇다 치고, 무슨 짓을 했기에 널 보고 좋아한다고 해? 그 겁 많은 성격에 널 좋아할 리가 없을 텐데. 설령 좋아한다고 해도 우리가 있는 데서 당차게 고백할 성격은 아니잖아?"

크리스가 알지 않느냐는 식으로 물었다.

록은 눈치가 빠르고, 자신의 심신에 문제가 될 짓을 일삼지 않으려 애썼다. 더욱이 현명하게도 행동거지를 바르게 해서 일하는 사람으로부터 신망을 얻고 있었다.

그런 여자가 갑자기 다른 남자도 아니고 원에게 '좋아한다'라고 고백하다니. 있을 수 없는 일이다.

정말 미쳤거나, 원이 중간에서 비상한 머리로 쓸데없는 수작을 부렸다고 밖에 볼 수 없었다.

"길들이는 중."

"그래서 강제로 고백시키는 중이다?"

"말엔 힘이 있으니까."

같은 말을 반복하면 그대로 이루어지는 힘이 있다. 원은 그 힘을 믿었다. 그래서 그는 자기 전에 이름을 한 번씩 생각한 후 잤다. 꼭 잡아 죽여야 할 새끼들의 소중한 이름이었다.

"세뇌시키겠다는 거네."

크리스가 꼰 다리를 건들거리며 중얼거렸다. 마뜩잖은 표정을 짓는 크리스를 원이 물끄러미 바라보았다.

"왜?"

"좀 불편해서. 좋은 애 같은데 당하는 거 같아서 마음이 편하진 않아."

"그런 놈이 폭탄으로 사람 머리를 날려?"

"그건 미친놈들이니까. 선량한 사람한텐 안 그래. 그럴 이유도 없고."

크리스가 얼굴을 찌푸렸다.

"혹시, 록한테 관심 있어?"

원은 웃고 있었으나, 어딘가 서늘했다. 크리스는 본능적으로 위험을 감지했다. 이 물음에 자신의 팔 하나가 걸려 있다는 그런 위험을. 아무리 재생이 된다지만 고통을 느끼긴 마찬가지였다.

"관심 없으니까 그만 웃지? 소름 끼쳐."

"그래? 다행이네."

원이 쥐고 있던 주먹을 살짝 풀었다. 크리스는 자신의 감이 맞았음을 깨닫고 낮은 한숨을 내쉬었다.

원은 세상 대부분의 것에 무관심했다. 일례로 이 집에 있는 값비싼 물건을 가지고 나가 술을 진탕마시고 수십 명의 여자와 자더라도 신경 쓰지 않을 것이다.

다만, 그가 눈여겨보고 있는 무언가를 건드리면 그땐 돌변했다. 그게 설령 쓰레기라고 할지라도 말이다.

크리스는 록이 원에게 그런 존재가 되었음을 알았다. 죽여야 할 놈 말고 사람에게 이토록 집착하는 일은 처음이었기에 의외였지만,

히카에게 맺힌 한을 생각하면 그럭저럭 이해가 갔다.

"설마 록을 죽일 건 아니지?"

"그건 내가 알아서 해."

그러니 신경 끄라는 경고.

크리스는 고개를 절레절레 흔들며 원의 서재에서 나섰다. 크리스가 나간 후, 원은 닫힌 문을 바라보았다. 달려오는 누군가가 느껴졌다.

처음 원은 록의 감을 익히기가 몹시 곤란했다. 원이 느끼는 감각은 상대의 초능력 느낌이었기에, 초능력이 없는 록은 원에게 공기와 비슷했다.

그렇다고 육체적으로 강해서 짐승 같은 감으로 읽을 수 있는 상대도 아니었다. 살의도 없어서 더더욱 곤란했다. 그나마 록이 착용하고 있는 목걸이 덕에 그녀의 기운을 감지할 수 있게 되었다.

그런데 왜지. 이젠 웬만한 초능력자들보다 그 기운이 더 잘 느껴진다.

원이 고개를 비스듬히 기울였다. 급하게 달려오던 누군가가 서재를 거칠게 열어젖혔다.

"좋아해요!"

록이 악을 쓰듯 비명을 내질렀다. 자다 깼는지 헝클어진 머리카락, 부스스한 잠옷차림, 이 구역 미친 여자라고 표시하는 듯한 꼴에 원은 픽 웃었다.

어지간히 다급했던 모양이었다.

원이 시계를 바라보았다.

12시 1분.

"헉, 헉. 헉."

숨을 몰아쉬던 록의 얼굴이 희게 질렸다. 보고도 믿기지 않는지 손으로 눈을 슥슥 비볐다. 다시 시계를 본 록은 절망적인 얼굴을 지었다.

록이 울 것 같은 얼굴로 원을 흘깃 바라보았다. 그녀의 발이 움찔했다. 도망을 칠까 말까 고민하는 행동이었다. 그러다 포기했는지 자신을 보며 입술을 달싹거렸다.

"……1분만 깎아주세요."

시간 흥정을 시작하는 록을 보며 원은 픽 웃었다. 가끔 이런 의외의 모습을 보일 때가 있는데, 그럴 때마다 재미있었다.

자리에서 느릿하게 일어난 원이 록에게 다가갔다. 그녀의 코앞에 선 원이 팔을 뻗었다. 록은 눈을 질끈 감았다. 맞을 거라는 예상과 달리 문이 닫혔다.

"내 시간은 금이야."

"무슨 일이든 해서 1분에 해당하는 금값만큼 벌게요."

"내 시간은 1분당 금괴 10개쯤 되는데. 벌 수 있겠어?"

"1분이 그렇다고요?"

이 사기꾼아!

록의 몸이 부들부들 떨렸다.

"집중하면 1분 만에 서류 10장을 외울 수가 있어. 난 그 시간을 고스란히 잃었고."

"그런 귀한 시간 말고, 음. 아침에 일어나서 기지개를 켜는 시간

쯤으로 하죠. 해도 되고, 안 해도 되는 기지개를 하느라 흘린 시간."

어지간히 마음이 급했는지 록은 평소라면 안 할 말대꾸를 꼬박꼬박했다.

원은 헝클어진 록의 머리카락을 쓸어 넘겼다. 부드러운 머리카락이 손가락 사이로 스르륵 빠져나갔다. 그 느낌이 기분 좋아 원의 표정이 편안하게 풀렸다.

록이 낯선 스킨십에 움찔했지만, 피하진 않았다. 이런 면에서 록은 현명했다. 자신의 손을 피한다거나, 왜 이러세요 같은 말로 자신을 자극하지 않았다. 말대답도 선을 넘지 않았다.

"그럴까, 그럼?"

원의 물음에 록의 눈빛이 반짝했다. 원은 웃음이 터지려는 걸 참았다.

이렇게 실시간으로 반응해 주는 것도 재미있었다.

히카가 왜 록에게 집착했는지 이젠 조금 알 것 같았다.

원이 록의 머리카락을 귀 뒤로 쓸어 넘기다, 그녀의 귀를 만졌다. 록이 움찔했다. 이러한 소소한 반응이 꽤 재미있다.

"아무래도 그건 무리일 것 같은데."

원이 곤란하다는 듯 말하자, 록이 노골적으로 실망한 표정을 지었다.

"그럼 어떻게 하면 될까요?"

"시키는 대로 할래?"

네, 라고 대답하려던 록이 멈칫했다. 무슨 명령인지 모르게 따르는 것만큼 위험한 게 없다.

"이, 일단 먼저 들어보면 안 될까요?"

"네가 내 말을 거절할 때 생기는 일부터 설명해 줄게. 물리게 될 거야. 이 상처랑 똑같은 상처를 옆에 남길 거거든. 만약 네가 내가 시키는 대로 한다면 이것보단 덜 힘들 거야."

원이 상냥하게 말하며 손끝이 록의 입술 끄트머리를 어루만졌다. 이미 아물어서 아플 리 없건만, 록은 흠칫하며 얼굴을 찌푸렸다. 그때의 통증이 떠오른 탓이었다.

또 깨물린다고?

록이 심각한 얼굴로 원을 바라보았다. 록의 머리가 가열하게 돌아갔다. 어느 쪽이 자신에게 유리한지 파악하려기 위해 안간힘을 썼으나 모르겠다.

하나의 패는 입술이 깨물린다.

또 다른 하나는 미지의 패다.

록은 미지의 패를 선택하려다 멈칫했다. 원의 꼬여 있는 성격을 생각해 보자면 쉽게 좋은 패를 줄 리가 없다. 이건 함정이다. 록은 고민 끝에 울먹거리는 얼굴로 아랫입술을 쭉 내밀었다.

"뭐야, 이건?"

원이 물었다.

"깨무세요."

"……."

"이왕이면 지금 상처나 있는 곳은 피해 주시고요. 아! 그리고 두 개는 안 돼요. 딱 하나만 내셔야 해요. 1분 늦은 거니까요."

록은 상세하게 상처를 내야 하는 범위를 설명한 후 눈을 질끈 감았다. 주먹을 불끈 쥔 록의 눈썹이 정신없이 꿈틀거렸다.

"하—"

원이 기가 막히다는 듯 웃었다. 초능력자의 수명은 웬만한 인간보다 길다. 거기다 직업상, 숱한 인간을 봐 왔지만, 이런 부류는 처음이었다. 종잡을 수가 없다.

원의 시선이 불룩하게 나와 있는 록의 아랫입술에 닿았다.

이걸 물라니. 내가 진짜 개로 보이나 보지?

원의 얼굴에서 웃음기가 서서히 사라졌다. 원은 손을 뻗어 록의 뒷목을 끌어당겼다. 그러고는 고개를 숙여 록의 아랫입술을 쪽 소리 나게 빨았다. 그러자 록이 흠칫하며 어깨를 굳혔다. 뒤로 물러나려는 걸 움켜쥔 채 입술 안으로 혀를 밀어 넣었다.

"훗!"

록이 긴장하는 게 온몸으로 느껴졌다. 원은 능숙하게 록의 긴장을 풀어 주었다. 뻣뻣하게 굳어 어쩔 줄 모르는 혀를 달래고, 입 안의 여린 구석을 훑어 늘어지게 만들었다. 원이 그녀의 다리 사이로 자신의 다리를 밀어 넣어 고정시킨 후, 빈틈없이 록을 파고들었다.

"음."

록이 짤막한 소리를 내자, 원이 멈칫했다. 그가 눈을 번쩍 떴다.

"웃!"

키스가 마칠 즈음, 록이 비명을 내질렀다. 그녀가 손으로 입술을 가렸다. 깨물린 입술이 화끈거렸다. 록의 눈동자에 눈물이 그렁그렁 차올랐다.

방심시켜 놓고 뒤통수를 치다니!

록이 원을 노려보다가, 그와 눈이 마주치고는 흠칫했다. 이전과 묘하게 다른 분위기였다. 평소라면 옅게 웃는 얼굴로 사람의 약을 올릴 텐데, 그는 무표정했다.

화가 난 건가? 왜?

록이 저도 모르게 마른침을 삼켰다. 사위가 고요했다. 원은 록을 빤히 쳐다보다가 고개를 획 돌렸다.

"앞으로 안 늦도록 조심하겠습니다."

록이 무거워진 분위기를 깨기 위해 사과했다. 그제야 원이 손을 내저었다.

"나가."

돌아서던 록은 얼른 손등으로 눈가를 가렸다. 그러나 눈물 한 방울이 먼저 뚝 떨어졌다. 록은 그 눈물을 들키지 않으려고 제 발로 밟았다. 서재에서 나온 록은 훌쩍거리며 눈물을 닦았다.

복도에서 멀어지는 발소리가 들렸다. 원은 록의 소리가 완전히 들리지 않게 돼서야 고개를 숙였다. 미처 다 닦이지 못한 눈물이 자리하고 있었다.

원이 무릎을 굽혀 손끝으로 눈물을 스윽 닦았다.

오랜만에 눈물을 보았다. 그는 태어날 때부터 운 적이 없었다. 그건 그의 곁에 있는 사람들 또한 마찬가지였다. 그저 눈물이 나는 이유는 슬프기 때문이라고 글로만 배웠다.

그럼 슬퍼서 운 건가? 왜? 슬프게 만들 생각은 없었는데.

그보다 왜 자신이 정신을 놓았는지 모르겠다. 신음소리를 조금만 더 흘렸다면 록의 옷을 벗겨버릴 뻔했다. 그 때문에 저도 모르게 록

의 입술을 평소보다 세게 깨물었다. 아마 입술이 너덜거릴 거다. 이
건 명백한 자신의 실수였다.

"위험하네."

원이 눈을 가늘게 뜨며 중얼거렸다. 그는 어디론가 전화를 걸어
'캡슐 어디 있어?'라고 물었다.

*　　*　　*

"으씨."

방으로 돌아온 록은 거울에 비친 제 입술을 보고 기함했다.

입술이 말 그대로 너덜거렸고, 피까지 흐르고 있었다.

록의 커다란 눈에서 눈물이 툭 떨어졌다.

서럽기도 하고, 자존심도 상하지만, 그보다도 입술이 아파서 눈
물이 났다.

저 미친놈은 대체 사람 입술을 얼마나 세게 깨문 거야. 진짜 전생
에 개였나?

록은 휴지로 눈물을 닦으며 한 손으로는 살짝 고인 핏방울을 닦
아 냈다.

서재에서 책을 읽다 깜빡 졸은 게 실수였다. 그 탓에 늦었다. 다
시는 늦지 않으리라 다짐하며 록이 입술을 닦아냈다.

그나저나 두 번째 키스도 원에게 빼앗겼다. 록이 시무룩한 얼굴
로 거울 속의 자신을 보았다.

그런데 키스란 원래 그렇게 기분 좋은 건가. 아니, 지금 무슨 생

각을 한 거야!

록이 제 생각의 위험성을 깨닫고 재빨리 고개를 가로저었다.

똑, 똑.

누군가가 문을 두드리는 소리에 록은 대답 대신 문을 바라보았다. 이 시간에 찾아올 사람은 뻔했다. 록은 잠자는 척 숨을 죽였다. 그녀는 원이 돌아가길 바랐다.

똑, 똑, 똑.

그러나 점잖게 문을 두드리는 소리가 이어졌다. 그 소리가 점점 더 거세지고 빨라지자 무서웠다. 록은 결국 자리에서 벌떡 일어나, 방문을 열었다.

"아, 죄송해요. 잠시 잤어요."

그녀가 잠에서 막 깨어난 것처럼 연기하며 대답했다. 원은 대답 대신 록의 눈을 빤히 바라보았다. 여전히 그녀의 눈동자에 눈물이 그렁그렁 달려 있었다. 그 때문에 빛이 반사되어 그녀의 눈이 한결 더 반짝반짝 빛났다. 원이 고개를 비스듬히 기울이며 록을 바라보았다.

"왜 슬픈 거지?"

"……."

이건 또 뭔 신종고문이야.

록은 넋이 나간 얼굴로 원을 쳐다보았다. 어쨌든 그녀는 그가 한 말을 이해하려 애썼다.

자신이 슬픈가. 아주 몹시 슬프다. 다만 어느 지점에 슬픈 건지 콕 집어 말해 줄 수 없었다. 이곳에 떨어진 후 항시 슬펐기 때문에.

"이해가 안 돼."

그건 내가 할 말인데.

록이 원을 빤히 쳐다보았다. 그가 록의 방으로 쑥 들어왔다. 얼결에 록이 뒷걸음질 쳐 그가 들어올 수 있도록 해 주었다.

화장대 위엔 피로 물든 티슈가 수북했다. 그것을 흘긋 바라본 원은 록을 의자에 앉힌 후, 주머니에서 무언가를 꺼냈다.

"뭔가요?"

"상처를 빠르게 아물게 하는 거."

"연고인가 봐요."

말 그대로 '병 주고 약 주는' 행위를 하는 원을 록이 멍하게 바라보았다. 이제 이 남자를 이해하길 포기했다.

"연고? 아, 인간계에서 쓴다는 그거? 그거보단 이게 나을 거야."

원은 캡슐을 열어 록의 입술 위에 발랐다. 쓰라리고 따가울 거라는 예상과 달리 아무런 느낌도 들지 않았다. 통증이 점차 가라앉았다. 옅은 흉터를 제외하고 그녀의 입술은 말끔했다.

"이게 보기에 낫긴 하군."

거울을 확인한 록은 원의 손에 놓인 자그마한 캡슐을 바라보았다. 모처럼 록의 눈동자가 반짝반짝 빛났다.

"왜? 갖고 싶어?"

"네. 혹시 살 수 있을까요? 얼마 하나요?"

록은 언젠가 돈을 벌어 상비약으로 몇 개 사야 있어야겠다고 생각할 때였다.

"하나에 십만 사."

그가 덤덤하게 말했다.

"네. 십만…… 네?"

록이 눈을 크게 뜬 채 원을 쳐다보았다.

이곳에서 1사는 한국 물가로 100원에 해당했다.

저 자그마한 약 하나가 천만 원이라는 소리였다. 입술에 천만 원을 바르게 된 록은 허옇게 질린 얼굴로 원을 바라보았다.

"서, 설마 제 빚은 아니죠?"

"설마. 그런 나쁜 놈 아니야."

"하아. 감사합니다."

원은 가슴을 쓸어내리는 록을 물끄러미 바라보았다. 이 와중에 다친 제 입술이나, 방금 전 키스를 나눈 자신이 아니라 돈을 걱정하는 록이 신기했다.

"넌 참."

"……."

"사람 기분을 묘하게 만드는 재주가 있어."

너도요.

록은 혀끝까지 차오른 말을 꾹 삼키며 입술을 늘여 웃었다.

"긍정적인 뜻이었으면 하네요."

"긍정적인 뜻이야."

말을 하며 원은 손끝으로 반질반질해진 록의 입술을 쓸었다. 그의 눈빛이 어둑하게 가라앉았다. 방의 기류가 느려지고 무거워진 기분이었다.

록이 마른침을 삼키자, 원이 그녀의 입술에서 손을 떼어 냈다. 다

만 손끝이 턱 선을 따라 흘러가더니 귓불 아래로 타고 내려갔다. 스
윽 스치는 손길에 록의 몸에 잘게 소름이 돋았다.

"다음엔 입술로 안 끝나. 그러니까 늦지 않도록 조심해."

그가 느슨하게 웃으며 그녀의 목덜미를 손끝으로 훑었다.

"네."

또 늦으면 내가 개다.

그녀는 웃는 얼굴로 이를 아득 갈았다.

*　　*　　*

아침 햇살이 부드럽게 치고 들어와 고급스러운 복도를 한결 빛나
게 했다. 반질반질 윤이 나는 대리석 바닥은 쓰레기 하나 없이 말끔
했다. 길게 이어진 복도 끝에 커다란 문이 자리하고 있었다. 자그맣
게 만든 성문처럼 보이는 그 문은 식당으로 이어졌다.

록은 핼쑥한 얼굴을 쓸어내렸다. 입맛이 뚝 떨어져 아침 먹기가
싫었으나, 트집 잡히기 싫어 마지못해 움직이는 중이었다.

그녀는 한숨을 훅 내쉬며 식당 문을 밀었다. 기력이 약한 사람은
열기도 힘들 만큼 거대하고 무거웠다.

"끙차!"

오늘따라 유난히 더 무거운 문을 억지로 열자, 환한 햇살이 쏟아
지는 큰 홀에 테이블 하나가 덩그러니 놓여 있었다. 그곳에 금발의
남자가 앉아 태블릿을 들여다보고 있었다. 다른 두 자리는 비어 있
었다.

"안녕하세요."

"응. 안녕."

크리스가 여전히 태블릿에 시선을 둔 채 건성으로 대답했다. 록이 자리에 앉으며 테이블을 훑었다. 식기류가 크리스와 제 것밖에 없었다.

"원과 천이는 어디 좀 갔어."

크리스가 어떻게 알았는지 태블릿을 두드리며 대답했다.

"어디요?"

"글쎄."

모를 리 없건만, 그가 말을 아꼈다.

크리스는 원에게 걸린 록을 몹시 불쌍하게 여기는 한편, 경계했다. 신분이 불분명한 여자가 자신들에 대해 지나치게 많이 알게 된 것이 꺼림칙했다.

거기다가 여자는 눈치가 빨라 다 알면서도 모르는 척 굴었다. 그 점이 미심쩍었다.

"식사 나왔습니다."

직원들이 정갈하게 식사를 차려주었다.

"감사합니다."

록은 일일이 사람들에게 인사를 하며, 접시를 대신 받아 들었다. 어느새 일어서서 직원들과 함께 식사를 차리고 있는 록을 보며 크리스가 얼굴을 찌푸렸다.

"그냥 앉아서 먹어."

"네."

록은 크리스의 심기를 거스르기 싫었기에, 따지거나 묻지 않고 곧바로 털썩 앉았다. 식사 시간이 조용했다. 원이 없어서인지 목구멍으로 음식이 술술 넘어갔다.

그녀는 부드러운 빵에 잼을 바르고 치즈를 한 장 올려 먹었다. 입안에 고소한 향이 확 퍼졌다.

이곳의 음식은 한식, 중식, 일식, 양식이 모두 섞여 있었다. 초능력자들이 인간계에서 가져온 식문화도 있고, 그들이 전파시킨 것도 있다는 걸 책을 통해 읽었다.

식사 시간이 끝난 후, 록은 블루베리 주스를 마시며 크리스를 흘깃 보았다.

"할 말 있으면 해."

자신을 힐끗거리는 록의 시선을 느낀 크리스가 말했다.

"저, 오늘 원은 귀가하지 않나요?"

록은 그의 마음이 바뀌기 전에 얼른 물었다.

"어. 그럴걸? 꽤 먼 곳으로 출장 갔거든."

크리스의 말에 록은 쾌재를 불렀다.

그가 집을 비웠다니!

원을 당분간 보지 않아도 된다는 사실에 가슴을 쓸어내렸다. 그러다 록은 하던 생각을 멈췄다. 고문관 같은 그 남자가 아무 대가 없이 자신에게 휴가를 주진 않았을 거다.

"아, 그럼 혹시 영상통화 가능한가요?"

"응. 그건 왜?"

크리스가 의아한 얼굴로 록을 쳐다보았다.

"8시간에 한 번씩 보고해야 할 게 있어서요. 괜찮다면 8시간에 한 번씩 휴대폰을 빌려도 될까요? 만약 그게 곤란하다면 전화번호를 주서도 되고요."

"보고할 거? 아, 좆같다는 그거?"

"……그건 아니지만, 예. 뭐, 그렇게 들리면 그렇게 생각하세요."

록은 정정해 주려다가 생각을 접었다.

그의 귀에 그렇게 들린다는데 뭐라고 할 건가.

"8시간에 한 번씩 날 찾아와."

"네. 감사합니다."

"요즘 서재에서 책을 읽고 있다며?"

"네. 원이 허락해 줬어요."

록은 아침, 점심, 저녁을 그들과 함께 먹고 남는 시간 대부분을 서재에서 보냈다. 낡고 오래된 책이 많긴 했지만 제법 읽을 만한 것들이 많았다. 그 덕에 이 세계의 구성, 역사에 대해 간략하게 알게 되었다.

"어떤 걸 읽어?"

크리스가 흥미롭다는 얼굴로 물었다. 록은 그가 그냥 한 질문이 아니라는 걸 감지했다. 사람의 독서 습관을 보면, 그 사람의 관심사, 취향, 취미, 알고자 하는 것들을 모두 다 알 수 있다. 크리스는 그걸 알고자하는 거였다.

"이런 거 저런 거 다 훑어봤는데 어려운 건 못 읽겠더라고요."

록은 혹시나 자신이 읽은 책들에 지문과 흔적이 남아 있을 수도 있다는 생각을 했기에 모두 다 훑어봤다고 말했다.

"상식 좀 넓혀 보려고 열심히 읽었는데 도통 이해가 안 돼요. 제일 재미있게 본 건 '세상에 이런 초능력이!'랑 '그 초능력이 알고 싶다!'예요."

"그래?"

"네. 그리고 지도도 재미있어요. 우리 세계와 확연히 다르더라고요."

록이 빙긋 웃었다.

"왜? 지도를 보면서 탈출하게?"

"가능할까요?"

록이 농담조로 물었으나, 진심이었다.

탈출, 그것이 알고 싶다!

"가능해."

크리스가 냅킨으로 입가를 닦으며 한 대답에 록이 의아한 얼굴로 쳐다보았다.

"왜 그렇게 쳐다봐?"

"안 된다고 할 줄 알았어요."

"안 될 거 뭐 있어. 하면 되지. 여기서 탈출한 애들 몇 있어. 그리고 한 4분 만에 도로 잡혔을걸?"

"……."

"아! 아니네? 네가 있으니까. 최장기록 탈출은 네가 세웠어. 네가 그렇게 빨리 우리 정체에 대해 알 거라고 생각을 못 했거든. 대책 없이 창문 밖으로 나갈 줄은 더더욱 몰랐고. 살아서 다시 돌아온 것도 네가 처음이야. 탈출자 중에 제일 오래 살아남아 있네. 축하해."

크리스가 박수까지 쳐가며 축하해 주었다. 록은 웃지도 울지도 못하는 얼굴로 크리스를 바라보았다.

"지금 흐르고 있는 1초, 1초가 몹시 소중한 거였군요."

"응. 역시 눈치 빠르구나."

"……."

"식사 마쳤으면 일어날까? 아, 그리고 원이 전해 달라더라. 앞으로 동쪽 서재 말고 서쪽 서재 사용하래. 동쪽 서재는 폐기할 책들만 쌓아 놓는 곳이라 쓰레기장이나 다름없거든. '그 초능력이 알고 싶다' 같은 거 말고 좀 더 생산적인 걸 보도록 해. 그리고 서쪽 서재는 너만 드나들 수 있으니 먹을거리 가져가서 편하게 봐도 돼. 우린 안 가거든."

록이 네, 라고 대답하기도 전에 크리스가 훌쩍 자리에서 일어나 식당을 나갔다. 홀로 남은 록은 테이블 위에 놓인 남은 빵을 주섬주섬 챙겼다.

서재 가서 책 보며 먹어야지.

저런 말을 듣고도 먹을 생각을 하는 자신의 적응력이 새삼 대단하게 느껴졌다.

*　　*　　*

록은 책을 좋아했다. 어린 시절부터 한곳에 앉아 몇 시간씩 책을 읽곤 했다. 책 안에는 또 다른 세상이 있었고, 자신이 모르는 것들로 가득했으며, 낯선 이들이 대화를 걸어주었다.

그녀는 들뜬 걸음으로 서쪽 서재를 향해 걸어갔다.

"안녕하십니까."

록이 소리가 들리는 곳으로 고개를 돌렸다. 깔끔한 옷차림의 노신사가 서 있었다. 그녀는 보자마자 그가 누군지 알아챘다.

지금 록이 발을 딛고 서 있는 곳은 정부가 제공한 집이었다. 본 거주지는 아무도 모르는 곳에 숨겨져 있는데, 그곳은 현재 알렝이라는 사람이 관리하는 중이라고 했다.

알렝은 오래 전부터 집의 전반적인 상황을 관리해 주는 사람인데, 그 사람이 곧 이곳에 잠시 들린다는 말을 유호에게서 들었다.

물론 그날을 끝으로 유호를 볼 수 없었다. 야미에게 물어보니 왜인지 모르게 정원 구석 창고로 발령을 받았다고 했다.

"안녕하세요."

록이 알렝에게 허리를 숙여 인사했다.

"처음 인사드립니다. 알렝이라고 합니다. 당분간 이 집의 관리를 맡기로 했습니다. 록 님 맞으시죠? 인사는 드려야 할 것 같아 불렀습니다."

"네. 맞습니다. 반갑습니다."

"저도 만나서 반갑습니다. 혹시 지금 어디 가시는 중입니까?"

"아, 서쪽 서재로 향하는 중입니다."

"그러시군요. 즐거운 시간 보내시길 바랍니다."

알렝은 더할 나위 없이 정중했다. 마주 서 있던 록은 저도 모르게 허리를 구십 도로 꺾어 인사했다.

"되게 점잖은 분이구나. 대체 저런 분이 왜 이런 곳에 있는 거지?"

록은 멀어지는 알렝의 뒤를 바라보며 중얼거렸다. 원과 저 집사는 무척 어울리지 않았다. 록이 고개를 갸웃거리며 가던 길을 걸었다.

서쪽 서재의 문을 열고 들어간 록의 입이 쩍 벌어졌다. 동쪽 서재와는 비교도 할 수 없을 만큼 거대하고 웅장했다.

아주 잠깐 둘러본 록의 입이 더욱 벌어졌다. 방대한 책들이 분야별, 제목별, 출간 순으로 세분화되어 정리되어 있었다.

"와아."

록의 눈에 이곳은 꿀이 떨어지는 세상이었다. 이리저리 둘러 다니던 록은 인간계 코너로 향했다. 혹시 인간계로 돌아갈 방법을 찾을 수 있는지 확인하기 위해서였다.

그런데 어째서인지 인간계에 대한 책장은 텅 비어 있었다. 마치 누군가가 없앤 것처럼.

록은 아쉬운 표정으로 무능력자와 관련된 책 코너로 향했다. 다행히 그곳엔 책이 있었다.

그녀는 '무능력자, 이렇게 하면 성공한다!'라는 책을 꺼냈다.

제1장. 초능력 고자라 불리던 불우한 어린 시절.

제2장. 극복하고, 받아들이고, 깨닫기.

제3장. 무능력자, 성공지침서!

제4장. 무능력자의 성공방법.

책 목차를 살피던 록은 입술을 말아 깨물었다.

"초능력 고자."

그 말을 중얼거리던 록은 가슴이 애잔해지는 걸 느꼈다. 이곳에 오니 여자의 몸으로 고자 취급을 받는다. 몹시 기이한 기분이 들었다.

록은 그 책을 챙겨 서재 귀퉁이로 향했다. 그녀는 담요를 깔고 그 위에 앉아 책을 읽었다.

무능력자들이 이 세계에서 살아남는 방법은 교육자, 문화 사업가, 사업가, 무능력자를 위한 아이템 발굴 및 개발자 정도였다.

이 책의 저자는 무능력자를 위한 아이템 발굴 및 개발자에 속했다. 록은 그 사업체에서 나온 물품을 스윽 훑었다.

상처를 빨리 아물게 하는 캡슐, 1회성 보호 초능력, 3L의 물을 압축해 500ml로 바꾸는 통, 재활을 목적으로 만든 중력 적게 느끼는 캡슐 등.

상용화가 되지 않은 물건도 있었고, 알려진 상품도 있었다. 하나의 개발은 또 다른 품목과 접합이 되어 또 다른 물건으로 탄생되기도 했다.

록은 신기한 마음으로 읽었으나, 책을 덮을 땐 씁쓸했다. 이 세계에서 자신이 살아남을 방법으로 적합하지 않았다.

"하아……."

록은 긴 한숨을 내쉬었다.

자신만의 특별한 능력이 필요했다. 초능력만큼은 아니더라도 어느 정도 먹고살 수 있을 만한 그런 힘.

그녀가 곰곰이 생각을 하며 책장에서 다른 책을 꺼낼 때였다.

머리 위로 검은 그림자가 졌다.

"역시 여기 있었네."

고개를 들자 크리스가 보였다. 록이 자리에서 일어났다. 크리스가 그녀를 찾아온 건 처음 있는 일이었다.

그녀가 의아하게 쳐다보자, 크리스가 낮게 한숨을 내쉬었다.

"원이 납치됐어."

"……네?"

록이 못 들을 걸 들은 사람처럼 되물었다.

"자세한 상황은 모르겠지만, 천이의 말에 의하면 그래."

"누군가를 납치한 게 아니고요?"

차라리 그 편이 설득력 있었기에 록이 물었다. 그러자 크리스가 고개를 절레절레 흔들었다. 그러자 반묶음한 금발이 부드럽게 흔들렸다.

"아니. 당했어."

"세상에나. 급하겠어요."

"그러게. 조금 급하네."

"살다 보니 그런 일도 다 있네요. 집은 제가 잘 지키고 있을게요. 다녀오세요."

록이 깍듯하게 인사했다. 그러자 크리스가 눈만 움직여 록의 뒤통수를 쳐다보았다.

"눈치챘을 텐데? 내가 왜 여기까지 찾아왔겠어?"

크리스의 목소리가 낮아졌다. 록이 얼굴을 찌푸렸다. 크리스가 자신을 보자마자 뭔가 싸한 느낌이 들긴 했다.

"저는 무능력자인데요. 가 봤자 도움도 안 될 테고, 그러니 여기에 있는 편이 낫지 않을까요?"

"그러게. 그런데 원이 납치되기 직전에 천이한테 한 마지막 말이 네 이름이었대. 널 데려오라는 뜻 같다고 전했어. 듣고 느끼는 바 없어?"

"……하하."

록이 어색하게 웃었다. 듣고 느끼는 바가 있긴 했다. 명줄이 닳고 닳는 느낌.

"저를 대체 왜……?"

"그건 걔한테 물어야지. 가자."

크리스가 빠르게 돌아서서 걸었다. 록은 다급하게 크리스의 뒤를 쫓아 뛰었으나, 그는 점점 멀어지기만 했다.

* * *

"그 책을 좋아하나 봐."

운전석에 앉은 크리스가 록이 꽉 쥐고 있는 책을 흘깃 쳐다보았다.

'화제의 신간! 그 초능력이 알고 싶다! 2'

그냥 집어 들었다가 크리스의 뒤를 급하게 쫓느라 저도 모르게 챙겨 나온 책이었다.

"……네, 뭐."

"초능력이 많이 궁금한가 봐."

"네. 궁금하네요. 그런데 이런 책은 왜 구입해 두시는 거예요?"

"천이가 보거든."

"아, 네."

"초능력은 뒤늦게 발현되는 경우도 있다고 하니까 지켜봐."

책에서 본 적 있었다. 그런 경우는 몹시 드물고, 설령 있다고 해도 상당한 고통을 수반한다고 했다.

그러나 록은 더 이상 아무 말 하지 않았다. 할 수가 없었다. 차창으로 가로수가 어마어마한 속도로 사라졌다.

시속 300km 차를 탈 때도 이 정도는 아니었다. 차가 반쯤 뜨다 못해 허공을 달리는 기분이었다.

록은 일부러 속도판을 보지 않았다. 보면 졸도할 것 같았다. 그녀는 그저 어서 이 죽음의 레이스가 끝나길 빌고 또 빌었다.

*　　　*　　　*

크리스와 록이 1시간을 달려 현장에 도착했을 땐 몹시 복잡한 상황이었다. 록은 귀퉁이에 서서 그들이 나누는 대화를 들었다.

세 시간 전, 원은 무기판매를 요구한 타국의 정부군과 만남을 가졌다. 현재 머무르는 국가의 반대로 인해 무기 판매가 아니라 기간 대여로 협의를 마치고 나오는 길에 납치되었다.

용의자는 반군으로 추정하고 있었다. 정부군에도 정예요원들이 있었지만, 그들의 신출귀몰함에 모두들 당했다.

원이 납치되어 감금된 곳은 도시 외곽의 허허벌판에 서 있는 낡은 건물이었다. 이 사건으로 인해 타국의 정부군의 수장과 이 나라의 정부군 수장이 모두 모였다.

"허허, 거참."

타국의 정부군 수장인 타렌은 난색을 표했다. 자신들 때문에 탄이 다치거나 죽기라도 한다면 곤란했다. 그가 죽자마자 계약은 무효화된다. 그뿐만 아니라 차후에 생기는 문제에 대한 책임도 피하긴 힘들었다.

곤란하긴 이 나라의 수장도 마찬가지였다. 만약 탄이 죽어 소문이라도 퍼진다면 그가 가진 정보와 무기를 갖기 위해 대대적인 전쟁이 일어날 게 뻔했다. 그럼 이 땅은 황무지가 되는 거나 다름없었다.

"어떻게 해야 하는 겁니까?"

자국의 수장이 심각한 얼굴로 크리스에게 물었다. 이건 원과 관련된 일이기에 크리스의 의견도 구해야 했다.

"그냥 계시면 됩니다."

크리스가 안심하라는 듯 웃었다.

"지금 무슨 소리를! 후우, 탄의 능력이 출중하다는 건 소문으로 익히 들었습니다. 그래도 혼자서는 무리일 겁니다. 반군이 얼마 못 들어왔다고는 하지만 그래도 최정예일겁니다. 그 수는 무려 열이 넘습니다. 그러니 지금이라도 어서 진입을 하는 것이……!"

펑! 퍼펑!

타국의 수장의 말이 끝나기도 전에, 갑작스레 건물이 폭발했다. 시커먼 연기를 뿜으며 불줄기가 건물을 금세 휘감았다.

"아, 안 돼!"

누군가가 비명처럼 그 말을 뱉었다.

펑!

불길에 휩싸인 건물 안에서 연달아 폭발음이 터졌다. 모자를 푹 눌러쓴 채 귀퉁이에 서 있던 록의 입술이 작게 벌어졌다.

"지금 우리보고 저런 곳에 가자고 한 겁니까? 저희를 과대평가하시네요. 저 불길이 그냥 불길이면 모르지만, 아시다시피 웬만한 초능력자들을 다 태워 죽이는 불길입니다. 마그마 성질이라고요."

크리스가 건물을 가리키며 말했다. 그 말에 두 수장의 얼굴이 희게 질렸다. 그들이 보기에도 하늘로 치솟는 불길은 일반 불과 달랐다.

진득하게 흘러내리는 불덩어리는 마그마와 성질이 비슷한 것이었다. 저곳에 닿으면 웬만한 초능력자들도 모조리 녹게 된다.

아무리 긴급한 상황이라고 해도 목숨을 버리고서 달려갈 수 없었다.

"이제 어쩔 겁니까! 그가 죽었어요! 저런 불길에서 살아남았을 리가 없습니다! 대체 어쩌자고 일을 이렇게 만든 겁니까!"

자국의 수장이 악을 쓰며 소리쳤다. 그는 몹시 불안한 상태였다. 두 수장을 따르던 정예부대도 암담한 표정을 지었다. 타국의 수장이 자신의 무릎을 치며 통탄의 한숨을 내쉬었다.

달려가야 했다. 크리스와 천이의 말을 들은 것을 몹시 후회하는 얼굴이었다.

"저, 저기 누가 나옵니다."

누군가의 비명에 사람들이 일제히 고개를 돌렸다. 불길이 치솟아오르는 건물의 뒤쪽에서 사람 하나가 걸어 나왔다.

치솟은 연기 탓에 사람의 모습이 제대로 보이지 않았다.

"검은색 옷을 입은 남자입니다!"

시력이 유난히 발달한 초능력자의 외침에 사람들이 한곳을 바라보았다. 그가 점점 크게 보였다.

부는 바람과 연기에 조금 헝클어지긴 했지만, 확실히 원이었다. 손을 든 원이 허공에 대고 손을 까딱거렸다.

"잠시 다녀오겠습니다."

크리스와 천이가 수장에게 인사를 남긴 후, 그를 향해 달려갔다. 순식간에 그들이 멀어졌다.

"하아, 이것 참 다행입니다."

타국의 수장이 가슴을 쓸어내렸다.

"정말 말 그대로 괴물이군요."

"우리도 가 보죠."

두 수장이 앞서거니 뒤서거니 하며 원에게 걸어갔다. 록은 홀로 정예요원들과 남겨졌다.

"하아."

록이 참았던 숨을 터트렸다. 모조리 다 죽는 줄 알았다.

"많이 놀라셨죠?"

곁에 서 있는 사람이 넌지시 말을 던졌다.

"조금요. 아니, 사실 엄청 놀랐어요. 하아, 수고하셨습니다."

록은 자신의 곁에 서 있는 남자에게 인사를 건넸다.

"네."

젊은 미남자가 서글서글하게 웃으며 대답했다. 록의 시선이 무심코 미남자의 어깨 너머를 향했다. 빙긋 웃고 있던 그녀의 입꼬리가 잠시 굳었다.

"왜 그러시죠?"

남자의 물음에 록이 의아한 얼굴로 그를 바라보았다.

"네?"

록이 무슨 말이냐는 듯 되레 되묻자, 남자가 빙긋 웃으며 '아무것도 아닙니다.'라고 대답했다. 록은 아무렇지 않은 척 고개를 앞으로 돌렸다. 그러나 심장이 거세게 뛰었다.

두 수장이 데려온 정예요원은 셋씩해서 총 여섯이었다. 그런데 멀찍이 서 있는 다섯의 눈동자에 초점이 없었다.

방금 전까지 멀쩡하던 그들이 마네킹처럼 변해 있었다. 일부러 저런 사람을 데려오지 않았다면, 내부에 첩자가 있다는 말이다.

애석하게도 자신의 곁에 있는 이 사람일 확률이 가장 높았다.

그렇다면 지척에 자신을 두고도 살려놓는 이유가 뭐지.

록의 머리가 빠르게 돌아가기 시작했다.

아마도 자신의 무능력을 읽은 데다, 당장 자신을 마네킹처럼 만들어놓으면 눈에 띌 확률이 높기 때문인 듯했다.

자신은 어쨌거나 방금 전까지 크리스와 함께 대화를 나누고 있었으니 틈이 없었을 거다.

더군다나 지금은 자신이 가장 앞에 서 있다. 자신이 이상해지면 들킬 확률이 높다. 그래서 그는 자신을 멀쩡하게 살려 둔 거였다.

그녀는 숨을 죽인 채 남자의 움직임을 느꼈다. 남자가 손가락을 까딱하자, 다섯의 남자가 느릿하게 걸어왔다.

산 사람의 의식만 죽인 채 마리오네트처럼 갖고 노는 건가.

"저는 화장실에 좀 다녀오겠습니다."

록이 아랫배를 움켜쥐었다.

"많이 급하지 않으시면 참으시는 게 어떻겠습니까? 지금 모두들

오고 계시니 함께 움직이는 게 안전할 것 같습니다."

남자가 웃으며 물었다. 그러면서 그의 손가락이 가볍게 움직였다. 남자의 등 뒤에 서 있던 다섯 명의 발길이 록의 쪽으로 틀어졌다.

그들의 손엔 무기가 들려 있었다. 여차하면 죽일 기세였다.

눈치 빠른 록은 입꼬리를 끌어올렸다. 그녀는 머리를 빠르게 굴렸다.

사람은 한 번에 한 가지 초능력만 가질 수 있다. 그렇다면 마리오네트 능력자인 이 사람이 홀로 이런 일을 진행했을 리 없다.

일행이 더 있을 수도 있겠다는 생각이 어렴풋이 들었다. 여차해서 이 남자에게 벗어나더라도 다른 남자에게 붙잡히면 끝이다.

"그럴까요, 그럼?"

록은 얼른 아무것도 모른다는 얼굴로 앞을 보았다. 원, 크리스, 천이, 두 수장이 이곳을 향해 걸어오고 있었다. 원, 크리스, 천이는 얼굴을 가리기 위해 두툼한 마스크를 끼고 모자를 쓰고 있었다.

그녀는 원과 눈이 마주쳤다. 원은 먼지가 묻은 머리카락을 털며 그녀를 빤히 쳐다보았다. 록은 눈을 빠르게 깜빡이며 옆을 가리켰다. 그러자 원이 눈을 가느스름하게 떴다. 무슨 뜻인지 전혀 모르는 얼굴이었다.

"아, 눈에 먼지가 들어가네요."

옆에 있던 남자가 쳐다보자, 록이 얼른 손으로 눈을 비볐다. 심장이 쾅쾅 뛰었다.

바로 옆에 서 있는 미남자가 누굴 노리는지 알 것 같았다. 그는 저들 모두를 노리고 있었다. 그들이 가까워질 때까지 기다렸다가 마리오네트로 만든 다섯으로 공격할 생각이었다.

"정말 수고하셨습니다."

"그러게요. 허허."

그들의 목소리가 들릴 만큼 가까워졌다. 옆에 서 있던 남자는 주머니에서 무언가를 꺼냈다. 그의 손바닥에서 치지지직 소리를 내며 스파크가 일어났다. 전기였다.

록이 마른침을 삼켰다.

"보아하니 무능력자 같은데."

미남자가 웃으며 그녀에게 말을 걸었다. 어느새 말이 반 토막 나 있었다. 심장이 입 밖으로 튀어나올 것 같았지만, 록은 억지로 얼굴을 굳혔다.

"무능력자는 맞는데, 반말을 들을 만큼 어리진 않아요."

일부러 아무것도 눈치채지 못한 듯, 록이 투덜거렸다. 그러면서 화가 난 척 뒷짐을 졌다.

"그래? 몇 살인데?"

미남자가 그런 록이 재미있다는 듯 웃으며 물었다.

"스물다섯이요."

"그렇구나. 좋을 나이네."

그의 말에 록은 고개를 끄덕였다.

"죽긴 아깝네."

그의 말에 록이 뻣뻣하게 굳었다. 그가 슬쩍 고개를 숙여 록의 귓가에 속삭였다.

"그래도 걱정하지 마. 내 취향이니까 조금 더 오래 살려 줄 테니까. 나중에 나랑 재미있게 놀자."

그가 손으로 그녀의 입을 건드렸다. 그러자 목소리가 나오지 않았다. 록이 눈을 홉떴다. 남자가 느슨하게 웃었다.

"지금 소리 지르면 곤란하거든. 그러니까 기다려."

미남자가 싱긋 웃었다.

"제인."

그의 부름에 허공을 스치는 무언가가 느껴졌다. 투명한 곳에서 손이 슥 나와 미남자의 손에 있던 전기를 낚아챘다.

아마 저 전기는 일반용이 아닐 거다. 저걸로 사람들을 일시 마비시킨 후, 다섯의 마리오네트와 함께 뒤처리를 하려할 거다. 저들을 모두 대적하기엔 원거리가 더 나을 테니까.

록은 원과 미남자를 번갈아 보았다. 그러다 입술을 사려 물었다.

죽어도 너랑은 안 죽어!

그녀는 속으로 비명을 내지르며 손에 쥐고 있던 목걸이의 중심을 콱 눌러 미남자의 옆의 남자가 서 있는 곳으로 흩뿌리듯 던졌다.

목걸이에서 쏟아진 물이 그의 몸을 흠뻑 적셨다.

콰지지직—!

"으……으아아악!!"

거친 소리와 함께 허공에서 남자가 불쑥 튀어나왔다. 전기에 감전된 그가 몸을 비틀며 바닥에 쓰러졌다.

그는 몹시 고통스러운지 비명도 지르지 못했다. 그러다 눈을 뜬 채 그대로 굳었다.

"이게, 무슨 짓이야!"

계획이 틀어지자 미남자가 살기로 가득 찬 눈으로 록을 보았다.

"윽!"

록은 재빨리 뛰었다. 그러나 예상 밖으로 남자는 몹시 빨랐고, 금세 붙잡혔다. 그가 터치하자마자 그녀의 온몸이 마비라도 온 것처럼 뻣뻣해졌다.

남자의 손이 허공으로 치켜 올라갔다. 록이 눈을 질끈 감았다.

이렇게 죽을 줄 알았다면, 좀 더 열심히 노는 건데!

억울한 마음이 샘솟았다. 동시에 온몸이 단단한 무언가에 부딪치는 듯했다. 이어 훅하고 바람이 불어쳤다.

쾅!

먼발치에서 무언가가 부딪치는 소리가 들렸다. 록은 제 몸에서 나는 소리가 아니라는 걸 깨닫고 눈을 떴다.

원이 바로 코앞에 서 있었다. 그녀는 시선을 옮겨 먼발치에 뻗어 있는 남자를 보았다. 미남자가 엉망진창이 된 몰골로 벽에 꽂혀 있었다.

"저 둘, 잡아."

원의 말이 끝나기가 무섭게 크리스는 미남자를 향해, 천이는 감전으로 인해 실신한 남자를 포박했다.

그사이 원의 품에 안겨 있던 록이 휘청거렸다. 살았다는 생각에 긴장이 풀어졌다. 원은 그런 록의 허리를 꽉 끌어안아 부축했다.

록은 그런 원을 물끄러미 바라보았다.

이 남자를 보면서 살았다는 생각을 하다니, 오래 살고 볼 일이다.

"고맙습니다."

록이 억지로 발끝에 힘을 주며 말했다.

"내가 죽을까 봐 노심초사했나 봐."

"네. 그런 것 같네요."

이왕 죽을 거라면 낯선 미친놈과 익숙한 미친놈 중에 익숙한 미친놈과 살아 있는 게 낫겠다 싶어 한 선택이었다.

아무리 정신이 없어도 그 말을 할 수 없는지라, 록은 미약하게 고개를 끄덕였다.

"그럼 상을 줄게."

록이 의아한 눈으로 원을 쳐다보았다. 원이 손목시계를 보며 말했다.

"지금 시각, 3시 58분."

그의 입술 사이에서 나온 말에 록이 흠칫했다. 8시간이 되기 2분 남았다.

"좋아해요!"

록이 절박한 목소리로 고백했다. 원의 눈이 부드럽게 휘었다. 기분 좋아 보이는 얼굴이었다.

"알아, 나도."

"……."

이런 익숙한 미친놈을 봤나. 그리고 이게 왜 상이야!

물에서 꺼내 살려냈더니 짐 보따리 내놓으라는 식으로 꼬박꼬박 고백을 받아가는 원이 원망스러웠다. 록이 원을 삐쭉한 눈으로 노려볼 때였다.

짝짝짝—

갑작스러운 박수 소리에 원과 록이 고개를 돌렸다. 자국의 수장이 박수를 치고 있었다. 그의 얼굴은 흡사 히어로물 마지막 엔딩을 본 듯 감격한 얼굴이었다.

"보기 좋습니다. 자신의 목숨을 내놓으면서까지 타인의 목숨을 구하려하다니요."

"사랑이란 무릇 이런 거지요."

타국의 수장이 맞받아쳤다.

"그러게 말입니다. 아직 세상은 살 만한가 봅니다."

"얼마나 애틋하면 눈 뜨자마자 좋아한다고 고백을 하고 그럽니까."

저기, 그런 거 아닙니다.

록이 없는 힘을 짜내어 그들을 말리려 했다.

짝짝짝—!

정신을 차린 자국의 정예요원들은 이유도 모른 채 수장을 따라 박수쳤다. 마른 들판에 불길이 번져가듯 그들의 박수가 널리널리 퍼졌다. 크리스와 천이마저도 비죽이 비웃으며 박수를 쳤다.

록은 눈을 질끈 감았다.

기절하고 싶은데, 그마저도 허락하지 않는 자신의 강인한 정신력을 욕하면서.

*　　*　　*

귀가한 원은 차에서 잠든 록을 안아 들고 있었다.

"어디 가? 걔 방은 저긴데."

천이가 손끝으로 록의 방을 가리켰다. 원이 대답 대신 앞을 보며 걸었다. 그가 간 곳은 자신의 방이었다. 록을 자신의 침대에 눕힌 후, 이불을 덮어주었다.

"지극정성이네."

천이가 중얼거렸다.

"생명의 은인이잖아."

원이 가볍게 웃으며 대답했다.

"거짓말하네. 전기폭탄 들고 오던 그 녀석이 지척에만 와도 알아챘을 거잖아. 우린 죽을 일 없었어. 물론 투명 능력자가 아니라, 공기 능력자라서 평소보다 늦게 알아채긴 했겠지만. 그리고 걔가 전기를 퍼붓는다고 해도 원한테는 어차피 안 통하잖아. 안 그래?"

천이가 입술을 삐쭉거렸다. 투명 능력자라면 존재감이 그대로 느껴졌겠지만, 공기 능력자는 말 그대로 존재 자체가 공기 속으로 녹아드는 거라 파악하기 어려웠다.

더군다나 바람이 불고 오가는 사람들이 여럿 있는 외부에서 알아채기란 무척 어려웠다. 그 때문에 크리스와 천이도 단번에 알아채지 못했다.

"우린 어떻게든 살아남았겠지만, 문제는 다른 수장들이지."

대답을 한 건 그 곁에 서 있던 크리스였다.

"걔네도 능력자잖아. 군대의 수장들이 그 정도도 못 피해?"

"자국의 수장은 군대가 아니라 외교 담당이었어. 좋게 말하면 조율, 나쁘게 말하면 감시를 하러 나온 사람이지. 그리고 타국의 수장도 마찬가지야. 정부군에서 최대 능력자들은 전쟁 중이라 못 나오고, 급한 대로 협상 능력이 좋은 책상머리 군인을 보냈어. 그 사람들이 모두 죽으면 우리가 오해받을 상황이었어."

크리스는 설명하며 록을 흘깃 보았다. 그녀 덕에 불필요한 오해로부터 벗어날 수 있었다.

천이는 복잡하다는 듯 얼굴을 구겼다. 정치, 외교 쪽 일은 딱 질색이었다. 천이가 '으, 몰라.'하며 고개를 절레절레 내저었다.

"들어가서 알아낸 거 있어?"

크리스가 책상에 걸터앉아 원에게 물었다.

"뭘?"

"얼굴까지 공개해 가면서 납치범들한테 끌려가 줬으면 뭔가 알아낸 게 있었을 거 아냐. 물론 그 납치범들은 다 죽은 것 같긴 하지만. 그리고 타국의 수장은 왜 감시하라고 한 거야?"

"반군이 내 이동경로를 거의 다 알고 있었어."

"정보가 새어 나갔다는 말인데, 타국의 수장을 의심하는 거야?"

"이거, 걔네가 갖고 있더라."

원이 주머니에서 배지를 꺼냈다. 여덟 개의 각이 있는 기이한 무늬. 타국을 상징하는 징표였다. 뒷면에는 타국의 수장 이름이 적혀 있었다.

이 배지를 가지고 있다는 건, 그 수장의 직속부하라는 걸 증명하는 표시였다. 이걸 통해 타국을 자유롭게 오갈 수 있었을 것이다.

"그럼 걔네를 살려두면 안 되잖아. 마스크랑 모자를 쓰긴 했어도 네가 누군지 알아낼지도 모르는데!"

검은 소파에 앉아 가만히 듣고 있던 천이가 벌떡 일어나 말했다. 자국의 수장과 정예요원들은 약속대로 약을 먹어 기억을 모두 지웠다. 문제는 천이의 말대로 타국의 수장이었다. 그를 통해 탄의 얼굴이 널리 퍼질 확률이 있었다.

"누가 살려 둬?"

탄이 단조로운 목소리로 물었다.

"어?"

천이가 고개를 갸웃거리며 반문했다.

"지금쯤 죽었을걸."

"죽이면 곤란하다며!"

천이가 소리쳤다.

"나랑 있을 때 죽는 건 곤란하지만, 혼자 있다가 죽는 건 어쩔 수 없잖아? 그 남자가 반군 팀이라는 증거도 남겨놨겠다. 오히려 타국 입장에선 고마워해야지."

"흠, 그럼 우리의 계약은 무효화되는 거야?"

"아니. 계약한 내용은 내가 보관하고 있고, 지금쯤이면 타국에서도 그의 시체 안에 있는 계약서를 찾았을 거야. 계약 내용이 동일하다는 걸 확인한 후 약속대로 일을 진행하면 돼."

원이 덤덤하게 대답하며 침대에 걸터앉았다.

"이제 그만 다들 나갔으면 하는데."

원의 축객령에 그들은 알겠다는 듯 고개를 끄덕이며 나섰다. 두 사람의 인기척이 완전히 사라진 걸 확인한 원은 눈을 감고 있는 록을 바라보았다.

"잘 들었지? 록. 궁금한 거 있으면 질문해도 돼."

다 알고 있다는 듯 던진 원의 말에 록이 느릿하게 눈을 떴다.

*　　　*　　　*

귀가하는 차량에서 록은 잠시 잠에 들었다. 그녀가 깨어난 건, 원이 그녀를 침대에 내려놓으면서였다.

부드러운 시트의 감촉에 정신이 돌아왔다. 그러나 그들이 심각한 이야기를 나누는 중이라 일어난 티를 낼 수 없었다.

다시 자려고 했으나, 잠이 달아난 지 오래였다. 그때부터 미동도 없이 잠든 척하는 고통의 시간을 보냈다. 그러다 보니 자연스레 그들의 이야기가 귀에 들어왔다.

그녀는 이야기를 들으며 상황을 짐작했다.

원이 일부러 협박범들에게 끌려갔으며, 협박범과 타국의 수장이 한패라는 증거를 모았다. 자칫하면 자신의 정체가 발각될 수 있어서 타국의 수장까지 한꺼번에 싹 처리했다.

들으면 안 될 비밀 이야기 같은데. 그러면서도 어쩔 수 없이 꾸역꾸역 듣던 록은 타이밍을 엿보았다.

어떻게 해야 자연스럽게 일어난 것처럼 보일까.

그때 머리 위로 상냥한 목소리가 들렸다.

"잘 들었지? 록. 궁금한 거 있으면 질문해도 돼."

록이 눈을 번쩍 떴다. 원이 침대에 걸터앉아 있었다. 심장이 곤두박질치는 줄 알았다. 록은 내색하지 않고 침착하게 대응했다.

"제가 일어나 있는 건 어떻게 알았어요?"

"손가락이 움직이던데."

"아."

이불 안에서 딱 한 번 꼼지락댔는데 그게 티가 난 모양이었다. 그게 아니면 자신을 계속 지켜봤다든가.

록이 자리에서 일어나 앉았다.

"하하. 일어났는데 중요한 대화 중인 것 같아 끼어들 수가 없어서요."

그렇게 말하며 록은 습관적으로 시계를 보았다. 아직 자정이 되지 않았다. 록이 할 말 있다는 얼굴로 원을 흘깃댔다.

"할 말 있으면 해."

원이 다정한 목소리로 말했다.

"저기, 그 중요한 자리에 저를 왜 부르신 거예요?"

건물이 폭발하는 위험천만한 상황이었다. 거기다 정치 외교적으로 몹시 중요한 그 현장에 자신을 부르는 이유를 아직도 알 수가 없었다.

"내가 널?"

"크리스의 말에 의하면 절 불렀다고 하던데요."

"아. 너한테 할 말이 있어서 천이한테 전해 달라고 하려던 찰나에 납치됐거든. 아마 네 이름만 듣고 천이가 크리스한테 연락했나 봐."

"……."

원이 대수롭지 않게 대답했다. 잘못된 전달로 자신은 몸에 마비가 오고, 하마터면 낯선 미친놈 손에 맞아죽을 뻔했다. 지나치게 황당하니 화조차 나지 않았다. 그저 이런 삶에 점점 익숙해지는 것 같아 당황스러웠다.

"더 궁금한 건?"

그는 뭐든지 다 대답해 줄 것 같은 얼굴을 하고 있었다.

언제쯤 날 풀어 줄래.

록은 그 말을 하려다가 참았다. 쓸데없는 소리를 해서 그를 기분 나쁘게 만들고 싶지 않았다.

문제는 이곳에서 풀려나도 자신이 무사히 살아갈 수 있을지 의문이었다. 히카와 척을 진 사람들이 자신을 죽이러 올 텐데. 자신이 무사히 살아남는 방법은 인간계로 돌아가는 수밖에 없었다.

"지금은 딱히 없어요."

록이 고개를 가로저었다.

"필요한 건?"

원이 집요하게 물어 댔다.

"그럼, 물 한잔만 마실 수 있을까요?"

"그래."

원은 기분 좋은 표정으로 휴대폰을 꺼냈다. 어디론가 전화를 걸어 '서재. 물.'이라고 말했다.

몇 분 되지 않아 누군가가 서재문을 두드렸다. 원이 들어오라고 하자, 알렝이 쟁반을 들고 들어왔다. 그는 오늘도 머리카락 한 올의 흐트러짐 없이 완벽한 모습을 하고 있었다.

그녀는 그를 바라보며 '역시 이 집에 안 어울리는 사람이야.'라고 속엣말을 했다.

"말씀하신 물 가져왔습니다."

알렝이 기품 있는 움직임으로 원에게 쟁반을 내밀었다.

"알렝이 직접 올 필요 없었는데요."

원이 쟁반 위에 놓은 물 잔을 들며 말했다.

"크리스 님한테 상황을 전해 들었습니다. 걱정이 되어서 그냥 있을 수가 있어야죠. 그래서 왔습니다. 다치신 곳은 없으신가요? 건물이 폭발했다는 말을 들었습니다."

"그건 내가 한 거예요."

"그러셨군요. 파편에 베이지 않으셨습니까?"

"괜찮아요."

"다행이군요. 뼈째 발라 먹어도 시원찮을 것들. 원처럼 어린 분에게 감히 그런 짓을 하다니. 다음에 그런 일이 있으면 절 데려가시죠."

록은 '어린 분'이라는 말을 듣자마자 물을 뿜을 뻔했다.

대체 누가 어려!

사력을 다해 목구멍 안으로 물을 쑤셔 넣은 록은 얹힌 것 같아 제 가슴을 쿵쿵 두드렸다.

"다음부터 그런 일이 생기면 저를 불러 주시죠. 머리부터 발끝까지 가죽을 벗겨 널어놨다가 채찍으로 사용해야겠으니까요."

알렝은 기품 있는 표정과 우아한 눈짓을 한 채 말했다.

이젠 저 남자가 왜 이 집의 집사를 하고 있는지 알겠어.

록은 자신이 유일하게 멀쩡한 사람으로 여겼던 사람이 몹시 이상하다는 사실을 깨닫고 절망했다. 이 집에 누구도 정상적으로 느껴지지 않았다.

"그럼 저는 이만 나가 보겠습니다. 더 필요한 게 있으시면 연락주시죠."

원은 가볍게 고개를 끄덕였다. 알렝이 나간 후, 원은 침대에 걸터앉아 록을 바라보았다. 록이 빈 잔을 만지작거렸다. 생각보다 가까운 거리라, 그의 얼굴이 자세히 보였다.

새하얀 피부에 짙은 눈매가 유난히 매력적이었다. 그가 오늘따라 자신을 집요하게 바라보았다.

"저…… 하실 말씀이라도? 제가 눈치껏 알아채면 좋을 텐데 알 수가 없어서요."

"날 왜 구한 거야? 목숨까지 던져 가면서."

그가 의아한 듯 웃으며 물었다. 벌써 두 번째다. 물론 두 개의 상황 모두 굳이 자신을 구하지 않아도 되었다. 그러나 그 사실을 모르는 록은 제 목숨을 던져 가며 자신을 구하려 했다. 그 점이 몹시 신선했다.

"그야……."

록이 말끝을 늘였다.

구관이 명관이라고, 낯선 미친놈보다 익숙한 미친놈이 나아서?

그 당시 록이 판단하기로 투명남자를 내버려 두면 원을 포함해 모든 사람들이 죽을 상황이었다. 그렇다면 영락없이 자신의 목숨은 미남자에게 맡겨진다.

미남자의 시선이 노골적으로 그녀의 가슴에 닿았다. 그에게 성적 노리개가 되다가 죽을 바에야, 지금으로썬 원을 살리는 게 낫다는 판단을 했다. 사실 이 모든 생각을 하기 전에 몸이 자연스럽게 움직였다.

그러나 이 이야기를 솔직하게 원에게 털어놓을 수 없었다. 록이 큰 눈을 데굴데굴 굴렸다. 입술을 오물거리던 록이 말했다.

"그냥, 몸이 저절로 움직였어요."

이것도 거짓말은 아니었다.

"그래?"

"네."

"내가 죽을까 봐 슬펐나 보네."

"그랬을 거예요. 아마도."

록은 수긍한다는 듯 고개를 끄덕였다. 원을 한 번도 못 때려 보고 이대로 죽으면 한이 될 것 같다. 그러니 그는 아직 죽으면 안 된다.

록의 대답이 마음에 든 건지 원이 눈을 사르륵 접으며 웃었다. 순간 바라보고 있던 록의 입술이 자그맣게 벌어졌다. 그가 록의 뺨을 쓸었다.

"착하네."

"……."

공포와 함께 묘한 감정이 겹쳐 흘러갔다.

"정말로 상을 줄게. 뭐가 필요해?"

자유.

그러나 그가 허락할 리 없었다. 더군다나 풀려난다고 해도 자신은 이미 쫓기는 신세였다. 차라리 이곳이 더 안전한 상황이었다.

"별로 필요한 게 없는데요."

록이 우울한 얼굴로 말했다.

"그래도 생각해 봐."

"음."

록은 잠시 머리를 굴렸다. 이건 쉽게 오는 기회가 아니다.

"저, 그럼 외출해도 되나요? 아까 가는 길에 봤는데 시장골목이 있더라고요. 재미있어 보이기도 하고, 맛있는 게 많아 보이기도 해서요."

"시장?"

원의 표정이 미묘해졌다.

"네. 도망 안 칠게요. 정해진 시간에 나가서 제때 들어올게요. 모자랑 호신용품도 꼭 들고 갈게요."

건물 하나를 시원하게 날려먹는 남자한테 벗어날 방법 같은 거 없다. 그러니 안심하고 자신을 보내달라는 의견을 강력하게 피력했다.

원이 록을 물끄러미 바라보았다. 그녀의 눈동자가 모처럼 반짝반짝 빛났다.

"의외의 걸 원하네?"

"네? 그럼 제가 뭘 말할 거라고 예상하셨어요?"

설마 답은 정해져 있고, 넌 답만 해. 이런 상황이었나?

록이 빠르게 머리를 굴렸지만, 원에게선 어떤 조짐도 보이지 않았다. 그나저나 원은 자신이 뭐라고 대답할 거라 생각했던 거지?

그녀가 의아한 얼굴로 원을 바라보았다.

그가 나른한 얼굴로 고개를 기울였다.

"그야……."

"……."

"나."

"……."

"날 잡아먹겠다고 나서면 허락해 줄 생각이었거든. 기꺼이."

"……."

그건 상이 아니라, 형벌이잖아. 그것도 어마어마한 형벌.

원의 말이 이어질수록 록의 얼굴이 핼쑥해졌다. 표정관리를 잘하는 록조차도 저 말은 받아들일 수가 없었다.

희게 질린 록의 얼굴을 보며 원은 가볍게 웃었다.

"장난이야."

"하. 하하. 하하하. 그렇군요."

"왜? 아쉬워?"

"네? 아뇨. 아휴, 그럴 리가요."

록이 다급하게 손을 내저었다. 원은 가볍게 웃었지만 묘하게 기분이 상했다. 기분이 좋아 건넨 농담이었는데, 그녀가 진심으로 거부반응을 일으키자 화가 났다.

이 여자는 눈치가 빠르고 행동력이 좋은 한편, 지름길을 택할 줄 몰랐다. 자신과 관계를 맺어 각종 부유함을 누릴 생각을 해 볼 만도 한데, 그녀는 자신의 가치를 '인질'로 묶어 두려고 했다.

"좋아. 시장 가. 허락할게."

"와!"

록이 저도 모르게 환하게 웃으며 만세를 했다. 그녀의 눈이 보기 좋게 접혔다. 온몸으로 신나는 게 보였다. 한껏 즐거워 보이는 록을 보며 원이 웃었다.

"언제 갈까?"

"네?"

"같이 가야지. 설마 혼자 갈 거라고 생각한 거 아니지? 히카라도 만나면 어쩌려고."

허공에 든 록의 팔이 뻣뻣해졌다.

"내일 아침 먹고 준비해. 재미있겠네."

그가 가볍게 웃었고, 록은 어정쩡하게 웃었다.

같이라니. 대체 왜?

따지고 싶었으나 아무런 말도 할 수 없었다.

"그럼 푹 쉬어. 내일 외출해야 하니까."

원이 책상으로 향했다.

"그럼 저는 이만 가 볼게요. 내일 뵐게요."

록은 이불을 젖히며 나와 공손하게 인사를 했다.

"거기서 자도 돼. 난 어차피 날을 샐 거 같으니까."

록이 서류에 시선을 둔 채 말했다.

"아뇨. 괜찮아요."

록이 단호하게 고개를 내저었다. 그녀는 누가 잡을세라 서둘러 문을 열고 나갔다. 멀어지는 발소리를 듣던 원은 고개를 기울였다. 그의 얼굴에서 표정이 사라졌다.

잡으려고 하면 도망치는 게 제법 재미있었는데, 이젠 묘하게 거슬린다.

삐리릭.

울리는 벨소리에 원이 휴대폰의 버튼을 눌렀다.

—나야.

크리스의 목소리였다.

"말해."

—이카루 말인데 흔적이 끊겼어. 다른 건 몰라도 잘 숨잖아. 개인적인 생각으로 록을 풀어놔 보는 건 어떨까 싶은데.

"내버려 둬. 다시 록을 찾아올 테니까."

원의 강경한 거부에 크리스는 예상하고 있었다는 듯 낮은 한숨을 내쉬었다. 록을 향한 원의 반응이 확실히 이상했다.

—록이 우리에 대해 지나치게 많은 걸 알고 있어. 그게 후에 우리한테 어떻게 작용할지, 잘 생각해 보길 바란다.

크리스는 당부의 말을 마친 후 통화를 끝냈다. 원은 통화가 끝난 휴대폰을 물끄러미 바라보았다.

*　　*　　*

아침 식사를 마친 후, 록은 원과 함께 주차장으로 향했다. 비상구를 걸어 내려온 록은 주차장을 보곤 와아, 하고 감탄했다. 주차장에 색깔별로, 다른 종류의 차가 줄지어 있었다.

"차를 좋아하시나 봐요."

"내가 아니라 크리스가."

"아아."

록이 알겠다는 듯 고개를 끄덕였다.

"어느 색 좋아해?"

원이 주차장에 자리한 차를 가리키며 물었다. 록은 고민 끝에 가장 기본적으로 보이는 검은색 차를 골랐다. 원은 그곳으로 저벅저벅 걸어갔다.

"차 열쇠는요?"

"여기."

원이 키를 들어 보였다.

록은 그렇구나, 라고 덤덤하게 생각하며 조수석에 탔다. 자동차의 시트는 푹신하고 부드러웠다. 여기서 잠을 자라고 해도 잘 수 있을 것 같았다.

원이 부드럽게 핸들을 꺾었다. 자동차는 지하로 이어진 길을 따라 나갔다. 어두컴컴한 길을 한참 나가다보니 숲길이 나왔다. 하늘이 보이지 않을 만큼 나무들이 빽빽하게 들어차 있었다. 창문이 자동으로 내려가더니, 상쾌한 숲의 바람이 밀려들었다.

"흐읍……."

록이 있는 힘을 다해 숨을 들이마셨다. 가슴이 뻥 뚫리는 것처럼 시원했다. 모처럼 휴가를 온 기분이었다.

"감사합니다."

록은 기분 좋은 미소를 지으며 원에게 말했다. 원은 대답 대신 록을 바라보았다. 자신에게 잡혀 있는 주제에 고맙다고 말하는 록이 이해되지 않았다.

차가 숲길을 달려 도로로 접어들었다. 시장 근처에 주차한 후, 록은 가벼운 발걸음으로 차에서 내렸다.

그녀는 들뜬 얼굴로 왁자지껄한 시장 골목을 바라보았다. 벌써부터 아기자기한 물건들이 눈에 쏙쏙 들어왔다.

"뭘 사지?"

록이 주머니에서 현금을 꺼내며 빙긋 웃었다.

"난 너한테 돈을 준 기억이 없는데?"

등 뒤에서 원이 스윽 다가와 말했다. 그는 무표정하게 그녀의 손에 쥐어진 현금을 바라보았다.

록이 멈칫했다. 시장 왔다는 생각에 신이 나서 이 사실을 잊었다. 그녀는 마치 깡패를 만난 것처럼, 슬그머니 돈을 주머니 안에 챙겨 넣었다.

"얻었어요."

"누구한테?"

원이 무표정하게 물었다. 록은 여기서 대답을 잘못하면 죽을 수도 있다는 생각이 들었다.

"실은…… 복도에서 주웠어요. 알렝한테 가서 물어보세요. 어젯밤에 서쪽 서재에 가다가 130사를 주워서 갖다드렸거든요. 그런데 오늘 아침에 주인을 못 찾겠다고, 이럴 땐 주운 사람이 임자라며 돌려주셨어요. 마침 시장도 가니까 잘됐다 싶어서 가져왔어요. 안 되나요?"

설마 이것도 안 돼?

록은 두 손을 꼭 쥔 채 울먹거리는 표정을 지었다. 원은 아무 말 없이 고개를 돌렸다. 눈감아 주겠다는 뜻이었다.

그녀는 가슴을 쓸어내리며 모처럼 웃을 때였다. 왼쪽 손이 묵직해졌다. 동시에 뜨끈한 감촉이 느껴져 록은 천천히 고개를 숙였다.

원이 자신의 손을 잡고 있었다.

순간 심장이 쿵 내려앉는 느낌이었다.

갑자기 왜 이래? 돈 뺏으려고?

"왜, 왜 갑자기……?"

록이 의아한 얼굴로 원을 쳐다보았다.

"저길 봐. 나란히 걸어가다간 서로를 놓칠 수도 있잖아."

원이 좁은 골목 사이를 오가는 수많은 사람들을 가리켰다.

"그래도 이건……."

록이 말끝을 흐리며 맞잡은 손을 바라보았다.

"떨어져서 걷고 싶어? 그러려면 저 길에 있는 사람들을 다 없애야 하는데……."

원이 작게 중얼거렸다. 그 말이 진심이라는 게 느껴져 섬뜩했다.

"아뇨! 이게 좋은 것 같아요! 딱 좋아요!"

록이 다급하게 말을 정정하며 맞잡은 손을 번쩍 들었다. 그사이 그녀의 손가락이 원의 손가락 사이를 스르륵 타고 흘러 깍지를 꼈다. 록이 흠칫했고, 원의 눈은 가느스름해졌다. 서로의 손가락이 틈없이 맞물렸다.

"이런 걸 바랐구나."

원이 웃음기 머금은 목소리로 말했다.

아니야. 그런 게 아니야.

록은 속으로 강하게 부인했지만, 차마 뺄지 못하고 입으로 억지 웃음을 흘렸다. 마음과 달리 원의 손을 잡고서 시장 안으로 들어섰다. 록은 체념한 채 이렇게라도 시장 구경을 할 수 있어서 다행이라 생각했다.

렌다 시장.

록은 간판을 읽으며 책에서 봤던 내용을 떠올렸다. 렌다 시장이라면 이곳의 지역명은 '광한'이거나 '한화' 정도 될 거라 추측했다. 이 시장이 광한과 한화를 가로지르는 곳이기에.

읽었던 책에 따르면 렌다 시장은 이 지역에서 가장 규모가 크고 화려한 시장이라고 알려져 있었다.

설명에서처럼 끝없이 이어진 길 양쪽으로 상점이 즐비하게 자리하고 있었다. 그 사이로 많은 수의 사람들이 지나갔다. 시장의 분위기나, 흥정하는 사람들의 말소리가 한국과 크게 다르지 않았다.

다만 물건과 음식은 꽤 달랐다. 한식, 중식, 양식의 퓨전 요리가 많았다. 록은 저도 모르게 호떡처럼 보이는 음식을 향해 걸어가다가 멈칫했다. 원과 맞잡은 손이 걸렸다. 원은 록이 걸어간 방향으로 함께 걸어갔다.

"이거 먹어도 돼요?"

록이 기름 위에 동그랗게 부쳐지고 있는 호떡 같은 걸 가리키며 물었다.

"먹어."

원이 허락하자 록이 방긋 웃었다. 그녀는 원의 마음이 바뀔세라 냉큼 노점상으로 걸어갔다.

노점상 위에는 '오떡'이라고 되어 있었다. 아무래도 누군가 인간계에 있는 호떡을 가져와 팔기 시작한 모양이었다. 그게 아니라면, 여기 있는 오떡을 누군가가 인간계에 전파시켰거나.

"저기요. 이거 하나만…… 아니, 두 개 주세요. 얼마예요?"

"20사예요."

"주세요."

록은 바지 주머니에서 20사를 꺼내 아주머니에게 내밀었다. 1분 후, 따끈하게 익혀진 오떡을 받아 하나는 원에게 내밀었다.

"아! 이런 건 안 드세요? 싫으시면 둘 다 제가 먹을게요."

원은 말없이 록이 내민 오떡을 받아 들었다. 오떡을 야무지게 한 입 베어 문 록이 '음'하며 감탄했다. 록의 얼굴이 금세 환해졌다.

"이런 걸 좋아하나 봐?"

금세 하나를 뚝딱 먹어치운 록을 보며 원이 물었다.

"네. 좋아해요. 한국에서도 종종 사먹었거든요. 아, 모르시겠네요. 한국에도 이런 떡이 있어요. 우리는 호떡이라고 불러요. 맛이 똑같네요. 신기해요."

즐거운 듯 종알대는 록을 바라보며 원이 한입 베어 물었다. 뜨끈하고 달달한 액체가 입 안에 확 퍼졌다.

달다.

원은 오떡을 씹으며 눈썹을 찌푸렸다. 그러나 그는 군말하지 않고 오떡 하나를 먹어치웠다.

오떡을 먹으며 구경하던 록은 슬슬 원의 눈치를 보기 시작했다. 시장을 다니다보니 사람들과 부딪치는 일이 허다했고, 그런 것에 익숙하지 않은 원의 표정이 굳기 시작했다.

결국 록은 구경을 포기해야 했다.

"저기요. 죄송한데 재료상 골목은 어디에 있어요?"

대신 본목적지였던 재료상에 가기로 했다.

"이 길 끝으로 가면 있을 거요."

절름발이 행인이 길을 손끝으로 가리켰다.

"감사합니다."

록은 깍듯하게 인사를 한 후, 원과 함께 길 끝으로 걸어갔다. 그곳에 반질반질 윤이 나는 간판들이 여럿 걸려 있었다. 화려한 간판들 사이로 오래되고 낡은 간판이 보였다 신생 업체보다 오래된 곳을 좋아하는 록은 고민 없이 그리로 향했다.

"안녕하세요."

가게 문을 열고 들어가며 록이 인사했다.

"네. 어서 오세요."

가게 주인이 환하게 웃으며 록의 인사를 받았다.

"혹시 팔찌를 만들 재료 있을까요?"

"어떤 패턴을 원해요? 실로 된 패턴? 아니면 구슬로 된 거?"

"둘 다 볼 수 있을까요?"

"잠시만요."

가게 주인이 재료를 찾아 들어간 사이, 록이 맞잡은 손을 보았다. 그는 오는 내내 자신의 손을 잡고 놔주지 않았다.

언뜻 보면 커플이지만, 록은 자신의 신세를 잘 알고 있었다. 이것은 보이지 않는 수갑이라는 것을. 그 덕에 손에서 땀이 날 지경이었다.

"이제 실내라 부딪칠 염려도 없는데 놓는 게 어떨까요?"

"사고와 사건은 시간과 장소를 가리지 않는 편이라."

"……하하. 네."

록은 그를 설득하길 포기했다. 그가 그렇다면 그런 거다.

"팔찌는 왜?"

원이 가게를 둘러보며 물었다.

참 빨리도 묻는다.

록은 속내를 숨기며 대답했다.

"만들어 보려고요. 책을 읽으면서 시간 때우는 데도 한계가 있고요. 원래 뭔가를 만드는 걸 좋아하거든요."

얼마 후 가게 주인이 팔찌를 만들 수 재료를 가지고 나왔다. 록은 구슬 하나까지 꼼꼼하게 확인하더니 실로 된 팔찌를 골랐다. 록은 실을 좌우로 잡아 팽팽하게 당겼다. 질긴 끈은 다행히 끊어지지 않았다.

"이게 가볍고 보기도 좋을 것 같네요. 이걸로 할게요."

"젊은 아가씨가 안목 있네요. 보통 팔찌를 제법 만드는 사람들이 고르는 재료인데요. 어머, 무능력자야?"

가게 주인이 무심히 록을 바라보다 손등을 보곤 깜짝 놀라 물었다.

"네."

"이런. 살기 퍽퍽했겠네요. 괜찮아요. 이젠 무능력자들도 얼마든지 잘사는 세상이 왔잖아요. 안 그래요? 내가 아는 사람의 친구 딸도 무능력자인데, 그래도 남부럽지 않게 산다고 하더라고요. 기분 나쁘지 않으면 책 하나 추천해도 될까요? 무능력자들을 위한 자기

계발서라고 하더라고요."

"괜찮아요. 이미 여러 권 읽었어요."

"그래요? 하긴, 그 책이 워낙 베스트셀러라서 이미 읽어 봤겠군요."

가게 주인의 위로에 록은 어색하게 웃었다.

이 땅에서 무능력자는 대체 어떤 의미인가. 대체 어떤 의미이기에 위로가 끝없이 쏟아지는 건가.

록은 어서 대화가 끝나길 바랐다. 그러나 가게 주인의 오지랖은 멀쩡하게 서 있던 원에게 튀었다.

"그쪽도 무능력자인가 봐요. 어휴, 인물이 훤칠한데. 연예계 쪽으로 나가 보는 건 어때요? 아주 크게 성공할 것 같은데!"

원이 무심한 눈으로 가게 주인을 물끄러미 바라보았다. 순간 몸을 꽉 조이는 위압감에 가게 주인은 저도 모르게 고개를 돌렸다.

무능력자인데 마치 어마어마한 능력을 숨기고 있는 사람처럼 덜컥 겁이 났다. 가게 주인이 얼른 록을 바라보았다.

"둘 다 선남선녀인데. 그래도 아주 잘 어울려요."

가게 주인이 어설프게 웃으며 두 사람을 칭찬했다. 그러면서 원쪽은 절대로 바라보지 않았다.

가게 주인이 겁먹은 것을 알아챈 록이 원을 쳐다보았다. 그는 언제 정색했냐는 듯 록을 향해 자그마한 미소를 지어 보였다. 그녀의 시선이 무심코 원의 깨끗한 손등에 닿았다. 그러고 보니 궁금해졌다.

그의 손등에는 왜 아무런 문양도 없는 것인지.

록은 필요한 재료를 모두 골랐다. 한참 금액을 중얼거리던 가게 주인이 고민 끝에 말했다.

"오늘 가장 많이 사간 손님이기도 하고, 두 사람이 예쁘기도 하니 내가 직접 만든 팔찌를 선물로 줄게요. 노란색이 여자 거, 초록색이 남자 거예요. 착용방법은 보면 알 거예요."

가게 주인이 노란색 실로 얼기설기 엮여 있는 팔찌와, 초록색 실로 얼기설기 엮여 있는 팔찌를 봉투 안에 넣었다.

"행운을 불러올 거예요."

"감사합니다. 하하. 잘 쓸게요. 그럼 안녕히 계세요."

록이 얼른 금액을 지불한 후, 물건을 받아 들었다. 가게를 박차고 나가기 전까지 록은 조마조마한 마음을 숨길 수 없었다. 그녀는 원이 가게를 부수어버릴 까 봐 겁이 나서 얼른 걸음을 옮겼다.

"이제 구경 다했어요. 돌아가도 돼요."

이곳에 와서 호떡 같은 오떡도 먹고, 목적이었던 재료까지 구매했다. 이로써 더는 원하는 게 없었다.

그러나 원은 생각이 달랐는지, 어딘가를 물끄러미 바라보고 있었다. 록이 따라 고개를 돌렸다. 그의 시선 끝엔 낡고 오래된 술집이 있었다.

"아."

록은 자그맣게 탄성을 내질렀다. 히카가 운영하던 술집과 몹시 닮아 있었다. 순간 만감이 교차했다.

히카만 안 만났어도 이 고생은 안하고 있을 텐데. 아니, 히카를 만나지 않았더라면 자신은 공중 화장실에서 시체가 되어 있을지도 모른다.

어쨌든 거쳐 가야 할 정거장 같은 곳이었던 거다. 이 남자도 부디 정거장에 그쳐야 할 텐데…….

록이 복잡한 표정으로 이런저런 생각을 할 때였다.

"술 한잔하고 갈까?"

원이 물었다. 록이 고민하는 얼굴로 술집과 원을 번갈아 보았다. 그가 술 마시다가 기분 상해 술집을 날려 버리면 어쩌나 하는 고민이 들었다.

그 불똥이 자신에게 튀면 어떻게 할까. 그렇지만 모처럼 나온 외출이었기에 좀 더 머물고 싶은 마음도 있었다. 원의 고집을 꺾을 수도 없었고.

"가자."

원이 그녀를 잡아당겼다. 록은 뭐라 할 틈도 없이 그를 따라 술집으로 들어갔다.

*　　　*　　　*

낡은 외관만큼이나 내부도 낡았다. 나이 든 할아버지가 직원도 없이 홀로 운영하는 가게였다.

록과 원은 맥주와 간단히 먹을 마른안주를 주문했다. 걸음걸이가 불편한 할아버지를 대신해 록이 맥주와 안주거리를 받아와 테이블에 올렸다.

원은 그런 록을 신기한 눈으로 바라보았다. 어떤 보상도 바라지 않는 선의. 그런 건 책에나 나오는 줄 알았는데, 록은 참 쉽게 행동했다.

록은 맥주를 한 모금 마시더니 기분 좋은 듯 싱긋 웃었다.

"술 좋아해?"

원이 물었다.

"아뇨. 별로 안 좋아하는데 오랜만에 마시니까 시원하고 좋네요. 여긴 정말 제가 있던 곳과 크게 다르지 않은 것 같아요."

초능력을 쓰는 것을 제외하곤 술 종류도 흡사했다. 다만 인간계가 각기 문화가 있고 무역을 통해 서로의 문물을 교환한다면, 이곳에는 한 지역에 모든 게 다 있었다.

이곳의 시장은 소규모로 다양한 물건을 생산하게끔 되어 있는 듯했다.

"만약 출장가게 되어서 집에 안 계실 땐 고백을 어떻게 해야 하나요?"

록이 술을 홀짝거리며 물었다.

"연락해야지."

"영상통화요?"

"그걸로 되겠어? 적어도 실물 크기가 반영되는 모니터로 들어야지."

"……아, 네."

록은 내심 원이 '그땐 할 수 없으니 할 필요 없어.'라고 하길 바랐다. 그러나 그런 일은 절대로 일어나지 않았다.

"앞으로는 날 구하려고 애쓸 필요 없어. 네가 생각하는 것만큼 쉽게 죽는 몸이 아니니까."

"그럴 수가 있어요?"

"내 능력이 그런 거니까."

"아…… 그러셨군요."

"그러고 보니 내가 내 능력에 대해 말해 줬던가?"

원이 고개를 비스듬히 기울이며 물었다. 슬쩍 흘리는 시선이 몹시 야릇했지만, 록은 애써 아는 체 하지 않았다. 오히려 더 깍듯한 자세로 대답했다.

"아뇨. 능력을 물어보는 게 실례라고 해서 못 물어봤어요. 곤란하면 말하지 않으셔도 됩니다. 저는 모른 채 지내도 괜찮아요."

탄의 능력이 뭔지 알게 되면 정말로 영영 빠져나가지 못할 것 같았다.

"초능력이 통하지 않아. 내 손에 닿으면 모든 초능력이 무효화돼."

그러나 원은 록의 거절에도 무릅쓰고 제 능력에 대해 설명하기 시작했다.

"물론 초능력에 맞아 죽은 사람을 되살리거나, 혹은 손상이 간 물건을 복구시키지는 못해. 다른 물질적인 능력도 마찬가지. 어떤 것도 통하지 않는 얇은 막에 들어가 있는 상태라고 생각하면 돼."

록은 언젠가 보았던 장면을 떠올렸다. 누군가가 빛으로 원의 몸을 꿰뚫으려고 할 때, 빛의 창이 휘어진 채로 사라졌다.

역시 그랬구나.

록은 모든 능력을 무효화시키는 그의 능력에 할 말을 잃었다. 동시에 이제 자신이 무사히 빠져나갈 방법은 없다는 생각이 들었다.

"크리스는 재생능력, 천이는 자신의 손에 닿은 어떤 물건이든 무기로 변형 가능한 능력. 신체적 능력도 우수하고, 머리도 꽤 쓸 만해."

"왜 제게 그런 이야기를 다 하는 건지……."

록의 눈이 정신없이 흔들렸다. 이건 아무에게나 하는 이야기가 아닐게 분명했다. 원이 입술을 늘이며 웃었다.

"궁금할까 봐."

"……."

"이제 도망 못 가겠네? 우리 비밀을 다 알아버렸으니까."

원이 더없이 상냥한 얼굴을 하고서 말했다. 그의 말에 심장이 쿵하고 내려앉았다.

세상은 어쩌자고 이런 미친놈을 만들었을까.

록은 대답 대신 맥주 한 잔을 단숨에 비웠다. 그리고 또 한 잔을 주문했다. 속이 타들어 갔다. 두 번째 잔을 홀짝거리던 록이 원을 흘깃 쳐다보았다.

"근데 저한테 왜 고백 받으려고 하는 거예요? 원하면 저보다 훨씬 예쁘고, 대단하고, 몸매 좋은 여자들을 만날 수 있을 것 같은데요."

술이 들어가니 조금 용감해진 록이 진지한 얼굴로 물었다. 정말로 억울했다. 절세미인도 아닌 자신이 왜 이런 잘생긴 미친놈에게 끌려와 이런 봉변을 당하는 걸까.

"날 좋아하라고."

"그게 이유의 전부예요?"

"응."

"제가 원을 좋아하게 되면 어떻게 되는데요?"

"그건 그때 알겠지."

원이 담백하게 웃으며 앞에 놓인 안주를 집어 먹었다. 록은 순간 울컥했다. 그 덕에 평소라면 하지 않을 소리를 대담하게 꺼낼 수 있었다.

"그럼 원도 나를 좋아하나요?"

원이 눈동자를 움직여 록을 쳐다보았다. 원이 아무 말 하지 않자, 록이 아랫입술을 살짝 내밀며 부,하고 숨을 내쉬었다.

"불합리한 관계를 원하는군요."

록은 그 말을 끝으로 맥주를 벌컥벌컥 들이켰다. 얼마 지나지 않아 그녀는 눈동자가 풀렸고, 이내 술에 취한 듯 몸이 슬쩍슬쩍 흔들렸다.

원은 록의 맥주잔을 보았다. 커다란 잔이 텅 비어 있었다. 인간계에선 어떨지 모르겠으나, 이곳은 맥주의 도수가 만만치 않다는 사실을 미처 말해 주지 않았다.

"역시나. 그럴 줄 알았어요. 그래도 억울하네요. 일방적인 짝사랑을 시키다니요."

"그래서 할 마음 없어?"

"살아야 한다면 시키는 대로 해야죠. 좋아하도록 노력할게요."

록의 대답에 원의 눈썹이 살짝 찌푸려졌다. 살아남기 위해 억지로 좋아해 보겠다는 뉘앙스였다. 자신이 바라던 바이긴 한데 묘하게 거슬렸다.

"왜 그렇게 사는 데 집착해?"

원이 맥주잔을 거머쥐며 조금 날선 목소리로 물었다.

"태어났으면 열심히 최선을 다해 살아남아야죠. 쉽게 목숨 버리는 건 나쁜 거예요."

록이 말끝을 중얼거리며 시선을 내리깔았다.

—미안하다.

낡은 방 안, 떨어져 있던 종이 한 장. 그 종이 위로 사람이 목을 맨 그림자가 시계 초침처럼 흔들렸다.

록이 눈을 질끈 감았다 떴다. 록은 애써 생각을 털어버리며 술잔을 들어 맥주를 마셨다. 급하게 마신 탓에 입술 사이로 맥주가 흘러내렸다.

잔을 내린 록이 티슈를 찾아 두리번거렸다. 테이블 끝에 자리한 티슈에 손을 뻗기 직전, 원이 손을 뻗어 록의 입술을 닦았다.

입술을 훑는 손끝이 뜨거웠다. 록이 움찔하며 등을 뒤로 젖혔다.

원의 시선이 느릿하게 그녀를 따라 움직였다. 무심한 눈동자. 슬쩍 올라간 입술. 여유로우면서 퇴폐적인 분위기를 흘리고 있었다.

록이 입술을 슬쩍 깨물었다. 자신이 아무리 연애 쪽으로 무디다고 하지만, 남자의 이런 손길이 무엇을 뜻하는지 모를 리 없었다.

문제는 이런 식으로 흘리는 저 남자의 분위기가 크게 싫지 않다는 거였다. 미친놈이라는 사실만 몰랐더라면 혹하고 넘어갔을 거다.

"수, 술 더 가져올게요!"

록이 후다닥 바를 향해 도망쳤다. 원의 손이 허공에 떠 있었다.

"하……."

그는 자신의 팔을 거둬들이며 허탈하게 웃었다.

*   *   *

맥주 세 잔을 마신 록은 '이 정도로 취하지 않아요'라고 자신만만
했다.

"이보세요. 앞으로 걷고 있잖아요."

록이 앞을 가리키며, 옆으로 걸었다. 그러다 어깨를 벽에 부딪쳤
고, 그녀는 깜짝 놀라 벽을 노려보았다.

"와, 여기 되게 신기하다. 벽이 막 다가오네? 아하하!"

뭐가 그리 재미있는지 록이 무릎을 치며 웃었다. 전형적인 취객
의 모습이었다. 평소라면 말도 안 되는 주사를 부리는 이 여자를 기
절시킬 테지만, 원은 지켜보았다. 평소보다 다섯 배는 신나 보이는
록의 모습은 낯설면서 재미있었다.

"아하하! 하아, 배 아파."

눈물까지 찔끔 흘리며 웃던 록은 뒤를 돌아보았다.

"어서 집으로 가요! 고!"

손으로 허공을 가리키던 록을 원이 붙들었다.

"넘어져."

록이 고개를 가로저었다.

"아니요. 저 멀쩡한데요? 똑바로 걸을 수 있어요! 이거 보세요!"

록이 호언장담하며 앞으로 걸어갔다. 그러나 이상하게 세상이 점점 멀어졌다.

원은 뒤로 걷기 시작하는 록을 바라보았다. 제대로 취했다. 더 내버려 뒀다간 귀찮은 일이 생길 것 같아, 원이 록의 팔을 붙잡았다.

"놔주세요! 놔주세요!"

알콜의 힘을 빌려 용감해진 록은 평소와 달리 반항했다. 그래 봤자 미미한 힘이었지만. 마음만 먹으면 이 여자 하나쯤은 압박할 수 있다. 그런데 이상하다. 이 여자를 세게 움켜쥘 수가 없다.

원은 미묘한 눈으로 록을 바라보았다.

이상하게 록을 세게 움켜쥘 수 없었던 원은 그녀의 팔을 놓쳤다. 록이 힘의 반동으로 벽에 부딪쳤다.

"윽!"

벽에 등이 세게 부딪친 록이 벽을 따라 주르륵 흘러내렸다. 그녀는 아픈 팔을 박박 문지르더니 고개를 들어 원을 보았다. 투명한 눈에 눈물이 그렁그렁 맺혀 있었다. 아픈데 아프다고 말을 못 하는 모양이었다.

록은 일어나려 했으나 술에 취해 제 몸을 제대로 가누지 못했다. 보다 못한 원이 휘청거리는 록을 붙잡았다. 그러자 록이 흠칫했다. 거부의 뜻이 명백했다. 기분이 나빠진 원이 록을 물끄러미 쳐다보았다.

"누가 보면 잡아먹는 줄 알겠어."

원이 일부러 록의 손목을 꽉 쥐며 성큼 다가갔다. 록은 대답 대신 제 입술을 안으로 말아 넣었다.

원의 눈이 가느스름해졌다. 그러자 록은 한 손으로 제 뺨에 손바닥을 철썩 대더니 '아, 여기가 아니구나.'하더니 얼른 입술을 가렸다.

"대체 뭐해?"

뭐하는지 알면 덜 황당할 것 같아, 원이 물었다.

"깨물 거잖아요."

"뭐?"

"제 입술, 깨물 거잖아요. 그래서 술 마실 때 쳐다보고, 아까도 쳐다보고, 방금도 쳐다본 거잖아요."

내가?

원이 의아한 얼굴로 록을 바라보았다. 술 마시는 내내 록이 불편해 어쩔 줄 몰라 했던 이유가 이거인 모양이었다.

원은 기가 막히면서, 묘하게 기분이 상했다. 원의 표정이 굳은 걸본 록이 억울한 표정으로 그를 바라보았다.

"얼마나 아픈데요. 얼얼하기도 하고, 기분도 이상하고. 막, 막 눈앞이 핑글핑글 돌아요."

록이 말을 하다가 서러운지 눈물이 맺힌 눈으로 웅얼거렸다.

"한 번 당해 보실래요?"

"……."

"진짜 돌려주고 싶네. 그럼 다시는 그런 짓 못 하지."

술에 취해 용감해진 록이 머릿속으로 하던 생각을 툭 뱉었다. 원이 고개를 숙였다. 마주한 얼굴 사이가 가까워지자, 록은 흠칫하며 고개를 뒤로 젖혔다. 그러나 벽에 가로막혀 옴짝달싹할 수 없었다.

"자."

원이 턱을 살짝 내밀었다. 록이 무슨 소리냐는 듯 그의 눈을 번갈아 보았다.

"돌려주고 싶다며. 해 봐."

"……."

"어서."

원의 재촉에 록의 두 눈이 흔들렸다. 록은 그대로 얼어붙었다. 술에 취해 옆으로 걷고 뒤로 걸어도 미약한 이성은 남아 있는 모양이었다.

시키면 하지도 못할 게.

원이 픽 웃었다.

"못 하면서."

그가 놀리듯 말했다. 그가 돌아서려는 순간, 록이 그의 멱살을 움켜쥐었다.

"후회하기 없어요. 저는 시키는 대로 한 거예요."

록이 원의 아랫입술을 빨아들였다. 부드러운 입술 사이로 쌉싸래한 맥주향이 퍼졌다. 이윽고 매끄럽고 말캉한 무언가가 느껴졌다.

원은 자신의 아랫입술을 물고 있는 록을 보았다. 록은 눈을 꽉 감은 채 자신에게 매달려 있었다.

기가 찼다. 동시에 시간이 멈춘 것 같은 기이한 기분이 들었다. 그래서인지 방심하고 말았다.

록이 그의 아랫입술을 깨물었다. 원이 얼굴을 찌푸렸다. 아랫입술이 얼얼했다.

"거봐요. 아프죠?"

록이 원을 놓아주며 웅얼거렸다.

"엄청 아프다니까요."

다시금 웅얼거리던 록이 벽으로 고개를 홱 돌리며 말했다.

"이제 집으로 갑시다."

그녀가 막다른 골목의 벽으로 돌진했다.

*　　*　　*

"으아아아!"

침대에서 몸을 일으킨 록이 다급하게 주위를 살폈다. 자신이 잠옷을 입고 무사히 침실에서 일어났다는 것을 깨달은 록은 긴 한숨을 내쉬었다. 가슴을 쓸어내리던 그녀는 고개를 가로저었다.

정말 미친 꿈이었어!

다시 생각해도 아찔하다는 듯 록이 속으로 중얼거렸다.

원의 입술을 깨무는 꿈이라니. 이런 흉몽이 있나. 오늘 대체 무슨 일이 있으려고! 그나저나 몹시 생생했는데, 실제로 그런 건…… 아닐 거다.

만약 그랬다면 자신이 무사히 눈을 뜰 리 없다. 되도록 오늘 하루 일진을 조심해야겠다는 생각을 하며 록이 고개를 돌렸다가 굳었다.

햇살이 스며드는 창가 아래, 남자가 테이블에 앉은 채 잠들어 있었다.

신이 그린 듯한 반듯한 외모, 햇살이 흘러내리는 검은 머리카락, 부드럽게 뻗은 손가락.

미친 듯이 놀라니 비명도 나오지 않았다. 록의 입술이 가늘게 떨렸다.

저 남자가 왜 대체 여기에?

의문과 동시에 록의 머릿속으로 번개가 친 듯한 영상이 지나쳤다. 자신이 비틀거리며 들어와 협탁 위에 종이봉투를 올려놓고 옷을 갈아입은 후, 침대에 뻗는 모습이었다.

록이 느릿하게 고개를 돌려 협탁 위에 놓인 종이봉투를 보았다. 팔찌용품을 구매했던 봉투였다.

꿈이 아니라 사실이었어?

더 끔찍한 건 그의 입술을 물어뜯은 것과, 침실에서 옷을 갈아입은 일 사이 기억이 없다는 거였다. 그사이에 자신에게 무슨 일이 있었던 걸까.

록은 터질 것 같은 심장을 꽉 누른 채 조용히 이불을 걷었다. 일단 이 자리를 벗어나 생각을 해야겠다. 발끝으로 살금살금 방문을 향해 걸어갔다.

"보통 이런 경우, 의자에서 불편하게 잠든 사람을 챙겨주지 않아? 섭섭한데?"

갑작스러운 목소리에 발끝으로 피가 다 빠져나가는 것 같았다. 록이 굳은 목을 억지로 돌려 뒤를 보았다. 원이 그 자세 그대로 눈만 뜨고 있었다. 느릿하게 고개를 들자, 상처 난 아랫입술이 보였다.

록이 마른침을 꼴깍 삼켰다.

"이, 이, 일어나셨어요?"

"그렇게 비명을 지르는데 안 일어날 리가."

"하, 하하. 눈 감고 계시기에……."

"어쩌나 보려고 했지."

원이 느릿하게 자리에서 일어났다. 그가 이곳을 향해 걸어왔다. 록이 뒷걸음질 치려 하자, 그가 손을 들었다.

"움직이지 마. 오늘 피곤해서 기분이 별로거든."

네가 도망치면 화가 날 거 같다.

원이 그렇게 온몸으로 말하고 있었다.

졸지에 록은 도망치지도 못한 채 원이 다가오는 걸 지켜봐야 했다. 피가 바짝바짝 마르는 기분이었다. 차라리 기절하고 싶은데, 그것조차 맘대로 되지 않았다.

마침내 원이 자신의 코앞에 섰다. 록이 어색하게 웃었다.

"좋은 침실 두고 왜 여기서 불편하게 주무셨어요?"

"도망칠까 봐 기다리고 있었지."

"하, 하하. 누가요? 제가요? 제가 왜 도망치나요? 그럴 리가요. 앞으로 그런 일 없을 거라고 했잖아요."

"방금 발소리 죽이고 나가려던 건, 뭐였지?"

"그, 그건 다 원 때문이죠. 잠에서 깨실까 봐요. 하하. 오시는 줄 알았으면 제가 바닥에서 자고, 침대를 빌려드리는 건데요. 아침 식사는 하셨어요? 아침 거르면 병나요."

록은 시간을 벌기 위해 쓸데없는 소리를 주절거렸다. 그사이 원은 록에게 한 발 더 다가와 섰다. 그 덕에 그의 입술에 남은 상처가 또렷하게 보였다.

"보여?"

원이 자신의 입술을 가리켰다. 록은 아주 잠깐 눈을 감고서 '아무 것도 안 보입니다.'라고 대답할까 고민하다가 관뒀다. 그러다 정말 영영 앞을 못 보게 만들어 줄까 봐 겁이 났다.

"……네. 하하. 어쩌다가 그렇게 되셨어요? 하하."

록이 발뺌을 했다.

"모르는 척하겠다?"

그러나 원은 역시 만만하지 않았다.

"정말 기억이 안……."

"나게 해 줄까?"

원은 웃고 있었지만, 소름 끼치도록 냉랭했다. 그가 많이 참고 있다는 게 느껴졌다.

"……갑자기 나네요. 죄송합니다."

록이 두 손을 다소곳하게 모은 채 고개를 숙였다. 빠른 사과만이 살길이었다. 그러나 록도 할 말이라면 있었다.

"정말 죄송하고 또 죄송하지만, 어제 분명히 먼저 해 보라고 한쪽은 원이니까 제 죄는 없지 않나 조심스럽게 생각해요. 저는 시키는 대로 얌전히 행했을 뿐이잖아요."

"알아."

"그럼 대체 왜 화가 난 거예요?"

록이 눈만 슬쩍 들어 원을 바라보며 물었다.

"화? 안 났어."

거짓말.

눈치 빠른 록은 그의 눈만 봐도 무슨 기분인지 알아챘다. 그는 몹시 화가 난 상태였다. 그녀는 한숨을 내쉬며 고개를 돌렸다가 벽에 걸린 시계를 보곤 멈칫했다.

"저, 이런 와중에 이런 말해서 죄송한데요."

록이 원의 눈치를 보며 조용히 말문을 열었다. 이런 상황에서 이 여자가 용기를 낼 말이 뭐가 있을까 싶어 원이 쳐다보았다.

"좋아해요."

록의 말에 원이 시간을 확인했다. 정확히 8시가 되기 2분 전이었다.

"할 건 해야 할 것 같아서요."

이 와중에 약속까지 지키지 않으면 원이 정말 화낼 것 같았다. 그러다 록은 자신이 자정에 고백하지 않았다는 걸 떠올렸다.

그녀가 손을 움찔하다 멈칫했다. 손목에 이물감이 느껴졌다. 상점에서 받았던 노란 팔찌가 제 손목에 걸려 있었다.

이게 왜?

록의 시선이 무심코 원의 팔에 닿았다. 그의 손목에도 같은 패턴의 초록색 팔찌가 있었다. 그녀가 얼굴로 소리 없는 비명을 지르며 두 개를 번갈아 보았다.

"아, 이거?"

원의 물음에 록이 목이 빠져라 고개를 끄덕였다.

"네. 이게 왜 여기에 있어요?"

"기억 안 나?"

안 나니까 지금 이렇게 미치려고 하지!

록은 혀끝까지 차오른 말을 삼키며 고개를 끄덕였다.

"네가 채워준 건데."

"제, 제, 제가요?"

"어. 내 입술 깨물고 잠시 정신이 돌아왔는지 죽이지 말라고 빌더라. 그러더니 갑자기 주섬주섬 팔찌를 꺼내 내 손목에 이걸 채워주잖아. 그러면서 너도 끼던데. 나한테 꽤 애틋한 감정이 생겼나 봐? 이렇게라도 기억에 남고 싶어 하는 걸 보면."

"아……."

록은 할 말을 잃었다. 이대로 공기 중에 녹아 사라지고 싶었다. 붕어처럼 입만 벙긋거리던 록이 원에게 다가갔다.

"죄송합니다. 지금이라도 당장 풀어드릴게요. 제가 미쳤나 봐요. 분명 맥주 세 잔에 안 취하는데 어제는 엄청 피곤했나 봐요."

록이 주절거리며 손을 뻗자, 원이 자신의 팔을 등 뒤로 가렸다.

"급한 건 이게 아니잖아? 안 그래?"

그럼 뭐가 문제냐는 듯 처다보자, 원이 '자정'이라는 한 마디를 했다. 자정 때 고백하지 않았다는 걸 원이 기억하고 있었다. 록의 얼굴이 흙빛으로 변했다.

이제 정말 죽는 건가. 별의별 짓을 다해 가며 살아남았는데. 저런 놈한테 매일 하루에 세 번씩 좋아한다고 고백하기도 했고.

"이렇게 해."

원이 상냥하게 웃었고, 록은 듣기도 전에 암울한 얼굴을 감추지 못했다.

*　　　*　　　*

빛이 쏟아지는 새하얀 복도를 걸어가는 동안, 원의 표정은 좀처럼 풀리지 않았다.

어젯밤 록은 자신의 입술을 깨물고 벽으로 돌진하려 했다. 그런 록을 잡아 세워서 '그러다 죽어.'라고 말했다.

입버릇처럼 하는 말이었기에 무심코 던진 말이었는데, 록의 행동이 뚝 멈췄다. 서서 잠든 건가 싶어 당기자, 록이 힘없이 돌아섰다. 록의 눈에는 눈물이 그렁그렁 차올랐다.

'죽어요? 왜요? 안 죽이면 안 돼요? 죽기 싫어요.'

그 말을 하는 동안 록의 눈에서 눈물이 후두둑 떨어졌다. 잡고 있던 원의 손등 위로도 떨어졌다.

록이 바라보고 있는 건 자신이 아니라는 걸 원은 단번에 깨달았다. 그녀가 원의 손을 꽉 움켜쥐었다.

'살고 싶어요. 나는…… 나는 살고 싶어요.'

록이 억눌린 목소리로 중얼거리듯 말했다. 그녀는 온몸으로 고통스러워하고 있었다.

'내가 더 잘할게요. 내가 잘할 테니까…… 살려 주세요.'

록의 눈에서 쉴 틈 없이 눈물이 쏟아져 내렸다. 그녀는 무릎을 꿇고 애원했다.

자신을 살려 달라고. 자신은 죽고 싶지 않다고. 죽으면 그곳에 대체 뭐가 있냐고 웅얼거렸다. 그러더니 종이봉투를 열어 팔찌 용품을 주르륵 꺼냈다.

'일해서 돈 벌게요. 이거라도 만들어서 팔게요.'

록은 실 패턴을 두 개 묶어 엉망진창으로 엮기 시작했다. 그러더니 땅에 떨어진 노란 팔찌를 끼고는 예쁘지 않느냐고 물었다.

'이건 드리려고 만들었어요.'

록이 땅에 떨어져 있는 초록색 팔찌를 들어 원에게 비틀거리며 다가왔다. 원이 붙잡자, 그녀가 힘겹게 몸을 세우더니 원의 팔에 팔찌를 채웠다.

어떻게든 팔찌를 묶으려는 그녀의 손끝이 떨렸다. 이건 술에 취해서가 아니라, 공포로 인한 떨림이었다.

원의 팔에 팔찌를 채운 그녀는, 눈물범벅이 된 얼굴로 그를 바라보았다.

'더 예쁜 걸 만들게요. 더 열심히 할게요. 그러니까……'

'……'

'살려 줘요. 아빠.'

'……'

'제발.'

록의 눈에서 후두둑 눈물이 떨어졌고, 공포에 질린 그녀가 기절하듯 뒤로 넘어갔다. 원이 빠르게 그녀를 잡아챘다. 원은 록을 안은 채 한동안 아무것도 하지 않았다.

그 순간, 이 여자가 살아 있음에도 살려 주고 싶었다. 어떤 위협과 고난이 없는 무지의 세계에 두고 싶은 기분이었다.

처음이었다. 죽이고 싶은 게 아니라, 누군가를 이토록 살리고 싶은 기분이 든 것은. 묘하게 들뜨면서 아릿한 기분이었다.

밤새 록의 방에서 잠들어 있는 록을 쳐다보며 자신이 왜 그런 기분을 느꼈는지, 그 기분을 다시 한 번 느껴 보려 했지만 얻을 수 없었다.

　원은 제 손목에 끼워진 초록색 끈 팔찌를 보았다. 밤새 뜯으려고 몇 번이나 잡았다가 내려놓곤 했다. 원은 다시 한 번 팔찌를 잡았다가 놓으며 서재로 들어갔다.

＊　　　＊　　　＊

　"이 집에 정말 우리가 못 보는 개가 있나 보지?"

　크리스가 원의 서재에 들어와 그의 입술을 보고 물었다. 원이 대답하지 않자, 크리스가 소파에 앉아 말을 이었다.

　"그 개는 왜 입술만 물어뜯을까? 응? 정말 신기하지 않아?"

　크리스가 태블릿을 보며 말했다. 그는 그곳에 있는 정보를 머릿속에 넣어 정리하는 중이었다.

　내전이 일어난 나라의 정부군에 무기를 지원한 건 현명한 결정이었다. 정부군의 빠른 진압으로 내전이 끝났고, 그들은 약속대로 무기 대여료를 톡톡히 챙길 수 있었다.

　거기다가 반정부군의 첩자를 잡아내는 공로까지 세워 그 나라와 돈독한 인연을 맺게 되었다. 물론 원에게는 크게 영향력 있는 인맥이 아니었지만, 우호적인 나라를 만들어 나쁠 건 없었다.

　"개 없어."

　원이 덤덤하게 대답했다. 그러자 크리스가 고개를 들어 그를 보았다.

　"개도 없는데 입술이 왜 그래? 응?"

"알면서 뭘 물어."

"록한테 물린 거야? 충분히 막을 수 있었을 텐데?"

초능력이 아니라 신체적인 능력만으로도 충분히 피할 수 있었을 거다.

"알고 보면 록이 굉장한 능력자였던 거야? 무슨 능력이기에 널 다치게 해? 천이가 알면 쓰러지겠네. 걔 소원이 네 몸에 상처 남기는 거잖아."

크리스가 눈부시게 빛나는 금발을 쓸어 넘기며 말했다.

"무슨 능력인지 오면 직접 물어봐."

원의 대답에 크리스가 고개를 들었다. 4시가 되기 5분 전, 즉 록이 오기 5분 전이었다. 크리스가 원을 바라보았다. 그는 한결 가벼운 표정을 짓고 있었다. 록이 이 집에 온 후, 원이 곧잘 짓는 그 얼굴이었다.

* * *

이른 아침, 원이 서재로 떠난 후, 록은 자다 깨길 반복했다.

어제 마신 술 때문에 속이 아파서 깨고, 화장실을 가느라 깨고, 악몽 때문에 깼다. 원이 보냈다는 아침, 점심 식사 때문에 깨기도 했다.

록은 그때마다 키스 후의 일을 떠올려 보려 애썼지만, 이상하게 그 부분만 떠오르지 않았다.

자신이 대체 무슨 생각으로 원의 팔에 커플 팔찌를 끼워준 건지,

그 말이 사실이긴 한 건지 의문이었다. 그렇다고 원이 자신의 팔에 커플 팔찌를 채워 줄 리는 없었기에 그의 말을 믿는 수밖에 없었다.

"그래. 내 주사를 생각하면 그럴 수밖에."

록이 바닥을 보며 웅얼거렸다. 록의 주사는 다양했다. 노래를 부르기도 했고, 춤을 추기도 했고, 아주 드물게 옆 사람에게 뽀뽀를 하기도 했다.

그중 가장 싫은 주사는 우는 것이었다. 지인들의 말에 의하면 혼자 서럽게 울면서 살려 달라는 말만 반복한다는 거였다. 아무래도 원에게 그 꼴을 보여 준 듯싶었다.

"내가 왜 술을 마셔 가지고."

맥주 세 잔이라 만만하게 여긴 게 문제였다.

"내가 또 술을 마시면 개다."

록이 고통스러운 듯 고개를 가로저었다. 민망하긴 했지만, 록은 그 생각을 얼른 접었다. 생각나지 않는 부분을 부여잡고 있는 것보다, 앞으로를 고민하는 게 더 우선이었다. 록은 원이 시킨 것을 떠올렸다.

'오늘부터 날 왜 좋아하는지 이유도 말해.'

자정 고백을 넘겼다는 이유로, 내려진 벌이었다. 처음 그 말을 들었을 때 록은 혀를 질끈 깨물었다.

'널 좋아하지 않는데 이유를 어떻게 말해요?'라는 말이 입 밖으로 나오려 했기 때문이었다.

"하아. 좋아하는 이유라."

록이 한숨을 내쉬었다. 그것도 그거지만, 오늘따라 저기압이던 원을 떠올렸다. 그는 무척 화가 나 보였다. 뭐라도 해서 화를 풀어 줘야 할 것 같았다.

"일단 물부터 마시자."

록은 빈 물통에 물이라도 받으려고 나섰다가 복도에서 우연히 알렝을 만났다. 그는 여전히 우아하고 흐트러짐 없었다.

"저기요."

록의 부름에 알렝이 웃으며 돌아섰다.

"제 이름은 알렝입니다. 앞으로 알렝이라 부르시면 됩니다."

그가 허리를 꼿꼿하게 편 채 말했다.

"알렝, 물어볼 게 있어요."

"편하게 말하시죠."

"원은 뭘 좋아하죠? 이 집의 사정은 알렝이 훤히 꿰뚫고 있으니 잘 아실 것 같아서요. 이런 걸 물어보기에 알렝만한 분도 없을 것 같고요."

록이 슬쩍 띄워주자, 알렝이 함박웃음을 지었다.

"그럼요. 이 집에 원, 크리스, 천이에 대해 잘 아는 사람은 저 말고 없지요. 원이 좋아하는 건 굉장히 많죠. 일단 각종 무기류는 다 좋아해요. 특히 활용성 높고 강력한 걸 좋아합니다. 이를테면 한 방에 사람 열다섯을 기절시킬 수 있는 그런 류의 무기 같은 거죠."

"아, 아뇨. 그런 거 말고 특별히 좋아하는 음식이요."

록은 원이 좋아하는 음식을 해서 그의 기분을 풀어 줄 생각이었다. 오늘 아침 자신의 방문을 나서던 원의 표정이 몹시 안 좋았던 게 계속 마음에 걸렸다.

그의 기분이 안 좋으면 자신도 덩달아 불안하다. 괜한 불똥이 자신에게 튈까 봐.

"좋아하는 음식이요? 그런데 그건 왜 묻죠? 원에게 해 주려고 그러나요? 오늘 원의 기분이 안 좋아 보이긴 했죠."

"네. 신경 쓰이네요."

록이 멋쩍게 웃었다. 원에게 아부하듯 음식을 갖다 바치려는 제 마음을 들킨 것 같아 민망했다.

"보기 좋습니다."

알렝이 넌지시 웃으며 꺼낸 말에 록이 고개를 갸웃거렸다. 뜬금없는 그의 말은 이해력 좋은 록조차도 쉽게 이해하지 못했다.

"원을 살뜰히 챙기려는 모습이 참 보기 좋다는 말입니다. 그의 피앙세가 되기로 하셨나요?"

"피…… 뭐요?"

록이 제 귀를 의심하는 듯한 얼굴로 물었다.

"피앙세 말입니다. 아, 이 말을 모르시나요? 그럼 다른 말로 대체해 드리죠. 애인, 연인, 약혼자, 사랑하는 사람, 그리고 또 어떤 말로 대신할 수 있을까요?"

"아뇨. 충분히 이해했습니다만, 아닙니다. 피앙세라니 가당치도 않습니다. 차라리 '피 안 새'면 모를까."

그가 자신에게 할 말은 피앙세가 아니라, '피 새냐? 안 새냐.' 라는 질문이 더 현실적이었다. 록이 단호하게 손을 내젓자, 알렝이 몹시 의외라는 듯 눈을 동그랗게 떴다.

"오호. 그것참 의외군요."

"대체 어느 부분에서 그런 오해를 만들게 된 건지 모르겠지만, 절대로 아닙니다."

"그런가요? 제가 보기엔 오해가 아닌 것처럼 보입니다만."

알렝이 빙긋 웃었다. 원이 이 집에 여자를 데려온 건 처음이었다. 물론 이카루라는 자를 잡기 위한 인질이라고 하지만, 그녀를 대하는 원의 태도가 남달랐다.

그녀가 편하게 지낼 수 있도록 은근히 신경 썼다. 그녀와 함께 있을 땐 표정도 달랐다. 느슨하게 웃고 있는 그 얼굴은, 원이 즐거울 때만 보여 주는 것이었다.

그러나 안타깝게도 이 중요한 사실을 눈앞의 여자는 전혀 모르는 듯했다. 물론 당사자인 원도 자각하지 못하는 것 같지만.

"절대로 아닙니다. 그럴 리가 없습니다."

록이 하얗게 질린 얼굴로 손을 가로저었다. 알렝은 조금 더 설명해 줄까 하다가 관두기로 했다. 얼굴이 희게 질린 록을 보니 안쓰러웠다.

"그렇군요. 원이 좋아하는 음식에 대해 말하셨죠? 원은 특별히 좋아하는 음식이 없습니다. 대신 피로를 풀어 주는 이 음식을 해 가면 좋아할 겁니다."

알렝이 록에게 한 가지 팁을 주었다.

*　　*　　*

4시가 되기 2분 전, 록이 원의 서재를 찾았다. 그는 천이와 함께

였다. 그는 한 번 보고 필요한 정보를 머릿속에 남기고 있었다. 록은 자신이 들고 있던 쟁반을 원의 책상에 조심스럽게 놓았다.

"뭐야?"

원이 뚜껑으로 덮여 있는 그릇을 가리키며 물었다.

"한 번 드셔 보세요. 어제 제가 실수한 게 있어서 사과하는 의미로 만들어 봤어요."

원이 그릇의 뚜껑을 열었다. 그릇 안에는 알 수 없는 시뻘건 액체가 담겨 있었다.

"어디서 마그마 퍼왔나 봐? 능력 좋은데?"

원의 곁에 다가온 천이가 진지한 얼굴로 물었다. 시뻘건 건더기에서 모락모락 김이 피어오르니 영락없이 마그마였다.

"아뇨."

"그럼 이건 뭔데?"

"토마토 리조또요. 피로를 푸는 데 토마토가 좋다고 해서, 한 끼식사로 괜찮을 것 같아 만들어 봤어요. 별로인가요? 아! 생긴 건 이래도 맛은 좋아요. 제가 예쁘게 담지 못해도 간은 잘 맞추거든요."

록이 자신만만하게 말했다.

"아닌데. 마그마인데."

천이가 진지하게 말했다. 그의 눈에 이 액체는 여전히 마그마였다.

"맛은 좋아요. 천이도 있는 줄 알았으면 한 그릇 더 해올 걸 그랬어요."

"아냐. 난 너와 싸우고 싶지 않아."

"네?"

"아니야. 아무것도."

천이가 손을 내저으며 원을 힐끗 보았다. 원이 숟가락을 쥐는 걸 보고 천이가 흠칫했다.

설마 숟가락으로 패려는 건 아니겠지?

그러나 의외로 원은 토마토 리조또에 숟가락을 꽂았다. 숟가락을 휘젓자 밥이 나왔다.

"리조또가 맞긴 하군."

그가 밥을 보고서야 확신했다. 천이 또한 마찬가지였다.

"숟가락이 안 녹는 걸 보니 마그마가 아닌 게 확실해."

"할 말은?"

원이 록을 보며 말했다.

"좋아해요."

록이 자동반사적으로 고백했다. 이제 천이도 그녀의 고백에 적응이 되어 아무렇지 않게 넘겼다. 둘 사이의 고백은 안녕, 이라는 인사만큼 담백했다.

"왜냐하면 원은 잘생겼기 때문이죠."

이 뒷말을 안 들었을 땐 그랬다. 천이가 느릿하게 고개를 들었다.

록의 얼굴이 벌겋게 달아올라 있었다. 자신이 왜 이런 말을 해야 하나 하는 억울한 얼굴이었다.

원이 픽 웃으며 고개를 끄덕이는 걸로 봐선 그가 시킨 듯했다.

"그런 이유로 날 좋아해?"

"……"

"대답은?"

"네. 그런 이유로 좋아합니다."

록이 로봇같이 딱딱하게 대답했다. 원이 토마토 리조또를 한입 먹었다. 록의 말대로 생긴 것과 달리 간이 괜찮은지 그는 묵묵히 먹기 시작했다.

정말 가지가지 하는구나.

천이가 속으로 혀를 내두르며 원을 빤히 쳐다보았다.

원은 확실한 걸 좋아하는 성격이었다. 죽일 놈은 죽일 놈, 살릴 놈은 살릴 놈, 자신의 편은 자신의 편. 선이 분명하고 대부분의 일을 이성적으로 대처했다.

그런 원이 유일하게 감정적으로 대하는 게 록이었다. 그는 록에게 듣도 보도 못한 일을 시키고 있었다. 자신에게 좋아하라고 말하라는 둥, 좋아하는 이유에 대해 말하라는 둥. 처음엔 장난인 줄 알았는데, 그의 반응이 미묘했다.

이러다가 일이 복잡해지는 거 아냐?

천이가 미간을 좁히며 원과 록을 번갈아 보았다. 원이 어떤 여자를 가깝게 대해도 상관없다. 질펀하게 즐기고 헤어지면 그걸로 끝이니까. 문제는 마음을 주었을 때다.

그러다 천이는 고개를 가로저었다. 원이 마음을 줄 리 없다. 어떤 놈인지 지켜본 자신이 가장 잘 안다. 록 같은 여자는 처음이라 신선하고 재미있어서 저러는 거다. 천이는 자신의 생각을 냉큼 접었다.

　고요하고 차분한 집안의 분위기가 모처럼 들떴다. 넓은 공터 같은 마당에 긴 테이블이 여덟 개 놓였다. 그 위에 음식이 돋보이도록 흰 보를 깔았다. 음식은 한식, 양식, 중식, 일식이 뒤섞인 퓨전이 많았다.

　"무슨 생일을 이렇게 거창하게 해."

　록이 화려하게 꾸며진 마당을 둘러보며 중얼거렸다. 오늘은 천이의 생일이었다. 그는 자신의 생일을 거창하게 즐기는 걸 좋아했고, 매해 하는 행사라고 했다.

　그녀는 음식을 만드는 직원들이 고생하는 것 같아 도와주려 했으나, 번번이 거절당했다. 록이 토마토 리조또를 만드는 걸 본 주방 직원들이 소문을 퍼트린 탓이었다.

'지옥의 음식을 만든다던데!'

'원을 암살하려는 소문이 있던데!'

'원이 강해서 독을 이겨냈다더라!'

'아직 살아 있는 이유는 굉장히 쓸모 있는 대단한 능력을 갖고 있기 때문이라던데!'

그런 장난 섞인 뜬소문이 널리널리 퍼졌지만, 록은 알지 못했다. 서재에서 책만 읽느라 그런 소문을 들을 시간도, 전해 줄 사람도 없었다.

어느새 생일 축하 준비가 끝나갔다. 록은 마당의 가장 귀퉁이에 서서 단상 위에 올라가 있는 천이를 보았다. 그는 몹시 즐거워 보였다. 그가 고개를 흔들 때마다 곱슬머리가 스프링처럼 퐁퐁 튀면서 흔들렸다.

그 곁에 크리스가 서 있었고, 원은 보이지 않았다. 이제 겨우 6시였기에 고백하기까지 시간이 남아 있어서 록은 그를 굳이 찾지 않았다.

"오늘은 나의 생일입니다! 모두들 즐겁게 먹고, 마십시다!"

천이가 즐거운 얼굴로 두 팔 벌려 소리쳤다. 그러자 직원들이 환호하며 즐거워했다.

"아! 록 님!"

저를 부르는 소리에 록이 고개를 돌렸다. 그곳에 유호가 눈을 동그랗게 뜬 채 서 있었다.

"유호!"

"잘 지내셨어요?"

"네. 잘 지냈어요. 야미한테 안부 전해 들었어요. 잘 사귀고 있다면서요?"

록이 싱글싱글 웃으며 물었다. 하루에 한 번씩 자신의 방을 정리해 주러 오는 야미의 손가락에 언젠가부터 반지가 끼여 있었다. 그와 같은 반지가 유호의 손가락에도 끼워져 있었다.

"헤헤. 잘 사귀고 있어요."

"요즘 왜 이렇게 안 보여요?"

"다른 곳으로 발령 났어요. 북쪽 창고요."

유호가 손끝으로 건물 너머를 가리켰다. 북쪽 창고는 이 집과 뚝 떨어진 외곽에 있었다.

"왜요?"

록이 의아한 듯 묻자, 유호가 입을 다문 채 어색하게 웃었다. 원과 만난 후, 멀리 발령받았다는 말을 할 수 없었다. 심증은 있었지만 물증이 없었다. 확실하지 않은 말을 입에 담았다가 곤경에 처하기 싫었다.

"그때 고맙다는 말을 제대로 못 전한 것 같아서요. 정말 고맙습니다. 덕분에 야미랑 잘 만나고 있어요."

"아니에요. 나야말로 고맙죠. 다음에도 도울 일 있으면 찾아와요. 그 정도 고민 상담이야 못 해 주겠어요?"

록이 서글서글하게 웃자, 유호가 감격에 찬 얼굴로 바라보았다. 이렇게 착한 분이 있다니.

"그럼 저, 혹시 실례가 안 된다면 제 친구도 상담해 주실 수 있나요?"

"네?"

예의상 던진 말을 유호가 덥석 물자, 록이 당황했다.

"곤란하다면 죄송해요. 친구가 저랑 야미랑 이어진 걸 보고 엄청 부러워하더라고요. 저한테 상담해 주신 분과 다리를 놔 달라고 계속 부탁해서요. 만약 곤란한 부탁을 한 거라면 죄송합니다. 그래도 혹시 괜찮으시면 도와주셨으면 하는데 어떠세요?"

유호가 조심스럽게 물었다. 그의 눈빛이 하도 간절해 록은 난처했다.

"음. 아니에요. 음…… 그러면 서쪽 서재에 있을 테니까 오라고 하세요. 제가 별 도움이 될 것 같지는 않지만요."

록이 고민 끝에 허락했다. 이곳에 당분간 머물게 된다면, 직원들과 친밀한 관계를 유지하는 게 좋았다. 그러려면 대화를 많이 나눠야 하는데, 이상하게 이곳 직원들은 록을 몹시 어려워했다. 오히려 그녀에겐 지금이 좋은 기회처럼 느껴졌다.

"네. 감사합니다!"

유호가 신난 얼굴로 감사의 인사를 한 후, 저를 부르는 일행들 곁으로 다가갔다.

*   *   *

록이 마당으로 걸어가 접시 위에 음식을 담았다. 맛깔스러운 음식이 많아 금세 접시가 수북해졌다.

그녀는 빈자리를 찾아 헤매다가 의자 하나를 들고 한적한 곳에 앉았다. 자신을 불편해하는 직원들을 위해 배려한 것이었다.

"혼자 먹어?"

록이 음식을 먹다 고개를 돌렸다. 그곳에 천이가 서 있었다.

"어?"

록이 고개를 갸웃거렸다.

"왜?"

"머리 폈어요?"

록이 천이의 생머리를 가리키며 물었다. 천이의 트레이드마크인
곱슬머리는 반듯하게 펴져 짧게 손질되어 있었다.

방금 전까진 곱슬머리였는데?

천이가 머리를 만지작거렸다.

"난 원래 이런데?"

"응? 그래요?"

그럼 그 곱슬머리는 가발인가. 록이 고개를 갸웃거릴 때였다.

"너, 예쁘다."

"푸읍! 콜록, 콜록!"

갑작스러운 발언에 록이 사레에 들려 기침을 터트렸다.

이게 무슨 소리야!

"이런. 이거라도 마실래?"

천이가 들고 있던 잔을 내밀었다. 록은 잔에 담긴 액체를 한 번에
원샷했다.

조금 편해진 얼굴로 잔을 바라보던 록이 입맛을 다시더니 얼굴을
찌푸렸다. 이 익숙한 액체는 어제 맛보았던 것과 흡사했다.

"아, 방금 마신 거 맥주야. 미안. 맥주 못 마셔?"

또다시 술을 마시면 개라고 호언장담했는데, 12시간도 안 되어 개가 되게 생겼다.

록은 암담한 얼굴로 잔과 천이를 번갈아 보았다. 저 남자가 무슨 죄인가 싶어 록이 고개를 가로저었다.

"아니에요. 감사합니다."

"야!"

누군가가 버럭 소리쳤다. 소리가 들리는 방향으로 고개를 돌린 록이 눈을 크게 떴다. 곱슬머리를 한 천이가 이곳을 보며 삿대질하고 있었다.

록이 뒤와 앞을 번갈아 보았다. 곱슬머리의 천이와 직모의 천이가 서로를 마주 보고 있었다. 천이는 자신과 똑같은 남자를 보고 화가 난 표정을 짓고 있었다.

"쌍둥이?"

록이 홀린 것처럼 묻자, 천이가 고개를 홱 돌려 록을 쳐다보았다.

"몰랐어?"

그가 씩씩대며 소리쳐 물었다.

"아무도 말을 안 해 줘서 몰랐어요."

록이 놀란 얼굴로 대답했다.

"그런 건 기본으로 알아놔야지. 나는 천이, 쟤는 랑이."

무슨 수로?

록이 황당하다는 듯 쳐다보았지만, 천이는 그녀를 지나쳐 자신과 똑같이 생긴 남자 앞에 섰다. 천이가 랑이의 머리를 흘깃 보더니 분하다는 듯 얼굴을 찌푸렸다.

"왜? 아직도 네 머리가 콤플렉스야? 같은 쌍둥이인데 너는 곱슬이고 나는 직모라서? 이제 그만 질투할 때도 되지 않았어?"

"아니. 난 내 머리가 자랑스러운데?"

"근데 왜 노려봐?"

랑이가 능글거리며 웃었다. 그러자 천이가 입술을 씰룩거렸다.

"업무 끝난 지가 언젠데 이제 와?"

"겸사겸사 볼일 보고 오는 거지. 내 생일이라서 이렇게 한 상 차려 놓은 거야? 감동이네."

랑이가 능글맞게 말하자, 천이가 고개를 가로저었다.

"미쳤냐? 내 생일이라서 차린 거지. 네가 오는 줄 알았으면 안 차렸어. 쓸데없는 소리 그만하고 따라와. 원이 너 기다리고 있어. 그리고 록, 너는 앞으로 이 녀석이랑 친하게 지내지마. 얘는 바람둥이에 치마 두른 여자라면 다 좋아해. 알았지?"

천이가 랑이를 손가락질하며 신신당부했다. 록은 얼결에 고개를 끄덕였고, 랑이는 '그렇게 말하다니 섭섭하네. 아니라는 걸 알면서.'라며 빙긋 웃었다.

천이가 앞서가자, 마지못해 뒤따라가던 랑이가 돌아서서 록을 보았다.

"예쁘다는 말 진심이야. 또 보자."

랑이가 찡긋 윙크를 날렸다.

"쟤한테 예쁘다고 했어? 야, 쟤가 뭐가 예뻐?"

"저 정도면 예쁘지. 훌륭해. 마음을 뺏긴 거 같아."

"그렇게 뺏기고도 마음이 아직도 남아 있냐? 아무데나 수작 부리지 말고 따라와."

천이가 랑이를 끌고 사라졌다. 록이 두 사람이 사라진 곳을 멍하게 바라보았다. 처음엔 몰랐는데 둘이 나란히 서 있는 모습을 보니 다른 점이 보였다.

천이가 소년처럼 순수하고 푸릇한 느낌이라면, 랑이는 조금 더 어른스럽고 능글거렸다.

딴생각에 잠겨 있던 록은 무심결에 제 손에 쥐어진 컵을 입에 가져다 댔다.

꼴깍, 남은 맥주 한 모금을 털어 마신 록은 얼마 못 가 자신이 다시 한 번 개가 되었음에 좌절했다.

* * *

홀로 심심하게 시간을 보내던 록은 야미의 일행과 합석하게 되었다. 야미가 그녀를 알아보고 자신의 테이블로 데려온 덕이었다. 록의 등장에 야미의 일행들은 수군거리며 어색해했다. 그들이 불편해하는 것 같아 자리를 비키려던 록을 야미가 붙잡았다.

"좋은 분이야. 언니처럼 다정하고 착해. 배려심도 얼마나 많은데. 그리고 유호랑 나랑 엮어주신 분이기도 해."

"그래?"

조금 미심쩍어하던 그들은 야미의 설명에 마지못해 받아들인다는 태도였다. 록은 지은 죄도 없이 배척받는 것 같아 마음이 쓰렸지만, 충분히 그럴 수 있다는 생각이 들었다.

그들이 보기에 록은 이 저택의 주인이 데려온 여자다. 특별한 쓰임새도 없어 보이는데 밥을 축내고, 보살핌을 받고 있으니 조심스러울 수도 있었다.

물론 그렇다고 하기엔 지나치게 배척세력이 크긴 하지만.

록은 그들과 대화를 나눌 때 말을 조심했고, 진심으로 대하려고 애썼다. 누군가가 말을 하면 집중해서 들어 주었고, 분위기가 서먹해질 때만 먼저 나서서 자신이 있었던 일을 꺼냈다.

"얼마나 눈치 보이던지요."

록은 자신이 아르바이트했던 경험을 술술 풀었다.

편의점에서 근무하다가 사장한테 돈 떼인 경험, 바바리맨을 만나 휴대폰으로 촬영하자 도망간 경험 등. 일부러 그들과 공감할 수 있는 경험들을 꺼냈고, 실제로 그들의 분위기는 눈에 띄게 풀어졌다.

"어머, 되게 다양한 일을 하셨네요?"

"네. 여기서는 운이 좋아 편하게 지내고 있지만, 원래는 아르바이트도 많이 했어요. 다른 일도 많이 해 봤고요."

록이 말을 하며 앞에 놓인 달짝지근한 음료수를 마셨다. 붉은색 음료는 탄산이 들어 있어 시원하면서도 끝 맛이 쌉싸래해서 입맛에 맞았다.

"그러셨구나. 저희는 오해했네요. 저는 사장님과 아는 사이라고 해서 색안경 끼고 봤거든요. 그런데 저…… 사장님과는 어떤 사이세요? 연인 사이 맞으시죠?"

조심스러운 직원의 질문에 록은 하마터면 입 안에 있는 음료를 뱉을 뻔했다. 안간힘을 다해 음료를 삼킨 록은 시뻘게진 얼굴을 빠르게 가로저었다.

"대체 어디서 그런 소문이 도는지 모르겠지만 절대로 아닙니다. 그런 일 없고 앞으로도 없을 예정이니 그런 헛소문 따위 믿지 마세요. 제가 그쪽 사장님과 자주 만나는 이유는 어떤 개인적인 이유 때문이지, 절대로 감정이 섞인 만남이 아닙니다."

록이 숨도 쉬지 않고 다다다 쏟아 냈다. 다들 의외라는 얼굴로 서로를 쳐다보았다. 그러다 강경한 록의 얼굴을 본 그들은 수긍한다는 듯 고개를 끄덕였다.

"그래도 좋으시겠어요. 사장님이랑 가깝게 지낸다면서요."

여직원 하나가 부럽다는 얼굴로 록을 바라보았다.

직원들은 원을 볼 일이 거의 없다고 했다. 3층에서 주로 머무는데, 그곳은 허락된 시간 말고는 출입할 수 없다고 했다.

한 직원 같은 경우에는 심할 경우 1년 동안 원을 못 본 적도 있다고 했다.

"그게 부러운 건가요?"

록이 떨떠름하게 물으며, 음료를 홀짝였다.

"그럼요. 사장님의 재력, 인물, 체격, 신사적인 태도, 그 어느 것 하나 부족함이 없잖아요."

"……."

록은 할 말을 잃었다. 이들은 자신의 사장이 탄일 거라 추호도 생각지 못하는 얼굴이었다.

그럴 만했다. 소문 속의 탄은 괴물이었으니까.

외모도 험상궂고, 괴물 같은 체격을 가졌으며, 짐승처럼 울부짖는다고 했다. 그 때문에 자신도 원과 탄이 한 사람일 거라 생각하지 못했다.

록은 타들어 가는 속을 액체로 달랬다.

"사장님은 어떤 여성분 좋아하세요?"

맥주를 홀짝거리던 여직원 하나가 대담하게 물었다. 다른 여직원들은 그녀를 말리는 척하면서 록의 대답에 귀 기울였다. 짝이 있는 야미조차도 궁금한 얼굴이었다.

"어, 음. 글쎄요. 물어보질 않아서요."

록이 어색하게 웃으며 대답했다.

"그렇게 친하진 않으신가 봐요."

"네. 저희는 그런 사적인 이야기는 나누지 않거든요. 저는 그쪽 사장님과 친하지 않고, 친할 예정도 없으며, 지금 벌어진 일만 해결되면 떠날 생각이거든요. 그러니까 결론은 전혀 사장님과 저는 친하지 않습니다."

록이 일부러 원과 확실히 선을 그었다. 좋아할 거라는 예상과 달리, 말을 듣고 있던 여직원들의 표정이 미묘해졌다.

자신이 지나치게 선을 그었나 반성할 무렵, 그들의 시선이 묘하게 위를 향하고 있다는 걸 느꼈다.

그녀는 뒤늦게 자신의 테이블에 큰 그림자가 져 있다는 걸 알았다.

설마.

록은 불안한 얼굴로 천천히 고개를 들었다. 원이 검지를 입에 가져다 댄 채 서 있었다. 모든 여직원들의 입단속을 시키고 자신이 무슨 소리를 하는지 엿듣고 있는 자세였다.

"이것 참 섭섭하군요."

록이 움찔했다. 원이 록이 앉은 등받이를 짚고 섰다.

"할 거 다 한 사이끼리."

우리가 뭘 했는데. 아니 그보다도 '다 한 사이'는 뭔데.

록이 뜨악한 얼굴로 원을 쳐다보았다. 여직원들도 그의 묘한 발언에 술렁였다.

"저를 찾아오신 거예요? 왜요? 저한테 할 말 있으세요?"

원이 더 사고 치기 전에 록이 얼른 다른 주제로 말을 돌렸다.

"우리가 이유 있어서 만나던가? 보고 싶으면 보고 그랬던 것 같은데?"

원이 고개를 기울이며 물었다. 그 단순한 행동이 여유롭고 우아하게 느껴졌다. 여직원들이 속으로 감탄하는 게 이곳까지 느껴졌다.

록이 들고 있던 잔을 내려놓았다.

"아! 그러고 보니 제가 할 말이 있습니다. 자리를 옮겨서 이야기할까요?"

이 남자가 더 사고치기 전에 치워야 한다. 자리를 뜨기 위해 일어나던 록이 멈칫했다. 갑자기 머리가 핑 돌았다. 다급하게 의자를 잡는다는 게 원의 팔을 꽉 움켜쥐었다.

"죄송해요."

록이 머리를 거머쥐며 말했다. 머리가 빙글빙글 돌고, 속이 화끈하게 달아올랐다. 원은 록을 붙잡고서 테이블 위를 보았다.

"칵테일을 병째 마셨나 봐. 내일 아침에 머리 아파 죽는 게 목표인가?"

"칵테일요?"

록이 고개를 홱 돌렸다. 그러자 야미가 몰랐냐는 듯 눈을 동그랗게 뜬 채 병을 가리켰다. 그녀가 홀짝거리며 마시던 그 병이었다. 술 마시면 개라고 호언장담했는데, 오늘 여러 번 개 된다.

"하아."

록이 깊은 한숨을 내쉴 무렵, 원이 그녀의 손을 잡아끌었다.

"가자."

머리가 어지러운 와중에도 록은 야미의 일행에게 인사를 한 후, 원을 뒤따라 걸었다.

*　　*　　*

록을 데리고 방으로 돌아가던 중, 크리스가 원을 따로 불렀다. 급한 일이라는 말에 그는 록을 근처 의자에 앉혀놓고 크리스에게 걸어갔다.

원이 크리스가 보여 준 것을 잠깐 확인한 후 고개를 들었다. 록이 앉아 있던 의자가 비어 있었다. 원이 얼굴을 와락 찌푸렸다.

"록."

그가 낮게 불렀다. 어디에서도 록의 인기척이 느껴지지 않았다. 지나치는 사람들이 많아 록의 인기척이 사라지는 것도 못 느꼈다.

"왜 그래?"

원의 표정이 심상찮은 걸 발견한 크리스가 물었다. 원의 시선이 빠르게 파티장 내부를 훑었다.

"록이 없어졌어."

"방으로 돌아갔겠지."

원은 록의 방이 있는 쪽으로 걸음을 틀었다. 원이 록의 방을 향해 성큼성큼 걸어갔다.

*　　*　　*

원이 록의 방문을 두들겼다. 안에서 어떤 인기척도 느껴지지 않자 그가 문을 벌컥 열고 들어갔다.

록은 그녀의 방에 없었다. 원이 신경을 잔뜩 곤두세운 채 그녀의 방 주위를 살폈다. 사람의 움직임을 느끼기 위해 애썼으나, 어떤 것도 느껴지지 않았다.

파티장의 소란스러운 소리 때문에 느껴지지 않는 것일지도 모른다는 생각에, 원은 다시 한 번 모든 방을 샅샅이 뒤졌다.

그래도 록이 보이지 않자, 그는 한창 파티중인 야외로 나왔다.

"나나나! 나를!"

원이 단상에 올라가 노래를 부르고 있는 천이를 아래에서 빤히 쳐다보았다. 원을 확인한 천이가 노래를 부르다 말고 흠칫했다. 원이 손을 까딱거렸다. 그러자 천이가 고개를 갸웃거렸다.

"왜? 노래 부르게? 네가?"

천이가 의아하다는 듯 물었다. 원은 대답 없이 손만 까딱거렸다.

"아, 왜!"

천이가 반항했다. 그러자 원이 무표정한 얼굴로 고개를 비스듬히 기울였다.

뭔가 마음에 안 드는 얼굴.

원이 저런 얼굴을 할 때는 조심해야 한다는 걸 천이는 잘 알고 있었다.

결국 천이는 자신의 마이크를 원에게 넘겨주었다. 원은 마이크를 쥐고서 단상 위에 올라섰다. 갑작스레 노래가 사라지자 사람들의 시선이 단상위로 쏠렸다.

"지금부터 깜짝 게임을 할까 합니다. 록이 이 집 안 어딘가에 숨어 있습니다. 록을 가장 빨리 찾는 사람에게 1만 사를 드리죠."

1만 사라는 말에 사람들이 술렁거렸다. 사람들이 서로의 눈치를 보며 자리에서 벌떡 일어났다.

"단, 조건이 있습니다. 3층을 제외하고 찾아야 합니다. 록을 발견하되 그 여자의 몸에 손가락 하나 대지 않고 절 불러야 합니다. 발견한 그 자리에서 소리를 지르면 제가 그 자리로 갈 겁니다. 록을 확인한 즉시, 그 자리에서 1만 사를 드리고 그걸로 오늘의 파티는 끝입니다."

원이 마이크를 내려놓자 사람들이 우후죽순 일어났다. 그들은 마지막 이벤트라 생각하고 신난 걸음으로 록을 찾아 헤매기 시작했다.

"내 생일인데! 왜 네 맘대로! 그리고 이런 이벤트는 언제 진행한 건데! 나한테도 알려 줘야지! 악! 야! 너! 왜 내 말 안 들어!"

노래를 부르다 말고 마이크를 뺏긴 걸로 부족해 파티마저 쫑 나게 되자 천이가 울컥한 얼굴로 소리쳤다. 그러자 크리스가 천이의 어깨를 툭툭 두들겼다. 천이가 쳐다보자, 크리스는 조용히 하라는 듯 고개를 가로저었다. 그제야 천이가 고개를 돌려 원을 보았다.

그는 평소처럼 차분했다. 어딘가를 주시하는 눈동자가 지독하게 차가운 것을 빼곤. 이럴 때 잘못 건들면 팔 하나 없어지기 십상이다.

둔한 천이조차도 뭔가 이상한 낌새를 느낀 듯 입을 다문 채 랑이를 찾아 자리를 떠났다. 크리스는 원을 보며 혀를 내둘렀다.

이런 정신없는 와중에 이벤트랍시고 사람들을 이용할 생각을 하다니. 그들은 기분 좋게 깜짝 이벤트에 참석할 수 있었고, 원은 원대로 빠른 시간 내에 다수를 움직일 수 있어서 이득이었다. 다만 크리스는 그가 건 조건이 묘하게 마음에 걸렸다.

'그 여자의 몸에 손가락 하나 대지 않고 절 불러야 합니다.'

어쩐지 록을 향한 원의 집착이 점차 커지는 것 같았다.

이대로 둬도 괜찮을까.

크리스가 진지하게 고민했다.

"여기 있습니다!"

고함 소리가 들린 건 이벤트가 시작한 지 5분도 되지 않았을 때였다. 원은 소리가 들린 쪽으로 걸음을 빠르게 옮겼다.

록은 커다란 나무 몸통에 기대어 잠들어 있었다. 록을 마지막으로 봤을 때와 크게 멀지 않은 곳이었다. 아마 쉬려고 앉았다가 저도 모르게 술기운에 잠든 모양이었다. 원이 다가가자, 그녀를 발견한 직원의 눈이 반짝반짝했다.

"수고하셨습니다."

원은 지갑에서 1만 사를 꺼내 그에게 내밀었다.

"우와!"

1만 사를 건네받은 직원이 소리쳤다. 그 곁의 직원들은 부럽다는 눈으로 바라보았다.

"이걸로 파티는 끝냅니다."

원이 말한 후, 록을 안아 들었다. 몇몇 직원들이 의아한 눈으로 멀어지는 록과 원을 번갈아 보았다. 분명 이벤트인데, 록이 왜 잠들었는지 이해를 못 하는 얼굴이었다.

"이벤트 시작을 기다리다가 지쳐 잠들었나 봅니다."

크리스가 생긋 웃으며 설명하자, 다들 납득한다는 듯 고개를 주억거렸다.

* * *

원이 록의 방문을 밀고 들어섰다. 아무도 들어오지 못하게 방문을 잠근 후, 록을 침대에 눕혔다.

그는 록의 침대에 걸터앉아 그녀를 살폈다. 그녀의 손목에 노란색 팔찌가 끼워져 있었다.

원은 노란 팔찌를 만지작거리며 록의 얼굴을 바라보았다. 세상 모르고 곤히 잠든 얼굴이었다. 다행히 어젯밤과 같은 주사는 나오지 않았다.

원은 손끝으로 록의 뺨을 만졌다. 매끄럽고 부드러운 피부였다. 잠시 만질 생각이었는데 손이 떨어지지 않았다.

록을 보고 있으면 수만 가지 생각이 폭발할 것처럼 치밀어 올랐다가, 한순간에 머리가 텅 빈 것처럼 어떤 생각도 들지 않았다.

이게 뭘까.

원의 눈빛이 짙어질 때였다. 잠에 든 줄 알았던 록이 느릿하게 눈을 떴다. 잠에서 덜 깬 듯 그녀의 눈빛이 멍했다.

"물."

그녀가 비척거리며 자리에서 일어났다.

"물심부름까지 해 줄 생각은 없는데."

원이 가볍게 말했다. 보통 흠칫하며 떨어야 할 록이 큰 눈을 깜빡거리며 되물었다.

"안 돼?"

술에 취해 둔해진 발음으로 물었다. 그 목소리가 애교스러웠다. 록은 느릿하게 눈을 두어 번 거리더니 입술을 쭉 내밀었다.

"그럼 어쩔 수 없지."

그렇게 웅얼거리던 록은 슬쩍 웃더니 묘한 눈으로 원을 보았다.

"내가 이렇게 말할 줄 알았지?"

록은 헤실헤실 웃으며 원의 양쪽 뺨을 잡았다. 그러고는 그의 입술에 입을 맞추었다. 그녀는 물을 찾아 헤매듯 원의 입술을 아프지 않게 물었다. 그러다 여의치 않자, 그의 입술 속으로 혀를 밀고 들어왔다. 촉촉하고 따뜻한 그의 입 안이 마음에 든 듯 부드럽게 빨았다.

원은 제 입 안에서 헤엄치듯 움직이는 그녀의 감각에 주먹을 꽉 쥐었다. 힘겹게 버티던 그는, 록의 혀가 슬쩍 입천장을 건드리는 순간 무너졌다.

원이 록의 뒷덜미를 움켜쥐고서 고개를 비스듬히 기울였다. 숨쉬는 게 버거울 만큼 강한 키스가 이어졌다.

"으음……."

록의 입술 사이로 힘겨운 숨소리가 흘러나왔다. 얼마 못 가 록이 넘어갈 것처럼 헐떡이자, 원이 한 걸음 물러섰다. 어느새 침대에 눕혀진 록이 몽롱한 눈을 한 채 쌕쌕대고 있었다.

원이 록의 턱을 감싸 쥐었다. 손가락에 그녀의 입김이 닿았다 사라졌다. 그저 어리고 여리게만 보이던 록은 견딜 수 없게 야한 표정을 짓고 있었다.

원의 손끝이 록의 입술을 톡톡 건드렸다.

잡아먹을까, 말까.

술에 취해 제정신이 아닌 여자를 안는 데 취미가 없었다.

반응이 없으니까.

그럼에도 이런 갈등을 하게 할 만큼 록은 무척 야한 얼굴을 갖고 있었다.

그사이 록은 제 입술을 톡톡 두드리는 원의 손가락을 앙하고 깨물었다. 원은 록이 하는 걸 물끄러미 바라보았다. 목이 마른지 록은 그의 손가락 한 마디를 물병의 입구라도 되는 양 빨았다.

"목말라?"

원이 묻자, 록이 고개를 끄덕였다. 원은 협탁 위에 놓인 물병을 들었다.

"일어나."

원의 말에 록이 순순히 일어났다. 록이 물병을 향해 손을 뻗으려

하자, 원이 물병을 제 입에 가져다 댔다. 크게 한입 머금은 그가, 보란 듯이 물병을 바닥으로 내던졌다. 우당탕 소리와 함께 물이 바닥에 쏟아졌다.

록이 망연한 눈으로 바라보며 '무울.'하고 중얼거리자, 원이 그녀에게 고개를 숙였다. 원의 입술 끝에 물방울이 맺혀 있었다. 록은 홀린 것처럼 원에게 다가가 그의 입술에 입을 맞췄다.

쪼옥.

원의 입 안에 남아 있던 물이 록의 입술로 흘러들었다. 한 번에 마신 록은 눈을 사르륵 접으며 웃었다.

"맛있다."

원이 이부자락을 콱 움켜쥐었다.

미쳐 버리겠다.

원의 이성이 뚝 끊어졌다. 원이 다가가려는 찰나, 록이 침대에 벌러덩 누웠다. 그녀는 평소와 같은 천진난만한 얼굴로 돌아와 베개에 얼굴을 파묻었다.

"안녕히 주무세요."

누구에게 하는지 모를 인사를 남긴 채, 록이 눈을 감았다. 이어 쌔근쌔근 숨소리가 들렸다.

원이 잠시 얼빠진 얼굴로 잠든 록을 바라보았다. 설마, 했으나 그녀는 진짜로 잠들어버렸다.

"하……."

잠든 걸 깨닫자 원이 기가 막힌 듯 픽 웃었다. 간발의 차로 놓쳤다.

사람을 이렇게 만들어 놨다 이거지?

원은 머리를 거칠게 쓸어 넘겼다. 그가 록을 내려다보며 웃옷을
벗었다.

*　　*　　*

따뜻하고 단단하다. 모처럼 편하게 잠든 것 같다.

록은 낯선 감촉을 느끼며 눈을 떴다. 가장 먼저 살색이 보였다.
햇빛에 잘 반사된 깨끗하고 윤기 나는 살색이었다.

이게 뭐지?

"윽."

뭔지 알아채기도 전에 록은 깨질 것 같은 통증에 머리를 거머쥐
었다. 누군가가 머리를 망치로 두들기는 듯했다.

"머리 아플 거랬지?"

눈을 질끈 감고서 몸을 웅크리고 있던 록은 익숙한 목소리에 흠
칫했다. 곁에서 부스럭거리며 일어나는 소리가 들렸다.

굳어 있던 록은 살색, 침대, 원의 목소리 세 개를 떠올리곤 눈을
번쩍 떴다.

원이 침대에 일어나 헤드에 기대앉아 그녀를 보고 있었다. 록의
시선이 그의 벗은 상의로 향했다.

그 곱던 살색이 저 살색?

거짓말처럼 머리 통증이 사라졌다.

"……워, 워, 워, 원?"

록이 더듬거리며 물었다. 그가 목을 좌우로 움직였다.

"어. 난데. 다른 남자이길 바랐나 봐? 놀라는 걸 보니?"

몸을 벌떡 일으킨 록은 서둘러 제 몸을 내려다보았다.

"악!"

속옷만 입고 있는 자신을 발견한 록은 비명을 내지르며 이불 시트를 거머쥐었다. 그러자 시트가 벗겨지며 원의 다리가 드러났다.

"악!"

록은 다시 비명을 내지르며 이불 귀퉁이를 원의 다리로 던졌다. 시트 때문에 멀어지지도 못하게 된 록이 당황한 얼굴로 원을 쳐다보았다.

"무슨 일이세요!"

야미가 문을 두드리며 물었다.

"아냐! 야미!"

"별일 아니니까 돌아가."

록과 원이 동시에 말했다. 록이 눈을 부릅뜬 채 원을 쳐다보았다.

"여기서 말하면 어떻게 해요? 야미가 오해할지도 모르잖아요!"

"내 집인데 내가 고용한 사람한테 말도 못 해?"

원이 눈을 내리뜬 채 잠긴 목소리로 물었다.

"그건……."

그의 말이 맞기에 록은 아무 말도 할 수 없었다. 다만 억울했다. 이토록 이른 시각, 원이 자신의 방에 있었다는 소문이 퍼지면 기껏 쌓아 놓은 직원들과의 친목이 도루묵 될 가능성이 컸다.

"어떻게 된 거예요? 이, 일단 옷부터 입으세요. 저도 입을 테니까요. 하나, 둘, 셋 하면 서로 등 돌리는 거예요. 알았죠? 하나, 둘, 셋!

왜 안 돌아요!"

록이 소리쳤다.

"그러는 넌? 그리고 볼 거 다 봤는데 왜 이제 와서 가리지? 햇빛 때문에 더 적나라하게 보인다 이건가?"

"……."

"상관없는데."

원이 피식 웃으며 물었다. 록은 아랫입술을 꽉 깨물었다. 안 그러면 울거나, 비명을 지를 것 같았다.

록은 어쩔 수 없이 시트로 제 몸을 둘둘 말고는 고개를 반대편으로 홱 돌렸다.

둘둘 만 이불 때문에 눈사람 모양이 된 록은 침대로 내려와 자신의 옷을 찾아 헤맸다. 그러다 구석에서 다 찢겨져 있는 제 옷을 발견했다.

"이, 이게 왜?"

"기억 안 나? 우리의 작품인데."

"……."

록의 손이 가늘게 떨렸다.

반은 내가 찢고, 반은 네가 찢었냐? 왜 멀쩡한 옷을 이렇게……? 록이 울 것 같은 얼굴로 옷을 바라보다가 드레스룸 쪽으로 걸어갔다.

"저는 옷 갈아입고 올게요. 그동안 알아서 챙겨 입으세요."

록은 누가 잡을세라 방에 딸린 자그마한 문을 열고 얼른 뛰어들어 갔다. 드레스룸에 들어간 록은 그 자리에 철퍼덕 주저앉았다. 시트가 흘러내리면서 앞에 놓인 거울로 자신의 몸이 비쳤다.

노란색 브래지어와 팬티.

"으흑."

이마저도 있어서 다행이라고 생각해야 하는 건지.

록은 입술을 깨물며 소리 없는 울음을 삼켰다.

또다시 술을 마시면 개라고 호언장담했더니, 정말 개 같은 짓을 벌여 놨구나.

얼마간 좌절하고 있던 록은 천근만근이 된 몸을 억지로 일으켰다. 일단 원과 대화가 필요했다. 록은 장롱을 뒤져 이 상황에 가장 합당한 전투복을 골랐다.

*   *   *

"그런 패션센스가 있는 줄 몰랐는데?"

원이 침대에 걸터앉아 의자에 앉아 있는 록을 보며 물었다.

그녀는 검은색 목폴라티에 통이 넓고 헐렁한 청바지를 입고 있었다. 거기다가 한눈에 보기에도 몹시 복잡하고 불편한 허리띠를 하고 있었다.

"그거 입고 있으면 안심이 되나 봐?"

"그러려고 입은 건 아니에요."

"그래?"

원이 되물으며 침대에 편하게 걸터앉았다. 그는 록의 말을 조금도 믿지 않았다. 록은 충격적인 말을 듣기 전에, 마음을 가라앉히려고 고개를 돌렸다가 굳었다.

협탁 위에 얌전히 있어야 할 물병이 왜 바닥에 박살이 난 채 굴러다니고 있는지 모르겠다.

대체 어젯밤에 무슨 일이 있었기에 옷이 찢어지고, 물병이 깨지고, 저 남자와 자신은 헐벗고 있었던 거지.

"어제 무슨 일 있었는지 궁금하지 않아?"

원이 물었다. 록은 목 졸린 사람처럼 아무 대답도 하지 못했다.

"생각보다 거칠던데? 키스도 잘하고."

"……제가 또…… 그랬나요?"

이번 랜덤 술버릇은 키스였나 보다.

"또?"

그가 날카롭게 물었다.

"하아……."

록이 깊은 한숨을 내쉬었다. 무슨 말을 해야 할지 모르겠다.

"다른 놈한테도 이런 짓을 해 봤다는 건가?"

원은 웃고 있었지만, 눈썹이 무섭게 위로 치켜 올라갔다.

평소라면 원의 반응을 기민하게 읽었을 록이지만, 그녀는 지금 몹시 충격을 받아 헤아릴 상태가 아니었다.

그저 저 무시무시한 남자의 아가리에 제 입을 가져다 댔다는 사실이 충격적이었다.

"하아아……."

록이 우울한 얼굴로 고개를 숙였다.

"그럼 1단계는 제가 밟고, 2단계는 어떻게 된 건가요?"

"2단계가 뭔데?"

"그야…… 하아."

말하기도 살 떨린다. 차마 원에게 '잠자리'라는 말을 할 수가 없었다. 록은 우울한 얼굴로 원을 말없이 바라보았다.

'그냥 말해 주세요.'

록의 표정에 담긴 의미를 읽은 원이 픽 웃었다.

"이 정도 정황이면 충분히 이해될 텐데."

원이 느긋한 목소리로 말했다.

"도망치지 그러셨어요. 최대한 멀리, 멀리. 제가 잡아먹기 전에요."

록이 울먹거리며 웅얼거렸다.

"말했잖아. 난 그쪽이랑 친해지고 싶다고. 내가 원하는 대로 그쪽이 친해지자고 다가오는데 왜 피해야 하지? 더군다나 손쉽게 1단계까지 끝내주는데. 그것도 굉장히 훌륭하게 잘하던걸? 어디서 배웠나 봐?"

원이 턱을 괴고서 싱긋 웃었다.

"예, 예. 그럼 정말로 우리가."

그러니까 제 처음이 이렇게 사라졌다는 건가요? 무의식의 저편으로?

록이 죽을 것 같은 얼굴로 원을 바라보며 말끝을 흐렸다.

"우리가 뭐?"

그러나 원은 즐거운 얼굴로 말을 계속해 보라는 듯 바라보았다.

"그러니까 우리가…… 하나가 되었다는 건가요?"

록이 힘없이 검지를 들어 보이며 물었다. 에둘러 표현하는 그녀의 모습에 원이 픽 웃었다. 그는 아주 잠깐 갈등했다.

이대로 속일까, 말까. 그러나 바보가 아닌 이상 정신이 들면 자신의 몸에 이상이 있는지 없는지 정도 알아챌 거다.

"아니. 어제는 아무 일 없었어."

원이 침대에서 몸을 일으키며 대수롭지 않게 말했다. 순간 록의 눈이 반짝했다.

어쩐지 몸에 아무 증상도 없더라니.

록이 눈에 띄게 안도했다.

"좋아?"

원이 삐딱하게 물었다.

"예? 그야 당연히 좋……죠. 제가 원에게 민폐를 끼치지 않았다는 거니까요."

노골적으로 기쁜 내색을 하려던 록이 잠시 주춤했다. 그의 기분을 상하게 하면 안 될 것 같았다. 왜 그런 예감이 들었는지 이유는 모르겠지만, 그랬다.

주변이 조용해지자, 숨이 막혔다. 록이 어색하게 웃었다.

"넌 기분 좋은가 보네. 난 별로인데."

원의 말에 록의 가슴이 철렁 내려앉았다. 외형만 보면 상냥하고 나긋하기 그지없으나, 그녀를 바라보는 눈빛만큼은 날카로웠다. 그가 팔짱을 낀 채 고개를 기울였다.

"응?"

그가 어쩔 거냐는 식으로 물었다. 록이 슬쩍 눈동자를 돌렸다.

"도망 못 치는 건 네가 더 잘 알 텐데."

원의 말에 록이 움찔했다. 들켰다. 록은 어째야 하나 하는 얼굴로 원을 물끄러미 바라보았다.

"조금 전까진 즐거워 보이셨는데, 기분이 급격히 안 좋아지셨나 봐요. 하하."

록이 어색하게 웃으며 제 옷을 바라보았다.

혹시 이 옷 스타일이 마음에 안 드는 건가.

"안 좋지. 하려면 끝까지 해야 하는데 하다 말았으니."

록이 숨을 들이켰다. 뭘 끝까지 해야 하느냐고 묻고 싶으나, 무엇을 말하는지 아주 잘 알아듣겠다. 록은 모르는 척하기도 아는 척하기도 애매한 얼굴로 그를 바라보았다. 원이 느긋한 얼굴로 록을 바라보았다.

"거기다가 태어나서 너 같은 여자랑 키스한 것도 처음인데, 무려 여러 번 당하기까지 했어. 이 상황이 좋을 리가."

그의 말에 록은 입이 쩍 달라붙었다. 입이 있어도 할 말이 없다. 넋이 나간 록에게 원이 성큼성큼 다가왔다.

"그러니 돌려받아 볼까."

"도, 돌려받아요?"

"빚을 졌으면 갚는 게 예의지."

"아, 아뇨. 안 갚으셔도 되는데요."

록이 다급하게 손을 내저었다. 키스가 왜 빚이 되며, 왜 갚겠다고 하는지 이해되지 않았다. 그러자 원이 입만 웃는 싸한 얼굴로 말했다.

"뭔가 착각하나 본데 빚을 진 쪽은 너야."

"……."

"갚아야 하는 건 너고."

"……."

"술 취한 너를 여기까지 데려오고, 키스까지 당한 건 나인데 왜 내가 너한테 빚을 갚겠어?"

그러네요.

록이 정말 할 말 없다는 얼굴로 바라보았다. 그저 어젯밤 맛있다며 칵테일을 병째 마셨던 자신을 죽이고 싶은 마음뿐이었다.

원이 느릿하게 허리를 숙였다. 정확히 눈높이가 같아졌다. 록은 원을 물끄러미 바라보았다. 손을 뻗은 원이 록의 턱을 거머쥐었다.

"지금부터 딴 새끼 생각하지 마."

소름 돋을 만큼 차가운 명령에 록의 눈이 커졌다.

"그리고 입 벌려."

"……."

"안 그러면 찢어서라도 벌릴 테니까."

록이 흠칫하는 사이 원이 록의 턱을 힘주어 잡았다. 통증에 록이 입술을 벌렸다. 그 순간 원의 입술이 닿았다.

몇 번째인지 셀 수 없는 키스가 또 시작되었다.

＊　　　＊　　　＊

"여자 강간살인 33건. 혼영. 이 새끼는 정말 대단한 새끼야."

크리스가 허공에 떠 있는 스크린을 보며 중얼거렸다. 초능력이 후천적으로 발현되는 과정에서 뇌충격으로 인해 미치는 경우가 더러 있었다. 초능력의 힘이 강할수록 지독한 범죄자가 될 확률이 높았는데 이번 경우가 그러했다.

후천적으로 발현된 물체공간이동력.

차원의 일부분을 틀어 물체를 공간이동 시킬 수 있는 능력이었
다. 초능력자가 공간 이동하는 경우는 종종 있었으나, 자신의 시야
에 잡힌 물체를 이동시킬 수 있는 것은 몹시 드물었다.

문제는 물체뿐만 아니라 사람 이동도 가능했는데 차원의 흐름을
겪으면서 대부분 목숨을 잃는 게 문제였다.

이 점을 악용한 초능력자는 나라를 돌아다니며 여자를 자신의 집
으로 이동시켰다. 그 과정에서 33명의 무고한 여자가 죽었다. 그는
그걸로 부족해 시체를 간음하는 범죄를 저질러 공개 수배된 상황이
었다.

"난 그걸 잡은 저 새끼가 더 대단해."

천이가 지하실 끄트머리를 바라보며 질린다는 듯 고개를 가로저
었다. 크리스가 천이의 시선을 따라 고개 돌렸다.

투명한 유리창 너머로 혼영과 독대하고 있는 원이 보였다. 그는
팔짱을 낀 채 혼영을 물끄러미 바라보고 있었다.

얼마 전, 원에게 국제범죄자인 혼영을 잡아 달라는 제안이 들어
왔다. 무기와 정보 판매, 최소 내전의 일에만 간섭하는 그들이었기
에 크리스와 천이는 원이 거절할 거라 생각했다.

그래도 이 나라는 원에게 명령할 수 없었다. 상하 관계가 아닌 동
등한 관계로 협의를 맺었기 때문이다.

오히려 원이 이 나라를 뜨겠다고 하면 죽어라 붙잡아야 할 쪽도
이 나라였기에 그들은 원의 심기를 거스르지 않으려 애썼다.

그걸 잘 알기에 그들도 밑져야 본전이라고 의뢰를 넣은 것이었다. 거절할 거라는 모두의 예상을 깨고 원이 수락했다.

'저, 정말입니까? 필요한 자원이나 물품은 모두 다 대겠습니다. 시간은 어느 정도면 되겠습니까? 일주일? 저희는 빠르면 빠를수록 좋습니다. 아시다시피 여론이 좋지 않아서 말입니다.'

'하루면 됩니다. 필요한 자원, 물품은 됐습니다. 대신 조건이 하나 있습니다.'

이어진 원의 조건에 정부는 물론 크리스와 천이 마저도 할 말을 잃었다. 원은 약속대로 자신이 가진 모든 정보원을 이용해 그가 어디 있는지 한 시간 만에 알아냈다.

곧바로 이동한 원은 낡은 골목에 음침하게 서 있는 혼영을 발견했다. 그는 때마침 한 여자를 바라보고 있었다. 흑발을 양 갈래로 묶은 자그마한 여자였다. 여자가 애인의 손을 놓기만을 기다리고 있었다.

'취향이야?'

등 뒤에 바짝 붙어 들리는 남자의 목소리에 혼영은 섬뜩함을 느꼈다.

누구지, 라는 의문과 동시에 어떻게, 라는 생각이 들었다.

이렇게 지척에 다가올 정도로 알아채지 못했다니.

혼영이 눈에 힘을 주었고, 안광이 발현되었다. 혼영이 확 돌아섰다. 등 뒤에 서 있어야 할 남자가 보이지 않았다. 혼영이 주변을 두리번거릴 때였다.

뚜뚝.

섬뜩한 소리가 귓가를 갈랐다. 고개를 숙인 혼영이 자신의 부러진 팔을 보고서 비명을 질렀다. 기이하게 뒤틀린 팔을 보자마자 엄청난 통증이 몰려왔다.

"으아아아악!"

깜짝 놀란 행인이 저를 바라보는 것을 끝으로 뒤통수를 얻어맞은 혼영이 기절했다.

눈을 다시 떴을 땐 천장과 벽이 구분되지 않는 새하얀 사각 공간에 서 있었다. 그곳에 눈이 부시도록 화려한 외모의 남자가 서 있었다.

위협을 느낀 혼영이 눈에 힘을 바짝 주었으나 초능력이 발현되지 않았다. 당혹해진 혼영이 서둘러 다시 한 번 눈에 힘을 주었지만, 어떤 느낌도 들지 않았다. 그가 주변을 둘러보았다. 초능력이 차단된 공간인 건가.

"누구냐, 너는?"

혼영의 살벌한 물음에도 원은 귀찮은 표정으로 그를 바라보았다.

"누구냐고!"

다시 한 번 혼영이 물었으나, 원은 말을 알아듣지 못하는 사람처럼 가만히 서 있었다. 대신 그가 옆으로 한 걸음 물러섰다. 그러자 새하얀 벽면에 툭 튀어나와 있는 검은 문이 보였다.

혼영의 눈이 반짝 빛났다. 그가 문으로 향해 정신없이 달려갔다. 문을 열려고 문고리를 쥐었으나 열리지 않았다. 희망이 절망으로 변한 건 순간이었다.

"이, 이익! 문 열어! 문 열라고! 이 새끼들아!"

혼영이 비명을 지르며 문을 잡아 뜯을 것처럼 달려들었다. 몸으로 치고, 어깨로 밀었으나 문은 꼼짝하지 않았다.

찰랑.

들리는 소리에 혼영이 고개를 홱 돌렸다. 그의 손에 열쇠가 들려 있었다. 닫힌 문을 열 수 있는 열쇠라는 걸 알아챈 혼영이 순식간에 달려들었다.

"으아악!"

이성을 잃은 혼영이 포효했다. 원에게 닿기 직전, 퍽 소리와 함께 그가 벽면으로 날아갔다. 혼영이 얼떨떨한 눈으로 원을 쳐다보았다. 발차기 한 번에 자신이 이만큼 날아와 꽂힌 게 믿기지 않았다.

그러나 혼영은 금세 일어나 원에게 달려들었다. 그는 또 한 번 원의 발차기에 나가떨어졌다.

원이 얼굴을 찌푸린 채 벽면을 쳐다보았다. 벽면 너머에 앉아서 이 상황을 깜짝거리며 보던 크리스와 천이가 흠칫했다.

"세다며."

센 놈이래서 기껏 달려갔는데, 겨우 이런 놈이었냐.

원의 말뜻을 알아들은 천이가 얼굴을 찌푸렸다.

"야. 네가 이상하게 강한 거야! 걔는 무력화된 상태에서 그 정도면 상당히 센 거라고! 발차기 한 번에 사람을 벽에 내다꽂는 게 정상이냐? 어떤 미친놈이 네 발차기를 버텨? 야, 발차기만 버티겠냐? 주먹도 못 버텨! 강화 능력을 써도 그만큼 힘 안 나오는 사람이 천지야!"

천이가 억울한 얼굴로 버럭 소리쳤다. 원이 한숨을 내쉬었다. 몹시 실망한 표정이었다.

그사이 몸을 추스른 혼영이 주머니에서 칼을 꺼냈다. 시체를 도륙할 때 쓰는 기념적인 칼이라 더럽히고 싶지 않았는데. 그가 숨을 죽인 채 원의 뒤통수를 향해 힘껏 달려갔다.

"그것도 속도라고."

원이 중얼거리며 한 걸음 비켜섰다. 목표를 잃은 혼영이 휘청하는 사이, 원이 그의 목을 거머쥐었다.

"기대했는데, 별로네. 가치가 없어."

원이 새까만 눈으로 중얼거렸다. 그가 혼영의 목덜미를 잡은 손에 힘을 주었다. 혼영의 굳은 어깨가 파들파들 떨렸다.

"커업! 억!"

혼영이 숨넘어갈 듯 껄떡거렸다. 원이 곧장 혼영을 벽으로 집어던졌다. 쿵 하는 소리와 함께 혼영의 몸이 축 늘어졌다. 원은 기절해 누워 있는 혼영의 머리채를 잡아끌었다. 2m에 육박하는 혼영의 몸을 가뿐히 끌고 온 원은 일부러 크리스와 천이가 보고 있을 벽을 향해 집어 던졌다.

"처리해."

"어떻게?"

크리스가 마이크를 통해 물었다. 원이 피를 흘리는 혼영을 흘깃 보았다.

"정부에 넘겨. 손발 압박하고 눈 가려서 보내."

"눈이나, 손 같이 필요한 부분을 적출할 생각은? 꽤 도움 되는 정보가 나올 수도 있어."

크리스의 말에 천이가 질린다는 얼굴로 그를 보았다. 원이 가볍게 고개를 가로저었다.

"이깟 걸로 무슨."

원이 냉담하게 말한 후, 돌아섰다. 열쇠로 문을 열고 나가는 원을 보며 천이가 털썩 주저앉았다.

"아오, 저 새끼 왜 저래? 왜 저렇게 저기압이야? 뭘 잘못 먹었나? 내 생일 끝나자마자 저러더라. 왜 저래? 넌 아는 거 있지? 한 번 말해 봐."

"글쎄. 나도 원의 속은 알 수가 없어서."

"하, 너도 몰라? 저 새끼, 이상해. 암, 아주 이상해. 으, 그나저나 정부 놈들 만나야 하네. 귀찮아 죽겠다!"

천이가 머리를 벅벅 긁었다. 그러다 '아!'하고 비명을 질렀다. 고개를 돌린 크리스는 제 곱슬 머리카락에 손가락이 끼여 낑낑대는 천이를 보고 얼굴을 찌푸렸다.

"당분간 원이 건드리지 마."

크리스가 천이에게 경고했다.

"왜? 뭐 아는 거 없다며! 아씨, 왜 손가락이 안 빠져! 야! 좀 도와 줘! 가운데 손가락 걸렸어! 얘만 빠지면 돼!"

"……."

천이가 자신의 가운데 손가락을 보며 고통스럽게 고개를 가로저었다. 크리스가 얼굴을 찌푸렸다.

한 놈은 미쳤고, 한 놈은 이상하고.

이런 상황에서도 이곳이 무탈하게 흘러가는 것은 아무래도 자신의 출중한 능력 때문인 것 같다는 생각을 하며 크리스는 고개를 가로저었다.

　　　　　　　*　　　*　　　*

　복도를 걸어가던 원이 새까만 유리문에 비친 제 모습을 보고 얼굴을 찌푸렸다.

　옷에 피가 튀었다. 갈아입기 귀찮아서 발만 썼던 건데. 별 재미도 못 보고 옷만 버렸다고 생각하니 화가 났다.

　역시 죽여 버릴걸 그랬나.

　원이 차가운 눈으로 잠시 생각했다.

　그래 봤자 별 재미없을 것 같다.

　자신이 죽인다고 달려들면 천이와 크리스가 뜯어 말릴 걸 생각하니 더욱 귀찮아졌다. 정부 측에서 만신창이가 되어도 좋으니 살려서 보내 달라는 요구를 해 왔다. 그에 관한 원의 조건은 '살려만 주겠다.'였다. 어떤 꼴을 해서 가든 놀라지 말라고 했었다.

　그때까지만 해도 죽기 직전까지 만들어 정부 측에 보낼 생각이었는데, 혼영은 실망스럽게도 자신의 기대에 한없이 못 미치는 최약체였다. 재미없어서 살려 뒀다.

　원이 차가운 얼굴로 계단을 올라갔다. 계단 위가 요란하다. 종종 걸음으로 뛰고 있는 익숙한 뒷모습이 보였다.

　원이 완전히 계단을 올라서고서야 인기척을 느낀 듯 록이 돌아섰다. 그녀의 둔한 반응은 보고 또 봐도 적응이 되지 않았다. 원은 대답 대신 지하실 입구에서 급한 볼일이 있는 사람처럼 오가는 록을 물끄러미 보았다.

원을 발견한 록이 달려와 그의 앞에 섰다.

"좋아해요! 왜냐하면 원은 키가 크기 때문이죠!"

던지듯 말을 뱉은 록은 시간에 맞춰 고백했다는 사실에 안도한 듯 한숨을 내쉬었다. 그녀의 눈초리가 평온하게 아래로 내려갔다.

지하실에 내려오긴 싫고, 고백할 시간은 다 되어가니 마음이 급했던 모양이었다. 숙제를 하듯 자신에게 고백하는 록을 보는 순간 짜증이 확 치밀어 올랐다. 이 여자가 여태껏 자신에게 보인 반응은 겁, 긴장, 아주 이따금씩 보이는 안도였다.

"그딴 거 말고 다른 이유 없어?"

원이 손으로 머리카락을 쓸어 넘기며 신경질적으로 물었다.

광폭한 성격을 느긋함으로 감싸고 있던 남자가 노골적으로 얼굴을 찌푸리자 록이 흠칫했다.

"어떤 이유를 원하세요?"

록이 우물거리며 말했다. 원의 시선이 록의 입술에 닿았다.

오물오물거리는 저 입술은 술 마실 때만 대담해진다. 이 집에 물은 싹 다 치워 버리고 술로 채워 넣을까, 생각을 할 때였다.

"흡!"

뒤늦게 무언가를 발견한 록이 숨을 들이켰다. 그러더니 손끝을 바들바들 떨었다.

"피, 피! 피 났어요?"

록이 어쩔 줄 모르는 얼굴로 원의 팔을 보았다. 그의 옷이 피로 흠뻑 물들어 있었다.

"이거?"

원이 피가 튄 오른쪽 팔을 들어 보였다. 자연스러운 그의 움직임에 록의 눈이 휘둥그레졌다.

그러다 무언가를 발견한 듯 표정이 미묘해졌다. 옷자락 안으로 보이는 그의 팔이 몹시 깨끗했다. 더군다나 피가 이만큼 났다면 옷이 찢어져야 정상인데 그의 옷은 말끔했다.

"……혹시, 이거 남의 피인가요?"

"어."

"……아."

지하실을 흘깃 쳐다본 록의 말수가 급격히 줄었다. 자신이 쓸모없는 걱정을 했다는 얼굴이었다.

"저는 그만 가 보겠습니다. 오늘 하루도 수고하세요."

록이 슬며시 도망가려 했다. 원은 멀어지는 록의 뒷모습을 쳐다보았다.

"오늘 열두 시에 올 필요 없어."

록이 멈칫하더니 홱 돌아섰다. 고백 한 타임을 쉴 수 있는 건가, 싶어 록이 설레는 표정으로 원을 지켜보았다.

"내가 갈 테니까."

록이 그대로 돌처럼 굳었다.

갑자기 머리 위로 벼락이 떨어져도 이거보단 덜 놀라겠다.

네가 왜, 뭐, 왜, 어째서!

온 얼굴로 항변하려는 듯 움찔거리는 록의 얼굴을 보던 원이 얼굴을 찌푸렸다.

"그냥 제가 가겠습니다. 피곤하실 텐데 하는 거라고는 먹고 쉬는 것밖에 없는 제가 가야죠. 튼튼한 두 다리로 시간 맞춰 찾아가겠습니다."

격하게 거부하는 록의 반응에 원의 눈썹이 삐딱하게 휘었다. 록이 겁에 질려 거부하면 재미있었다. 그 반응이 신선해 쿡쿡 찔러댔는데, 벌써 지겨워진 모양이다. 저만 보면 하얗게 질리는 록이 짜증나는 걸 보면.

짜증 나는 건 이것만이 아니었다. 술 마시면 옆 사람이 누군지 모르고 입 맞춰 대는 술버릇도 짜증스러웠다. 그래 놓고 아침만 되면 자신을 귀신 보듯 보는 눈도 짜증스러웠다. 이틀 전 밤도 그랬다.

그날을 생각하던 그는 예민해지며 바짝 서는 신경을 느꼈다. 욕이 입 밖으로 튀어나오려 했다. 삽시간에 원을 에워싸고 있던 분위기가 달라졌다. 감이 좋고 눈치 빠른 록이 순식간에 긴장했다.

"기다려. 내가 갈 때까지."

원의 경고에 록이 할 수 있는 거라고는 끄덕이는 것밖에 없었다.

*　　*　　*

아침 8시. 오후 4시. 자정.

"이제 인간 뻐꾸기가 따로 없어."

오후 4시 고백을 마치고 서쪽 계단으로 걸어가며 록이 고개를 절레절레 흔들었다.

문득 원의 모습이 떠올랐다.

무언가 마음에 안 드는 듯, 웃지 않는 그는 몹시 잘생겼지만 한편으로 숨 막히도록 섬뜩했다. 그의 눈에서 폭발하기 직전의 아슬아슬한 감정을 엿보았다.

"아무래도 내 탓인 것 같아."

록이 바닥을 보며 흙빛이 된 얼굴로 중얼거렸다. 이틀 전 밤에 자신이 한 짓을 생각해 보면 충분히 그럴 수 있다.

당장 죽어 버려도 시원찮을 여자애가 술에만 취하면 뽀뽀를 해대니, 얼마나 죽이고 싶을까. 그럼에도 자신이 살아 있는 이유는 히카 때문이었다. 그는 히카를 잡기 전까지 그녀를 살려두겠다고 말했다. 히카 덕에 가까스로 목숨을 연명하고 있는 상황이었다.

"히카, 힘내라. 힘내."

록이 또 한 번 중얼거렸다. 히카가 시간을 벌어주는 동안 자신은 이제 정말로 이곳을 벗어날 방법을 모색해야 했다. 그러려면 어느 정도 자금을 모아야 했다.

록은 방으로 돌아가 협탁 위에 곱게 놓인 팔찌재료를 침대 위로 쏟았다. 폭신한 이불 위에 걸터앉아 팔찌 만들 용품을 색깔별, 용도별로 세분화시켜 정리했다. 팔찌를 만들어 시중가보다 저렴하게 팔 생각이었다.

이곳의 액세서리 값은 비싼 편이었다. 임대료, 제작료, 물가를 모두 감안하니 그런 모양이었다.

자신이 소량으로 만들어 최소 마진을 남겨 판다면 분명 반응이 있을 거라는 생각이 들었다. 물론 원이 알지 못하도록 은밀하게 해야겠지만.

다행히 원과 직원들 간의 교류는 거의 없는 편이었다. 더군다나 그가 여직원들이 하고 다니는 팔찌를 신경쓸 리 없었다. 들킬 확률이 아예 없는 것도 아니지만, 이대로 아무 것도 안 하는 것보단 나았다. 록이 팔찌를 만들 준비를 마친 후, 소매를 걷어붙이다 제 손목에 걸려 있는 팔찌를 보았다. 원과 나눠 낀 팔찌였다.

"이걸 아직도 끼고 있었네."

록이 작게 중얼거렸다. 가볍고 편안한 데다 긴 소매에 가려 아직도 하고 있는 줄 몰랐다.

원도 풀었겠지. 풀기만 했을까, 불 지르지 않았으면 대단한 거다.

그녀는 주섬주섬 손목의 팔찌를 풀었다. 손목을 이리저리 움직여 보니, 조금 허전했다.

"그래도 있다가 없으니 허전하네. 자, 힘내서 해 보자."

록이 섭섭한 마음을 털어 낸 후, 눈을 부릅뜬 채 팔찌 제작에 들어갔다.

*　　　*　　　*

"야미, 이거 선물이야."

록은 가장 처음 만든 팔찌를 방 청소 하러 온 야미에게 선물했다. 그러자 야미의 눈이 휘둥그레졌다.

"이게 뭐예요?"

"팔찌야. 한번 껴봐."

"와, 예쁘네요. 이게 어디서 났어요?"

"내가 만들었어."

"정말요? 손재주가 정말 좋네요."

야미는 록이 건네준 팔찌에서 눈을 떼지 못했다. 색색깔의 실로 무지개무늬를 이루고 있는 팔찌는 가볍고 예뻤다.

"일하는 동안 방해 안 될 거야. 크게 눈에 안 띄니까 일하는 중에 착용해도 되고. 이건 유호한테 가져다줘."

록이 같은 패턴의 팔찌를 건네주었다. 야미의 눈이 두 배로 커졌다.

"우와. 유호의 것도 있어요? 이걸 유호가 알면 좋아하겠어요. 고마워요."

커플 아이템이 마음에 들었는지, 야미의 뺨이 발그스름하게 달아올랐다. 지켜보던 록도 따라 미소 지었다.

"좋아해 주니 나야말로 고마워. 늘 야미한테 미안했는데 이렇게라도 갚으니까 좋다."

"저한테 미안할 게 뭐가 있어요."

야미가 그런 말 말라는 듯 손을 내저었다.

"신세지는 와중에 방청소까지 해 주는데 미안한 게 당연하지."

"이건 제 일이니까요."

"그래도 내 마음은 안 그래. 가져가."

"고맙습니다."

야미가 진심으로 고맙다는 듯 웃었다.

"팔찌 만들게요?"

야미가 침대에 늘어져 있는 팔찌를 보며 물었다.

"응. 만들어서 팔려고. 혹시 팔찌 팔 만한 곳 있을까?"

"이 정도 퀄리티라면 직원들을 상대로 팔아도 될 것 같은데요? 제가 한 번 알아볼까요?"

"어? 그래줄 수 있어? 아! 혹시 가능하다면 내가 만든 건 비밀로 하고 팔아줬으면 좋겠는데."

록의 부탁에 야미가 별로 힘든 일 아니라는 듯 고개를 끄덕였다.

"그건 할 수 있어요. 저, 그런데……."

야미가 할 말이 있다는 듯 머뭇거렸다. 록은 그런 야미를 바라보며 빙긋 웃었다.

"편하게 말해."

이곳에 떨어져서 가장 편한 사람을 고르라면 록은 단연 야미를 고를 정도로, 그녀가 편했다.

야미는 다정하고 순수했다. 악의 없는 말투와 표정을 보고 있으면, '그래도 이 땅은 아직 살 만하다.'라고 생각하게 되었다.

언제 죽을지 모르는 이 위태로운 상황을 그나마 힘겹게 버틸 수 있는 건 야미의 따뜻한 배려와 보살핌 덕이기도 했다.

나이가 저보다 어리지만, 야미는 그만큼 포용력 있는 여자였다.

"친구가 록에게 연애상담을 받고 싶어 해서요. 혹시 시간 괜찮으시면 잠깐 이야기 나눌 수 있나 해서요. 제가 곤란하다고 했는데, 한 번만 물어봐 달라고 조르네요."

"연애상담이라면, 일전에 유호가 말한 그 사람을 말하는 거야?"

"유호 씨 친구도 상담 받고 싶다고 하던가요?"

"아, 다른 사람인가 보구나."

록은 잠시 고민했다. 요즘 들어 연애상담이 들어왔다. 아무래도 유호와 야미를 이어준 파급력이 컸던 모양이었다. 남자 직원과 여자 직원이 근무하는 곳이 달라 접점이 없다는 게 한몫하는 듯 했다.

어찌한담.

진지한 얼굴을 한 록이 자신의 뺨을 긁적이며 고민했다. 어차피 이 집에서 하는 일이라곤 책 읽기와 팔찌 만들기뿐이다. 서재에 있는 필요한 책은 대부분 읽었고, 팔찌도 틈틈이 만들면 되기에 시간을 낼 수 있을 것 같았다.

"좋아."

무사히 빠져나가기 위해서 이 집에 드나드는 차량, 시각 등을 알아 놓는 것이 유리했다. 그러려면 직원들과 친밀도를 쌓아 놓는 게 중요했다. 여전히 이 집의 경비는 허술했지만, 그건 보여지는 것만 그럴 뿐이라는 걸 한 번의 탈출로 알았다. 그는 특히 정보를 다루는 사람이었다. 어떤 방식으로 감시하고 있는지 모른다.

"고맙습니다."

록의 허락에 야미는 손을 쥐고서 진심으로 기뻐했다.

*　　　*　　　*

자정을 코앞에 둔 록은 조마조마한 얼굴로 시계를 바라보았다.

"설마 올까? 오겠지. 어떤 인간인데. 그래도 안 왔으면. 괜히 자정 넘겨서 트집 잡는 건 아니겠지? 자정까지 고백 안 했다고 죽이겠다고 나오면 어쩌지? 그렇게 하찮은 이유로 죽일 거면 애초부터 살려 두지도 않았을 텐데."

록이 방 안을 서성거리며 중얼거렸다. 록이 다시 한 번 시간을 확인했다. 자정이 되기 2분 전.

똑똑.

문을 두드리는 소리에 록이 소스라치게 놀랐다. 이러다 단명하겠다.

"네."

록이 대답하자, 문이 벌컥 열렸다. 자정까지 뭘 한 건지 외출복 차림의 그가 코트에 손을 넣은 채 저벅저벅 걸어왔다. 선선한 바람이 옷깃이 묻어 있었다. 그 느낌이 청량하면서 동시에 서늘했다.

"오셨어요?"

록이 입꼬리를 힘껏 끌어올리며 인사했다.

"응."

원은 습관적으로 미소를 지었지만, 눈은 여전히 딱딱하게 굳어 있었다.

그녀는 마른침을 삼키며 시계를 보았다. 딱 자정이었다.

"좋아해요. 왜냐하면 원은 무척 멋있기 때문이죠."

"어디가 멋있는데?"

원이 건조한 목소리로 물었다.

"그야……."

록이 원을 위에서 아래로 스윽 훑었다. 그는 입만 다물고 있으면 머리부터 발끝까지 완벽했다.

스르륵 흘러내리는 결 좋은 검은 머리카락도, 헤어스타일도, 단정하게 뻗은 목선과, 뚜렷한 이목구비까지도.

"전부 다요."

록이 무심결에 대답했다. 외형만 놓고 보자면 멋지지 않은 곳을 고르는 게 힘들었다. 그는 손톱마저도 단정하고 깨끗했으니까.

원이 성큼 다가왔다. 그러자 그녀는 흠칫하며 허리를 뒤로 젖혔다.

"좋고 멋있다며. 그런데 왜 피해?"

그의 목소리가 더욱 건조해졌다. 표정도 무뚝뚝했다.

왜 갑자기 나타나 트집을 잡는 건지 모르겠다.

"제, 제가요? 그럴 리가요. 전 여기 발 딱 붙이고 서 있는걸요."

록은 최대한 발뺌했다. 그녀의 본능이 죽어도 발뺌하라고 강력하게 주장하고 있었다.

그녀가 어설프게 웃으면서 묻자, 원은 입을 꽉 다문 채 한 마디도 하지 않았다. 분위기가 서늘하게 가라앉았다.

원은 입꼬리를 바들바들 떨어 가며 웃고 있는 록을 보았다.

분명 이런 모습이 재미있었는데, 요즘 들어 왜 자꾸 기분이 나쁠까. 아무래도 이틀 전 밤 때문인 것 같다.

원은 이틀 전 밤을 떠올렸다. 그날 밤, 하면 하고 말면 말자는 생각으로 탈의한 채 록의 곁에 누웠다. 이튿날 놀라게 해 줄 요량도 있었다. 분명 하얗게 질린 얼굴로 저를 볼 게 뻔하니까.

자신이 곁에 눕자 록은 자석처럼 자신의 품으로 파고들었다. 마주 보고 누워 원은 잠든 록을 바라보았다.

흐트러진 머리카락에서 희미하게 부드러운 향이 났다. 샴푸 냄새보다 체향에 가까운 향이었다.

자그마한 입술이 계속해서 입맛을 다셨다. 색기가 흐르는 입술을 바라보던 원이 고개를 숙였다.

입술이 맞닿았다. 그러자 움찔하던 록이 입술을 앙다물며 제 아랫입술을 머금었다. 마치 아이가 엄마의 손가락을 무는 것 같은 부드러운 움직임이었다.

록이 빨아들일 것처럼 아랫입술을 오물거렸다. 순간 전기가 통하듯 뒷덜미가 아찔했다. 그 전기는 손끝까지 단숨에 타고 흘렀다.

원은 욕설을 뱉으며 록에게서 떨어졌다. 몹시 위험한 순간이었다. 하마터면 잠든 여자를 상대로 할 뻔했다. 다른 건 몰라도 그런 재미없는 짓은 할 생각이 없었다.

자신이 가져야 하는 건, 이 여자의 몸과 마음 둘 다였다. 히카가 갖지 못해 전전긍긍해 하는 이 여자의 전부.

원이 침대에 걸터앉아 숨을 고르는 사이, 등 뒤에서 부스럭거리는 소리가 났다. 몸을 일으킨 록이 잠결에 제 옷을 벗기 시작한 거였다. 그러다 티셔츠가 목에 걸렸는지 두 팔을 위로 뻗은 채 버둥거리기 시작했다.

"가지가지 한다."

원이 손을 뻗어 록의 티셔츠를 잡아당겼고, 때마침 반대편에서 잡아당기던 록의 힘 때문에 얇은 티셔츠가 완전히 찢어졌다.

찌지직—

원의 손에서 록의 티셔츠가 찢어졌다. 그러나 그는 자신의 손에서 티셔츠가 얼마나 처참한 꼴이 되어 있는지 알아채지 못했다.

노란 브래지어 차림의 그녀가 바지까지 벗었다. 그야말로 속옷차림이 된 록은 무방비로 침대에 누워 이불을 향해 손을 뻗었다.

원이 록의 손을 낚아채 그대로 눕혀 올라탔다.

"취한 거, 맞아?"

원의 위험한 목소리에도 록은 알아채지 못한 채 느릿하게 눈을 깜빡거렸다.

"추워."

초점이 맞지 않는 눈으로 웅얼거리던 록은 이불을 향해 버둥거렸다. 원은 힘주어 록의 손목을 감싸 쥐었다. 아니, 힘을 주지 않았다. 자신이 힘을 주면 이 여자의 손목은 단숨에 뚝 부러질 테니까. 힘을 주지 않는 상태로 화를 내고, 뭔가를 참아내려니 미칠 것 같았다.

원이 고개를 숙여 록의 입술에 입을 맞췄다. 그녀가 '으으응'하는 소리를 내며 고개를 홱 돌렸다. 완벽하게 거부했다.

연신 추워라는 말을 반복하며 버둥거리는 록을 보며 원은 까드득 이를 깨물었다.

태어나서 이렇게 마음대로 안 되는 상황은 처음이었다. 이 여자랑 있으면 늘 이런 식이었다는 점이 떠올랐다.

술이 깨도록 만들까. 찬바람을 쐬게 만들어도 되고, 술이 깰 때까지 흔들어도 된다. 할 수 있는 방법은 많다. 그러나 원은 마치 보이지 않는 줄에 묶인 사람처럼 꼼짝도 하지 못했다.

추위에 떨며 록이 잠들 때까지, 그 자리에서 지켜보던 원은 한참이 지나서야 옆자리에 누웠다. 얼마 지나지 않아 잠결에 용케 이불을 찾은 록은 그걸로 부족했는지 원에게 자연스럽게 안겼다.

원은 제 곁에 겁 없이 들러붙어 있는 록을 바라보다 새벽녘이 되어서야 아주 잠깐 잠에 들었다. 그마저도 깨어난 록이 숨넘어가는 소리를 내는 통에 깨버렸지만.

아직도 그날 밤을 생각하면 신경이 모조리 곤두선 기분이었다. 동시에 의문이 일었다.

왜 이 여자를 깨우지 못했을까. 왜 이 여자를 깨워서 갖지 못했을까. 왜, 왜? 언제든지 이 여자를 죽일 수 있다고 생각했는데?

꼼짝도 못 했던 그때를 생각하면 불쾌해졌다. 자신의 의지와 힘이 이토록 터무니없이 꺾인 것이 처음이라 이젠 기가 차기까지 했다.

이틀 전 밤을 떠올리자마자 순식간에 사나운 표정을 짓는 원을 보며 록이 움찔했다. 록은 어쩌면 원이 자신이 알던 것보다 훨씬 더 무서운 남자일 수도 있겠다는 생각이 들었다.

원이 허리를 곧게 펴서 록을 바라보았다.

"잡으려고 하면 피하고, 가만히 있으면 다가오고."

원이 낮은 목소리로 중얼거렸다.

태어나 이토록 자신을 피곤하게 만든 사람은 처음이었다.

그냥 없애 버릴까.

차라리 그 편이 마음 편할지도 모른다. 히카, 아니 이카루는 언제든 잡아 죽일 수 있으니까. 원이 진지하게 고민했다.

그 순간, 그의 애매모호한 말을 이해하려 록이 기민하게 머리를 굴렸다. 왜 이 남자가 미친 듯이 화가 난 걸까. 그러다 무언가가 번뜩 떠올랐다.

"호, 혹시 이틀 전 밤을 말하나요?"

록이 조심스럽게 물었다. 원이 침묵으로 긍정했다. 그러자 록이 뭔가를 알아챈 듯 얼굴을 와락 찌푸렸다. 원이 록을 물끄러미 바라보았다. 그녀가 기억해낸 건지 궁금했다. 흥미진진한 얼굴로 바라보자, 록이 기어들어 가는 목소리로 물었다.

"……제가 혹시…… 술래잡기를 하자고 하던가요? 제가 또……그러던가요? 이번엔 그 술버릇이 나왔나 보네요. 하아, 죄송합니다."

록의 물음에 원의 표정이 미묘해졌다. 그러다 이해한 듯 고개를 살짝 뒤로 젖혔다.

잡으려고 하면 피하고, 가만히 있으면 다가온다는 자신의 말을, 눈앞의 이 여자는 술래잡기라고 받아들인 거였다.

"하……."

원이 기가 막힌 웃음을 흘렸다. 원은 하얗게 질린 록을 바라보며 눈을 가늘게 떴다.

가지가지 한다, 정말.

지나치게 어이가 없으니 화낼 힘마저 사라졌다. 방금 전 분노도 온데간데없이 사라졌다.

"술래잡기라니. 죄송합니다."

정중하게 고개를 숙여 사과하는 록을 보며 원은 다시 한 번 할 말을 잃었다.

어이가 없어서 죽여야겠다는 생각조차 들지 않았다. 그녀는 누가 술래였는지 고민하느라 자신이 매우 어처구니없이 목숨을 부지했다는 걸 알지 못했다.

6장

책상 앞에 앉아 꼼짝하지 않고 팔찌를 만들던 록이 고개를 번쩍
들었다.

"으으윽······."

어깨, 목, 등 구분 없이 근육통이 생겼다. 어깨를 쾅쾅 두드리는
걸로 부족해 한참 스트레칭을 한 후에야 록은 의자 등받이에 몸을
파묻었다.

창문 틈으로 어스름한 빛이 흘러 들어왔다. 어느새 아침이었다.
사위가 고요했다. 동시에 온몸이 나른해졌다.

뿌연 머릿속으로 '이게 뭐하는 짓이지'라는 생각이 들었다. 어딘
지 모르는 이세계로 떨어져 미친놈한테 반 감금당한 상황에서 먹고
살겠다고 팔찌를 만들다니.

크리스는 평온하게 지내는 록을 보고 '적응력 하나는 최고야'라고 평가했고, 천이 또한 별반 다르지 않은 평가를 내렸다. 남들이 보기에 평온해 보일지 몰라도, 록의 마음은 하루에 수십 번 널뛰었다.

이따금씩 원이 미소를 거두고 무표정하게 저를 볼 때면 숨이 턱 막혔다.

지나치게 두려워서 두려움을 부정하고 있었다. 이러지 않으면 정말 미칠 것 같았다. 그리고 지금은 미치기 일보 직전이었다.

요즘 들어 원의 태도가 미묘하게 달랐다. 이전처럼 장난치듯 싱긋거리며 웃었지만, 그 끝이 묘하게 싸늘했다. 자신을 바라보는 시선이 집요했다.

언뜻 그의 검은 눈동자가 갈등의 빛을 띠기도 했다. 그가 마음을 잘못 먹으면 자신은 선 자리에서 재가 될 수도 있었기에, 록은 그때마다 가슴이 내려앉았다.

지금은 그가 필요에 의해 자신을 살려 두고 있지만, 그 인내심이 얼마나 갈지 모른다. 운 없이 그가 술에 취해 자신을 죽이기라도 하겠다고 하면 그날로 자신은 끝이다. 더군다나 원의 성격상 자신을 곱게 죽일 리 없었다. 갈가리 찢어 죽였으면 죽였지.

"하아, 어쩌다가 그런 놈한테 걸려서는."

록은 진지하게 고민하다 말고 얼굴을 찌푸렸다. 그러다 도저히 못 견디겠다는 듯 얼굴을 손바닥으로 가렸다. 불현듯 머릿속으로 그와 키스하던 모습이 떠올랐다.

그러고 보니 보기에도 무서운 그놈과 키스까지 했었다. 인정하기 싫지만 키스하기 직전 그의 얼굴은 숨이 멎을 만큼 야했다.

살짝 벌어진 입술, 가느스름하게 뜬 눈, 꺾인 고개까지. 그런 그 앞에서 속옷차림으로 술래잡기하냐며 뛰어다녔을 생각하니 딱 죽고 싶은 마음이었다.

록은 버둥거리며 허공에 발차기를 했으나, 그것만으로는 민망함이 가시지 않았다.

"후우, 어서 떠나자."

원의 마음이 변심하기 전에, 자신의 부끄러운 역사가 더 기록되기 전에 떠나야 했다.

록은 책상 위에 수북하게 쌓인 팔찌를 비장하게 바라보았다. 이것만이 살길이었다.

맨몸으로 도망쳐 봤자 얼마 못 가 잡힐 테니, 이왕이면 돈을 마련해 아주 멀리 떠나야 한다.

그러니 다해서 80개인 이걸 다 팔아야 했다. 적당히 마진을 남겨 팔면 옷과 교통비 정도는 마련될 거다.

그러려면 직원들과 친하게 지내서 물품 들어오는 시각, 직원들이 교대되는 시각을 모두 알아내야 한다.

이후 도망치자마자 의류점으로 달려가 옷을 갈아입고, 미용실에 들러 머리를 짧게 자른 후, 모자를 쓰고 다녀야겠지. 그 나머지의 일은 후에 생각하는 걸로.

"으으……."

록은 길게 기지개를 켜며 몸을 일으켰다. 한숨 잘까 고민하다가 외투를 집어 들었다. 아무도 없을 때 산책을 하며 쉴 생각이었다.

    *   *   *

건물의 우측에 자리한 길목은 숲길처럼 조성되어 있었다. 길게 이어진 길의 끄트머리는 오른쪽으로 틀어져 있었는데, 숲길이 집을 에워싸고 있다고 추측할 뿐이었다.

록은 선선한 바람이 부는 이 길을 좋아했다. 이곳에 있으면 자신이 갇혀 있다거나, 인간계로 돌아가고 싶다거나 하는 생각이 잠시 사라졌다.

"스읍."

숨을 들이마시며, 기분 좋게 내뿜으려던 록의 시선이 길의 왼쪽에 닿았다.

곱슬머리의 남자가 쭈그려 앉아 꽃을 들여다보고 있었다. 투박한 옷차림과 달리 보라색 꽃을 바라보는 그의 얼굴은 무척 섬세했다.

그녀는 저도 모르게 조용히 숨을 내쉬었다.

"잘 잤니?"

그가 손끝으로 보라색 꽃을 톡 건드리며 다정하게 물었다. 그 모습이 수줍은 소년 같았다. 록은 저도 모르게 남자의 옆얼굴을 물끄러미 바라보았다. 그는 턱을 괴고서는 묻지도 않았는데 혼자 주절주절 떠들기 시작했다.

"나는 잘 자지 못했어. 어떤 미친놈이 원이라고 사칭하고 다니는 바람에 족치러 다녀왔거든. 열 받게도 그 새끼의 피가 나한테 튄 거야. 내가 아끼는 옷이었는데. 그래서 조금 화가 나서 그 새끼의 손가락을 다 부쉈어. 그나마 나니까 손가락에서 끝난 거야. 원이었으면 머리부터 발끝까지 뼈를 다 부숴놨을걸?"

천이의 말을 듣고 있던 록의 얼굴이 핼쑥해졌다. 새벽부터 저딴 이야기를 듣는 꽃이 불쌍하고, 곁에 서 있다가 덩달아 들은 자신도 불쌍해졌다.

그녀가 조용히 한 발 물러서려고 했다.

"그렇지 않아, 록?"

갑작스레 묻는 통에 록이 흠칫했다. 역시 감각이 짐승처럼 발달한 이 집안사람이 자신을 알아채지 못할 리 없다.

"하하. 그, 그러게요."

록이 어색하게 웃으며 대꾸했다.

"사람을 봤으면 인사해야지. 왜 도망가?"

"꽃과 좋은 시간 보내시는 것 같아 방해하지 않으려고요."

"꽃이랑 친해져 봤자지."

천이가 허리를 곧게 펴고 일어나 록에게 성큼성큼 다가왔다. 록의 시선이 천이의 곱슬머리로 향했다.

뭔가가 이상하다. 그의 곱슬머리가 손질한 듯 굵게 말려 있었다.

"이 시각에 여긴 웬일이야? 원이랑 만나기로 했어? 그래서 원이 아까 여길 서성거린 건가?"

"그래요? 전 아닙니다."

록은 대답하며 조용히 안도했다. 간발의 차로 그를 만나지 못했다니, 다행이다.

"그래? 원과는 무슨 사이야?"

천이가 고개를 갸웃거리며 물었다. 동시에 록의 눈이 가느스름해졌다. 그의 목소리 끝이 올라갔다. 동시에 저를 향해 웃고 있는 미소가 낯설었다.

"당신, 랑이죠?"

록이 심각하게 묻자, 그가 얼굴을 찌푸렸다.

"왜 걔라고 생각해?"

"천이는 그렇게 안 묻거든요. 내가 여기 오기 올 때부터 쭉 봐와서 새삼스럽게 무슨 사이냐고 물을 일이 없어요. 그리고 천이는 꽃이랑 안 친해요. 잘 웃지도 않고."

그는 장난스럽게 미소를 지을지언정, 이렇게 부드럽게 웃지 않았다.

"예리하네."

랑이가 빙긋 웃으며 주머니에 손을 찔러 넣었다.

"그 머리는 왜 그렇게 된 거예요?"

록이 진지하게 그의 머리를 가리키며 물었다.

"몰라. 아침에 자고 일어났더니 이렇게 해놨더라. 뭐로 말았는지 머리를 감아도 안 풀려. 가끔 그 녀석이 치는 장난이거든. 쌍둥이인데 저만 곱슬로 태어난 게 싫었나 봐."

"천이의 머리를 펴면 되잖아요."

"강력 곱슬이라 오른쪽 펴면 왼쪽이 말리고, 왼쪽을 펴면 오른쪽이 말려. 몇 시간 동안 머리 태워 가면서 폈는데 물 한 방울이 닿자마자 다시 말리더라고. 그쯤 되면 머리카락이 아니라 고탄력 스프링이지."

"……."

"그런 표정, 천이 앞에서 짓지 마. 걔 화내."

랑이의 충고에 록은 입을 다문 채 고개를 끄덕였다. 그는 흡족한 웃음을 지으며 록을 바라보았다.

"자, 그럼 대화의 원점으로 돌아가서 다시 물어볼까? 원이랑 무슨 사이야?"

랑이가 대뜸 물었다.

"네?"

록이 무슨 소리냐는 듯 되물었다.

"왜 원이 네 일이면 눈이 뒤집혀서 저 난리를 치는 거냐고."

"눈이 뒤집혀요?"

록이 눈을 동그랗게 떴다.

"아, 넌 모르는 건가?"

랑이가 중얼거리며 록을 바라보았다. 그녀가 아무것도 모른다는 순진무구한 표정을 짓고 있었다. 이 여자는 아무것도 모르는 얼굴이다. 원에게 어떤 감정도 없는 듯했고.

랑이는 자신의 생일날 원이 했던 행동을 돌이켜 생각했다. 그녀를 찾았다는 말에 원은 침착한 듯 굴었지만, 걸음걸이가 조급했다. 록을 발견한 사람들이 손을 대지 못하도록 안아 들었다.

사람을 데려갈 일이 있으면 다른 사람을 시키거나, 멱살을 잡아 끌고 가는 평소의 행동과 달랐다.

크리스에게 두 사람이 무슨 사이냐고 물었지만, 그는 의미심장한 미소를 지으며 아무 말 하지 않았다. 아무리 생각해도 그날의 행동은 도저히 원답지 않았다.

"왜 그렇게 보세요?"

록이 허리를 뒤로 젖히며 팔로 제 얼굴을 반쯤 가렸다. 랑이가 무언가를 떠올린 듯 기분 좋게 웃었다.

"그랬구나. 그럴 수도 있겠어."

"뭐가요?"

혼잣말로 중얼거리는 랑이를 록이 불안한 얼굴로 바라보았다.

"너랑 친해져야 할 이유가 또 하나 생겼네."

"저랑…… 친해져요?"

"어. 내가 원한테 받아야 할 빚이 좀 있거든."

"그런데 왜 저랑 친해지나요?"

록이 도저히 이해 못 하겠다는 얼굴로 랑이를 바라보았다. 그러나 랑은 아무 말 없이 빙긋 웃었다.

"그리고 또 하나의 이유라니요? 다른 이유가 있어요?"

록이 의아한 얼굴로 물었다.

"응. 있지."

록이 뭐냐는 듯 바라보자, 랑이가 싱긋 웃으며 대답했다.

"난 예쁜 여자를 좋아하거든. 너, 예뻐."

랑이의 뜬금없는 말에 록의 손끝이 조용히 안으로 말려갔다.

되도록 이 사람과 선을 긋고 살아야 할 것 같다.

*　　*　　*

7시 50분.

록이 무척 다급하게 집 안을 헤집고 다녔다. 그녀의 이마에 송글송글 땀이 맺혀 있었다.

오늘따라 왜 이렇게 불운할까.

어쩌면 오늘의 불운은, 새벽녘에 산책을 갔다가 이상한 녀석을 만날 때부터 시작되었는지도 모른다.

집에 들어오자마자 넘어지고, 방으로 들어가다가 문에 머리를 박았다. 거기까지만 해도 불운한데, 더 끔찍한 일이 벌어졌다. 원의 행방이 묘연했다.

탁, 탁.

록의 발걸음은 몹시 다급했으나, 목적지가 없이 우왕좌왕했다. 록이 때마침 지나가는 직원을 붙잡았다.

"저기요! 여기 크리스의 방이나, 천이의 방이 어디 있는지 아세요?"

"방금 위로 올라가는 걸 봤어요."

여직원이 3층으로 올라가는 계단을 가리켰다.

"감사합니다."

록이 다급하게 3층으로 뛰어올라갔다. 그러다 익숙한 등을 발견했다.

"천이!"

"뭐야?"

저를 부르는 소리에 돌아선 천이가 얼굴을 찌푸리며 록을 바라보았다.

"원이 사라졌어요! 어디 갔어요? 저 고백해야 하거든요. 10분, 아니 지금 7분밖에 안 남았어요."

"걔? 외출했는데."

"외출요? 아. 그럼 뭐……."

록이 급격하게 안도하는 표정을 지었다. 그가 출장을 갔으니 어쩔 도리 있겠는가. 이번 고백은 안 하는 게 아니라, 못 하게 되었다.

록이 고맙다는 말을 한 후 돌아서려는데, 천이가 그녀의 손에 휴대폰을 쥐어 주었다. 록이 의아한 눈으로 천이와 휴대폰을 번갈아 보았다.

"영상 통화해."

"……굳이 이렇게까지는."

"하는 게 나을걸?"

"……."

"원이 시킨 건 알아서 최선을 다하는 게 좋을 거야. 안 그러면 원이 최선을 다하게끔 만들어 줄 테니까. 그리고 네가 최선을 다하지 않으면 우리한테 불똥이 튀거든. 그러니까 최선 좀 다해 줄래?"

귀찮은 일은 딱 질색이니까.

천이가 중얼거리듯 한마디를 덧붙였다.

"저…… 원의 번호가 어떻게 되죠?"

"아래 주소록 눌러봐. 원이라고 되어있어."

록이 얼른 휴대폰의 액정을 두드렸다. 주소록을 누른다는 게 손가락을 삐끗해 사진 폴더로 들어갔다.

주르륵 이어지는 사진의 향연을 바라보던 그녀의 표정이 미묘해졌다. 한 박자 늦게 상황을 파악한 천이가 버럭 소리를 질렀다.

"야! 뭘 보는 거야!"

"아……."

천이가 그녀의 손에서 휴대폰을 빼앗아 갔다.

방금 생머리를 하고 있는 천이를 본 것 같은데. 그것도 셀카였던 것 같은데.

"뭘 봤어?"

천이가 휴대폰을 꽉 움켜쥔 채 음산하게 물었다. 소년 같은 얼굴이 확 달라져 섬뜩한 분위기를 풍겼다. 이 소년 같은 남자가 어떻게 원의 동료가 되었는지 단번에 알 수 있었다.

록이 본능적으로 조심해서 대답해야 한다는 걸 느꼈다. 뭔가를 봤다고 하면 자신의 머리를 후려쳐 기억을 없애줄 기세였다.

"아무것도 안 봤어요. 순식간에 지나가서요."

"정말이야?"

"네. 그럼요. 뭐 검은 것만 주르륵 있던데. 담요라도 사셨나 봐요. 하하. 날씨가 추우니 담요도 좋죠. 그래도 가성비는 담요보다 외투가 나을 것 같네요."

록이 떠벌떠벌 말했으나, 믿지 않는 듯 천이의 눈빛이 예리해졌다.

"그래. 계속 그렇게 지내. 넌 아무것도 못 본 거야. 뭔가를 봤다는 걸 어디에서 떠벌리면 넌 죽어."

천이의 섬뜩한 경고에 록은 빠르게 고개를 끄덕였다. 그런 경고는 말 안 해도 안다. 그가 휴대폰을 넘겨주었다. 기호와 숫자가 엉킨 번호였다. 도저히 외울 수 없는 길이였다.

록은 새삼 자신이 다른 세계에 와있다는 게 느껴졌다. 몇 번의 신호음이 흘러간 후, 조금은 차가우면서 부드러운 목소리가 들렸다.

—뭐야.

"저 록이에요. 8시라서요. 좋아해요. 왜냐하면 원은 저를 살려 주었기 때문이죠."

이제 좋아하는 이유를 짜내는 것도 힘들다. 그래도 일단 하나는 끝냈다는 생각에 록이 홀가분한 표정을 지을 때였다.

뚝—

전화가 끊어졌다. 록이 황망한 얼굴로 휴대폰과 천이를 번갈아 보았다.

"제가 무슨 실수라도 했나요? 이유가 마음에 안 든 걸까요? 아니면 목소리가 별로였나요?"

록이 조마조마한 얼굴로 물었다. 천이가 자신도 이유를 모르겠다는 듯 어깨를 으쓱거렸다. 가슴이 철렁 내려앉았다.

일단 휴대폰을 반납해야 했기에 천이에게 내밀었다. 그러자 천이가 휴대폰의 액정을 흘깃 쳐다보더니 얼굴을 찌푸렸다.

"전화 왔어. 원이야."

천이가 다시 휴대폰을 건네주었다. 록이 휴대폰을 받아 들었다. 수신버튼을 누르자, 화면에 원의 얼굴이 잡혔다.

"흡."

흠칫한 록은, 휴대폰 화면에 비친 제 얼굴을 보고 한 번 더 흠칫했다. 밑에서 위를 보게 했더니, 얼굴이 몹시 비대하게 나왔다. 록이 휴대폰을 번쩍 들어 각도를 맞췄다. 이제야 제법 사람답게 보였다.

"안녕하세요."

록이 원에게 꾸벅 인사했다.

—다시 해.

"네?"

—다시 하라고.

어디론가 이동 중인지 그가 시트에 등을 파묻고서 말했다. 그녀가 난처한 듯 눈을 깜빡였다.

늘 눈을 보면서 하는 고백임에도 불구하고 영상통화로 하려니 낯설고 뻘쭘했다. 그 뻘쭘의 이유에는 멀리서 '잘하는 짓이다.'라며 삐딱하게 중얼거리는 천이도 한몫했다.

"좋아해요. 왜냐하면 원은 저를 살려 주었기 때문이죠."

그녀가 쭈뼛거리며 고백했다. 원은 듣고만 있을 뿐 아무 말 하지 않았다. 보통 때라면 비웃듯이 웃든가, 알겠다는 듯 고개를 끄덕여야 하는데 그는 일시정지 버튼을 누른 듯 고요했다.

록은 통신 장애가 일어난 건가 싶어 액정을 손으로 툭툭 쳤다. 그러자 원이 설핏 얼굴을 찌푸렸다.

—오후에는 귀가할 거야. 기다리고 있어.

"네. 기다릴게요."

록이 순순히 대답했다. 이제 그녀에게 이런 대답은 습관과 같았다. 통화가 끝났다. 그녀는 액정이 꺼지기 전, 원이 설핏 웃은 것 같다고 생각했다.

착각이겠지. 그럴 리가 없다.

록은 자신이 본 것을 부인했다.

오전에 할 일을 간단히 마친 록은 만들 팔찌를 챙겼다. 당분간 책을 읽지 않을 생각이지만, 사람의 발길이 가장 드물게 닿는 곳이라 록은 그곳에 쉬러 가곤 했다.

자신이 만든 팔찌와 만들 재료들을 몇 가지 챙겨 짐을 싸는데 누군가가 문을 두드렸다.

이 시각에 찾아올 사람은 야미뿐이었지만 만에 하나 모르는 일이기에 '들어오세요'라고 대답했다.

"록."

야미가 문을 열고 들어왔다. 그녀는 기분 좋은 일이 있는지 만면에 웃음꽃을 활짝 피우고 있었다.

덩달아 기분이 좋아진 록이 기분 좋게 웃으며 그녀를 보았다.

"무슨 일이야?"

"록. 팔찌 더 만들어 줄 수 있어요?"

"응. 왜?"

"직원들 몇 명이 제 팔찌 보더니 예쁘다고 사고 싶대요. 그리고 집에 가져갔더니 때마침 친척의 지인이 팔찌를 보더니 사고 싶다고 하시더라고요."

"와, 정말?"

록이 깜짝 놀란 얼굴로 야미를 바라보았다. 벌써부터 팔찌 주문이 들어온다고 생각하니 흐뭇했다. 록은 만들어 놓은 80개의 팔찌를 죽 풀었다. 그중에서 야미가 15개를 챙겨 갔다.

"금액은 받는 대로 이번 주 안에 드릴게요."

"응. 고마워. 아! 그리고 알지?"

"네. 비밀인 거 알아요."

야미가 잘 안다는 듯 검지를 둥글게 만 입술 위에 올렸다. 그 모습이 무척 귀여워서 록은 저도 모르게 싱긋 웃었다.

"오늘 하루도 힘내세요. 아! 그리고 서쪽 서재에 직원들이 가 있을 거예요. 상담 잘 부탁드려요!"

야미의 인사에, 록은 '알았어. 너도 힘내!'라고 말하며 팔이 빠지도록 손을 흔들어 주었다. 야미가 사라진 후 록은 참았던 한숨을 흘렸다. 록은 야미에게 새삼 미안해졌다.

원이 탄이라는 걸 알면 자신에게 협조하지 못할 거다. 자신이 떠나기 전, 꼭 야미에게 도망치라는 연락을 하고 가야겠다는 생각이 들었다.

*　　　*　　　*

록은 서쪽 서재를 찾았다가 미리 와 있는 여직원을 보았다. 그녀가 야미가 말한 사람이라는 걸 알아챘지만, 그녀의 얼굴을 볼 순 없었다.

그녀는 너저분한 스카프를 얼굴에 둘둘 말고 있었다. 그걸로 부족했는지 불투명한 안경을 끼고 있었다. 록이 인사를 해야 할지 말아야 할지 고민하는데, 여자가 먼저 다가왔다.

"안녕하세요. 오늘 상담 받기로 한 여자예요."

"아, 네. 안녕하세요."

무슨 상담씩이나.

록은 상담이라는 거창한 말에 반감이 일었으나, 그걸 말할 여력이 없었다. 록의 시선이 줄곧 여자의 얼굴을 가리고 있는 스카프로 향했다.

"제 익명성을 위해서 그러니 존중해 주세요. 제가 부끄러움이 많아서요."

"아, 네. 일단 앉아서 이야기하죠."

록이 서재의 가장 깊숙한 서간으로 걸어갔다. 자신이 주로 즐겨 앉는 곳에 담요를 한 장 깔고 맞은편에 한 장 깔았다.

"앉으세요."

록이 권하자 여자가 주춤거리더니 조용히 담요 위에 앉았다. 여자와 마주 앉은 록은 갑갑했다. 여자의 얼굴을 가리고 있는 스카프도 갑갑하고, 연애 한 번 제대로 해 본 적 없는 자신이 왜 갑자기 연애상담사가 되었는지도 갑갑했다.

그래도 일단 직원들에게 호감을 사놓는 게 중요했기에 록은 머릿속 모든 지식을 대방출하기로 했다.

"편하게 말씀하세요. 걱정하지 마시고요."

록의 말에 여자가 낮은 한숨을 내쉬었다. 안도하는 것 같기도 했고, 더 긴장되어 보이기도 했다.

"그 전에 하나 물어볼 게 있어요."

"네. 말씀하세요."

"정말 원과 아무 사이 아닌가요?"

여자의 물음에 록이 낮게 한숨을 내쉬었다. 이 질문만 벌써 몇 번째인지 모르겠다. 아니라고 강력하게 부인해도 며칠 못 가 사람들은 의심의 눈초리로 바라보았다.

그래, 그럴 만하지.

록은 울컥하다가도 원과 자신이 한 행동을 돌이켜 생각해 보면 그럴 수 있겠다 싶었다.

아무 일 없긴 했지만 같이 자기도 했고, 키스도 벌써 여러 번했다. 언제 죽을지 모르는 상황이라는 것만 제외하면 사귀는 사이로 오해받기 딱 좋았다.

"네. 사정이 생겨 이곳에 머무는 것일 뿐, 원과 아무런 사이도 아닙니다."

"확실하죠?"

"네."

록은 반쯤 포기한 듯한 얼굴로 고개를 주억거렸다.

"제가 좋아하는 사람이 있어요."

조금의 기다림 끝에 여자가 말문을 열었다. 록은 인내심 있게 그녀의 뒷말이 이어지길 기다렸다.

"전 한 번도 첫눈에 반한다는 말을 믿지 않았어요. 그게 말이 될 리가 없잖아요. 잘 모르는 사람에게 한눈에 반한다는 게. 그건 외모에만 반하는 어리석은 짓이라고 생각했어요. 그랬는데 제가 첫눈에 반하게 될 줄 몰랐어요."

"아, 그러셨군요."

록은 가볍게 고개를 끄덕이며 들고 온 물병을 입에 가져다 댔다. 여자의 말이 느려 목이 타는 기분이었다. 물을 한 모금 마신 후, 병을 내려놓은 록은 여자를 바라보았다.

"멋있는 남자예요. 처음은 동경이었는데 이젠 매일 꿈에 나와 저를 괴롭히네요. 마음이 깊어서 고백을 할까 하는데 어떻게 해야 할지 모르겠어요. 주변 사람들에게 상의했더니 고백하지 말라고 말리기만 해서 속상하네요. 그래서 야미한테 물어 여길 찾아왔어요. 전 어쩌면 좋죠?"

여자의 절절한 목소리에 록은 난처한 듯 눈썹을 문질렀다. 보통 록이 해 온 연애상담은 하소연 들어 주기였다.

유호처럼 특별한 경우를 제외하곤 상대방의 말에 공감하는 것인데, 이런 식의 질문일 줄은 몰랐다.

연애 한 번 안 해 본 자신이 어떻게 알겠는가. 록은 지금이라도 그녀를 정중히 돌려보낼까 고민했다. 그러나 선글라스 너머로 보이는 여자의 시선이 절절하다는 게 느껴졌다.

록이 고민 끝에 질문을 던졌다.

"음, 그러면요. 남자분이 어떤 스타일이세요?"

록이 조용히 물었다.

"우아하고, 지적이며, 다정해요."

"아, 그러시군요."

우아하고, 지적이며, 다정한 남자.

록은 머릿속으로 그런 이미지를 떠올려 보았다. 순간적으로 원이 떠올랐다.

얼추 맞아떨어졌다. 우아하고, 지적이며, 다정한 것처럼 보이는 미친놈이라는 게 조금 다르지만.

잠시 생각에 잠겨 있던 록이 도무지 안 되겠다는 생각에 여자를 돌려보내려 할 때였다. 록의 반응이 좋지 않은 걸 감지한 건지 여자가 다급하게 말을 꺼냈다.

"제가 상대방을 말씀드리는 게 상담에 도움이 되나요?"

"상담까진 아니고요. 저는 이야기를 들어 보고 제가 도와줄 수 있는 데까지 도와 드릴 뿐이에요. 그러니 크게 기대하지 마시고요. 만약 엄청난 결과를 원하신다면 제가 아니라 다른 분을 찾아보시는 게……."

록이 슬쩍 한 발 빼려고 하자, 여자가 록의 손을 덥석 잡았다.

"아뇨. 들어 주세요. 이 고민은 록만이 해결할 수 있어요."

"제, 제가요?"

당황한 록이 말을 더듬었다.

"네."

여자가 비장하고 고개를 끄덕였다. 그사이 입가를 가리고 있던 스카프가 떨어졌다. 예쁘장하게 보이는 코와 입매를 가진 여자였다.

눈에 익긴 하지만, 누군지 정확히 알 수 없었다. 아무래도 이 건물 내로 오가며 마주친 사이인 듯했다.

어디서 마주쳤을까.

록이 고민하는 사이 여자가 말했다.

"원이에요."

"네. 네?"

록이 엉겁결에 대답했다가 놀라 되물었다. 자신이 대화를 하다 놓친 부분이 있는지 돌이켜 생각해 보았다.

놓친 부분이 없는데, 이 여자가 왜 갑자기 금기의 이름을 막 뱉고 이럴까.

"제가 좋아하는 남자, 원이에요."

여자의 친절한 덧붙임 설명에 록의 입술이 작게 벌어졌다.

이 예쁜 여자가 지금 무슨 말을 한 거지?

록이 도저히 믿을 수 없다는 얼굴로 여자를 바라보았다. 록의 굳은 반응에 여자가 다급하게 록의 손을 꽉 움켜쥐었다.

"무슨 관계인지 모르지만, 원과 사귀는 사이 아니라고 하셨잖아요. 그럼 도와주실 수 있는 거 아닌가요?"

"음, 평범한 상황이라면 그렇긴 한데요. 음."

어떻게 돌려 말해야 이 여자에게 '그깟 고백으로 목숨 위태로울 짓 하지 말라.'라고 전할 수 있을까. 이 여자는 틀림없이 원의 생김새에 홀린 게 틀림없었다.

자신도 처음엔 그러했다. 바에 앉아 어딘가에 시선을 던져둔 그의 옆얼굴은 매혹적이었다. 눈이 마주친 순간 등허리가 짜릿할 만큼 자극적이기도 했다.

실상을 알자마자 모든 호르몬 반응이 두려움에 의해 사라지긴 했지만.

록이 고민하다 입을 열었다.

"그분은 연애할 생각이 전혀 없어요. 음, 여자와 가까이 있는 걸 보지 못했고, 실제로 여자 이야기는 한 마디도 안 해요."

아침 식사 시간에 듣는 이야기라곤 '처리, 제거, 자멸, 폭탄'등의 단어뿐이었다.

하루 자고 일어나면 어느 시의 건물 하나가 사라지고, 범죄형 초능력자들이 순식간에 제거되었다. 듣도 보도 못한 무기가 개발되었다는 말도 들은 적 있었다. 도시 하나쯤은 너끈히 날릴 수 있는 설계라고 했다. 이 때문에 수많은 나라에서 물밑 접촉이 들어온다고 했다.

이 비밀스러운 일을 아침식사 중, 자신이 듣든 말든 상관없이 막 뱉는 남자가 원이었다. 자신이 어딘가에 정보를 흘려도 전혀 타격을 입지 않을 것 같았다. 오히려 요즘 지루하다는 말을 하는 걸로 봐선 어떤 일이 벌어지길 기다리고 있기까지 했다.

그런 남자에게 고백이라니!

"상관없어요. 오히려 자유연애주의보다 금욕주의가 더 낫지 않나요? 제 눈엔 그조차도 멋있어 보여요."

"음, 그래도 다시 한 번 생각해 보는 게 어때요?"

록이 다시 한 번 진지하게 말렸다.

"아뇨. 제 마음은 확고해요. 직원들은 원에게 가까이 갈 일이 없어요. 저처럼 뒤늦게 고용된 사람은 3층에 갈 수도 없고요. 다른 직원들에게 부탁했지만 번번이 거절당했어요. 그러니까 저 좀 도와주세요."

"아뇨."

"왜요? 원과 교제하는 사이도 아니라면서요!"

여자가 악을 쓰듯 물었다.

"아닌 건 맞는데요. 음, 그러니까…… 착한 남자는 아니라서요."

록이 머뭇거리며 대답했다. 착한 남자가 아닌 정도가 아니라 무서워 미칠 것 같은 남자였다. 그렇지만 그걸 말할 순 없었다.

"역시 곤란해요."

록이 단호하게 고개를 가로저으며 손을 빼려 할 때였다.

"한 번만요."

여자가 록의 손을 세게 움켜쥐었다. 빼내려 했지만, 꼼짝도 할 수 없었다. 록은 여자의 어마무시한 힘에 깜짝 놀라 손과 여자를 번갈아 보았다. 억지로 손을 빼면 손가락이라도 부술 기세였다. 섬뜩한 기분이 들었다.

"이루어지지 않아도 좋아요. 이 마음을 딱 한 번만 전달할 수 있으면 그걸로 충분해요. 딱 한 번만 도와주세요."

여자의 목소리가 울먹거렸다. 여자의 선글라스 아래로 눈물이 뚝뚝 떨어졌다. 더없이 간절한 여자의 반응에 록은 입술을 꾹 깨물었다. 마음이 흔들렸다. 왠지 꼭 도와줘야 할 것만 같았다.

"야미한테 들었어요. 한 번만 도와주시면 팔찌 20개 구매할게요."

"저, 그래도……."

"30개요."

"……."

여자의 마지막 필살 제안에 록은 더 버티지 못했다. 30개를 팔면 어느 정도의 자금이 마련된다.

"그렇다면야……."

록이 마지못해 고개를 끄덕였다.

"하아."

록은 우유부단한 제 성격을 탓하며 눈을 질끈 감았다.

*   *   *

록은 테이블에 놓아둔 편지를 바라보았다. 편지봉투의 겉면에는 '엘리'라고 되어 있었다. 아마도 여자의 이름인 듯했다.

록이 돕겠다는 말을 하자마자, 여자는 머리에 두르고 있던 스카프와 선글라스를 벗었다. 동그란 눈이 매력적인 여성이었다.

자존심이 세고 자아애가 높아 누군가를 먼저 사랑해 본 적 없다던 그녀는 원을 먼저 짝사랑하게 된 이 상황이 무척 자존심 상한 듯했다.

그러면서 한 편으로는 이 자존심을 다 던져 버릴 수 있을 만큼 원을 사랑하게 된 듯했다.

그녀가 후회하고 있을 즈음, 엘리가 주머니에서 주섬주섬 이 편지를 꺼내 록의 손에 꽉 쥐어 주었다.

'이걸 내일 오전까지 꼭 원에게 전달해 주세요.'

그녀의 눈빛이 무척 비장했다. 록은 얼결에 알겠다고 대답한 후, 방으로 돌아와 30분 째 후회하는 중이었다.

"내가 왜 한다고 해 가지고."

그러나 이미 물릴 수도 없다.

엘리는 그 자리에서 팔찌 서른 개를 구매하더니, 치밀하게 빈 종이에 계약서를 작성해 내밀었다.

록은 성심성의껏 자신의 러브레터를 전달할 것이며, 엘리는 팔찌 서른 개를 구입한다는 내용이었다. 엘리의 기세에 밀린 록이 결국 싸인을 했고 두고두고 후회하는 중이었다.

"하아."

록이 편지를 흘겨보며 한숨을 내쉬었다.

"바닥에서 주웠다고 할까."

그가 믿어 줄 리 없다. 자신도 안 믿기는데, 눈치 빠른 그가 믿어 줄 리가 없다.

록은 고민하다가 러브레터가 놓인 테이블을 등졌다. 내일 오전 까지니까 그가 기분 좋을 때 줘야겠다, 라고 생각하며 그녀는 침대 로 걸어갔다. 번 돈을 야무지게 챙겨 협탁 서랍 아래에 잘 봉해 놓은 후, 록은 침대에 몸을 던졌다.

"한숨만 자고 생각하자."

밤샜더니 피곤해서 정신을 차릴 수가 없었다. 이리저리 뒤척거리 던 록은 얼마 못 가 깊은 잠에 들었다.

*　　*　　*

뺨이 간지러웠다. 록이 오른쪽 뺨을 씰룩거렸다. 그러나 간지러 움은 계속되었다. 벌레라도 물린 건가 싶어 록이 뺨을 긁적거렸다. 어떤 느낌도 오지 않았다.

오른쪽 뺨이 퉁퉁 부었나 싶어 잠결에 억지로 눈을 치켜뜬 록이 흠칫했다. 눈앞에 저를 보고 우아하게 웃고 있는 남자의 얼굴이 보였다.

꿈인가. 차라리 꿈이었으면.

"잘 잤어?"

그러나 꿈이 아니었다. 원이 침대에 걸터앉아 그녀의 뺨에 손을 대고 있었다. 가볍게 미소 지은 채 저를 바라보는 얼굴이 한없이 다정했다.

심장이 덜컥 내려앉을 만큼 놀랐으나, 록은 초인의 힘을 다해 내색하지 않았다.

"하하, 언제 왔어요? 오셨으면 말을 하시죠."

"깨웠는데 안 일어나더라고."

"아, 그, 그래요? 어제 잠을 못 잤더니, 원이 온 줄도 모르고 푹 잤네요."

록이 천연덕스럽게 대답하며 슬그머니 몸을 뒤로 뺐다. 허공에 멈춰있다 침대를 짚은 원의 손등에 손톱자국이 남아 있었다.

그녀는 못 본 척하려고 슬그머니 시선을 옆으로 흘렸다. 원도 별로 신경 쓰지 않는 얼굴이었다.

"저녁 식사를 안 했다는 말에 와 봤어."

벽에 걸린 시계가 밤 11시를 가리키고 있었다.

"깊게 잠들었나 봐요. 깨워주셔서 감사합니다."

록이 부스스한 머리를 정리하며 감사의 인사를 했다. 원이 침대에서 일어나 록을 바라보았다.

"가자."

"어딜요?"

록이 눈을 동그랗게 뜨고서 물었다.

"밥 먹으러. 오랜만에 단둘이 식사하는 것도 좋을 것 같아서."

원이 록의 대답을 듣지 않고 돌아섰다. 다정한 듯 제멋대로인 그의 뒷모습을 바라보던 록은 차라리 잘됐다는 생각에 몸을 일으켰다.

테이블에 놓인 러브레터를 주머니에 챙겨 넣었다. 이참에 분위기를 봐서 러브레터를 전달해 줘야겠다, 싶었다.

*　　　*　　　*

커다란 홀에 테이블만 덩그러니 놓여 있는 식당은 볼 때마다 적응이 안 됐다. 언젠가 이 인테리어에 대해 크리스에게 물은 적이 있었다. 그는 몹시 간단하게 대답했다.

'그냥.'

그는 그렇게 대답했다. 그러나 록은 다른 의미가 있을 거라 생각했다. 서재와 식당은 그들이 유일하게 마음 놓고 사업이야기를 나누는 곳이라고 했다.

서재는 철저하게 외부인 출입금지 구역이지만, 식당은 직원들이 오갈 수 있기에 이렇게 차려 놓은 게 아닐까 짐작하고 있었다.

록이 의자를 빼고 앉았다. 식탁 위에 한 상 차려진 것은 한식이었다. 언젠가부터 양식, 중식, 일식이 사라지고 연달아 한식만 올라오고 있었다.

"잘 먹겠습니다."

록이 습관처럼 인사를 한 후, 숟가락을 들어 들깨국을 한 입 떠넣었다. 뜨끈하고 고소한 맛이 입 안에 확 퍼지자 록의 얼굴이 한결 풀어졌다.

"맛있네요."

록의 대답에 원은 가볍게 고개를 끄덕였다. 침묵의 식사가 이어졌다. 인간은 적응의 동물이라고, 록은 늦은 밤 원과 단둘이 마주하는 위험천만한 상황에서도 맛있게 식사하는 법을 터득하게 되었다.

어느 정도 식사를 마친 록이 원을 흘깃 바라보았다. 눈을 내리깔고 있는 원의 얼굴은 무척 섬세했다. 문득 시선이 그의 입술에 닿았다. 자연스럽게 키스라는 단어가 떠올랐다.

그녀는 가볍게 고개를 가로저어 생각을 떨쳐냈다. 지금 이럴 게 아니라, 그에게 물어야 한다.

"저어."

록이 조심스럽게 묻자, 원이 고개를 들었다.

"혹시…… 사귀는 사람 있으세요?"

록의 물음에 원의 눈썹이 찌푸려졌다. 질문의 의도를 이해하려고 노력하는 얼굴이었다.

"없는 걸 알 텐데?"

"없다고는 들었는데 혹시 근래 생겼을까 봐요."

"없어. 왜?"

그가 순순히 대답했다. 그의 표정이 묘하게 풀어졌다. 기분이 좋아진 듯했다. 원만히 대화가 이뤄질 가능성이 보이자, 록이 조금 더 용기를 내어 말했다.

"그럼 이상형은 어떻게 되세요?"

"그런 건 생각해 본 적 없는데."

"아, 그러시군요."

"연애하실…… 생각은 있으세요?"

록이 좀 더 조심스럽게 물었다. 실제로 묻고 싶었던 것은 '연애 가능하세요?'였다. 엄청나게 센 힘과, 특출 나게 모난 성격, 가끔 파탄에 이르는 결정을 종종하는데 연애자체가 성립가능한지 의문이었다. 그러나 그리 물을 수 없어 돌려 물었다.

"하겠지. 언젠가는."

원이 대수롭지 않다는 듯 답했다.

"아, 그러시구나."

록이 중얼거리듯 대답하며 고개를 끄덕거렸다. 고민에 잠긴 듯 국을 숟가락으로 휘휘 젓는 록을 원이 물끄러미 바라보았다.

"갑자기 그걸 묻는 이유는?"

"아, 그게요."

록이 잠시 머뭇거렸다. 원에게 이런 현실적인 사랑 이야기를 하게 될 날이 올지 몰랐다.

"진심으로 고백이라고 하려고?"

원이 웃는 얼굴로 물었다. 록이 재빨리 고개를 가로저었다.

"아뇨. 그건 아니고요. 저…… 이거요."

록이 용기를 내어 주머니에 있던 러브레터를 꺼냈다. 원이 커다란 하트가 박혀 있는 편지 봉투를 바라보다 집어 들었다.

"이게 뭐야?"

원이 그녀가 내민 편지를 보며 물었다. 그의 눈썹이 삐딱하게 올라가 있었다.

"보시면 알 거예요."

원이 편지봉투를 열어 편지를 꺼냈다. 그가 대각선으로 편지를 스윽 훑었다. 3초도 채 걸리지 않았다. 그 짧은 시간에 다 읽은 듯, 그가 편지의 끄트머리를 잡고서 고개를 삐딱하게 기울였다.

"이게, 뭐냐고."

그의 목소리가 딱딱했다. 록이 마른침을 삼켰다.

"엘리라는 여자가 쓴 편지예요. 원이 아는지 모르겠지만, 엘리는 여기서 일하는 여직원이에요. 오늘 봤는데 무척 예쁘게 생겼더라고요. 야미한테 물어보니까 일도 잘하고, 착하고, 음, 좋은 성격이래요. 여기서 일한다면 눈치도 빠르겠죠?"

록이 구구절절 엘리에 대해 좋은 점을 설명했다. 그런데 왜인지 설명하면 할수록 원의 표정이 점차 굳어 갔다. 록의 속이 새카맣게 타들어 가기 시작했다.

엘리라는 여자에 대해 이미 아는 건가. 이미 싫어하는데 권한 건가?

이런저런 생각을 하는 사이, 원이 싸늘한 표정으로 물었다.

"그래서, 만나 봐라?"

어절마다 뚝뚝 끊어졌다. 록이 긴장한 얼굴로 원을 바라보았다. 원의 무표정한 얼굴 위로 싸한 냉기가 흘러내렸다.

러브레터만 대신 전달해 줬을 뿐인데 그가 이렇게 분노할 거라 예상치 못한 록은 크게 당황했다.

"혹시 기분 상한 거라면 죄송합니다. 그럼 없던 일로."

록이 다급하게 러브레터를 회수하려고 손을 뻗었다. 그가 손을 뒤로 빼며 그녀의 손을 피했다.

록이 눈을 동그랗게 뜨고서 쳐다보자, 그가 러브레터를 테이블 위에 곱게 올려놓았다. 그러고는 물 잔을 거머쥐었다.

주르륵.

물이 흘러 러브레터를 금세 적셨다. 록이 눈을 크게 부릅떴다. 러브레터 위에 물을 쏟아붓는 내내 그는 록을 똑바로 응시했다.

네가 한 짓이 뭔지 보라는 듯.

테이블이 금세 흥건해졌다. 원은 자신이 쥐고 있던 물잔을 러브레터위에 올렸다.

그가 손을 빙글빙글 돌리자 물에 분 러브레터가 조금씩 찢어지기 시작했다. 그사이 록은 한 마디도 하지 못했다. 그가 흘리고 있는 무덤덤한 냉기에 질식할 것 같았다.

깨끗한 물 잔 밑에 갈리고 있는 러브레터가 마치 자신인 것처럼 고통스러웠다.

"다시는."

마침내 그가 침묵을 뚫고 입을 열었다.

"이런 거 전달하지 마."

그가 한 충고는 그뿐이었다. 자리에서 일어난 원이 록을 두고 돌아섰다. 다리에 힘이 풀린 록이 자리에서 일어난 건 한참이 흐른 후였다.

　　　　　*　　　　*　　　　*

　이른 새벽, 록은 주택의 뒷길을 에워싸고 있는 숲길로 향했다. 푸르스름한 공기가 에워싸고 있는 숲길은 청량하면서 쓸쓸했다.

　숨을 깊게 들이마신 록이 길게 내뱉으며 느릿하게 길을 걸었다. 길게 이어진 숲길을 지나자 갖가지 색으로 물들어 있는 길이 또 하나 나타났다.

　걷고 또 걸어도 집의 규모조차 파악되지 않았다. 평소라면 감탄했을 테지만, 머리가 복잡한 록은 알아채지 못하고 무작정 걸었다.

　밤새 뒤척거렸다. 아주 잠깐 잠에 들면, 바로 원이 나타나 자신을 맷돌에 갈아 버리겠다며 성큼성큼 걸어오곤 했다. 그렇게 두어 번 깼더니 잠이 싹 달아났다. 문제는 달아난 잠보다, 갑작스레 튀어나온 의문 때문이었다.

　"혹시, 설마."

　록은 저도 모르게 중얼거리다 고개를 갸웃거렸다.

　"에이. 설마."

　그러다 아닐 거라는 듯 고개를 다시금 가로저었다. 록이 그렇게 설마, 혹시, 에이, 아니야. 라는 말을 무한 반복하며 길을 걷다 한숨을 내쉬며 고개를 들었다. 그러다 무언가를 발견하곤 눈을 가늘게 떴다.

　3층 복도 쪽 창가에 누군가가 서 있었다. 생머리를 한 남자가 셀카를 찍고 있었다. 언뜻 보이는 옆모습으로는 랑이 아니면 천이었다.

그러나 록은 저 남자가 천이라고 확신했다. 랑이는 당분간 곱슬 머리 상태라고 했으니. 더군다나 랑이가 저렇게 생머리를 한 자신의 모습을 카메라에 담을 리 없다.

그녀가 얼른 못 본 척 고개를 돌리려 할 때였다. 간발의 차로 천이와 눈이 마주쳤다. 몹시 당황하는 얼굴로 봐선 역시 천이었다.

"아."

록이 짧게 탄성을 내질렀다. 그녀는 당황했지만, 능숙하게 아무것도 못 봤다는 듯 시선을 옆으로 흘렸다. 태연하게 발길을 옮기는데, 복도 쪽 창문이 벌컥 열렸다.

그녀가 얼른 발길을 옮기려는데, 무언가가 눈앞으로 툭 떨어졌다. 가뿐한 몸놀림으로 3층에서 뛰어내린 사람은 다름 아닌 천이었다. 록의 머리가 몹시 바쁘게 돌아가기 시작했다.

"야."

눈앞으로 떨어져 내린 남자가 록을 불렀다. 록은 여기서 다시 한 번 더 천이라고 확신했다. 랑이의 성격은 능글맞았고, 천이의 성격은 뾰족하며 자주 투덜거렸다. 그러니 자신을 까칠하게 야, 라고 부르는 저 남자는 천이일 확률이 100%였다.

"어휴, 갑자기 어디서 나오셨어요? 깜짝 놀랐네요. 그나저나 또 보네요. 얼마 전에 여기서 우연히 만났잖아요."

그러나 록은 천이의 인권을 지켜 주기로 했다. 그를 위해서, 그리고 자신의 목숨을 위해서.

"날? 여기서?"

천이가 무슨 소리냐는 듯 되물었다.

"네. 그쪽은 부지런한가 봐요. 들리는 말로 천이는 밤 체질이라던데, 쌍둥이인 랑이는 새벽형 인간인가 봐요."

록이 은근슬쩍 '난 널 랑이로 알고 있다는' 듯한 뉘앙스로 말을 건네자 천이가 눈썹을 구겼다. 그가 갈등하는 게 느껴졌다. 랑이인 척할까, 아니면 밝힐까.

"하실 말 없으면 저는 그만 가 볼게요. 요즘 고민거리가 많아서요. 하하. 그럼 이만."

록이 태연하게 웃으며 그를 지나치려 할 때였다.

"그 고민 같이 나눠볼까?"

"네?"

"나도 할 일 없는데 이렇게 된 거 이야기나 나누자고. 괜찮지?"

동의를 구하는 말투와 다르게 천이는 록이 옆에 바짝 붙어 섰다. 천이가 답지 않게 신사적인 웃음을 지어 보였으나, 어색했다. 아마도 랑이를 흉내 내는 것이니라.

록은 천이가 자신을 시험하고 있다고 판단했다. 자신이 모르는 척하는 건지, 정말 모르는 건지.

"아, 그게."

말을 하던 그녀의 시선이 천이의 머리에 흘깃 닿았다.

아, 이런.

천이의 머리가 슬쩍 안으로 말려들어 가기 시작했다. 흡사 중세 시대 모차르트를 연상시키는 헤어스타일로 변신하고 있는 천이를 보며 록은 입술을 꽉 깨물었다.

웃음을 필사적으로 참으며 그녀는 애써 시선을 돌렸다.

"아뇨. 저는 혼자서 고민하고 싶습니다."

록은 천이가 도망갈 시간을 주고 싶었다. 어서 한낱 해프닝으로 끝나길 바랐다. 그러나 천이는 집요했다.

"아냐. 같이 이야기를 나누다 보면 고민이 해결될지도 모르잖아? 안 그래?"

천이가 성큼 다가왔다. 그러자 안으로 봉긋하게 말려들어 간 머리카락에 달랑달랑 흔들렸다.

록은 더 이상 그를 보지 못하고 고개를 확 숙였다. 이 자리를 황급히 뜨고 싶은 마음에 그녀는 손으로 입가를 가렸다.

"누구에게도 말할 수가 없어요. 그냥, 혼자 고민하고 싶어요. 불우한 가족사가 있거든요. 차마 그 이야기를 누군가와 나눌 수 없어요. 죄송해요. 먼저 가 볼게요."

록은 우는 연기를 하며 홱 돌아섰다.

다급하게 숲길을 달려가는데, 등 뒤에서 천이가 '야!'라고 버럭 소리 질렀다. 아마도 유리창이나 거울을 통해 자신의 머리를 확인한 모양이었다.

그녀는 필사적으로 도망쳤다. 자신은 아무것도 보지 못했다고 우길 참이었다.

그러나 얼마 지나지 않아 묵직한 것이 손목을 붙잡는 게 느껴졌다. 짐승 같은 달리기 실력으로 뛰어온 게 분명했다.

"야, 너 다 봤지?"

목덜미를 서늘하게 스치는 목소리에 록이 얼굴을 확 찌푸렸다.

정말 아무것도 모르고 싶었는데, 어째서 천이의 비밀에 대해 알게 된 걸까.

록은 쏟아지려는 한숨을 꾹 참은 채 돌아섰다.

"협! 머리가 왜 그래요? 천이가 장난쳤다더니 그래서 또 그래요?"

"연기 진짜 개발이다, 너. 개가 우는 연기해도 이것보단 낫겠어."

"……제가 무슨 연기를 했다고 그러는지?"

록이 끝까지 모르는 척했다.

"진짜 죽을래?"

천이가 바짝 눈썹을 치켜세우며 경고했다. 록이 입을 다물었다. 더 이상 자신의 연기는 씨알도 먹히지 않는다는 걸 깨달았다. 결국 록은 연기하는 걸 포기했다. 대신 이실직고 했다.

"못 본 걸로 할게요."

록이 먼저 제안했다.

"봐놓고 뭘 못 본 척이야! 그게 말이 돼?"

그러나 천이는 과감하게 뿌리쳤다. 천이의 말이 맞다.

봐놓고 못 본 척은 무슨.

"그럼 제가 어떻게 할까요?"

록의 물음에 천이는 꿀 먹은 벙어리가 됐다. 일단 록을 잡긴 했는데 무슨 말을 해야 할지 도통 감이 잡히지 않았다. 천이는 무서운 눈으로 록을 빤히 노려보았다.

"지금 무슨 생각하고 있어? 내가 우습다고 생각하고 있지? 어?"

길 가던 동네 깡패가 느닷없이 시비 걸면 이런 기분일까. 산책하러 나왔다고 천이에게 잡혀 애꿎은 협박을 당하게 된 록은 당황했다. 록은 대답 대신 긴 한숨을 내쉬었다.

"지금 한숨 쉬어? 내가 만만해?"

"아뇨. 만만하지도 않고, 우습지도 않은데요."

"거짓말하지 마."

"거짓말로 들을 거면 저한테 왜 물으신 거예요?"

"……그건!"

록의 덤덤한 물음에 천이는 움찔했다. 자신도 알고 있었다. 애꿎은 록에게 시비를 걸고 있다는 걸.

그렇지만 다른 사람에게 이런 모습을 들켰다고 생각하자, 수치스러워 멈출 수 없었다.

천이는 록을 빤히 쳐다보았다.

자신에게 기억을 없애는 능력이 있으면 얼마나 좋을까. 기억조절 능력자를 불러와 기억을 없애버리라고 할까, 라고 진지하게 고민할 때였다.

"사실은…… 조금 대단하다는 생각도 드는데요."

"뭐?"

록의 말에 천이가 얼굴을 와락 찌푸렸다. 놀림 받았다고 생각했는지 천이가 위협스럽게 한 걸음 다가왔다. 그러자 록이 얼른 한 걸음 물러나며 항복하듯 두 손을 들었다.

"진심이에요! 진심! 콤플렉스를 어떻게든 극복하려고 하는 모습이 당연하다는 생각이 들기도 하고…… 또, 그런 의지를 갖고 있는 게 대단하다는 생각이 들어요. 저는 일이 벌어지면 도망치느라 바쁘거든요. 그리고…… 음. 이왕 말 나온 김에 이전부터 하고 싶던 이야기하자면, 저는 천이의 곱슬머리는 곱슬머리대로 좋다고 생각해요."

"……."

"왜 생머리를 하고 싶어 하는지 모르겠지만, 굳이 곱슬머리의 개성을 없앨 필요가 있나 하는 생각이 들거든요. 생각해 보세요. 이 세상에 이런 곱슬머리가 많겠어요? 아니면 생머리가 많겠어요? 보나 마나 이런 곱슬머리가 더 드물어요. 특히 이렇게 컬이 살아 있는 펌은 정말 드물어요. 다른 사람들은 돈 주고 만들고 싶어서 전전긍긍하는 머리인데, 태생부터 갖고 있다니. 얼마나 대단해요. 그러니까 제가 하고 싶은 말은 천이의 곱슬머리에 자부심을 가지라는 것과 오늘 있었던 일은 절대로 누설하지 않겠다는 거예요."

랩이라도 하는 양 쏟아지는 록의 말에 천이의 눈썹이 위로 확 휘었다. 위로 삐쭉 솟은 눈썹을 손끝으로 문지르던 천이가 한결 누그러진 목소리로 물었다.

"진심이야? 랑이의 생머리만큼 내 곱슬머리도 개성 있고 좋아 보여?"

"네? 네. 진심이에요. 특별하잖아요. 한결 얼굴도 화사해 보이고."

"그래?"

"네."

"거짓말이면 넌 죽는다."

천이가 무언가 말을 하려다 말고 입을 다물었다.

"네."

"어디 가서 내가 이러고 있었다는 말하기만 해. 그땐 원이고 뭐고

간에 넌 죽어."

벌써 죽는다는 말을 몇 번이나 들었는지 모르겠다. 모기 목숨도 이것보단 값지겠다, 라는 생각을 하며 록이 고개를 주억거렸다.

"이만 가 봐."

록은 꾸벅 인사를 하곤 숲길을 벗어났다. 그러다 길게 한숨을 내쉬며 중얼거렸다.

"이 동네는 산책도 수월하게 못 하냐. 하아."

                    *   *   *

늦은 점심 시각 세 사람이 식탁 앞에 모였다. 원, 크리스, 랑이는 부엌에서 부산히 움직이는 한 사람을 바라보고 있었다.

"내 곱슬머리 어때?"

"귀여워요."

여직원이 꺄르르 웃음을 터트리며 말하자, 천이의 어깨가 으쓱 올라갔다.

"그렇지?"

"네."

"넌 어때?"

천이가 또 다른 여직원에게 물었다.

"잘 어울려요."

"저기 있는 저놈보다 내가 낫지?"

천이가 랑이의 뒤통수를 콕 집어 물었다. 그러자 여직원이 그렇다며 고개를 끄덕거렸다. 그럴수록 천이의 어깨는 점점 높아졌다.

"저거, 뭐하는 거야?"

크리스가 천이의 뒤통수를 물끄러미 쳐다보며 물었다.

"몰라. 어디서 무슨 소리를 듣고 왔는지 자신의 곱슬머리에 자부심을 가지기로 했다나 뭐라나."

랑이의 대답에 크리스는 고개를 가로저었다.

알다가도 모를 놈.

아마 어디서 곱슬머리 괜찮아 보인다는 칭찬을 들은 모양이었다. 누군지 몰라도 단순한 놈을 잘 구워삶았다 싶었다.

크리스가 다시 태블릿에 시선을 돌렸다.

"록은?"

랑이가 숟가락으로 밥을 뜨며 원에게 물었다.

"아까 고백하고 갈 때 점심은 안 먹는다고 하더군."

원도 생각하고 있었는지 덤덤하게 대답했다.

"그래? 역시 그거 하느라 바쁜 모양이네."

무언가를 알고 있다는 듯 꺼내는 랑이의 말에 원이 눈을 들어 그를 쳐다보았다.

"무슨 소리야?"

"아아. 원은 몰라? 요즘 록이 뭐하고 다니는지? 이런. 내가 괜한 소리를 했네."

랑이가 난처하다는 얼굴로 중얼거렸다. 그 순간 원이 들고 있던 숟가락을 탕 소리 나게 내려놓았다. 그 날카로운 움직임에 사람들의 시선이 집중되었다.

"록이 뭘 하는데?"

날카로운 행동과 달리 원의 얼굴은 차분했다. 그의 눈동자엔 시간은 적당히 끌고 빨리 대답하라는 기색이 가득했다.

랑이는 그 의미를 버젓이 알고도 모르는 척 고개를 난처한 표정을 지었다.

"별거 아냐. 록이 아무 말 안 했으면 내가 전할 수 없지."

"그래? 그럼 내가 직접 알아봐?"

원이 느슨하게 웃었다. 그 입꼬리가 묘하게 비틀려 있었다. 여기서 더 신경을 거슬렀다간 사달이 날 게 분명했다.

지금은 빙긋 웃고 있어도 저 웃음이 사라지기까지 얼마 걸리지 않는다는 걸 랑이는 잘 알고 있었다. 랑이가 마지못해 입을 열었다.

"아, 말해야 하나? 내 입장이 난처해지는데. 뭐, 상관없겠지. 록이 서재에서 머물면서 연애상담을 한다나 봐. 의외로 연애상담을 잘하는지 직원들이 꽤나 모인다고 하더라고."

"그래서?"

그게 다냐는 듯이 원이 물었다. 직원들의 연애상담을 해 준다는 게 무슨 큰 비밀이냐는 듯한 태도였다. 랑이가 냅킨으로 입가를 닦으며 본격적으로 이야기를 시작했다.

"생각해 봐. 고기도 먹어본 놈이 맛을 안다잖아. 록이 연애상담을 할 수 있는 이유는? 그만큼 연애를 많이 해 봤다는 거지. 하긴 그 정도로 예쁘장하게 생겼으면 남자들이 꽤나 모였을 거야? 그치?"

랑이는 원의 속을 모르는 듯 넌지시 말을 던졌다. 원은 무슨 생각을 하는지 모를 만큼 차분한 표정을 유지했다.

"그러네."

짤막하게 대답한 원은 생각에 잠긴 얼굴로 테이블 끝을 톡톡 두들겼다. 서재에 박혀서 뭔가를 열심히 하고 있다는 건 알고 있었다. 더러 직원들이 오간다는 것도 알고 있었지만, 그건 단순히 말동무를 하기 위함인 줄 알았다. 물론 간간이 남자가 있어서 신경쓰이긴 했지만, 간섭할 정도는 아니라서 내버려 두었다.

그런데 연애상담이라?

눈썹을 살짝 치켜들자 원의 날카롭게 뻗은 눈매가 한층 더 무섭게 그려졌다.

"그래, 그랬군."

원이 알 수 없는 표정으로 다시 한 번 중얼거렸다. 그가 자리에서 일어나 식당을 벗어났다. 그 뒷모습을 물끄러미 바라보던 랑이가 픽 웃었다.

"적당히 해."

크리스가 조용히 말했다.

"뭘?"

"일부러 원을 건드는 행동 같은 거 하지 말라는 거야. 굳이 시한폭탄 건드려서 좋을 게 뭐가 있어?"

"원이 시한폭탄? 정말 그것밖에 안 돼? 내가 보기엔 살상무기쯤 되는데? 그것도 도시 하나쯤은 너끈히 날려 버릴 살상무기."

랑이가 빙긋 웃으며 건들거렸다.

"그런 살상무기를 왜 건드려?"

"그럴 리가. 내가 그럴 게 뭐 있어? 오해야. 난 저런 무서운 놈 안 건드려."

랑이가 입술을 늘여 반듯한 웃음을 지었다. 크리스는 그런 랑이를 물끄러미 바라보았다. 크리스의 눈빛이 차갑게 변했다.

"그럴 이유야 아주 많지. 내가 아는 것만 해도 크게 한 건 있는데. 원에게 시비 걸고 싶은 네 마음은 알겠는데, 원은 건드리지 마. 잘못 건드렸다가 얼마나 피곤해지는지는 네가 더 잘 알잖아. 안 그래?"

크리스가 조용히 충고했다. 랑이의 입술이 순간 비틀렸다가 제자리로 돌아왔다.

"그래. 유의할게."

랑이는 빙긋 웃으며 숟가락을 들었다.

＊　　　＊　　　＊

서재 한 귀퉁이에 자리를 잡고 앉은 록이 눈을 감았다. 그녀는 손으로 눈두덩이 위를 꽉 눌렀다.

어쩌다 이렇게 된 걸까.

록은 속으로 중얼거렸다. 원에게 엘리의 러브레터를 전해 준 후, 무슨 소문이 어떻게 퍼졌는지 직원들이 몰려들었다. 정작 엘리와 원은 이루어지지 않았는데 말이다.

상담을 요구하는 그들의 사연은 가지각색이었다. 누군가를 짝사랑하는데 어떻게 해야 하냐, 애인 있는 사람을 좋아하게 되었다, 애인이 있는데 다른 남자에게 끌린다 등등이었다.

록은 한 번도 경험해 본 적 없는 일이었다. 그들이 주절주절 떠드

는 소리를 들으며 록은 '그렇군요. 그럴 수도 있겠네요. 아하.'등의
리액션만 했다.

그럼 그들은 한창 떠들다가 '아, 그럼 이렇게 하면 되겠군요!'라고
깨달음을 얻고 돌아갔다. 정작 남겨진 록은 그들이 어떤 깨달음을
얻었는지 알 수 없었다.

어찌 되었든 록은 그들이 평온해진 얼굴로 돌아가는 게 좋았다.

덩달아 자신이 판매하는 팔찌는 '행운의 팔찌'로 둔갑되어 직원들
사이에서 날개 돋친 듯 팔려 갔다.

팔찌의 효력이 없다는 게 알려지기 전에 얼른 이 집을 벗어나야
겠지만.

"아, 피곤해."

록이 중얼거리는 사이 문이 열렸다. 저벅저벅 다가오는 낮은 발
소리가 들렸다. 또 누군가가 찾아온 듯했다.

앞으로 하루에 세 명씩만 받아야겠다. 남는 시간에는 팔찌를 만
들고. 이런저런 생각을 하는 사이, 서간 사이에서 누군가가 모습을
드러냈다.

"안녕하세……."

록이 반사적으로 인사를 하다 말고 멈칫했다. 고개를 뒤로 젖혀
야 할 만큼 키가 큰 남자가 록을 바라보며 웃고 있었다. 흰색 목폴
라 스웨터에 면바지를 입은 편안한 차림새였다.

"왜 인사를 하다 말아? 섭섭하게."

원이 웃으며 건네는 말에 그녀가 퍼뜩 정신을 차렸다. 그녀가 팔
로 조용히 테이블 위에 올려진 팔찌를 가렸다.

"아, 여기서 보게 될 줄 몰랐거든요."

록이 난처한 듯 중얼거렸다.

"그래?"

원은 느긋하게 대답하며 주변을 살펴보았다. 좁은 서간 사이 조명 아래에 록이 앉아 있었다. 그녀의 앞엔 두꺼운 책이 몇 개 쌓아져 있었다. 테이블 대용인 듯했다.

허름하긴 하지만, 나름 상담소의 분위기를 내고 있었다. 이런 분위기를 조성할 만큼 사람들이 많이 왔다 갔다는 소리기도 했다.

"그런데 무슨 일로……? 아직 고백할 시간은 아닌 것 같은데요."

록이 혹시 시간을 잘못 알았냐는 듯 물었다. 원이 대답 대신 책을 사이에 두고 록의 맞은편 자리에 앉았다.

"상담을 할까 해서."

"……."

원의 말에 록은 할 말을 잃었다.

누가 누굴 상담해?

그 말이 목 끝까지 치솟아 올랐다.

"어, 음. 제가 그럴 역량이 되는지 모르겠네요."

록이 에둘러 난처함을 표했다.

"괜찮아."

"아…… 그런가요."

록이 애써 미소를 지었다. 그러면서 아까 전에 문을 닫고 방으로 갔어야 했다며 뒤늦은 후회를 했다.

"어떤 류의 상담을 하시려고요? 저는 전문가가 아니라 들어드리는 것밖에는 못 하는데요. 인생 상담이라면 제 식견이 짧아 그건 힘들 것 같고요. 연애상담이라면 크게 도와 드릴 일이 없을 것 같아요. 원이라면 어느 여자든 두 팔 벌려 환영할 테니까요."

록이 최대한의 노력으로 미소를 그리며 말했다. 원이 책에 팔꿈치를 대고서 턱을 괴었다. 그의 표정이 무심한 듯 싸늘했다.

"누가 내 상담하재?"

"네? 그럼요?"

"다른 사람 상담하느라 힘들 텐데 네 상담을 내가 해 줄까 해서."

"……제 상담을요?"

다른 놈도 아니고 네가?

록은 최대한 정신력을 발휘해 뒷말을 목 안으로 욱여넣었다.

"정신과 전문의도 한 번씩 다른 사람에게 정신 상담을 받는다는 글을 본 적 있거든. 너도 그렇지 않을까 해서. 귀하게 모신 손님인데 상담하다가 미쳐 버리면 곤란하잖아. 그러니까, 네 상담을 내가 해 주겠다고."

"……."

생각지 못한 공격에 록은 거절할 타이밍조차 놓쳤다. 그저 '이 미친놈이 뭐라는 거지?'라는 생각뿐이었다.

"자, 그럼 시작해 볼까?"

록이 넋을 놓는 사이 어느덧 대화판이 깔렸다.

"남자는 몇 명이나 만나 봤어?"

"남자요?"

록이 머리를 굴렸다. 그러나 질문의 저의를 알 수 없으니, 대답도 수월하게 나오지 않았다. 록이 침묵으로 일관하자 원의 눈썹이 슬쩍 위로 올라갔다.

"길게 생각해야 할 만큼 다수? 의외네."

"아. 그건 아니고요."

만나 봤다의 기준이 애매모호해서 록은 제대로 대답하지 못했다.

"그럼 그중 제일 좋았던 새끼는?"

"아…… 제일 좋았던 새끼요?"

이 질문의 의도는 또 무엇인가. 차라리 수능을 다시 봤으면 봤지, 이건 못 할 짓이었다.

"남자 말이야. 아니면 제일 좋았던 새끼가 여자야? 취향이 다방면으로 뻗어 나가 있어?"

"아뇨! 남자가 좋습니다! 엄청 좋습니다!"

성적 취향을 의심받게 되자 록이 다급하게 소리쳤다.

"남자가 '엄청' 좋다라……."

그런데 왜인지 원의 목소리가 어둑하게 낮아졌다. 록은 울고 싶어졌다. 상담이라더니 왜 갑자기 고문을 시작하는지 모르겠다.

"제일 좋았던 남자 새끼는 누구야?"

원이 턱을 괴고서 눈만 치켜뜬 채 물었다. 록은 긴 한숨이 나오려는 걸 꾹 참았다.

머릿속으로 번뜩 남자 선배 한 명이 지나갔다. 그러나 그의 이름을 말하면 왠지 큰 사달이 날 것 같았다.

"혹시…… 이름을 말하라는 건가요?"

"어."

"그럼 죽은 사람도 되나요?"

"어."

"말 그대로 가장 좋았던 사람은…… 스예요."

"누구?"

말을 흐리는 록을 쳐다보며 원이 눈을 가늘게 떴다. 록은 고민 끝에 입을 열었다.

"스티븐 잣스요."

"네가 태어난 한국이라는 나라에선 쓰지 않는 이름 같은데?"

원의 눈이 가늘어졌다.

"네. 외국인이에요."

"국경을 초월했다?"

"뭐, 굳이 따지자면 그렇죠."

록은 고개를 주억거렸다. 왠지 원에게 살아 있는 사람의 이름을 대면 안 될 것 같았다. 그렇다고 해서 저 위험한 사람에게 한국 위인이나 유명인의 이름을 대기 싫었다.

그나마 돌아가신 외국사람 중 자신이 가장 사랑했던 남자의 이름을 댔다. 그 덕분에 멋진 휴대폰도 갖게 되었고, 한동안 생활이 편안했었다.

"스티븐 잣스."

그가 조용히 이름을 읊조렸다. 록은 대답 대신 고개를 끄덕였다. 그리고 속으로 빌었다.

미안해요, 스티븐 잣스. 얼굴 한 번 본 적 없는 생면부지의 남인데 이래서요.

"그런데 갑자기 이건 왜 물으세요?"

록이 눈치를 살피다 조용히 물었다. 갑작스레 난입해 자신을 괴롭히는 이유를 알 수 없었다.

"어떤 면이 좋았는데?"

그러나 그녀의 질문은 가뿐히 무시당했다. 그가 도로 질문했다.

"스티븐 잣스의 어떤 면이 좋았냐면…… 휴대폰을 만들어 줬거든요. 그리고 옷차림도 특별했고요."

록은 스티븐 잣스를 좋아하게 된 이유를 억지로 짜냈다. 자신이 왜 이래야 하는지 모르겠지만, 일단 무슨 말이든 해야 할 것 같았다.

그녀의 대답을 들은 원은 무슨 생각에 잠긴 건지 입을 꽉 다물었다. 얼마 후, 그가 시선을 내리깔았다.

"록."

그가 침묵을 깨고 낮은 목소리로 그녀의 이름을 불렀다. 원이 흠칫거린 록의 손목을 움켜쥐었다. 저도 모르게 반사적으로 뒤로 물러나려 했으나, 원의 속도를 따라갈 수 없었다.

원이 록의 소매를 걷었다. 하얀 그녀의 팔이 드러났다. 록은 조마조마한 눈으로 이상행동을 하는 원을 쳐다보았다.

왜 그러세요, 라는 말을 묻기 전 원이 한발 빨랐다.

"팔찌, 어디 갔어?"

그의 목소리가 이전보다 훨씬 낮게 가라앉았다.

"아, 그거요? 걸리적거려서 뺐어요."

록이 대답하며 무심결에 원의 손목을 보았다. 그의 손목에 초록색 팔찌가 여전히 걸려 있는 걸 발견했다.

'이걸 아직 끼고 있었어?'

록은 의아한 눈으로 원을 쳐다보다가 흠칫했다. 그의 눈이 웃고 있음에도 냉랭했다.

"빼지 말라고 사정한 건 너였던 것 같은데. 뺐다?"

"어, 음. 그게…… 술김에 한 말이라 원이 지킬 줄 몰랐어요. 그리고 잠시 꼈다고 하더라도 지금까지 하고 있을 줄은 몰랐고요."

록이 당황해서 중얼거렸다. 그러자 원이 록의 손목을 내려놓았다. 그는 손가락으로 반대편 손목에 걸린 팔찌를 잡아당겼다. 얼기설기 엮인 실이 툭 소리와 함께 끊어졌다.

"내가 괜한 짓을 했네."

책 위로 팔찌가 툭 떨어졌다. 록이 끊어진 팔찌와 원을 번갈아 보았다.

할 말이 없었다. 그가 이 팔찌를 지금껏 하고 있는 이유도, 팔찌를 끼지 않았다는 이유로 화를 내는 것도 이해가 되지 않았다.

그가 자리에서 일어나 서재를 벗어났다. 들어왔을 때처럼 사뿐한 걸음걸이였다. 쿵하고 서재 문이 닫힌 후에야 록은 참고 있던 숨을 길게 뱉었다.

"하아……."

가슴을 쓸어내린 록은 책 위에 놓인 초록색 팔찌를 잡았다. 실로 얼기설기 엮여 있어서 손가락으로 끊어내기 힘들었을 텐데, 한 번에 끊어냈다. 그의 힘도 힘이지만, 왠지 끊어진 팔찌를 보니 마음이 싱숭생숭했다. 동시에 마음 한구석이 싸해졌다.

미안한 거 같기도 하고, 죄를 지은 기분이기도 하고…….

"아냐. 에이. 별거 아냐."

록이 고개를 가로저었다. 자신이 잘못한 건 없었다. 그냥 오늘따라 원이 평소보다 더 이상할 뿐이었다. 록은 애써 잡념을 털어 냈다.

이것이 '이상한 일'의 전조였음을 추호도 모른 채.

*　　*　　*

크리스가 두꺼운 서재문을 밀고 들어왔다.

다른 문과 똑같이 평범해 보이지만, 사람이 들어온 시간과 나간 시간을 모두 컴퓨터로 전송해 주는 기능이 탑재되어 있었다.

이 기능을 개발해 온 방에 도배하다시피한 사람은 원이었다. 중요 문서는 한 번 보고 파쇄해서 남겨 두지 않은 이 방에 그런 기능을 설치해 놓은 이유는 오로지 하나였다.

'다른 놈이 허락 없이 드나들면 곤란하잖아.'

크리스는 자신의 방문기록이 컴퓨터에 전송되었을 걸 생각하며 서재로 들어섰다. 그는 손에 쥐고 있는 손가락 마디만 한 물건을 들어 보였다.

"이건 대체 왜 찾아 달라고 하는 건데?"

"파일로 보내면 될 텐데?"

원이 모니터에 시선을 둔 채 말했다.

"대체 무슨 생각으로 이걸 찾는 건지 궁금해서 직접 물어보려고 왔지."

크리스가 원이 앉아 있는 책상으로 다가와 칩을 내려놓았다.

원에게서 연락이 온 건 한 시간 전이었다.

그는 대뜸 '스티븐 잣스에 대해 알아 와. 인간계 사람이야.'라고 명령을 내렸다. 그 후 크리스는 처음 듣는 이름에 조금 더 상세한 정보를 요구했다.

'죽은 사람, 휴대폰을 만든 사람'이라는 단서가 추가되었다. 크리스는 그 조건으로 동일한 이름의 모든 사람을 뒤졌고, 딱 한 사람이 나왔다.

그리고 그 자료는 칩에 모두 담겨 있었다.

"스티븐 잣스는 왜? 너랑 전혀 접점도 없는 사람인데. 어디서 의뢰 들어왔어? 나를 거쳐서 너한테 바로 가진 않았을 테고? 찾으려는 이유가 있을 거 아냐."

크리스가 궁금하다는 듯 원을 쳐다보았다.

"궁금해서."

"네가 죽은 사람한테 관심 가질 일이 뭐가 있어? 죽은 놈이 사고 치지도 않았을 테고. 거기다가 인간계 사람을? 혹시 록과 관련된 사람이야?"

원은 대답하지 않고 컴퓨터에 칩을 넣었다. 결합소리와 함께 화면에 인물, 학력, 생년월일, 기타 등등의 자료가 스르륵 지나갔다.

스티븐 잣스의 정보에 대해서도 빠르게 흘러갔다. 순식간에 스티븐 잣스에 대해 다 훑어본 원이 모니터를 콕 찍었다. 그러자 넘어가던 화면이 멈췄다. 원의 시선이 모니터를 가득 채운 사진을 향했다.

"……이런 취향이란 말이지?"

원이 낮은 목소리로 중얼거렸다.

"무슨 소리야?"

원은 대답하지 않은 채 모니터를 빤히 바라보았다. 크리스가 목을 빼서 모니터 속 남자를 보았다. 검은 목폴라에 청바지를 입은 남자가 휴대폰을 들고 있었다.

크리스는 조용히 원을 바라보았다. 원이 인간계 사람에게 관심을 둘 이유는 하나뿐이었다.

록. 아무래도 록과 관련된 사람인 모양이었다.

크리스는 심각한 눈으로 원을 바라보다가 입을 다물고서 뒤돌아섰다.

*　　*　　*

아침 8시가 되기 10분 전, 록은 비몽사몽간에 달렸다. 평소와 달리 늦잠을 잤다. 어젯밤 잠들자마자 꾼 악몽이 문제였다.

어떤 악몽이었는지 모르겠지만, 깨고 나면 온몸이 땀으로 흠뻑 젖어 있었다. 샤워를 하고 나니 다시 잠드는 게 무서워 밤 새다시피 했다.

그러다 겨우 잠든 게 새벽 6시였다. 한 시간만 자야겠다라고 생각한 게 한 시간 반이나 흘렀다. 대충 얼굴만 씻고 원을 찾아 서재로 달려갔으니 텅 비어 있었다. 식당도 비어 있었다.

"아오, 진짜! 어디 있는 거야!"

집이 넓어 사람 만나기가 힘들었다. 모처럼 만난 직원들에게 원의 행방을 물었으나, 원하는 대답을 얻지 못했다. 그러다 익숙한 뒷모습을 발견하곤 사력을 다해 뛰었다.

"저기요!"

차마 이름을 부를 수 없어 대신 부르짖었다. 누군가가 달려오고 있다는 걸 짐작한 듯 천이가 놀라는 기색 없이 돌아섰다.

"왜?"

천이가 헉헉대는 록을 빤히 쳐다보았다.

"원! 원, 어디 있어요? 헉! 헉!"

"서재에 있겠지."

"없어요! 식당에도 없어요!"

"그럼 방에 있겠지."

"방? 방은 어디 있는데요?"

록이 눈을 크게 뜨고서 물었다. 이전에 방문한 적이 있긴 한데, 정확한 위치를 기억하진 못했다.

"3층 가장 우측."

"감사합니다!"

록이 씩씩하게 인사하고 홱 돌아서다말고 천이에게 뒷덜미를 붙잡혔다.

"윽!"

천이의 힘에 잡힌 록이 컥, 하고 기침을 터트렸다. 왜 그러냐는 듯 바라보자, 천이가 머쓱한 얼굴로 록을 쳐다보았다.

"내 곱슬머리 어때?"

"좋아요! 쿨럭!"

록이 반사적으로 엄지를 내밀었다. 그러자 기분이 좋은지 천이가 샐쭉하게 웃다가 금세 정색했다.

"가 봐!"

천이가 놓아주자마자 록은 꾸벅 인사하곤 냅다 달렸다. 천이는 무척 단순해서 무슨 생각을 하는지 훤히 보였다. 저런 사람이 상대하기 좋았다.

누군가와 달리!

록은 천이가 말한 방에 섰다. 그녀가 원의 방문을 두드렸다. 그러면서 헐떡거리는 숨을 가라앉히려고 애썼다.

"실례합니다! 저예요. 록이요."

"들어와."

문 너머로 들리는 목소리에 록이 방문을 벌컥 열었다가 얼어붙었다.

"아……."

입이 저절로 쩍 벌어졌다.

원은 막 씻고 나온 듯 바지만 걸치고 있었는데, 그건 당장이라도 흘러내릴 듯 골반에 아슬아슬하게 걸려 있었다. 시선을 조금만 위로 올리니, 그의 매끈한 상반신은 아침 햇살에 하얗게 빛나고 있었다. 잔 근육이 보기 좋게 자리 잡은 그의 몸은 재규어처럼 늘씬했다. 그 상체에 커다란 상처가 자리하고 있었는데, 그게 그를 더욱 섹시하게 보이게끔 만들었다.

록이 어쩔 줄 몰라 하며 문고리를 당겼다 놓길 반복했다.

"들어와."

"일단 옷을 다 입고 나서 부르세요."

"그래도 괜찮겠어? 이제 1분 남았는데?"

원이 손끝으로 시계를 가리켰다. 7시 59분이었다.

그의 말에 록이 힘겹게 발을 움직였다. 록이 민망한 표정으로 시계만 빤히 쳐다보았다.

한시라도 빨리 옷을 챙겨 입길 바란 것과 달리, 그는 맨몸으로 다가왔다. 애써 못 본 척하려는 록의 노력을 가뿐히 무시하며 원이 그녀의 시야를 막아섰다.

젖은 머리카락 사이로 그의 하얀 얼굴이 드러났다. 그는 부드럽게 웃고 있었다. 한없이 다정해 보이는 얼굴이었다.

"8시야."

"좋아해요! 왜냐하면 원은…… 나름 다정한 편이거든요!"

록이 버럭 소리치듯 고백했다. 이제 이유를 짜내는 것도 고역이었다.

"다정?"

원이 고개를 기울이며 눈을 가늘게 떴다. 생각지 못한 말을 들은 듯한 표정이었다.

"네. 원은 다정하니까요. 나름."

"이유는?"

원이 꼬치꼬치 캐묻는 건 처음이라 록은 조금 당황했다. 그러나 여기서 당황한 티를 내면 안 된다. 마지못해 짜낸 이유라는 걸 들키면 원의 기분이 상할지도 모른다. 그럼 그 여파는 자신이 고스란히 맞게 되어 있었다.

"폭파 사건 있던 날, 굳이 저를 안 구해도 되는데 구해 주셨잖아요. 그러니까 원은 다정한 거죠. 나름."

록은 양심상 빼먹지 않고 '나름'이라는 말을 꼭꼭 붙였다.

"그래?"

원의 목소리가 한결 가벼워졌다.

"네. 하하. 그럼 저는 이만 가 볼게요."

록이 얼른 돌아서서 나가려다 말고 멈춰 섰다. 록은 제 몸을 묵직하게 누르는 원의 손길에 옴짝달싹할 수 없게 되었다. 그녀를 돌려 세운 원이 그녀의 눈두덩에 엄지손가락을 댔다. 록이 흠칫하며 굳었다.

설마, 눈을 파낼 건가.

록이 그런 생각을 하는 사이 원이 고개를 숙여 그녀의 얼굴을 빤히 바라보았다.

"눈이 부었는데? 어디서 맞았어?"

왜 눈 붓는 이유를 몹시 당연하다는 듯이 폭력에서 찾는 걸까.

록이 얼른 고개를 가로저었다.

"아뇨. 잠을 못 잤더니 피곤해서 부었나 봐요. 요즘 잠자리를 설치거든요."

"왜?"

"악몽을 꾸나 봐요. 무슨 꿈인지 모르겠는데 다시 잠들기 무서울 정도였거든요. 그래서 밤새 뒤척거리다가 어젯밤을 샜거든요. 그런데…… 안 추우세요?"

록이 조용히 원에게 물었다. 그는 벌써 몇 분째 상의를 탈의하고 있었다. 실내라곤 하지만 온도가 낮아 맨몸으로 있을 정도는 아니었다.

"별로. 안 그래도 물어볼 게 있었는데 잘 왔어."

원이 빙긋 웃으며 록의 손목을 잡았다. 그에게 끌려가며 록은 손목을 바라보았다. 요즘 들어 부쩍 원의 스킨십이 자연스러워졌다.

원이 록을 데려간 곳은 커다란 벽 앞이었다. 그가 버튼을 누르자, 지잉 소리와 함께 벽이 양쪽으로 갈라졌다.

그곳에 촘촘하게 걸린 옷과 액세서리들이 드러났다. 그 틈으로 정체를 알 수 없는 비밀금고가 보였다. 저걸 숨기기 위한 비밀벽이라는 걸 금세 알아챘지만, 록은 못 본 척 했다.

위험한 비밀은 모를수록 신상에 좋다는 걸 이곳에서 여러 번 체득하는 중이었다.

"골라."

"네?"

록이 무슨 말이냐는 듯 원을 빤히 바라보았다.

"내가 오늘 입을 만한 옷을 고르라고."

록이 손가락으로 자신을 가리켰다. 그러자 원이 당연한 거 아니냐는 듯 고개를 끄덕였다. 록은 멍한 얼굴로 옷장과 원을 번갈아 보았다.

이건 또 무슨 상황인가. 이제 하다하다 스타일리스트도 시키는 건가.

록은 수십 가지 생각을 하며 느릿하게 옷들을 훑어보았다. 고급스러운 재질의 옷들이 가득했다.

"오늘 어디 가세요? 아니면 집에서만 머무세요?"

"집에서만 머물 생각이야."

"음, 그러면……."

록은 일단 시키는 대로 가장 무난한 옷을 골랐다. 록은 옷을 꺼내놓고 보니 기이한 기분에 휩싸였다.

이 옷들 몹시 익숙한데…….

"검은색 목폴라에, 청바지라."

원이 중얼거리듯 말하고 나서야 록은 이 옷들이 익숙한 이유를 알았다.

"스티븐 잣스 생각을, 매일 하나 봐?"

원이 차가운 눈초리로 록이 고른 옷차림을 보며 물었다.

"아뇨. 무심결에 고른 옷들이 하필이면 이렇네요."

"그럼 무의식중에도 스티븐 잣스 생각을 한다는 건가?"

"꼭 그런 거 같진 않은데, 그의 옷스타일이 인상적이라서 그런가봐요."

원이 대답 대신 옷차림을 빤히 바라보았다.

그나저나 이 옷차림이 스티븐 잣스의 옷차림이라는 건 어떻게 알았을까.

록은 유난히 스티븐 잣스에게 날을 세우는 원을 묘한 눈으로 바라보았다.

"그만 나가 봐."

"네. 수고하세요."

원의 축객령에 록은 뒤도 돌아보지 않고 꾸벅 인사한 후 나왔다. 별의별 일이 다 있구나, 라고 생각하면서.

　　　　＊　　　　＊　　　　＊

　모처럼 록은 혼자 아침 식사를 했다. 원을 비롯한 네 사람이 모두 바빠 아침을 거른다는 소식을 다른 직원으로부터 전해 들었다. 이런 일은 몹시 드물었기에 록은 홀로 즐겁게 만찬을 즐기기로 했다.

　오늘 메뉴도 록이 좋아하는 한식이었다. 갈비찜처럼 보이는 고기 반찬과, 이곳에서 난다는 해초로 오래도록 끓인 국, 깔끔하고 맛깔스러운 반찬이 가득 늘어섰다. 한 상 가득 차려지는 음식들을 기쁘게 바라보던 록이 숟가락을 들었다.

　"잘 먹겠습니다!"

　누구의 눈치도 보지 않고 식사에 임했다. 한창 식사를 하던 록의 숟가락 속도가 서서히 늦어졌다.

　"왜 이러지?"

　록이 작게 중얼거렸다. 딱 한 번만 혼자 신나게 식사해 봤으면 좋겠다 싶었는데, 막상 그리되니 허전했다.

　공포에 짓눌린 와중에 살겠다고 먹는 게 습관이 되어 버린 건가.

　록은 조금 비통한 얼굴로 식탁을 바라보다가 숟가락을 내려놓았다.

　"어쨌든 배부르게 먹었으니까 됐어. 평소랑 다르게 낯설어서 그런 거겠지."

　록은 적막한 침묵을 혼잣말로 깨트리며 자리에서 일어났다.

　"식사 다 하셨어요?"

직원 한 명이 록에게 말을 걸어왔다.

"네. 맛있게 잘 먹었습니다."

"평소보다 반도 못 드셨네요. 어디 불편하세요?"

"아뇨. 괜찮아요. 잠을 못 잤더니 입맛이 없나 봐요."

록은 음식을 남겨 미안하다는 말을 한 후, 식사자리를 벗어났다. 방으로 돌아간 록은 침대에 걸터앉아 해야 할 일들을 머릿속으로 정리했다.

어딘가에 적으면서 계산하면 나중에 흔적이 되어 발견될 수도 있기 때문에 몸을 사렸다. 팔찌는 대부분 팔렸고, 조만간 시장에 나가 팔찌재료를 사야 한다. 문제는 나갈 구실이 없다는 거였다.

"딱 한 번만 더 만들어 팔면 되는데."

록이 중얼거리며 자리에서 일어났다. 앞으로 몇 번이나 더 만들 수 있는지, 번 돈은 얼마인지 확인하려고 옷장 문을 열었다. 몇 벌 되지 않는 옷이 옷걸이에 대롱대롱 걸려 있었다.

"어?"

록은 무심히 옷장 아래에 넣어 둔 팔찌를 꺼내려다 멈칫했다. 고개를 든 록이 자신의 옷을 바라보았다. 외투 한 벌이 없어졌다. 자신이 인간계에서 즐겨 입던 옷과 비슷한 디자인이라 아끼던 옷이었다.

그녀의 얼굴을 찌푸렸다.

얼마 전에도 이와 유사한 일이 있었다. 그땐 그녀가 잘 들고 다니던 손수건이 사라졌었다. 자신의 불찰로 손수건을 분실한 거라 생각했다. 그렇지만 걸려 있는 옷은 달랐다.

그녀는 설마 하는 얼굴로 자신의 방 안을 뒤졌다. 한 시간쯤 자신의 방을 샅샅이 뒤진 록이 얼굴을 구겼다.

물건이 사라졌다. 자신이 물건을 제대로 관리하지 못해서 벌어진 일이라고 치부하기엔, 물건 개수가 많았다. 더욱이 사라진 물건 중에는 록의 속옷도 있었다.

'속옷을 어디 들고 다니다가 흘릴 리 없을 테고……'

록은 가장 먼저 이 방에 자유롭게 드나드는 두 사람을 떠올렸다.

야미와 원이었다.

원은 굳이 제 물건을 훔칠 만큼 아쉬운 형편이 아니었다. 차라리 강탈해 가는 쪽이 이미지에 더욱 맞았다.

더군다나 사라진 물건은 내다 팔 만큼 값진 물건이 아니었다. 쓰다만 볼펜, 속옷, 빗 등이 팔릴 리 없었다.

그럼 팔리지도 않을 물건을 훔쳐 간 건 누구고, 왜 훔쳐 갔을까.

록은 원 대신 다른 사람을 떠올렸다. 자신이 없을 때에도 이 방에 드나들 수 있는 사람은 딱 한 명뿐이었다.

"록."

등 뒤에서 부르는 소리에 흠칫한 록이 돌아섰다. 그녀의 반응에 야미도 놀란 듯 눈을 동그랗게 떴다.

"무슨 생각을 그렇게 골똘히 하고 있어요?"

"아. 아무것도 아니에요. 언제 왔어요?"

"방금 왔어요. 여기 세탁물이요."

야미가 볕에 바짝 말린 옷가지들을 곱게 접어 록에게 내밀었다.

"오늘 오후에 내가 걷어 가려고 했는데 가져왔어요? 정리까지 했어요?"

"안 돼요. 그러면 제가 알렝 님에게 혼나요. 알렝 님이 불편함 없도록 잘 모시라고 신신당부하셨거든요."

"그래요? 그럼 고맙게 잘 받을게요."

록이 웃으며 마른 옷가지들을 받아 들었다.

"그럼 수고하세요."

"야미."

록이 야미를 불러 세웠다.

"네?"

"저, 혹시 옷장에 걸려 있던 외투 못 봤어요? 검은색인데 남자 외투같이 생긴 거요. 여기 계속 걸려 있었는데 안 보이네요."

"외투요? 외투는 전부 여기에 있는걸요."

야미가 장롱을 활짝 열어젖혔다. 그러자 몇 벌 없는 외투가 바람에 흔들거렸다. 야미가 숙련된 손길로 옷들을 주르륵 살피더니 고개를 갸웃거렸다. 앞, 뒤로 한 번 더 확인한 야미가 난처한 얼굴로 록을 바라보았다.

"그러게요. 그 옷이 어디 갔을까요? 제가 세탁물 반납소에 가서 한 번 더 문의해 볼게요."

"아니에요. 제가 가 볼게요."

"아니에요! 아니에요! 알렝 님이 아시면 혼나요. 제가 다녀올게요!"

야미가 황급히 문을 박차고 나갔다. 록은 바람이 흔들거리는 문을 바라보며 긴 한숨을 내쉬었다.

야미의 반응을 보니 왠지 도둑은 그녀가 아닐 것 같았다. 이 상황을 해결하기 위해선 알렝에게 물어야 했다.

방문을 꼭 닫고 나온 록은 복도를 바쁘게 달렸다. 그러다 막 귀퉁이를 지나던 엘리와 맞닥뜨렸다.

"아……."

록은 낮은 탄성을 흘렸다. 원에게 러브레터를 전달했다는 소식을 전했을 때만 해도 엘리와 분위기가 좋았다. 그녀는 뛸 듯이 기뻐했다.

그런데 왠지 그 후로 엘리는 무슨 이유에서인지 모습을 드러내지 않았다. 그녀가 일방적으로 자신을 피하고 있다는 느낌을 받았다.

원이 엘리에게 찾아가 난리라도 피운 건가 수소문해 봤지만, 그런 소문은 들리지 않았다.

"오랜만이에요. 엘리."

록이 웃으며 인사를 건넸다.

"네. 어딜 그렇게 급하게 가세요?"

"혹시 알렝 보셨어요?"

"알렝 님이요? 왜 그러시죠?"

"물어볼 게 있어서요."

아, 하고 짧게 감탄하던 엘리는 조금 늦게 입을 열었다.

"알렝 님은 현재 서쪽 숲길에 계십니다. 이 시각에는 보통 거기에 계시거든요."

"아, 그래요? 감사합니다."

록은 엘리가 가리킨 방향으로 힘껏 뛰었다. 엘리는 록이 달려가는 뒷모습을 물끄러미 바라보았다. 엘리의 곁에 야미가 다가왔다.

"어? 저거 록 님 아니야? 어디를 저렇게 급하게 간대?"

"글쎄. 나는 잘 모르겠네."

"아이참. 할 말 있는데."

야미가 발을 동동 굴렀다.

"바빠 보이던데, 붙잡지 마. 급한 일이 있을 수도 있잖아."

"그런가?"

야미가 고개를 갸웃거렸다.

"그래. 그러니 따라가지 마."

엘리는 차갑게 대답하곤 돌아섰다. 그녀가 불안하게 입술을 씹었다.

"흐음……."

야미는 의아한 눈으로 계단을 뛰어 내려가는 록의 뒷모습을 바라보았다.

*　　*　　*

서쪽 숲길에 도착한 록은 입구에서 멈춰 섰다. 종종 오던 곳인데 오늘따라 을씨년스러운 분위기가 흘렀다.

환한 대낮인데도 불구하고 우거진 나무 때문에 사위가 어둑했고, 불어오는 바람은 평소보다 더욱 차가웠다.

록은 으슬으슬한 팔을 문지르며 길을 따라 걸어 들어갔다. 길을 따라 들어갈수록 점점 더 차가운 바람이 불어 들어왔다.

"응……?"

길을 따라 걸어가던 록이 고개를 들었다. 방금 전까지 낮이던 풍경이 금세 어두컴컴하게 변했다. 밤이라도 된 것 같았다.

쏴아아—

부는 바람 소리가 섬뜩했다. 종종 놀러오던 길인데 이곳은 처음 온 것처럼 낯설었다. 이상한 낌새를 눈치챈 록이 돌아섰다.

"뭐, 뭐야?"

세 갈래의 길이 보였다. 분명 걸어 들어왔을 때만 해도 길은 하나였다. 록이 세 갈래의 길을 번갈아 쳐다보았다. 모두 다 암흑처럼 시커멓게 변해 있었다. 록이 다시 돌아섰다.

"……어?"

방금 전까지 한 갈래였던 길이 두 갈래로 나뉘어져 있었다. 주변을 둘러볼수록 처음 보는 길이 끝도 없이 늘어났다.

쏴아아아—

머리 위로 음산한 바람 소리가 들렸다. 록은 뒤로 돌아 중간 길로 달렸다. 한참을 달리던 록이 그 자리에 멈춰 섰다.

"헉, 헉."

심장이 터질 것처럼 뛰었다. 록은 가슴 위에 손을 얹은 채 길을 바라보았다. 걸어 들어온 건 2분도 채 되지 않는데, 5분을 달려도 길이 끝나지 않았다.

"살려 주세요! 살려 주세요! 알렝! 여기 있어요? 알렝!"

록이 고함을 질렀다. 그러나 돌아오는 건 스산한 바람 소리뿐이었다. 얼마나 더 소리쳤을까. 록은 좌절했다.

길을 잃은 게 확실했다.

록은 절망한 얼굴로 그 자리에 풀썩 주저앉았다.

* * *

"괜찮군."

크리스가 방독면을 쓰고서 주위를 둘러보며 중얼거렸다. 무색무
취의 가스가 지정해 둔 서쪽 숲길에만 고여 있었다.

가스를 마시자마자 환각 상태에 이르는 가스였다. 산소를 정해
둔 공간만큼 모아두는 건 가능하지만, 환각가스를 가능하게 한 건
처음 있는 일이었다.

"천재 같은 놈."

크리스가 혀를 끌끌 찼다. 환각가스를 설정해 둔 공간에만 응집
시켜놓는 기술을 이론적으로 개발한 건 원이었다.

원은 크리스에게 곧장 만들어 보라고 지시했고, 크리스는 반신반
의하는 마음으로 도전했다. 그리고 삼 주 만에 성공해냈다.

크리스는 손바닥만 한 팩트를 열었다. 버튼을 누르자 삑— 소리
와 함께 팩트 안으로 환각가스가 회수되었다.

회수되는데 걸리는 시간은 10분이었다. 조금 더 앞당기는 기술이
필요했다.

팩트를 주머니에 챙겨 넣은 후, 방독면을 벗은 그가 길게 한숨을
내쉬었다.

방독면은 역시 체질상 맞지 않았다.

그가 긴 한숨을 내쉰 후 길을 따라 나오다가 쓰러진 누군가를 발견했다. 몸을 둥글게 만 상태로 바닥에 누워 있었다.

크리스가 얼굴을 찌푸렸다. 어젯밤부터 서쪽 숲길에 통행을 금지한다는 공지를 알렸다. 어리석은 누군가가 깜빡한 모양이었다.

쓰러진 누군가를 향해 걸어가던 크리스의 표정이 점점 굳었다.

"록!"

크리스가 그녀를 부르며 다급하게 달려갔다.

*　　*　　*

탕, 소리와 함께 거칠게 문이 열렸다.

"비켜!"

크리스가 버럭 소리를 지르자, 일하던 직원이 깜짝 놀라 벽에 붙어 섰다. 그의 시선이 크리스에게 안겨 있는 록에게 닿았다. 록은 완전히 의식을 잃고 쓰러져 있었다.

소란스러운 소리에 나온 직원들이 벌어진 상황을 보고 수군거렸다. 크리스가 록을 안고서 2층으로 뛰어올라갔다.

"원! 알렝! 록의 방으로 와!"

크리스가 집이 쩌렁쩌렁 울리도록 두 사람의 이름을 부르곤, 그녀의 방으로 걸어갔다.

크리스는 록을 침대에 내려놓자마자 주변을 살폈다. 일단 데려다 놓긴 했지만 해독 쪽엔 아는 바가 전혀 없었다.

"무슨 일이야?"

가장 먼저 나타난 건 원이었다.

"록이 쓰러졌어."

크리스의 말에 원의 미간이 확 좁아졌다. 순식간에 다가온 원은 쓰러진 록을 발견하곤 얼굴을 굳혔다.

그녀의 얼굴이 희게 탈색되어 있었다. 원이 곧장 록의 맥박부터 쟀다.

"살아 있어. 신체는 괜찮아. 환각가스를 마셔서 지금 정신이 힘들 거야. 환각가스를 마시면 계속해서 악몽 같은 걸 꾸거든."

"그걸 애가 왜 마셔?"

원이 날선 목소리로 물었다.

"나도 모르겠어. 왜 서쪽 숲길에 들어온 건지. 오늘 분명 서쪽 숲길에 오지 말라고 모두에게 말해뒀을 텐데? 왜 록한테만 전달이 안 된 거야? 아니면 록이 깜빡한 거야?"

크리스가 난처하다는 듯 얼굴을 찌푸렸다.

"으, 으으……."

록이 움찔하며 온몸을 부르르 떨었다. 끔찍한 환영을 보고 있는 듯 몸이 경직되었다. 원이 록의 손을 움켜쥐었다.

초능력이면 원의 능력으로 깨어나게 할 수 있지만 가스면 소용이 없었다. 더군다나 신체 내부로 흡입된 가스를 배출시킬 수 있는 능력까지 없었다. 어쩌면 그런 능력은 전 대륙을 다 뒤져도 없을지 모른다.

그래서 화가 났다. 어떻게 할 수 없다는 무기력한 느낌이 소름 끼치게 싫었다.

"록. 록! 일어나!"

원이 록의 팔을 흔들며 세게 움켜쥐고서 소리쳤다.

"흔들지 마. 더 괴로워할 거야. 그러니까……."

크리스가 원을 말리다가, 그와 눈이 마주치자마자 입을 다물었다. 새까만 눈동자에 살기가 넘실거리고 있었다.

가깝게 지내는 크리스가 아니었다면 진즉에 벽에 내리꽂혔을 정도의 살기였다.

"언제 깨어나?"

원이 살벌한 눈빛과 다르게 차분히 물었다. 크리스는 그가 참는 중이라는 걸 알아챘다.

"가스의 흡입량과 사람에 따라 다르겠지만, 최소 30분, 길게는 2시간 정도로 예상하고 있어. 그리고 다시 한 번 말해두지만 고의로 그런 거 아니야. 나도 작업 마치고 철거하던 중에 발견한 거니까. 날 잡아 족칠 생각하지 말라고."

크리스가 딱 잘라 말했다. 원은 대답 대신 록을 바라보았다. 얼마 후, 알렝이 록의 방을 찾았다.

치료와 해독 담당인 그는 록을 보자마자 '가스를 흡입하셨군요.'라며 알아챘다.

"생각보다 많이 마신 것 같진 않군요. 한 시간만 지나면 괜찮을 겁니다. 그동안 다른 사람이 건드리지 않는다면요."

알렝이 말을 하며 넌지시 원을 바라보았다. 원은 아무 말 하지 않았다. 알렝은 록이 편하게 쉴 수 있도록 이불을 가슴까지 덮어주었다.

"지금 이분께 가장 필요한 건 침묵과 안정입니다. 모두들 나가시는 게 좋을 것 같습니다."

알렝이 축객령을 내렸다.

"다들 나가 봐."

원이 크리스와 알렝에게 말했다.

"마찬가지입니다."

알렝이 원을 그윽하게 바라보았다.

"조용히 있을 거예요."

"지금은 혼자 있는 게 제일 좋습니다. 지금은 아주 작은 자극도 예민하게 받아들여 악몽으로 만드는 법이니까요."

알렝의 거듭된 권유에 원은 마지못해 걸음을 돌려세웠다. 때려 부수고 없애는 데는 능하지만 사람을 치료하고 살리는 데는 어색했기에 알렝의 말을 따를 수밖에 없었다.

원은 록의 방문을 닫은 후 크리스를 불렀다. 크리스가 원을 쳐다보며 손을 들었다.

"나는 정말 몰랐다니까. 록이 있는 줄 알았으면 가스를 퍼트렸겠어? 록에게 그런 해를 가할 만큼 악감정 없어. 그리고 누구보다 네 성격을 잘 아는 내가 그럴 리가 있겠어?"

크리스가 억울하다는 표정으로 소리쳤다.

"그럼 록의 방을 담당하는 사람 불러와. 왜 그 소식을 전달하지 않았는지 확인해. 그리고 기억저장 프로그램 돌려서 록이 마지막에 누구와 대화했는지까지 알아내."

"어?"

뜬금없는 말에 크리스가 얼굴을 찌푸리며 물었다.

"책임소재는 분명히 해야지. 안 그래?"

"……."

"뭐해? 안 가 보고."

차분한 목소리로 내리는 살벌한 명령이었다. 누군지 모르겠지만, 미리 애도를 표하고 싶은 기분이 들었다.

크리스는 돌아서다 멈칫했다.

"너는 안 가?"

크리스가 벽에 기대서 있는 원을 보며 물었다.

"기다려 보게. 한 시간이면 깨어난다잖아."

"한 시간씩이나 서 있겠다고?"

"한 시간 정도지. 한 시간 정도 외부 자극 없이 있어야 한다잖아."

가장 큰 외부 자극이 다른 외부 자극 차단을 위해 서 있겠다는 말에 크리스는 할 말을 잃었다. 거기다가 원이 직접 나서서 누군가를 기다린다는 건 처음 있는 일이었다.

록의 방문을 바라보는 원의 옆얼굴은 평소처럼 평이했지만, 좀처럼 문에서 눈을 떼지 못했다.

그녀에 관한 일이라면 원은 확실히 이상해졌다.

"하아."

크리스가 길게 한숨을 내쉬다 말고 원을 흘깃 보았다. 그는 원의 앞에 마주섰다. 원이 귀찮다는 표정으로 크리스를 바라보았다.

"할 말 빨리 하고 가. 썩 좋은 기분이 아니라서."

원의 입술이 습관처럼 미소를 그렸으나, 차가웠다. 크리스는 흘러내리는 금발 머리카락을 뒤로 쓸어 넘기며 못 견디겠다는 듯 물었다.

"너, 록한테 이상할 정도로 집착하고 있어. 그거 알아?"

원이 록을 데려온 것은 순전히 이카루 때문이었다. 집착대상을 빼앗아 곁에 두고서 이카루의 피를 말리겠다는 것도 철없는 장난질쯤으로 치부하고 넘겼다. 아주 가끔 이런 비슷한 장난을 곧잘 치기도 했으니까.

그런데 날이 갈수록 록을 대하는 원의 태도가 미묘하게 달라졌다.

"집착? 그야 재미있으니까."

원이 가볍게 웃었다.

"단순히 그게 전부야?"

"그럼 다른 이유가 있었으면 좋겠어?"

원이 팔짱을 끼고서 비스듬히 기대서서 물었다. 고개를 기울이자 그의 검은 머리카락이 부드럽게 흘러내렸다.

"그렇다고 하기엔 네 태도가 집요하니까. 하여튼 아니라고 하니까 됐어. 재미있게 노는 건 좋은데, 적당히 해. 취미가 습관이 되는 것만큼 무서운 게 없거든. 특히 사람 습관은 더더욱."

크리스는 더 이야기했다간 원의 심기를 거스를 것 같아 말을 아꼈다. 크리스가 멀어진 후, 원의 얼굴이 금세 무표정해졌다.

* * *

꿈에서 록은 걷고 또 걸었다. 숲길에서 벗어나자 사위가 어둠으로 가득 찼다. 눈을 크게 떠도 보이는 게 없었다.

"살려 주세요. 살려 주세요!"

록은 누구에게 하는 말인지도 모른 채 연신 중얼거렸다.

어둠에 버려졌다는 사실만으로도 미칠 것 같았다. 자신이 죽은 걸까. 그럼 영원히 이 어둠 속에서 살아야 하는 건가.

록이 섬뜩한 기분을 느끼며 끝도 보이지 않는 어둠을 달렸다. 막다른 벽에 도착한 록은 주먹으로 벽을 두드렸다.

"살려 주세요! 살려 주세요! 제발 좀 살려 주세요! 아빠! 아빠!"

록은 온몸을 부르르 떨며 비명을 질렀다.

"아빠! 살려 주세요!"

죽고 싶지 않아요. 제발!

록이 고통 속에 몸부림치며 비명을 내질렀다. 눈에서 쉼 없이 눈물이 터져 나왔다.

이랬던 적이 있었다.

음식을 흘리면서 먹었다는 이유로 장롱에 갇혔었다. 하염없이 시간이 흘렀고, 정신을 차렸을 땐 병원이었다.

"악!"

그날의 고통이 되살아난 듯 록이 비명을 질렀다. 동시에 록의 몸이 간헐적으로 부들부들 떨렸다.

"록! 록!"

록이 저를 부르는 소리에 눈을 번쩍 떴다. 눈앞에 사람이 있었다.

그녀는 그가 누군지 인식하기도 전에 손을 뻗어 끌어안았다. 그 사람이 도망치지 못하도록 온 힘을 다주었다.

"이런……."

남자가 난처한 듯 중얼거렸다. 그러나 록의 귀엔 들리지 않았다. 지금 당장 타인의 체온이 필요했다.

자신의 곁에 사람이 있다는 안정감도 느끼고 싶었다. 남자가 손을 들어 록의 등을 쓸어내렸다.

"괜찮습니다. 괜찮아요."

남자의 차분한 목소리를 따라 록의 몸이 조금씩 힘이 풀렸다.

"하아, 하아……."

록이 뒤늦게 숨을 몰아쉬었다. 거칠던 호흡이 조금씩 잦아들어 갔다. 부릅뜨고 있던 록의 눈매가 천천히 내려갔다.

그제야 록은 자신의 몸이 땀에 흠뻑 젖어 있음을 깨달았다. 주춤거리며 남자의 목에서 팔을 푼 록은 자신이 알렝을 끌어안고 있었음을 알았다.

"하아…… 알렝. 죄송합니다……."

록이 땀에 젖은 머리카락을 쓸어 넘기며 고개 숙였다.

"괜찮습니다. 갑작스럽게 깨어나면 그럴 수도 있죠."

"근데 방금 알렝이 부른 거예요? 목소리가 좀 다른 것 같던데……."

"내가 불렀어."

갑작스럽게 끼어든 목소리에 록이 고개를 들었다. 윈이 침대의 반대편에 서서 그녀를 내려다보고 있었다.

"취향이 올드한가 봐?"

스티븐 잣스에 이어 알렝이냐는 듯한 말투였다. 평소라면 원의 날선 말투를 알아챘겠지만, 심신이 지친 터라 알지 못했다.

"하아……."

록은 그가 농담을 한 거라 생각하고 무시했다.

"잠시 진찰 좀 하겠습니다."

알렝이 침대에 걸터앉아 록의 얼굴 이곳저곳을 살폈다. 코나 귀에서 이물질이 나오지 않는지, 눈이 충혈되지 않았는지, 다른 곳을 마저 확인한 알렝은 록에게 몇 가지 물었다.

두통 혹은 발열, 오한이 없다는 걸 확인한 끝에 알렝이 자리에서 일어났다.

"다행히 무사하신 것 같습니다. 필요하신 거 있으신가요?"

알렝이 인자한 눈으로 록을 바라보며 물었다.

"혹시 물 좀 얻을 수 있을까요?"

"가져다드리겠습니다."

알렝의 말에 록이 아차 한 표정을 지었다. 알렝이 나가면 원과 단둘이 있어야 한다는 사실을 이제야 깨달았다.

"제가 가지고 올게요."

"아닙니다. 꿈에서 별의별 것들이랑 다투느라 힘드셨을 텐데 쉬어야죠. 편안히 쉬세요."

알렝이 얼른 방을 빠져나갔다. 록이 구세주를 놓친 얼굴로 알렝이 빠져나간 문을 바라보았다. 알렝이 사라졌을 뿐인데 방 분위기가 무겁게 가라앉았다.

록이 원을 바라보며 물었다.

"제가 어떻게 된 거예요? 숲에서 길을 잃었었는데요. 어떻게 여기와 있어요?"

"환각가스 마시고 기절해 있던 걸 크리스가 데려왔어."

"그랬군요. 어쩐지 갑자기 길이 이상하게 변하는 것 같더니. 제가 얼마나 잔 거죠?"

록은 중얼거리며 자신의 침대에 걸터앉는 원을 보았다.

"1시간 12분."

지나치게 정확한 시간이었다. 마치 재고 있었던 것처럼.

"그렇군요. 신경 쓰게 만들어서 죄송합니다. 앞으로 함부로 돌아다니지 않을게요."

록이 그의 심기를 거스르지 않으려는 듯 먼저 선수 쳐 사과했다. 원은 대답 대신 손끝으로 록의 턱을 들었다. 그의 검은 눈동자가 반질반질 빛났다.

그녀는 그 눈동자를 멍하게 바라보았다. 순간 머리털이 삐쭉 서는 걸 보니, 자신이 살아 있긴 한 모양이었다.

"너."

"……."

"죽을 뻔한 적 있어?"

"네?"

"왜 뭐만 하면 살려 달라는 거야? 대체?"

원이 이해를 못 하겠다는 듯 얼굴을 찌푸렸다. 환각 상태에 취한 록은 일전에 술에 취했을 때와 흡사했다.

목숨의 위협을 받는 듯 살려 달라는 말을 연신 뱉으며 부들부들 떨었다. 마치 그런 상황에 처해 본 것처럼.

그럴 때마다 원은 이상한 기분이 들었다.

자신은 죽이는 쪽이 훨씬 편한데, 이상하게 록은 살려 주고 싶었다. 무슨 짓을 해서라도.

"아…… 제가요?"

깨어나면서 환각의 기억을 모두 잊은 록이 멍한 얼굴로 물었다.

"어."

원의 대답에 록은 입을 꾹 다물었다. 아무래도 너 때문이 아닐까, 라는 말이 혀끝까지 치밀어 올랐지만 참았다.

"무서운 꿈을 꿨나 봐요. 하하."

록이 어설프게 웃었다.

"앞으로는 주의하겠습니다."

"네가 주의할 건 없지. 이걸 전달하지 않은 네 담당이 문제인 거니까. 새로 오는 녀석은 그런 실수 안 할 거야."

"네?"

록이 알아듣지 못하게 되묻자, 원답지 않게 인내심을 발휘해 설명하기 시작했다.

"네 방을 담당하던 야미. 방금 해고당했어."

"야, 야미가요? 왜요?"

록이 이해 못 하겠다는 듯 소리 높여 물었다.

"오늘 오전에 서쪽 숲길 통행금지 공지 사항을 안내하지 않았으니까. 손님 관리를 못 하는 직원은 필요 없어."

록이 뻑뻑하게 굳은 머리를 굴리기 시작했다.

오늘 오전에 무슨 일이…… 아!

록이 다급하게 소리쳤다.

"그건 제 탓이에요. 제 방에 물건이 없어져서 그걸 물어봤거든요. 그때 엇갈려서 말을 못 한 거예요. 야미는 분명히 말하려고 했을 거예요."

"그건 추측이지. 록, 중요한 건 결과야."

"그, 그럼 야미는 지금…… 어디 있어요?"

"짐 싸고 있겠지."

록이 자리에서 벌떡 일어났다. 원이 록을 붙잡았다.

"왜? 인사라고 하게?"

"제 잘못이잖아요! 미안하다고 말은 해야죠! 다녀올게요!"

침대에서 내려오던 록이 비틀거리며 땅에 넘어졌다. 한숨을 내쉰 원이 일으켜주려고 했으나 제 힘으로 일어난 록이 방문을 밀고 나갔다.

원은 열린 문으로 뛰어가는 록을 보았다. 왼쪽 벽에 쿵, 오른쪽 벽에 쿵 하고 부딪치며 얼기설기 뛰는 록을 보며 얼굴을 찌푸렸다.

확 잡아다가 침대에 내팽개쳐놔야 말을 들을까.

원이 사나운 표정을 지으며 한 발 내디디려다 멈칫했다. 마음과 달리 몸이 쉽게 움직이지 않았다.

난생처음 있는 일에 원은 의아한 눈으로 제 발을 물끄러미 바라보았다.

"야미! 야미! 어디 있어?"

록이 아픈 양쪽 어깨를 거머쥐고서 별채로 뛰었다. 그곳은 직원들이 쉴 때 머무는 공간이었다.

때마침 별채에서 나오던 직원을 발견한 록이 그녀를 붙잡았다. 직원이 깜짝 놀라 록을 쳐다보았다.

"저기, 혹시 야미 못 보셨어요?"

"야미요? 방금 나갔는데 못 보셨어요? 알렝 님한테 인사한다고 본채로 들어갔어요."

"감사합니다!"

록이 인사한 후 돌아섰다. 록은 다시 본채로 들어왔다. 숨이 턱끝까지 차올랐다. 깨어난 지 얼마 되지 않아 이리저리 뛰어다니는 게 몸에 무리를 준 모양이었다.

그녀는 이마의 땀을 훔치며 복도를 막 돌때였다.

"제가 뭘 잘못했다고 그러세요?"

"너 때문에 록이 죽을 뻔했어."

여자의 목소리에 이어 차분한 남자 목소리가 들렸다. 록은 순간 들린 제 이름에 본능적으로 걸음을 멈췄다.

"저는 정말 알렝 님이 서쪽 숲길에 계신 줄 알았어요."

"그걸 지금 말이라고…… 됐어. 살고 싶으면, 아니. 조용히 일 끝내고 싶으면 지금 당장 네 발로 나가서 숨어 살아."

"제가 왜 그래야 하죠?"

똑 부러지는 여자의 목소리가 익숙했다. 엘리였다.

일부러 서쪽 숲길로 보냈다는 거야?

록이 멍한 얼굴로 허공을 바라보며 생각했다.

"말했잖아. 살려면 나가라고. 나도 널 좋아서 보내주는 게 아니니까 주제 파악하고 나가."

금발 사이로 크리스의 날카로운 눈빛이 형형하게 빛났다.

이 별것 아닌 여자가 일부러 록을 서쪽 숲길로 보냈다는 게 알려지면 원은 주저하지 않고 이 여자를 처리할 게 분명했다.

문제는 이 여자가 자신들의 사람이 아니라, 이 나라에 소속된 사람이라는 거였다. 이 나라에서 괜히 민간인 살해 쪽으로 몰고 가면 골치 아파진다.

물론 지금은 그렇지 않겠지만, 그들의 관계는 조심할 필요가 있었다.

"잘못한 건 제가 아니라 그 여자예요. 록인지 뭔지 하는. 그리고 그쪽도 조심하세요. 그 여자한테 속고 있는 거라고요."

"무슨 소리야?"

크리스가 얼굴을 찌푸렸다. 그러자 그의 앞에 서 있던 엘리의 눈이 금세 빨갛게 물들었다.

"제가 원을 좋아하고 있다는 걸 버젓이 알고서 러브레터까지 전달해 주겠다고 해 놓고, 이튿날 원에게 고백한 여자라고요! 사람 행동 하나만 봐도 알잖아요. 그런 여자라면 어디서든지 사고 치지 않겠어요? 저는 도대체 이 집 사람들이 왜 그 여자를 싸고도는지 모르겠네요."

북받친 듯 소리친 엘리가 자신의 두 손에 얼굴을 묻었다. 그런 엘리를 크리스는 기가 막힌 표정으로 쳐다보았다.

이런 진상 짓은 자신들을 건실한 사업가로 알고 있기에 할 수 있는 행동이었다.

자신들의 정체를 안다면 지금 자신이 하는 행동이 목숨 건 투정이라는 걸 알 텐데.

크리스는 새삼 록이 손이 덜 가는 여자라는 걸 깨달았다. 다른 여자들처럼 수다스럽지 않고, 경박하지 않으며, 섬세하지 않았다. 그러니 지금껏 살아 있는지도 몰랐다.

"그건 네 사정이고. 지금 당장 나가. 알렝에게 이야기해 놓을 테니까."

크리스가 차갑게 말하곤 돌아섰다. 그가 록이 서 있는 반대편 길로 걸어갔다.

"너무해요!"

엘리가 크리스의 등을 보며 소리쳤다. 그러고는 휙 돌아서서 나오던 엘리는 귀퉁이에 서 있는 록을 발견하곤 멈칫했다.

"아…… 엘리?"

크리스를 따라갈 거라는 예상과 달리 엘리는 반대편으로 달려왔다. 그 덕에 생각지 못하게 마주쳤다.

록이 어색하게 웃었다. 엘리의 표정이 금세 차가워졌다.

"웃어? 지금 이 상황이 넌 재미있니?"

갑작스러운 반말에 록이 눈을 깜빡거렸다. 그러다 그녀가 흥분한 상태라는 걸 깨달았다. 그리고 고백에 관해 오해를 하고 있음을 알왔다. 엘리가 자신이 원에게 '좋아해요'라고 고백하는 걸 본 모양이었다.

록은 일단 진정하라는 듯 제스처를 취했다.

"어, 음. 일단 진정하세요. 오해하신 것 같아요. 엘리의 러브레터는 분명히 전해 주었고, 그리고 제가 원에게 고백한 건…… 음. 일종의 장난이랄까. 뭐, 그런 거거든요. 전혀 신경 안 써도 되는 건데……."

당황한 록이 최대한 침착하게 설명했다. 그러나 설명할수록 엘리의 표정은 점점 더 사나워졌다.

"지금 그걸 변명이라고 해? 난 너 때문에 해고까지 당하게 생겼어. 처음부터 제대로 맡을 자신 없으면 맡지를 말든가. 팔찌 팔려고 그랬니? 하, 그래. 이왕 이렇게 된 거 말이나 다 하고 나가야겠다."

엘리가 눈을 부릅뜨자 흰자가 더 많아졌다. 흰자는 새빨갛게 충혈되어 공포스러웠다.

"대체 너 정체가 뭐야? 뭔데 이 집에 굴러 들어와서 일을 이렇게 꼬이게 만들어?"

엘리가 저벅저벅 다가왔다. 록이 저도 모르게 뒷걸음질 쳤다.

"일단 진정해요."

록이 그녀를 진정시키려 했으나, 그럴수록 엘리의 분노는 점점 더 거세어져 갔다.

"지금 진정하게 생겼어?"

그녀의 하이톤 목소리에 골이 울리기 시작했다. 록이 한쪽 귀를 막았다.

"일단 제 말 좀 들어 봐요. 이렇게 흥분할 일이 아니에요."

"시끄러워!"

주절주절 떠드는 록의 목소리가 듣기 싫은 듯, 엘리가 그녀의 어깨를 확 밀쳤다. 평소라면 버텼을 테지만 힘이 다 빠진 록의 몸은 허무할 정도로 쉽게 넘어갔다.

"어, 어……?"

발바닥이 붙은 채 몸이 뒤로 넘어갔다. 록의 동그란 뒤통수가 창문에 쿵 닿았다.

와장창창—!

엄청난 파열음과 함께 창문이 모조리 깨어졌다.

록은 그 유리 파편을 고스란히 맞은 채 바닥에 힘없이 쓰러졌다. 엘리는 멍하게 서 있다가 확 돌아섰다.

"내가…… 내가 안 그랬어!"

엘리는 다급하게 그 자리에서 도망쳤다.

와장창창, 하는 소리에 록을 찾아다니던 원의 발길이 멈췄다.

곧장 몸을 틀어 소리가 난 쪽으로 달려간 원은 록이 유리파편에 뒤덮인 채 쓰러져 있는 것을 발견했다.

원의 입술이 삐딱하게 휘어졌다.

픽하고 웃던 그의 입술이 무섭도록 일그러졌다. 감정조절이 되지 않는 듯 그는 잠시 눈을 감았다 떴다.

멀쩡하게 나간 지 몇 분이나 됐다고 이 꼴로 발견되는 거지?

원이 성큼성큼 다가가 록의 몸 위에 늘어져 있는 유리조각을 털어 냈다. 힘 조절이 되지 않아 손에서 유리조각이 깨어졌다.

"무슨 일이야?"

인근을 지나던 천이가 소리를 듣고 달려왔다. 벌어진 상황을 본 천이의 얼굴이 희게 질렸다. 와장창 깨진 창문, 쓰러진 록, 그 위를 치우고 있는 원.

"너, 드디어……! 록한테 왜 그런 거야! 쟤가 잘못한 게 뭐가 있다고! 아니, 무슨 잘못을 해도 그렇지. 설마 창문 쪽으로 집어 던진 거야? 그런 거야? 이 미친놈을 봤나!"

천이가 고래고래 소리를 질렀다. 천이는 두 번 고민하지 않고 원을 가해자로 몰았다. 원은 대답하지 않고 록을 안아 들었다. 채 털어 내지 못한 유리조각이 후두둑 떨어졌다.

"너는 진짜……!"

잔소리를 퍼부으려던 천이는, 원의 얼굴을 보곤 입을 다물었다. 감정이 사라진 무표정이었다. 감정 절제가 되지 않아서 감정을 모두 죽일 때만 나오는 얼굴이었다.

저런 표정은 1년에 한 번 나올까 말까 한 얼굴이다.

천이는 둔한 성격임에도 무언가 일이 심각하게 꼬였음을 깨달았다.

"알렝 찾아서 록의 방으로 보내. 그리고 크리스한테 기억저장 프로그램 결과 가져오라고 전하고."

"응."

천이가 언제 화냈냐는 듯, 고분고분하게 대답했다. 원이 록을 안은 채 계단을 내려갔다. 눈 깜짝할 사이에 사라진 원의 뒷모습을 바

라보던 천이가 가슴을 쓸어내렸다. 그러고는 곧장 크리스에게 전화
를 걸어 소리쳤다.

"야! 원, 눈 돌았어!"

*　　　*　　　*

"어쩌다 이 꼴이 되셨나요?"

알렝이 혀를 끌끌 차며 약상자를 꺼냈다. 다행히 록은 타박상을
입었을 뿐, 크게 다치지 않았다.

이런 상황이라면 보통 1회성 치료 캡슐을 썼을 테지만, 록은 불안
한 상태였다. 환각 가스를 마신 지 얼마 되지 않은데다 낫지도 않은
몸으로 쓰러졌다.

이런 몸에 초능력 캡슐을 잘못 먹었다가 부작용이 날 수 있었다.
그렇기에 알렝은 급속 치료보다 시간이 걸리더라도 안전한 쪽을 택
했다.

알렝은 약상자를 열어 소독약을 꺼내 거즈에 묻혔다. 핀셋으로
소독약이 묻은 거즈를 집고서 조심조심 록의 상처를 소독했다.

옷을 입고 있는 곳을 제외하고 드러난 곳엔 자잘한 상처가 많았
다.

"조용하던 집이 오늘따라 다이나믹하네? 여기 그 주인공이 있고."

어느새 소문을 듣고 왔는지 랑이가 팔짱을 끼고서 넌지시 말을
건넸다.

"어떻게 알고 내려온 거야?"

원이 록에게 시선을 고정시킨 채 물었다.

"집에 소문이 자자하게 퍼졌는데 모를 리가. 록은 왜 이렇게 된 거야? 혼자 넘어진 거야?"

"……."

"응? 왜 대답이 없어?"

"누가 있었어. 그 자리에."

"어? 설마 범인이 있다고 생각하는 거야? 설마. 어느 미친놈이 네 손님이라고 알려진 록을 공격하겠어? 안 그래?"

랑이가 픽 웃더니, 고개를 절레절레 가로저었다. 그의 판단으로 있을 수 없는 일이었다. 그러자 원이 고개를 가로저으며 말했다.

"유리창에 뒤통수부터 박았어. 자세를 보니 미끄러지듯 쓰러져서 뻗었고. 뒤통수가 유리창에 가게끔 서 있으려면 복도의 벽면을 보고 서 있었다는 말인데. 보통 그 자세는 혼자 서 있기 힘들지. 그 벽엔 액자 하나 안 걸려 있었는데. 그 말은 누구랑 대화를 하다가 넘어졌다는 건데, 내가 갔을 땐 혼자였거든."

원의 말을 가만히 듣고 있던 랑이의 미간이 좁혀졌다. 그의 말에 일리가 있었다. 그는 길게 한숨을 내쉬며 록에게 다가갔다.

"누가 이 예쁜 얼굴에 상처를 입혔을까? 이런, 이마 쪽에도 상처가 있잖아. 마음 아프네."

랑이가 진심으로 안타깝다는 표정을 지었다. 랑이가 손을 뻗어 록의 머리카락을 넘겨주려 할 때였다.

"윽!"

손목이 비틀린 랑이가 비명을 내질렀다. 속도전에 능한 랑이조차도 눈치채지 못할 만큼 빨랐다.

"건드리지 마."

섬뜩한 목소리가 귓가에 닿았다. 랑이는 그 목소리의 주인이 원이라는 걸 알면서도 순간 겁을 먹었다.

원이 경고하고는 손목을 풀었다. 랑이는 제 손목을 감싼 채 원을 쳐다보았다.

'이쪽을 보지도 않고 잡아내다니.'

아무리 자신이 방심하고 있었다지만 상상을 초월하는 속도였다.

'괴물 같은 놈.'

원의 옆얼굴을 빤히 바라보던 랑이의 표정이 미묘해졌다. 원의 시선이 록에게서 못 박힌 듯 박혀 떨어지질 않았다.

랑이는 그런 원을 물끄러미 바라보다 픽 웃었다.

"록을 좋아해?"

랑이가 갑작스럽게 질문했다. 원이 처음으로 눈동자를 움직여 그를 제대로 바라보았다.

"그렇지 않고서야 네가 이런 반응을 보일 리 없으니까 하는 말이야."

랑이가 눈을 살짝 접으며 싱긋 웃었다.

"나한테 묻는 게 아니라 스스로한테 묻는 거야? 요즘 록이 근처를 맴돌고 있는 것 같던데."

"아, 그런가? 내가 나한테 묻고 싶은 건가? 그러고 보니 나는 록을 좋아하나? 그런 거 같긴 해. 예쁘장하게 생겼잖아. 착하기도 하고, 눈치도 빠르고, 같이 있으면 재미있고. 저런 여자 찾기 쉽지 않잖아.

안 그래?"

랑이가 수월하게 감정을 인정하자, 원이 얼굴을 찌푸렸다.

"내가 먼저 찜했으니까, 도와줄 거지?"

"……."

"오늘은 내가 바빠서 간병 못 하겠다. 나머지 뒤처리 부탁할게."

랑이가 싱긋 웃으며 가벼운 발걸음으로 록의 방문을 밀고 나갔다. 알렝은 모든 대화를 듣고 있었으면서도 아무 말 하지 않았다.

"치료 끝났습니다. 이제 휴식을 취하면 될 것 같습니다."

"랑이가 저러는 거 진심으로 보여요?"

원이 팔짱을 끼고서 덤덤하게 물었다.

뜻밖의 질문에 알렝의 눈이 살짝 벌어졌다. 그러다 이내 인자한 미소를 그렸다.

"글쎄요. 제가 드릴 말씀이 뭐가 있겠습니까."

알렝이 약상자를 정리하며 말했다. 일회용 물품은 따로 정리해 비닐 팩에 담은 후, 알렝이 몸을 일으켰다.

"진심이라는 건 본인만 아는 거잖아요. 안 그렇습니까?"

알렝은 속을 알 수 없는 미소를 지은 후, 록의 방을 벗어났다.

홀로 방에 남은 원은 잠든 록을 물끄러미 바라보다 중얼거렸다.

"본인만 아는 거라……."

*　　　*　　　*

눈을 뜨자마자 시야에 들어온 건 익숙한 천장이었다. 두어 번 눈을 깜빡이고서야 자신의 방이라는 걸 알았다.

무심결에 몸을 움직이려던 록이 아얏, 하고 비명을 질렀다. 온몸이 가시라도 찔린 것처럼 따끔거렸다.

그제야 록은 자신에게 있었던 일을 떠올렸다. 엘리와 말싸움을 하던 중, 창문과 부딪쳐서 쓰러졌었다. 그 이후에 여기로 실려 온 모양이었다.

"으으……."

몸을 일으킨 록은 손등에 덕지덕지 붙어 있는 밴드를 보곤 얼굴을 찌푸렸다. 밴드를 보자 괜히 몸이 더 아픈 기분이 들었다.

"무능력자인 줄 알았는데, 숨겨 놓은 능력이 있나 보지?"

갑작스레 들리는 목소리에 록이 흠칫하며 고개를 돌렸다. 오후의 햇살이 들이치는 창가의 반대편에 원이 서 있었다.

그곳이 어두워 그가 서 있는지도 몰랐다.

그가 소리를 죽인 채 록의 침대로 걸어왔다.

"그게 무슨 말씀이신지 모르겠네요."

록은 원의 뜬금없는 말을 이해 못 하겠다는 듯 쳐다보았다. 원이 자연스럽게 침대에 걸터앉았다.

그녀는 저도 모르게 원이 편히 앉을 수 있게 다리를 치웠다가 아차 했다.

이제 이 남자가 침대에 앉는 게 자연스럽게 느껴지다니. 습관이 무섭다.

"목숨이 하나밖에 없는데 여기저기 들이박아 쓰러진다는 거야?"

"아, 그러게요. 오늘따라 다사다난하네요."

록이 길게 한숨을 내쉬었다. 그러다 무언가 생각난 듯 록이 고개를 번쩍 들었다. 새하얀 얼굴에 까만 눈동자가 생각보다 가까이 있었다. 조금만 큰 소리를 내면 입김이 서로의 얼굴에 닿을 것 같았다. 록이 반사적으로 허리를 뒤로 젖혔다.

"저, 야미는 어떻게 됐어요?"

"그 여자인가? 널 밀치고 도망친 게?"

"아뇨. 절대로 아니에요."

말귀를 빨리 알아들은 록이 얼른 손을 가로저었다. 자신이 조금이라도 미적거렸다간 야미가 뒤집어쓸 거라는 생각이 퍼뜩 들었다.

"그럼, 누구야?"

원이 입술에 미소를 그리며 물었다. 신뢰를 주는 다정한 미소였다.

그러나 록은 저 미소가 미끼처럼 느껴졌다. 맛나게 보여서 한입 물었다간 목덜미가 뜯겨져 나가는 그런 미끼.

왠지 이 자리에서 엘리를 입에 담으면, 그 여자가 살아서 나가지 못할 거라는 예감이 들었다.

록은 입꼬리를 끌어올렸다.

"누굴 말씀하시는지 모르겠네요. 야미는 벌써 퇴근한 거 아니죠? 얼른 가 봐야겠네요."

록이 눈을 데굴데굴 굴리다 침대 밖으로 발을 내밀었다. 그러나 이내 원에게 잡혀 제자리로 원상 복구되어 버렸다.

"누구냐고."

"……."

"널 창문에 처박고 튄 새끼가."

금세 원의 말투가 험해졌다.

록이 마른침을 꼴깍 삼켰다. 온몸의 털이 삐쭉 설 만큼 섬뜩한 목소리였다.

"오해하신 것 같은데요. 제, 제가 실수로 넘어진 거예요. 누구의 탓도 아니에요. 그나저나 저 때문에 멀쩡한 창문이 깨진 것 같은데 치우러 갈게요."

록이 다시 한 번 탈출을 시도했다. 가뜩이나 두 번이나 기절해서 심신이 유약한데, 저 무서운 놈과 계속 얼굴을 마주하려니 오금이 저렸다.

가만히 록을 바라보던 원이 그녀의 어깨를 잡았다. 다시 제자리로 돌려진 록은 코앞에 자리한 원의 얼굴을 마주 보았다.

"대답하고 가야지."

그가 언제 화냈냐는 듯 다시금 평온한 표정을 짓고 있었다.

"창문 깨진 거 치우러 다녀올게요."

록이 흔들리는 눈동자에 힘을 바짝 주고서 말했다.

"창문이 그렇게 신경 쓰여?"

"네. 여기서 호의호식하는 주제에 창문까지 깼으니 신경이 안 쓰일 리가 없죠. 배상은 못 하더라도 치우기라도……."

록이 구구절절 말하는 사이 원이 협탁 위에 있는 꽃병을 그대로 창문에 내다 꽂았다.

창문이 요란한 소리를 내며 산산조각 났다.

순식간에 벌어진 일에 록의 입술이 느릿하게 벌어졌다.

아니, 이런 미친놈을 봤나…….

록이 넋이 나간 얼굴로 원을 쳐다보았다.

"방금 나도 실수로 네 방 창문 깼으니까 이걸로 계산 끝내."

"……."

이게 무슨 실수야. 방금 프로야구 투수 못지않은 속도로 꽃병 집어 던지는 걸 봤는데. 어느 미친놈이 그런 실수를 해? 아, 이 미친놈은 가능하구나. 미친놈이니까.

록은 벌벌 떨리는 와중에도 속으로 갖은 생각을 했다. 창문 핑계로 도망치려고 했던 록은 얌전히 침대 속으로 들어와 이불을 꼭 거머쥐었다.

자신이 한 번 더 도망치려고 하면 이 방을 다 부술 것 같았다. 그럼 자신의 일이 많아지고, 직원들의 불만을 사게 된다. 록이 얌전한 자세로 바라보자, 원이 그제야 만족한 듯 록에게서 한 걸음 물러났다.

"누구야."

헤어 나올 수 없는 질문의 늪이라는 게 이런 건가.

"제가 넘어진 건데요."

"기억저장 프로그램 뒤지면 나올 거야. 네가 넘어지기 직전에 누구랑 있었는지. 내가 먼저 찾아내면 일이 커진다는 거 알 텐데?"

아니, 뒤통수를 깨부순 건 난데 왜 저 인간이 성질일까.

록은 울고 싶은 심정이었다. 그러나 눈물이 씨알도 먹히지 않을 것 같아 꾹 참았다.

그녀는 순간 원에게 엘리에 대해 말할까 생각했다. 그러다가 생각을 접었다.

평소면 모를까, 지금처럼 원이 집요하게 대상을 찾으려고 할 때는 숨기는 게 낫다는 판단이 들었다.

이유는 모르겠지만 그는 엄청나게 화가 난 상태였다. 엘리라는 이름을 듣자마자 자리를 박차고 나가 잡아 족칠 게 분명했다.

"저기, 원. 제가 머리가 아파서……."

"기억이 안 난다, 쉬고 싶다, 그거 빼고 말해."

"……."

와, 촉 좋은 미친놈.

록은 자신의 상황을 잠시 잊고 속으로 감탄했다. 원과 눈이 마주치자마자 감탄이 휘발되었지만. 그녀는 이불을 꽉 움켜쥐고서 고민했다. 그러다가 결심한 듯 고개를 들어 원을 보았다. 이럴 땐 정면 돌파다.

"저기, 원. 죄송한데요. 이번 일 제가 처리할 수 있게 해 주시면 안 될까요?"

"왜? 또 쓰러지고 싶어?"

"그럴 리가요. 제가 그분한테 실수한 게 있거든요. 걱정하시는 마음 잘 알지만, 제 선에서 매듭짓고 싶어요. 딱 한 번만 눈감아 주시면 안 될까요? 대신 제가 잘 해결하겠습니다. 부탁드리겠습니다."

록이 정중하게 두 손을 포개어 배꼽에 가져다댄 후, 고개를 숙였다. 침묵이 흘렀다.

고개 들 타이밍을 놓친 그녀의 얼굴로 피가 점점 쏠렸다.

이 남자가 뭐라도 해 줬으면 좋겠다 싶을 즈음, 원이 낮게 중얼거렸다.

"……걱정? 내가, 널?"

원의 의아한 물음에 록이 느릿하게 고개를 들었다. 눈이 마주쳤다. 그의 눈동자가 순수한 의문을 품고 있었다.

"……아닌가요?"

록이 머뭇거리며 물었다. 원이 대답하지 않자, 그녀가 원의 손을 가리켰다.

"손바닥에 상처가 잔뜩 나 있더라고요. 아마 제 몸에 있던 유리를 치워주다가 베인 것 같은데……."

록이 눈을 굴렸다.

역시 오해인가.

록은 원의 손이 유리조각에 잔뜩 베인 걸 보며 다급하게 치웠으리라 예상했다. 초능력도 발현시키지 않은 상태였다는 거다. 그만큼 자신을 걱정한 거라 생각했는데 오해인 모양이다.

그러고 보니 저 상처가 자신 때문에 생긴 거라고 확신할 수 없었다. 다른 놈을 처리해 주다가 일이 생겼을 수도 있었다.

그럼 그렇지.

오늘 여러 번 머리를 부딪쳤더니 상황 판단력이 흐려진 모양이었다.

"쓸데없는 오해라면 미안해요."

록이 모든 생각을 정리하고 사과했다. 그때까지도 원은 제 손바닥을 바라보았다. 하얀 손바닥에 여기저기 딱지가 붙어 있었다.

그녀의 몸을 뒤덮고 있는 유리조각을 쥘 때 자신도 모르게 능력을 정지시켰다. 외부의 자극을 튕겨 내는 자신의 능력 때문에 록이 다칠지도 모른다고 생각했었다.

목숨만 구했어도 됐을 텐데, 왜 최선을 다해 구한 걸까.

처음으로 혼란스러움을 느낀 원이 눈을 가늘게 떴다.

"제가 혼란스럽게 해드린 거면 죄송하고요."

록은 길어지는 침묵이 부담스러운 듯 다시 한 번 사과했다.

"이번엔 너한테 맡길게. 네가 처리한다고 했으니 그렇게 해."

원이 주먹을 말아 쥐며 조용히 말했다.

"감사합니다."

"대신, 넌 나한테 뭘 해 줄 거지?"

"네?"

"내가 그만큼의 배려를 하면 너도 상응하는 무언가로 갚아야 하잖아."

"……."

"날 한 번 살려준 대가를 우려먹기엔 지겹고."

"뭘 원하시는……데요?"

록이 눈을 굴리며 물었다.

"글쎄. 뭐가 좋을까?"

원이 평소의 모습으로 완전히 돌아와 느긋하게 웃었다. 한편으로 선량해 보이는, 또 한편으로는 야릇해 보이는 미소가 이렇게 무서울 수 있다니. 긴 손가락을 까딱거리는 원을 보며 록은 마른침을 삼켰다.

그냥 엘리를 포기할까.

"그 계산은 천천히 하도록 하고."

원이 말끝을 흐리며 고개를 들었다. 시계를 확인한 록이 눈을 크게 떴다. 4시가 되기 5분 전이었다.

"난 이만 가 볼까 하는데."

"5분 남았는데 가신다고요?"

"붙잡는 거야? 가지 말라고?"

원이 눈을 접으며 웃었다.

"그게 꼭 그렇게 되는지 모르겠지만……."

"가 볼게."

"붙잡는 거 맞습니다!"

록이 다급하게 원의 소맷자락을 거머쥐었다. 원이 픽 웃으며 침대에 도로 앉았다. 그리고 곧장 후회했다. 꼼짝없이 5분간 마주 앉아 있어야 할 판이었다.

5분 토론을 할 수도 없는 노릇이고. 애꿎은 하얀 이부자락만 만지작거리며 록은 원을 흘깃 보았다. 그가 자신의 얼굴이라도 뚫을 모양새로 바라보고 있었다.

"손, 치료하실래요?"

"내버려 두면 나을 거야."

"덧날지도 모르는데 치료하는 게 낫지 않을까요?"

록은 원의 손이 신경 쓰인다는 듯 말했다.

"그럼 해 주든지. 너 때문에 다친 게 맞거든."

원이 손바닥을 쫙 펼치며 록에게 내밀었다.

"잠시만요."

록은 우물쭈물하다가 침대에서 비틀대며 일어났다. 얼마 후 록이 가지고 온 것은 자그마한 연고였다. 이곳저곳 잘 부딪치는 탓에 알렝에게 부탁해 받아둔 것이다.

다시 침대로 꾸물꾸물 기어 들어온 록은 실례하겠습니다, 라고 말한 후 원의 손목을 조심스럽게 잡았다. 물티슈로 손가락 끝을 깨끗하게 닦은 후 연고를 짰다.

"아프셔도 참으세요."

록이 상처에 연고를 조심스럽게 바르며 물었다.

"후! 후!"

록은 원이 혹시나 아플까 봐 바람을 불었다. 손가락 끝에 집중된 상처를 치료하며, 록은 묘한 기분이 들었다.

누군가가 자신 때문에 이렇게 다친 적이 있던가.

한두 개의 상처가 생겼으면 포기할 만도 한데 이 남자의 손가락 엔 상처가 많았다.

이깟 상처엔 아픔을 느끼지 못할 만큼 단련된 걸까. 아니면 상처를 느끼지 못할 만큼 자신에게 집중하고 있는 것일까.

어찌 되었든 록은 원의 정체를 알게 된 후 처음으로 고마웠다.

"다 발랐어요."

록이 뿌듯한 얼굴로 고개를 들었다.

"좋아해요."

원의 입술이 움직이며 빚어내는 말에 록은 하던 행동을 멈추었다.

"네?"

록이 조금의 뜸을 들이고 되물었다.

"……라고 말할 시간이야."

원의 입술이 느슨하게 늘어났다.

"아……."

그녀는 얼른 시간을 확인했다. 그의 말대로 4시 정각이었다. 록이 원의 손목에서 손을 거두어들이려 할 때였다.

원이 그녀의 손을 낚아챘다. 생각지 못한 스킨십에 록의 눈이 동그래졌다.

"어……."

"뭐해? 이러다가 늦을 텐데."

"좋아해요. 왜냐하면 원은…… 나를 걱정해 주었으니까요."

록이 잠시 머뭇거리다 대답했다. 그가 자신을 걱정하지 않았을 수도 있다. 자신이 죽으면 곤란하기 때문에 최선을 다해 구했을 수도 있다.

이유야 어찌 되었든 걱정한 건 맞을 테니까, 록은 그 마음은 순수하게 감사하기로 했다.

록이 불편한 듯 손을 꼼지락거렸다. 원이 뒤늦게 그녀의 손을 놓았다. 스치듯 닿은 손바닥이 생크림처럼 부드러웠다.

고백이 끝났음에도 원은 꼼짝도 하지 않았다.

그는 한 손으로 침대를 짚고서 삐딱하게 앉아 있었다. 그 모습이 마치 삐뚤어진 반항아 같기도 했고, 유혹하는 듯 퇴폐적이기도 했다.

"저…… 바쁘지 않으세요?"

록이 조심스럽게 물었다.

"그냥 눕힐까?"

질문을 했는데, 답변이 질문으로 돌아왔다. 그것도 몹시 충격적인 내용의 질문이.

마치 산책이나 갈까, 라고 묻듯이 그가 물었다. 록의 눈동자가 정신없이 흔들렸다.

"갑자기 그게 무슨…… 하하. 제가 몸이 많이 안 좋아 보이죠? 가는 거 보고 제가 알아서 누울게요. 걱정하지마세요."

록은 말뜻을 이해했다는 티를 내지 않았다. 자칫 잘못했다간 동의의 뜻으로 간주될 수 있었다.

"아니. 너랑 잘까 해서."

"……."

"나랑 잘 생각 없어? 자고 싶게 생겼다는 말을 종종 들었는데. 그쪽 취향이 아닌가 보지? 역시 취향이 올드한가?"

"……왜, 왜, 갑자기 그런 생각을 하셨어요?"

록이 다급하게 제 옷차림을 살폈다. 이 남자가 갑자기 발정할 만큼 자신이 섹시한 상태인 건가.

그러나 가슴골은커녕 쇄골도 보이지 않는 옷차림이었다. 자다 일어나 머리도 엉망이고, 얼굴도 부었다. 거기다가 목덜미와 이마엔 유리조각에 그인 상처도 있었다.

대체 어느 부분에서 발정난 건데! 이 미친놈아!

록이 꽥 소리 지르고 싶은 걸 참았다.

"너랑 자고 나면 고민이 없어질 것 같아서."

원이 발끝을 까딱거렸다. 원은 자신이 록에게 유별나게 구는 이유를 유추했다.

모처럼 근처에 둔 여자인데, 안질 못해서 갑갑함을 느낀 거다.

그게 아니면 히카에게 완벽한 복수를 하지 못해 아쉽다던가. 어쨌든 둘 다 록을 안으면 해결될 문제였다.

"어때? 넌?"

몸짓만큼이나 가벼운 말투로 원이 물었다. 록은 떡 벌어지려는 입을 힘주어 다물었다.

태생부터 자신이 이해할 수 없는 범주의 사람이긴 했지만, 오늘따라 유별났다. 조금 전까지 고맙던 마음이 싹 휘발되었다.

"저는 아직 그럴 마음이……."

"한 번 해 보고 별로면 두 번은 강요 안 할게."

뭘 한 번 해 봐! 무슨 체험판 행사하니?

록은 악 소리치고 싶은 걸 꾸역꾸역 참았다.

"아뇨. 죄송한데, 그건 그렇게 결정할 문제가 아닌 것 같아서요."

록이 얼른 이불로 제 몸을 칭칭 감기 시작했다. 하얀 이불이 이글루처럼 록의 몸을 에워쌌다.

이불 사이로 얼굴만 빼꼼 내민 록의 눈동자가 빠르게 움직였다.

"이 방에 무기가 될 만한 건 없어."

록의 생각을 읽은 듯, 원이 덤덤하게 말했다. 록이 흠칫했으나 빠르게 고개를 가로저었다.

"그런 생각하지 않았어요."

"그래. 생각하더라도 행동으로 옮길 만큼 멍청하진 않겠지."

록은 빠르게 고개를 끄덕였다. 록에게서 한껏 경계하는 기운이 흘러넘쳤다. 원은 손을 뻗어 록의 뺨을 감쌌다. 방금 전까지 분홍빛이던 뺨이 순식간에 희게 질렸다. 록의 강한 거부를 알아챈 원이 아쉬운 표정을 지었다.

그는 자신을 원하지 않는 여자를 안지 않았다. 록은 그중 유별났다. 이상하게도 그녀가 원하지 않으면 손가락 하나 제 마음대로 까딱할 수 없었다. 원은 한숨을 내쉬며 몸을 일으켰다.

"생각 바뀌면 말해. 난 언제든지 준비되어 있으니까."

자신을 꺼려 하는 여자를 안는 건 역시 취미가 아니다, 라는 결론을 내며 원이 돌아섰다. 원이 사라진 후 록은 숨을 깊게 들이마셨다가 내쉬었다.

"와, 저, 뭐 저런 새끼……."

나간 줄 알았던 원이 불쑥 내밀었다. 록이 숨을 들이마신 채 굳었다.

"피곤하면 저녁 식사는 방에서 하라고. 그리고 방금 뭐란 거야? 새끼?"

원이 웃으며 되물었다. 무슨 뜻이냐는 듯 바라보자 록이 얼른 말했다.

"새끼 강아지 같다고요. 하하."

"내가?"

"네. 뭐. 하하. 진짜예요."

"전엔 고양이라고 하지 않았나?"

원의 입가에 미소가 그려졌다. 보는 사람을 청량하게 만드는 미소였음에도 록의 가슴은 바짝 타들어 갔다.

"오, 오늘은 강아지 같으시네요."

"그거 칭찬이야?"

"그, 그럼요!"

록이 강하게 긍정하며 고개를 끄덕였다. 이불 속에서 머리만 삐쭉 나온 채 가열하게 고개를 끄덕이는 록을 보며 원이 픽 웃었다.

"그래, 그럼."

원이 가볍게 인사한 후 방을 나섰다. 쿵 하고 문 닫히는 소리를 확인한 후 한참 만에 록이 중얼거렸다.

"고양이랑 개야, 미안해……."

록이 우울한 얼굴을 이불 사이에 쏙 파묻었다.

〈다음 권에 계속〉